SUSANNE GOGA

Das Geheimnis der Themse

ROMAN

DIANA

Von Susanne Goga sind im Diana Verlag erschienen:
*Das Leonardo-Papier – Die Sprache der Schatten – Der verbotene Fluss –
Der dunkle Weg – Das Haus in der Nebelgasse – Die vergessene Burg –
Das Geheimnis der Themse*

Sollte diese Publikation Links auf Webseiten Dritter enthalten,
so übernehmen wir für deren Inhalte keine Haftung, da wir uns
diese nicht zu eigen machen, sondern lediglich auf deren Stand
zum Zeitpunkt der Erstveröffentlichung verweisen.

Penguin Random House Verlagsgruppe FSC®
N001967

Originalausgabe 03/2021
Copyright © 2021 by Diana Verlag, München,
in der Penguin Random House Verlagsgruppe GmbH,
Neumarkter Straße 28, 81673 München
Redaktion: Hanna Bauer, Gisela Klemt
Umschlaggestaltung: t. mutzenbach design, München
Umschlagmotiv: © Drunaa/Trevillion Images;
LML Productions/Arcangel Images
Herstellung: Helga Schörnig
Satz: Leingärtner, Nabburg
Druck und Bindung: GGP Media GmbH, Pößneck
Alle Rechte vorbehalten
Printed in Germany
ISBN 978-3-453-36071-6
www.diana-verlag.de
Dieses Buch ist auch als E-Book lieferbar.

Where beauteous Isis and her Husband Tame
With mingl'd Waves, for ever, flow the Same.

Wo Isis schön mit Themse als Gemahl
strömt welleneinig Jahre ohne Zahl.

    MATTHEW PRIOR, *Henry and Emma* (1709)

Prolog

Ihr Kopf tat weh, er pochte dumpf und sandte einen Stich der Übelkeit bis in den Magen. Sie öffnete die Augen, doch alles um sie herum war dunkel; erst nach und nach zeichneten sich schwache Umrisse ab. Ein Spalt zwischen Vorhängen, durch den ein schmaler Silberstreifen auf den Boden fiel. Es mochte Mondlicht sein. Ihr wurde schwindlig, als sie genauer hinschauen wollte.

Sie lag weich, also auf einem Bett oder bequemen Sofa. Wo war sie? Wie war sie hierhergelangt? Doch wo sie sich Antworten erhoffte, war nur Leere, als hätten sich alle Erinnerungen aufgelöst. Sie fuhr sich mit der Zunge über die Lippen, die sich trocken und rissig anfühlten. Sie verspürte Durst, die Zunge klebte am Gaumen. Die Haut um Lippen und Nase schmerzte, als wäre sie wund. Was war mit ihr geschehen?

Sie musste wieder eingeschlafen sein, denn als sie erneut aufwachte, roch sie ein Parfum, das ihr vertraut erschien. Jemand musste im Zimmer gewesen sein, ohne dass sie es gemerkt hatte. Sie wollte sich aufsetzen, doch ihr wurde abermals schwindlig, und sie sank kraftlos in die Kissen zurück. Immerhin tat ihr Kopf nicht mehr so weh, und allmählich tauchten einzelne, verschwommene Bilder auf:

der Fluss, die Trauerweiden, flackernder Kerzenschein und eine Stimme, die sie nur zu gut kannte, die in ihr widerhallte wie ein Echo. Und da war noch etwas gewesen – eine Hand, die ihren Nacken umfasste, sie niederdrückte …

Während sie die Bilder an sich vorüberziehen ließ, regte sich Angst in ihr. Dieser fremde Ort, ihr betäubter Zustand, die absolute Stille, die sie umgab – all das war vertraut wie ein schützender Kokon und zugleich bedrohlich.

Sie schloss die Augen, atmete den Duft ein und wartete. Irgendwann würde jemand kommen. Und dann würde sie …

Die Stimme war sanft, die Hand auf ihrer Stirn kühl und beruhigend. »Beweg dich nicht. Alles ist gut. Ich bin bei dir.«

»Warum … hast du mich geholt?«, fragte sie und öffnete die Augen. Das Zimmer war in gedämpftes Licht getaucht, man hielt ihr ein Glas Wasser an den Mund.

»Weil du besonders bist. Weil ich dich brauche. Weil ich dich warnen will. Weil du vom Wege abzukommen drohst.«

Sie schluckte. Einerseits schmeichelten ihr die Worte, andererseits lösten sie auch Furcht aus. »Wieso komme ich vom Wege ab?«

»Du darfst mit niemandem über das hier sprechen.«

»Natürlich nicht. Ich werde schweigen.«

»Schwöre es.«

Sie hob die rechte Hand. »Ich schwöre es. Bei der Göttin.«

I

Charlotte betrachtete den Magnolienbaum vor dem Fenster, der in einer geradezu unerhörten Pracht blühte. Die ersten Blütenblätter waren abgefallen und lagen wie rosafarbener Schnee auf dem Fleckchen Rasen, aus dem der Baum emporwuchs. Das Fenster war geöffnet und ließ einen Hauch von Frühling herein, auch wenn der Maiabend hier in London noch kühl war. Das Stimmengemurmel hinter ihr war wie eine Begleitmelodie, die sich um ihre Gedanken wand, ohne sie zu stören.

Heute vor zwei Jahren war es noch der Duft des Flieders gewesen, der durchs Fenster wehte, als wollte selbst die Natur ihnen alles Glück der Welt wünschen. Ihr war vom Wein ein bisschen schwindlig gewesen, doch an einem Tag wie diesem – umgeben von Freunden, an der Seite des Mannes, den sie über alles liebte, *ihres* Mannes, von nun an – hatte sie das nicht gekümmert.

Als sie daran dachte, wie Tom sie zum Hochzeitstanz geführt hatte, während alle zusahen, sie beide aber nur Augen füreinander besaßen, überkam sie eine leise Traurigkeit. Sie spürte noch seine Arme, die sie umfangen hielten, seine dunklen Locken an ihrer Wange, hörte noch den Takt des Walzers und das leise Murmeln ihrer Gäste. Es war ein vollkommener Moment gewesen. Ein Moment, der sie – das wusste sie genau – ihr Leben lang begleiten würde.

Ihre Brautrede war kurz. Sie hatte allen gedankt, die sie so freundlich aufgenommen und ihr das Gefühl gegeben hatten, willkommen zu sein. »Vor allem aber möchte ich Tom danken – für seine Liebe, seinen Humor, seine grenzenlose Begeisterung und die Fähigkeit, über sich selbst zu lachen.«

Es war eine Zeit gefolgt, in der sie glücklich war, die ihr mehr geschenkt hatte, als sie sich je erhofft hatte. Doch in den letzten Monaten war es, als wehte ab und an ein kühler Hauch durchs Haus, als legte sich ein Schatten auf sie beide, für den Charlotte keinen Namen wusste. Gerade weil er nicht greifbar war, schien es unmöglich, Tom darauf anzusprechen. Bisweilen war es, als befände sich eine unsichtbare Mauer zwischen ihnen, die sie nicht durchdringen konnte.

Und nun stand sie hier an ihrem zweiten Hochzeitstag und wusste nicht wohin mit ihrer Traurigkeit.

»Charlotte, wir vermissen dich schon!« Sarah Hoskins trat neben sie ans Fenster, um die Magnolie zu betrachten. »Sie ist wunderschön.«

»Ich kann mich gar nicht satt daran sehen. Mir ist, als würde sie die Blüten verlieren, sowie ich ihr den Rücken kehre.«

Sarah tippte ihr auf die Schulter. »Wir wollen jetzt anstoßen«, sagte sie. »Der Umzug in ein neues Haus ist ein feierlicher Anlass.«

Charlotte und Tom wohnten seit drei Wochen in ihrem

neuen Heim in Nr. 47 Clerkenwell Close, nicht weit von ihrem alten Haus entfernt.

»Du siehst so nachdenklich aus«, stellte Sarah fest. »Ihr habt es doch wunderbar hier.«

Charlotte drehte sich schulterzuckend zu ihr um. »Ich liebe dieses Haus, und der Garten und die Kirche gleich nebenan sind zauberhaft, aber ... manchmal zweifle ich und frage mich, ob Tom in Nr. 54 nicht glücklicher gewesen wäre.«

Sarahs Hand schoss vor und umfasste ihren Unterarm. »Wie kann eine kluge Frau nur solchen Unsinn reden? Es war Toms eigener Wunsch, das alte Haus zu verlassen, das hat er John schon vor geraumer Zeit erzählt.«

Tom hatte mit seiner verstorbenen Frau Lucy in Nr. 54 Clerkenwell Green gewohnt, und nach ihrer Heirat war Charlotte als zweite Mrs. Ashdown dort eingezogen. Es war nicht ungewöhnlich, dass die zweite Ehefrau im Haus der ersten lebte, inmitten der Möbel und Dekorationen, die ihre Vorgängerin ausgesucht hatte, umgeben von Erinnerungen, die ihr Mann nicht mit ihr teilte. Es hatte Charlotte nicht gestört, da sie als Gouvernante stets in Räumen gewohnt hatte, in denen ihr nichts gehörte außer ihren Kleidern und Büchern und deren Einrichtung sie nicht selbst ausgesucht hatte. Sie war in Nr. 54 bald heimisch geworden und hatte nur hier und da dezente Änderungen vorgenommen, ohne das Andenken an Lucy Ashdown auszulöschen. Und dennoch ...

»Du hast recht. Es war Toms Idee hierherzuziehen. Habe ich dir überhaupt erzählt, wie er es angestellt hat?«

Sarah schüttelte lächelnd den Kopf.

»Wir hatten wie so oft einen Spaziergang unternommen, vom Green über den Kirchhof. Es war Vollmond, das weiß ich noch, ein kühler Abend im März. Doch statt nach Hause zu gehen, bog Tom nach rechts ab, blieb vor diesem Haus stehen und sah mich einfach an.«

»Schweigend?«

»Ausnahmsweise«, sagte Charlotte belustigt. »Was mir verriet, dass es wichtig war. Also habe ich ihn auch angesehen und geschwiegen. Es war wie ein Duell, um zu prüfen, wer länger durchhält.«

»Wer hat gewonnen?«

»Ich. Denn irgendwann hielt Tom es nicht mehr aus. ›Die Tür hat ein schönes Oberlicht‹, sagte er. Ich muss ihn ziemlich dumm angesehen haben. ›Der Garten ist klein, aber es wächst ein Magnolienbaum darin.‹ Als ich immer noch nichts sagte, ergriff er meine Hände und sah mich ernst an. ›Nun mach es mir doch nicht so schwer, Liebste. Ich möchte dieses Haus kaufen. Ein neues Haus für mein neues Leben mit dir.‹« Charlotte schluckte, als sie den Augenblick noch einmal durchlebte. »›Du wirst es einrichten, wie es dir gefällt, es soll dein Wesen widerspiegeln. Du verdienst ein Heim, das nur dir gehört, in dem es keine Schatten gibt.‹«

»Hast du sofort Ja gesagt?«

»Nein, ich wollte in Ruhe darüber nachdenken und habe mir Zeit gelassen. Mehr Zeit, als Tom lieb war, er ist tagelang wie ein ungeduldiger Kater um mich herumgestrichen. Letztlich habe ich erkannt, dass ein neuer Anfang für uns beide besser wäre und wir uns von den Erinnerungen lösen sollten. Also habe ich zugestimmt.«

»Und das war richtig«, sagte Sarah. »Außerdem ist heute euer zweiter Hochzeitstag. Nun musst du aber wirklich mitkommen und mit uns anstoßen. Die anderen warten schon auf dich.«

Toms dunkle Augen strahlten, als Charlotte das Wohnzimmer betrat. Er kam auf sie zu und streckte ihr beide Hände entgegen, worauf alle zu applaudieren begannen. Er küsste sie auf die Wange und schaute in die Runde.

»Freunde, nun, da meine liebe Frau wieder bei uns ist, möchte ich euch alle bitten, mit uns zu trinken. Heute vor zwei Jahren haben wir einander in eurem Beisein versprochen, unser Leben miteinander zu verbringen. Es war einer der glücklichsten Tage für mich, und ich möchte nie wieder ohne dich sein, liebe Charlotte. Dich an meiner Seite zu wissen hat mein Leben viel heller und leichter gemacht. Und nun haben wir für unsere Zukunft auch den angemessenen Ort gefunden.«

Er holte zwei Weingläser, reichte eins davon Charlotte und stieß klingend mit ihr an. Alle anderen taten es ihnen nach.

»Auf Charlotte und Tom und ein langes, glückliches Leben in Clerkenwell Close Nr. 47!«

Sie standen ganz still da, einander zugewandt, und Charlotte fuhr mit dem Zeigefinger sanft über seine pflaumenblaue Weste. Ihr Mann liebte diese ausgefallenen Kleidungsstücke, und sie liebte es, ihn darin zu sehen.

Dann stellte er sein Glas ab und grinste. »Nun aber zu den wirklich drängenden Fragen – wer von euch hat den unerhörten ›König Lear‹ in Drury Lane gesehen?«

John Hoskins, sein Freund aus Studientagen, schüttelte den Kopf. »Die Kunde davon ist noch nicht bis nach Oxford gedrungen. Was habe ich versäumt?«

»Gar nichts«, erwiderte Leland Williams, der Theaterkritiker des *Morning Herald*. »Und leider ist mir unser guter Tom zuvorgekommen. Ich hatte mich schon auf die Ehre gefreut, den ersten Verriss zu schreiben.«

»Es gibt viele Gründe, von Oxford nach London zu reisen, aber diese Inszenierung gehört nicht dazu«, warf Tom ein. »Bernard LaGrange gibt einen übergewichtigen Lear von achtundzwanzig Jahren, womit er nicht nur kein Greis, sondern auch jünger als seine Töchter Regan und Goneril ist. Die Darstellerin der Cordelia ist immerhin sechsundzwanzig, doch auch hier dürfte eine Vaterschaft ausgeschlossen sein.«

Er hielt inne, weil das Gelächter zu laut wurde. Tom war Kritiker und liebte es, über das Theater zu dozieren. Je schlechter die Aufführung war, desto mehr genoss er es, sie zu zerpflücken. Charlotte hatte ihn zu Anfang ihrer Bekanntschaft einmal gefragt, ob er eine gute Inszenierung überhaupt zu schätzen wisse, und er hatte geantwortet: »Natürlich. Die guten wärmen mir das Herz. Aber die schlechten befeuern meine Feder.«

»Kühnheit ist ein Privileg der Jugend«, warf Toms Freund Stephen Carlisle ein. »Und es zeugt von Kühnheit, eine solche Rolle so früh zu wagen.«

Tom zog eine Augenbraue hoch. »Lear ist ein *Vater*, das ist der eigentliche Kern der Rolle. Es geht um Väter und Töchter. Um das, was ein Vater von seinen Kindern erwartet und diese von ihrem Vater. Um Liebe und Wertschätzung, um echte und vorgetäuschte Gefühle. Um Schuld und Unschuld, Vertrauen und Verrat. Selbst wenn LaGrange ein guter Schauspieler wäre, was er nicht ist, erscheint er mir zu jung für diese Rolle.«

»Und wo würdest du das Mindestalter für einen Lear ansetzen?«, fragte Sarah Hoskins.

»Nun, das ist eine Frage der Mathematik, nicht wahr?«, erwiderte Tom. »Sagen wir, Lears älteste Tochter wäre Mitte zwanzig und die jüngste sechzehn. Dann sollte er mindestens Mitte vierzig sein.«

Carlisle wiegte den Kopf. »Wer sitzt schon im Theater und rechnet das nach? Ich habe Mütter auf der Bühne gesehen, die kaum älter als ihre Söhne waren oder sogar jünger. Da ist unsere Fantasie gefragt.«

Charlotte schaute zu Tom, der plötzlich still geworden war und nachdenklich sein Glas betrachtete. Niemand außer ihr schien es zu merken.

»Tom, du hast die Frage aufgeworfen, dann solltest du auch der Schiedsrichter sein!«, rief jemand.

Er zuckte leicht, als wäre er aus seinen Gedanken aufgeschreckt, fuhr sich durch die Haare und lächelte in die Runde. »Ich glaube, es ist weniger eine Frage der Mathematik als der Reife. LaGrange wirkt viel zu unreif, um als Vater zu überzeugen, gleichgültig, wie alt die Töchter sind. Ich selbst würde mich bemühen, ihnen als Kind und Erwachsener zugleich zu begegnen, ihre kindliche Begeisterung heraufzubeschwören, ihnen aber auch beizustehen, wie es nur ein Erwachsener kann. Ich frage mich, wie Lear mit seinen Töchtern umgegangen ist, als sie noch klein waren.« Er hielt inne. »Verzeiht, ich schweife ab.«

Charlotte spürte, dass etwas in Tom vorging, das er vor den anderen verbergen wollte, und kam ihm rasch zu Hilfe. »Mir kommt Lear greisenhaft vor, starrsinnig und doch allzu vertrauensselig. Wie ein sehr alter Mann. Also müssten auch seine Töchter entsprechend älter sein.«

»Oder er ist spät Vater geworden«, sagte Emma Lowndes, Sarahs Schwester, die mit einem deutlich älteren Mann verheiratet und kürzlich zum ersten Mal Mutter geworden war. »Lebenserfahrung kann einem Vater nur zugutekommen.«

»Das glaube ich auch«, sagte Miss Clovis, eine ältere Nachbarin, die sich beim Einzug vorgestellt und ihnen Brot und Salz gebracht hatte, um im Heim viel Glück und Segen zu wünschen. Sie wurde rot, als bereute sie, so kühn gesprochen zu haben, gab sich dann aber einen Ruck. »Mein lieber Vater war dreiundvierzig, als er meine Mutter heiratete. Ich habe ihn als sanften und wohlgebildeten Mann erlebt, der stets ein offenes Ohr für seine Kinder hatte.«

»Was beweist, dass wir Shakespeare nicht immer rückhaltlos glauben dürfen«, sagte Charlotte, die Toms anhaltendes Schweigen beinahe körperlich spürte. »Aber es wäre eine lohnende Idee für ein neues Buch, nicht wahr, Tom? Elternschaft bei Shakespeare – eine ideale Fortsetzung für deine Frauen bei Shakespeare.«

Er nickte knapp, schaute in die Runde und wechselte abrupt das Thema. »Bitte entschuldigt mich kurz. Charlotte beginnt schon einmal mit der Führung durchs Haus, die bleibt euch nicht erspart!«

Tom schloss die Augen und lehnte sich an den mit geschnitzten Tieren verzierten Kaminsims, der ihn gleich beim ersten Besuch des Hauses magisch angezogen hatte. Er war mit den Fingern über die Löwen, Elche und Elefanten gefahren und hatte zu Charlotte gesagt: »Dieses Haus hat auf uns gewartet.«

Im Wohnzimmer herrschten warmes Rot und honigbraunes Holz vor, Bücherregale und die von Daisy gehegten Topfpflanzen. Charlotte liebte das Zimmer und hatte große Mühe darauf verwandt, es einzurichten, hatte Bilder aus dem alten Haus aufgehängt, dazwischen neue Zeichnungen und Stiche, die sie bei ihren Spaziergängen in kleinen, verborgen liegenden Läden entdeckt hatte. Eine alte Ansicht von Richmond, St. Paul's Cathedral, eine Ansicht der Stadt vom Südufer der Themse aus und von Hampstead Heath. Und eigens für ihn Kupferstiche mit Shakespeare-Szenen aus dem 18. Jahrhundert, die sie ihm zum Geburtstag geschenkt hatte.

Vorhin war etwas mit ihm geschehen. Gerade noch hatte er sich unbekümmert über den Schauspieler mokiert, der den Lear spielte, und dann plötzlich davon angefangen, wie er mit seinen eigenen Kindern umgehen würde. Es war, als hätte das Gespräch über Lear an etwas gerührt, das ihn schon länger bewegte, das er sich aber nicht eingestehen konnte. Es war wie ein Aberglaube, die Angst, etwas real werden zu lassen, indem man es in Worte fasste.

Sie hatten nie über Kinder gesprochen. Es mochte daran liegen, dass es seine zweite Ehe war, sie beide nicht mehr ganz jung waren, Charlotte selbstständig gewesen war und ein eigenes Leben geführt hatte. Ihre Erwartungen waren daher anders als bei einem jungen Paar.

Wie es wohl wäre, wenn er ein Kind mit Charlotte hätte, ein kleines Mädchen oder einen kleinen Jungen, einen neuen Menschen, der aus ihrer Liebe entstanden war? Doch sie war in den zwei zurückliegenden Jahren nicht schwanger geworden.

Tom blieb noch einen Augenblick lang stehen, atmete tief durch und legte die Hand auf den Kaminsims, als könnte ihm das warme Holz Zuversicht verleihen. Dann gab er sich einen Ruck und wandte sich zur Tür.

2

»Wie reizend, dass Sie gekommen sind, Mrs. Ashdown! Ich hoffe, meine Einladung traf nicht unhöflich spät ein, aber nach dem wunderbaren Abend bei Ihnen wollte ich mich revanchieren. Leider war ich einige Wochen indisponiert. Eine Sommererkältung.«

Miss Clovis sprudelte die Sätze hervor, noch ehe sie Charlotte in ihr kleines Wohnzimmer geführt hatte, in dem der Teetisch gedeckt war. »Nehmen Sie doch Platz, die Chelsea Buns sind ganz frisch, aber hoffentlich nicht zu heiß. Das Rezept stammt von meiner lieben Mutter, die auch immer Zitronenschale dazugegeben hat. Sie pflegte zu sagen, warm seien sie am besten.«

Charlotte schaute sich um und staunte, wie ihre Gastgeberin auf so wenig Raum so viele Möbel, Kissen, Deckchen, Bilder und Vasen untergebracht hatte. Sie wagte kaum zu atmen, da sie fürchtete, der leichteste Luftzug könnte die heiklen Arrangements aus Porzellan, die auf den Regalen balancierten, zum Einsturz bringen. Es roch nach Staub und Lavendel, und sie spürte, wie ihre Nase kitzelte.

Miss Clovis schenkte ihr Tee ein und reichte ihr den Teller mit dem Gebäck. »Ich kaufe Zimt und die Gewürzmischung bei Cranleys in der Farringdon Road. Nicht billig, aber exquisit.«

Der erste Bissen bewies, dass sie recht hatte. Charlotte genoss den saftigen, beinahe weihnachtlich duftenden Teig. Dann schaute sie zu der Vitrine, die neben der Tür stand.

»Sie haben eine eindrucksvolle Porzellansammlung.«

»Vielen Dank, die meisten Stücke stammen von meiner Großmutter. Das Sammeln liegt in der Familie. Mein lieber Vater hat mir seine Münzen vermacht, doch die habe ich verkauft und von dem Erlös dieses Haus erworben. Mir war nicht wohl bei dem Gedanken, aber ich hatte kein Erbe zu erwarten und fand es nur angemessen, mir damit ein Auskommen zu sichern.«

Charlotte war überrascht, dass Miss Clovis so offen über ihre wirtschaftlichen Verhältnisse sprach, zumal sie einander erst seit Kurzem kannten. »Das ist verständlich. Aber erwähnten Sie nicht, Sie seien Lehrerin gewesen?«

Miss Clovis rührte Zucker in ihren Tee und legte den Löffel ab, bevor sie antwortete. »Gewiss, aber in einer Armenschule. Wir brauchten das ganze Geld für die Kinder, also habe ich fast umsonst gearbeitet. Das war bei Ihnen selbstverständlich anders.« Sie hielt inne und schaute Charlotte verlegen an. »Verzeihung, ich wollte Sie nicht kränken.«

Charlotte lächelte. »Es kränkt mich nicht, wenn jemand meinen Beruf erwähnt. Ich hatte viel Freude an meiner Tätigkeit. Sie war der Grund, aus dem ich damals nach England gekommen bin.«

Charlotte erinnerte sich, wie sie Deutschland hinter sich

gelassen hatte, um als Gouvernante in Chalk Hill zu arbeiten. Dieser Schritt hatte ihr Mut und Kraft verliehen, von denen sie bis heute zehrte. Sie hatte sich damals nicht vorstellen können, ihren Beruf aufzugeben, nicht mehr allein für sich zu sorgen, doch dann war sie Tom begegnet, und alles war anders geworden.

»Fehlt sie Ihnen?«

Sie kehrte abrupt in die Gegenwart zurück. Miss Clovis war rot geworden, und Charlotte staunte, wie rasch sich Taktlosigkeit und Bedauern bei ihr abwechselten.

»Verzeihen Sie die Frage. Als glücklich verheiratete Frau haben Sie Ihren Beruf hinter sich gelassen und widmen sich neuen Aufgaben.«

Hatte sie ihn wirklich hinter sich gelassen?, fragte sich Charlotte und spürte, wie der Gedanke ungewollt Wurzeln in ihr schlug. Bisweilen stand sie vor dem Regal, in dem sie ihre Schulbücher aufbewahrte, und strich mit der Hand über die Rücken, erinnerte sich daran, wie sie damit unterrichtet hatte, wie die Augen der Kinder geglänzt, sich aber dann und wann auch vor Langeweile geschlossen hatten. Sie erinnerte sich an verstohlenes Gähnen und eifrig emporgereckte Hände. »Meine Aufgabe als Gouvernante war erfüllend. Ich war oft glücklich, vor allem, wenn ich mit den Kindern draußen in der Natur sein oder mit ihnen Dinge entdecken konnte, die nicht im Lehrplan standen. Deutsche Märchen beispielsweise. Aber es war auch befriedigend zu sehen, wie sie Fortschritte im Lesen, Schreiben und Rechnen machten.«

Miss Clovis räusperte sich. »Eine Freundin von mir war

auch Gouvernante und furchtbar einsam, das konnte ich ihren Briefen entnehmen. Als sie an einem Herzanfall starb, hat die Familie nicht einmal für das Begräbnis gesorgt.«

Charlotte schaute betreten auf ihren Teller und überlegte, wie sie die Stille durchbrechen konnte, die sich über den Raum gesenkt hatte. »Das tut mir leid. Wie ich schon sagte, ich habe die Kinder gern unterrichtet, aber es ist mir nicht schwergefallen, den Beruf für eine eigene Familie aufzugeben.«

»Dann wünsche ich Ihnen, dass Sie diese bald haben.« Diesmal schien Miss Clovis nicht einmal zu merken, wie unangemessen ihre Worte waren.

Charlotte brauchte einen Moment, bis sie sich gefasst und eine Entgegnung gefunden hatte. »Sie haben recht, wir haben noch keine Kinder.« Ihre Wangen waren heiß geworden. Gewiss, ihre Ehe war nach zwei Jahren noch kinderlos, doch war sie bisher nie darauf angesprochen worden. In Toms Kreisen dachte man unkonventionell und diskutierte über Frauenwahlrecht, Kunst und übernatürliche Phänomene, darum trafen die unerwarteten Worte sie wie ein gut platzierter Stich. »Ich würde jedoch zwei Menschen, die einander aufrichtig lieben, auch als Familie bezeichnen.«

Miss Clovis beugte sich vor und legte Charlotte die Hand auf den Arm. »Bitte verzeihen Sie, Mrs. Ashdown, ich wollte Sie nicht in Verlegenheit bringen. Mir war leider nie das Glück einer Ehe beschieden, da mein Verlobter an der Cholera verstarb. Sicher werden Sie sich zu gegebener Zeit einer wachsenden Familie erfreuen.«

»Das tut mir leid«, sagte Charlotte, doch das Unbehagen blieb. Sie rutschte auf dem Stuhl hin und her und fragte sich, wie sie möglichst schnell die Flucht ergreifen konnte, ohne ihre Gastgeberin zu brüskieren.

»Jetzt habe ich es noch schlimmer gemacht«, sagte Miss Clovis betreten. »Am besten unterhalten wir uns wieder über Porzellan.«

»Erzählen Sie mir lieber von der Armenschule«, sagte Charlotte entschlossen.

Miss Clovis seufzte erleichtert. »Nehmen Sie noch ein Chelsea Bun, Mrs. Ashdown. Nun, die Schule lag in Field Lane, einer sehr armen Gegend, gar nicht weit von hier. Sie ist schon vor vielen Jahren nach Hampstead umgezogen, und kurz danach habe ich die Arbeit dort aufgegeben.«

»Was haben Sie unterrichtet?«

»Es waren arme Kinder, denen Geografie oder Musik nicht geholfen hätte. Wir mussten sie darauf vorbereiten, für ihren Lebensunterhalt zu arbeiten. Die Jungen wurden auch als Schneider oder Schuhmacher ausgebildet und lernten grobe Arbeiten wie Holzhacken.«

Charlotte schaute sie nachdenklich an. »Ich habe immer Kinder unterrichtet, denen es an nichts fehlte. Im materiellen Sinne jedenfalls. Natürlich kann Geld nicht die Liebe der Eltern ersetzen, aber es gab einige glückliche, die beides besaßen.«

Miss Clovis schenkte ihr Tee nach. »Vor meiner Zeit – es war kurz nach Gründung der Schule in den Vierzigerjahren – kam einmal Mr. Dickens zu Besuch. Er war erschüttert von der Armut und dem Elend, denen diese Kinder zu entfliehen suchten. Er besichtigte auch den Schlafsaal, in dem jene unterkamen, die gar kein Heim besaßen, und zeigte sich tief bewegt. Kennen Sie ›Oliver Twist‹? Er hat viele Szenen in unserer Schule angesiedelt.«

»Das ist interessant. Allerdings muss ich gestehen, dass ›Unser gemeinsamer Freund‹ mir von seinen Werken am liebsten ist.«

Miss Clovis sah sie überrascht an. »Eine ungewöhnliche Wahl, Mrs. Ashdown. Sehr düster.«

Charlotte lachte. Ihrer Gastgeberin zu widersprechen war seltsam befreiend. »Nun, mich haben die morbiden Szenen auf der Themse unwiderstehlich angezogen. Die Leichenfledderer, die nachts mit ihren Booten auf Beutejagd fahren. Mr. Boffin mit seinem Imperium aus Abfall. Und eine Heldin, der lange Zeit Geld wichtiger ist als Liebe. Ich fand den Roman herrlich verdreht. Darum gehe ich auch so gern an der Themse spazieren.« Sie beobachtete belustigt, wie Miss Clovis zusammenzuckte.

»Hm, nun, der späte Dickens hat sicher seine Vorzüge, aber ich halte mich doch lieber an ›Oliver Twist‹ und ›Große Erwartungen‹.« Dann blitzte etwas in Miss Clovis' Augen auf. »Und Sie sagen, Ihnen gefällt die Themse? Ich selbst finde sie eher furchteinflößend, mit den Gezeiten und den vielen Schiffen und ungehobelten Männern, die man dort antrifft. Wapping, Rotherhithe, Limehouse, das sind verrufene Gegenden in der Nähe des Flusses. Und denken Sie nur an das ganze Opium! Aber in Limehouse gibt es eine hübsche Kirche von Nicholas Hawksmoor. St. Anne's, das ist die mit der Pyramide.«

»Dort war ich noch nie. Was für eine Pyramide ist das?«

Nun wirkte Miss Clovis beinahe eifrig. »Auf dem Kirchhof gibt es ein Monument, es stammt wohl aus der Zeit, in der die Kirche gebaut wurde. Eine Pyramide aus Portland-Stein, die die Aufschrift ›Die Weisheit Salomos‹ trägt. Falls Sie noch einmal dort spazieren gehen, sollten Sie darauf achten.«

»Das werde ich tun.« Sie erhob sich, worauf Miss Clovis sie überrascht ansah.

»Sie gehen schon? Wie schade.«

»Bedauere, aber mein Mann erwartet mich.« Es war nicht ganz gelogen, da Tom sie gebeten hatte, seinen neuesten Artikel über ein Märchenstück nach den Brüdern Grimm zu lesen und ihm ihre Meinung zu sagen. Nur hatte sie das schon vor ihrem Besuch bei Miss Clovis erledigt …

»Es hat mich so gefreut, Sie hier zu empfangen.«

Als Charlotte auf der Straße stand, sog sie die Luft in tiefen Zügen ein. Dann drehte sie sich um und schaute zurück zu Miss' Clovis Haus. An diesem Nachmittag war etwas geschehen, das sie nicht in Worte fassen konnte. Es war, als hätte ihr die ältere Frau Gedanken eingepflanzt, die sie mit nach Hause nehmen würde.

Die Fragen nach eigenen Kindern und ob sie ihren Beruf vermisse – hatte sie womöglich in Charlottes Gesicht etwas gelesen, das sie darauf gebracht hatte?

Sie wohnten beinahe nebeneinander. Es würde sich kaum vermeiden lassen, Miss Clovis wieder zu begegnen. Doch die Teestunde wollte Charlotte nicht so bald wiederholen.

3

Tom öffnete ihr selbst die Tür. Als er so vor ihr stand, die Ärmel des weißen Hemdes aufgekrempelt, mit offener Weste, zerzausten Haaren und tintenfleckigen Fingern, konnte Charlotte nicht anders und stürzte in seine Arme. Er drückte sie an sich, schloss mit dem Fuß die Haustür und hielt Charlotte ein wenig von sich weg. Seine dunklen Augen – die Wimpern waren beinahe ungehörig dicht und schön geschwungen – weiteten sich verwundert.

»Ich weiß deine Leidenschaft zu schätzen, aber du siehst aus, als wäre dir ein Gespenst begegnet.«

Charlotte lachte. »Ich bin einfach froh, dich zu sehen. Was für eine sonderbare Teestunde das war!«

Er nahm sie sanft am Arm und führte sie ins Wohnzimmer, wo er sie in den Ohrensessel am Kamin drückte. »Einen Sherry?«

Charlotte überlegte nicht lange. »Gern.«

Tom trat an das niedrige Tischchen, auf dem die Karaffe stand, und schenkte zwei Gläser ein. Er reichte ihr eins und setzte sich ihr gegenüber aufs Sofa. »Zum Wohl. Und jetzt bin ich darauf gespannt, von der sonderbaren Teestunde zu hören.«

Charlotte leerte das Glas auf einen Zug und stellte es auf den Tisch. »Vermutlich lachst du mich aus.«

»Erzähl mir, was geschehen ist, dann kann ich entscheiden, ob ich lache.«

Doch nun, da sie ihm davon berichtete, erkannte sie, wie wenig es zu sagen gab. Hatte sie sich die seltsame Stimmung bei Miss Clovis eingebildet? Die Mischung aus Taktlosigkeit und Forschheit? War es nur ihre Fantasie, die den Worten eine Bedeutung beimaß, die sie in Wahrheit nicht gehabt hatten?

Tom zog die Augenbrauen hoch. »Es klingt, als wäre diese Frau nicht gerade höflich. Ich bereue, dass wir sie zu unserer Feier eingeladen haben. Du solltest ihr Gerede schnell vergessen.«

»Sie hat selbst weder Mann noch Kinder und behauptet dennoch, wir seien keine Familie, weil wir ...« Sie hielt inne, da Tom plötzlich ernst aussah.

Er drehte sein Glas zwischen den Fingern, ohne daraus zu trinken. »War es das, was dich gestört hat?«

Charlotte zuckte mit den Schultern. »Es war einfach sonderbar. Sie sprach, als gehörte es sich nicht, verheiratet zu sein und keine Kinder zu haben.« Als er schwieg, fügte sie hinzu: »Sie gab sich gastfreundlich und teilnahmsvoll, aber ich fühlte mich beobachtet.« Tom betrachtete immer noch sein Glas. »Mir ist in ihrer Gegenwart nicht wohl.«

Er trank entschlossen seinen Sherry aus, stellte das Glas neben ihres und stützte die Handflächen auf die Knie. Dann beugte er sich vor und schaute sie an. »Wenn dir diese Frau unangenehm ist, Liebste, bleib ihr fern. Sie mag unsere Nachbarin sein, aber das bedeutet nicht, dass wir mit ihr gesellschaftlich verkehren müssen. Ich möchte, dass du hier glücklich bist.«

Zu ihrer Überraschung kniete er sich vor den Sessel, ergriff ihre Hände und strich sanft mit den Daumen darüber. Charlotte schaute auf seinen dunklen Kopf mit den einzelnen silbernen Strähnen, die im Lampenlicht schimmerten. In diesem Augenblick fühlte sie sich ihm so nahe wie schon lange nicht mehr. Am liebsten hätte sie ihren Kopf in seinen Haaren vergraben und nie mehr aufgeschaut.

Nach dem Essen fiel ihr ein, worüber sie eigentlich hatten sprechen wollen. »Tom, ich habe deinen Artikel gelesen, bevor ich zu Miss Clovis gegangen bin. Er gefällt mir gut, das Stück würde ich gern sehen. Nur gut, dass sie nicht den Machandelboom aufführen«, sagte Charlotte.

»Den was?«

Sie lachte. »Das wohl gruseligste Märchen, das ich kenne. Das aufzuführen würde gewiss einen Skandal hervorrufen.«

Tom lehnte sich an den Kamin, schob die Hände in die Hosentaschen und schaute sie erwartungsvoll an. »Jetzt hast du mich aber neugierig gemacht. Erzähl.«

Sie war froh, dass die dunkle Stimmung von vorhin verflogen war, und senkte theatralisch die Stimme. »Na schön. Aber beschwere dich nicht, wenn du Albträume davon bekommst. Beim Märchen vom Machandelboom geht es um eine Stiefmutter, die dem Stiefsohn den Kopf abschlägt, den Mord ihrer kleinen Tochter in die Schuhe schiebt und den Jungen in der Suppe kocht, um das Verbrechen zu vertuschen. Der Vater isst die Suppe mit gutem Appetit. Aus den Knochen entsteht erst ein Vogel und dann der Junge, und die Stiefmutter wird am Ende von einem Mühlstein erschlagen.«

Tom schaute sie entsetzt an. »Ist das dein Ernst?«

Sie lachte. »O ja. Davor habe ich mich als Kind sehr gefürchtet. Und deshalb habe ich das Märchen als Gouvernante nie erzählt, sonst hätten die Kinder Angst bekommen.«

Er räusperte sich. »Schon wieder Kinder. Mir scheint, Miss Clovis übt ihren Bann durch mehrere Hausmauern aus.«

Charlotte stieß ihn mit dem Fuß an. »Erinnere mich jetzt nicht an sie.« Dann besann sie sich. »Vermutlich ist sie einsam. Sie hat nie dieses Glück erlebt.« Sie machte mit der Hand eine rasche Bewegung von sich zu Tom.

Er stand auf und streckte ihr die Hände entgegen. Sie ließ sich von ihm aus dem Sessel ziehen, trat dicht vor ihn hin und legte den Kopf auf seine Schulter. Sie waren beinahe gleich groß, was ihr immer gefallen hatte. Sie konnten einander in die Augen sehen, ohne den Kopf neigen oder zum anderen hinaufschauen zu müssen, und das erschien ihr wie ein Sinnbild ihrer Ehe.

Sie spürte Toms warme Hand im Nacken und schloss die Augen, genoss seine Nähe. Seine leisen Worte rissen sie aus der Versunkenheit.

»Wie wäre es, wenn wir heute Abend früh zu Bett gehen?«

Sie nickte, den Kopf noch fest an seiner Schulter, und spürte, wie ihr ganzer Körper warm wurde.

Irgendwann in den frühen Morgenstunden wachte sie auf und merkte, dass das Bett neben ihr leer war. Das Laken fühlte sich kühl an, die Decke war zurückgeschlagen. Tom musste schon länger fort sein. Sie drehte sich auf den Rücken und schaute an die Decke, deren Stuck sich im ersten grauen Licht abzeichnete. Sie wartete. Doch er kam nicht zurück.

4

Im Tempel herrschte gedämpftes Licht, dem die alten Mauern einen warmen Schein verliehen. Kerzen flackerten in eisernen Haltern und beleuchteten die Bilder an den Wänden.

Ein alter Mann mit wallendem weißen Bart, dessen Gewand von einer gewundenen Kordel gehalten wurde, kniete an einem Fluss, den Kopf wie zum Gebet gesenkt. Vor ihm lagen ein schimmernder Helm, in dem ein Loch klaffte, und ein Schwert, dessen Klinge zerbrochen war. Daneben, nur angedeutet, war ein menschlicher Kopf zu sehen, der vom Körper abgetrennt schien.

Auf einem anderen Bild war ein Flussufer dargestellt, an dem sich Häuser erhoben. Ein Kirchturm überragte mit eckigen Zinnen die niedrigen Dächer. Auf einer steinernen Brücke, die den Fluss überspannte, stand eine rothaarige Frau, die Hände auf den Rücken gefesselt, den Kopf stolz erhoben. Um sie herum bildeten Priester und Soldaten einen drohenden Halbkreis, aus dem es kein Entkommen gab. Aber die Frau war von einem warmen Licht umgeben, das sie zu schützen schien, sodass ihr die Männer nichts anhaben konnten. Aus dem Wasser unter ihr reckte sich ein Arm empor, als wollte er sie willkommen heißen.

In der Mitte prangte das größte Bild, auf dem eine Göttin mit langen, geflochtenen Haaren und reichem Halsschmuck zu sehen war. Sie trug eine Krone aus Hörnern auf dem Kopf, zwischen denen eine Sonne prangte. Nirgendwo standen mehr Kerzen als hier, kein Bildnis war heller erleuchtet.

Die Adeptinnen waren um den Tisch versammelt, auf dem eine sehr große, mit Wasser gefüllte Schale stand. Eine weiß gekleidete Frau am Kopfende hob die Hände und begann in feierlichem Ton zu sprechen.

»Oh Isis, Beschützerin des Lebens, Herrin über Geburt, Tod und Wiederkunft, Hüterin des Wassers, hilf allen, die sich auf den Weg zu dir begeben. Empfange sie und führe sie zum Licht, wie du es mit deinem Bruder und Gemahl Osiris tatest, den du auf magische Weise aus dem Tod errettet hast, worauf das Reich der Dunkelheit entstand. Oh Isis, schlage für uns die Brücke zwischen Dunkelheit und Licht, zwischen Tod und Leben, wie du es für ihn getan hast. Lass uns aus dem Reich der Nacht ins göttliche Licht eingehen.«

Alle senkten die Köpfe und stimmten einen monotonen Gesang an, aus dem keine Wörter herauszuhören waren. Die Melodie schwoll wellenförmig an und ab und erinnerte an die Flüsse, die an den Wänden abgebildet waren. Sie hielten einander an den Händen und beschrieben damit einen Kreis, eine endlose Kette der Kraft, die sich von der Hohepriesterin ausbreitete und die Adeptinnen durchdrang. Diese Kraft war wie der Fluss, in dem sich die Göttin offenbarte, und die Hohepriesterin wiederum verkörperte die Göttin hier in ihrer Mitte.

Annas Herz klopfte heftig, wie immer, wenn sie der Hohepriesterin begegnete, und sie war von Ehrfurcht erfüllt. Das Wort traf es sehr gut, denn in ihre Verehrung mischte sich auch Furcht, und sie konnte sich der Ausstrahlung dieser Frau kaum entziehen.

Man gelangte nur ins Licht, wenn man den schweren Weg wählte, das Reich der Nacht durchquerte und sich mit dem vereinte, das man verehrte. Es erschien Anna klar und überzeugend. Sie staunte, wie wundersam sich alles ineinanderfügte, was Außenstehenden als Hokuspokus oder Blasphemie erscheinen mochte. Nachdem sie die Lehre verinnerlicht hatte, war ihr bewusst geworden, dass sie nur ihr Herz und ihren Geist öffnen musste, um sie zu verstehen. Und hatte man die Lehre erst verstanden, das Licht gesehen und in sich aufgenommen, wurde die Welt ganz hell und leicht.

5

Alfie zog die Jacke enger um sich und eilte zu den steinernen Stufen, die ans Wasser hinunterführten. Der Spätnachmittag war ziemlich kühl für Juli, und er war dankbar für die Jacke aus dickem, dunkelblauem Barchent. Sein Bruder Jamie, der seit drei Jahren zur See fuhr, hatte sie ihm mit den Worten »Damit du mich nicht vergisst« vermacht. Im Sommer schwitzte er ganz schön darin, wagte es aber nicht, sie irgendwo abzulegen. Sie war Alfies kostbarster Besitz, und wer wie er in Schuppen und Kellern hauste, wurde schnell bestohlen.

Er schaute nicht nach links zum Queen's Head Pub, durch dessen Fenster lautes Stimmengewirr und Gläserklirren drangen. Er mied die Stelle, seit ihn ein betrunkener Kahnführer dort verprügelt hatte. Der Mann hatte schwankend an der Hauswand gestanden und auf die Stufen gepisst und sich von Alfie belästigt gefühlt, der hinter ihm vorbeigegangen war. Zum Glück hatten der Wirt und andere Gäste eingegriffen. Einer hatte ihm sogar ein Taschentuch gereicht, aber die Erinnerung reichte aus, um seine Schritte zu beschleunigen.

Alfie schaute beschwörend auf den Fluss, als könnte er die Flut zwingen, sich zurückzuziehen und das Ufer freizugeben, mit dessen Hilfe er seinen Lebensunterhalt verdiente. Alfie kannte die Themse, ihre Gewohnheiten und Launen, als wäre sie ein lebendes Wesen. Das auflaufende Wasser brauchte vier bis fünf Stunden, bis es seinen höchsten Stand erreicht hatte, aber es dauerte sechs bis neun Stunden, bis die Ebbe am tiefsten Punkt angelangt war. Und den erwartete er ungeduldig.

Alfie war ein guter Schwimmer und stürzte sich zuweilen ins Wasser, wenn etwas vorbeitrieb, das er zu Geld machen konnte – Holz, Leinwand oder Stücke von Tauen und Seilen. Doch der Fluss war tückisch, selbst wenn man mit ihm vertraut war, und daher zog er es vor, im Uferschlick nach Schätzen zu suchen.

Er schaute sich um. Er war allein am Strand und würde es hoffentlich auch bleiben. Alfie wusste, dass themseabwärts, dort, wo sich die gewaltigen Docks wie eine bizarre, von eisernen Kränen beherrschte Stadt ausbreiteten, mehr zu verdienen war. Dort gab es Ladeplätze und Werften, in denen große Schiffe entladen und repariert wurden. Da fielen nicht nur Taue und Holzspäne herab, sondern auch Eisen und Kupfer, die man zu Geld machen konnte. Auch erzählte man sich, dass junge Strandsucher sich heimlich auf Schiffe und Kähne schlichen und ihre Beute ans Ufer warfen, um sie später abzuholen. Und wer besonders mutig war, stopfte sich gleich vor Ort die Taschen voll. Wenn Schiffer oder Polizei sie erwischten, sprangen die Jungen einfach in den Fluss und schwammen behände ans sichere Ufer.

Im Hafen gab es also viel zu holen. Darum drängten sich dort die Strandsucher, sodass die Konkurrenz größer und der Umgang rauer war. Alfie aber hatte seine Nische in Mortlake gefunden und in drei Jahren ein Häufchen Münzen an einem Ort versteckt, den niemand außer ihm kannte.

Jamie hatte von einem angesehenen Händler für Schiffsbedarf erzählt, der in jungen Jahren als Strandsucher angefangen und so viel Geld zurückgelegt hatte, dass er mit siebzehn einen eigenen Laden eröffnen konnte. Heute sei er mit der Tochter eines Rechtsanwalts verheiratet und ein gemachter Mann. Ob das stimmte, wusste Jamie nicht, aber Alfie hatte die Geschichte nicht vergessen. Die Anwaltstochter reizte ihn nicht so sehr, wohl aber der Gedanke, ein angesehener Kaufmann zu werden, der ein schönes Haus bewohnte und sich von niemandem etwas sagen lassen musste. Vorher wollte er aber selbst zur See fahren.

Eine Taube flatterte flügelschlagend neben ihm auf und riss ihn aus seinen Träumereien. Endlich – das Wasser war abgelaufen, das schlammige Ufer mit seinen Schätzen wartete auf ihn.

Aus dem Augenwinkel bemerkte er fünf Kerzenstummel, die in der Erde steckten, umgeben von verwischten Fußabdrücken. Verkaufen konnte er sie nicht, aber sie waren nicht ganz heruntergebrannt – vermutlich hatte der Wind sie ausgeblasen – und würden ihm in seinem dunklen Schuppen ein wenig Licht spenden.

Alfie steckte sie in den Segeltuchbeutel, den er von seinem ersten Verdienst hatte nähen lassen und der praktischer war als die Körbe, die viele Strandsucher verwendeten. Er trug den Beutel mit dem breiten Träger quer vor dem Körper und hatte so die Hände frei, um in Schlamm und Schlick zu wühlen.

Weiter links ragte die Brauerei aus rötlich-braunem Backstein empor, wo er gelegentlich Holz und einmal sogar eine Flasche Bier erbeutet hatte; daneben standen die Schuppen des Kohlekais, wo immer etwas abfiel, kleine Stückchen, die er an Privatleute verkaufen konnte. Allerdings herrschte dort meist viel Betrieb, und er musste sich verstecken und den richtigen Moment abpassen, um etwas zu erwischen. Einmal hatte ihn ein Arbeiter bemerkt und mit einer unwirschen Handbewegung aufgefordert, seinen Beutel zu füllen und dann rasch zu verschwinden. Aber das kam selten vor. Zudem brachte Kohle nicht viel ein.

Heute wollte Alfie sein Glück flussabwärts versuchen, wo das Ufer grüner war und prächtige Häuser standen. Er schlenderte über den Strand, die Augen auf den Boden geheftet.

Etwas schimmerte auf, als sich die untergehende Sonne darin brach. Alfie bückte sich – ein Stückchen Kupfer, nicht groß, aber es brachte einen besseren Preis als Eisen. Er rieb es am Ärmel, bis es glänzte, und steckte es in seinen Beutel. Über ihm kreisten Möwen, ihr Krächzen klang um diese Tageszeit besonders laut.

Alfie nahm das Kupfer als gutes Zeichen. War dies der Tag, an dem er endlich mehr finden würde als nur Leinwandfetzen oder Kohlebrocken?

Nun, er fand tatsächlich mehr.

Doch waren es auch diesmal keine Schätze, sondern eine tote Frau.

Hätte sie auch nur ein bisschen weiter flussaufwärts gelegen, wären die Schauerleute, die die Kohle entluden, oder die Arbeiter aus der nahen Brauerei auf sie gestoßen. So aber lag sie verlassen und zusammengekrümmt da, ein Häufchen Mensch mit durchweichten Kleidern und nassen, verknoteten Haaren, die an einen Klumpen Tang erinnerten.

Alfie stand reglos vor ihr. Seine Kehle war so eng, dass er nicht schlucken konnte. Er arbeitete seit drei Jahren als Strandsucher, war allein auf der Welt und fürwahr nicht zimperlich, wenn es ums Überleben ging. Er hatte aus fremden Kellern Äpfel und Einmachgläser gestohlen und einmal sogar Stiefel, die ihm nicht passten und die er für einen guten Preis verkauft hatte. Er hatte schon mit sechs Jahren mehr über Männer und Frauen gewusst als andere mit dreizehn, nicht zuletzt, weil seine Mutter wechselnde »Freunde« bei sich beherbergte.

Auch hatte jeder, der am Fluss lebte, von Leichen gehört, die ans Ufer geschwemmt wurden, sich in Tauen und Ankerketten verfingen oder von Rudern und den Stangen der Stechkähne aufgestört und nach oben getrieben wurden. Alfie hatte mit einem wohligen Schauer gelauscht, wenn Jamie oder die Schauerleute die Geschichten blumig ausgeschmückt erzählten.

Aber es war etwas anderes, selbst einen toten Menschen zu finden.

Er suchte einen dicken Stock, legte seinen Beutel ab und trat vorsichtig näher. Mit bloßen Händen würde er sie nicht anfassen, auf gar keinen Fall. Also beugte er sich vor, schob den Stock unter den Körper, wollte ihn als Hebel nutzen, um die Tote umzudrehen.

Warum war sie so schwer?

Alfie geriet ins Schwitzen, zog die warme Jacke aus und warf sie über seinen Beutel. Er schob sich die Haare aus der Stirn und machte sich erneut ans Werk. Als er den Stock zur Hälfte unter die Frau geschoben hatte, drückte er aufs andere Ende und schaffte es, die Tote umzudrehen. Sie klatschte schwerfällig auf den Rücken, die Arme ausgebreitet wie die einer Lumpenpuppe.

Er richtete sich auf und kniff die Augen zu, weil er ihr nicht ins Gesicht sehen wollte. Er fürchtete, sie könnte ihn später im Traum verfolgen. Jamie hatte mal von einem Mann erzählt, dem Krebse alle Finger und Zehen und noch Schlimmeres abgefressen hatten.

Er fragte sich, ob sie aus Versehen ins Wasser gefallen war oder ob sie sich womöglich umgebracht hatte. Die Bibel kannte er nicht gut, aber er wusste, dass es eine Sünde war, sich selbst zu töten. Doch so, wie sie dalag, konnte er nicht erkennen, warum sie gestorben war.

Alfies Herz schlug heftig. In der Bibel stand auch, dass Gott die Menschen prüfte, selbst wenn er das nicht recht verstanden hatte. Sollte das hier eine Prüfung sein? Wäre es besser, die Tote nicht weiter anzurühren und Hilfe zu holen? Sollte er für sie beten? Ihm fiel kein Gebet ein. Und außerdem ... wenn sie ohnehin schon gesündigt hatte, konnte er ihr nicht mehr helfen. Dann war es sicher nicht verboten, sie genauer anzusehen – nicht das Gesicht, aber die Hände. Nur für den Fall, dass sie Ringe trug. So konnte man vielleicht herausfinden, wer sie war, und ihre Familie verständigen.

Dann gab er sich einen Ruck. *Mach dir nichts vor, Alfie Clark. Du scherst dich gar nicht um ihr Seelenheil. Du willst nur wissen, ob bei ihr etwas zu holen ist.*

Beruhigt von so viel Ehrlichkeit, kniete er sich hin und griff vorsichtig nach ihrer linken Hand. Alle Finger waren da. Der Handrücken war abgeschürft, die unversehrte Haut weiß, runzlig und aufgequollen. Kein Ring. Kurze Nägel.

Die rechte Hand sah ähnlich aus.

Alfie war mehr als einmal in der Themse geschwommen und wusste um die Kraft der Strömung. Vermutlich war die Tote über das raue Flussbett geschleift worden.

Mit seiner linken Hand deckte er ihr Gesicht ab und betrachtete dann den Körper. Sie war gut gekleidet, soweit er das erkennen konnte. Von dem hellblauen Kleid waren einige Knöpfe abgerissen, Korsett und Hemd lugten durch den Stoff. Alfies Augen wanderten verstohlen nach oben – und dann sah er es.

Etwas schimmerte am Hals, in der kleinen Vertiefung zwischen den Schlüsselbeinen. Der oberste Kragenknopf fehlte, und wo der Stoff aufklaffte, lag ein goldgefasster grüner Stein.

Da hörte er Stimmen.

Alfie blickte auf und entdeckte zwei Männer mit einem großen Hund, die auf ihn zukamen. Sie waren noch etwa hundert Meter entfernt.

Er überlegte rasch, dachte an Gott und die Frau, die tot

vor ihm auf dem Strand lag und der er nicht mehr helfen konnte. Aber sich selbst konnte er helfen.

Rasch überwand er seinen Ekel und tastete auf der kalten, feuchten Haut mit beiden Händen nach der Schließe. Er löste die Kette, zog sie unter dem Hals der Frau hervor und steckte sie rasch in seinen Beutel.

Dann stand er auf, hängte sich den Beutel um und rannte mit rudernden Armen auf die beiden Männer zu.

»Hilfe! Zu Hilfe! Hier liegt eine tote Frau!«

6

»Endlich sehen wir uns einmal wieder – Louisa, Gabriel, Valentine, Marcus, nicht so übermütig!«, rief Georgia Osborne, lachte aber dabei, sodass die Ermahnung ungehört verhallte. »Verzeihen Sie, meine Liebe, hier fehlt noch immer Ihre energische Hand.«

»Ich habe mich nie als besonders energisch empfunden«, sagte Charlotte lächelnd.

»Oh, doch, Sie besitzen eine sanfte Bestimmtheit, wie eine stählerne Klinge, die mit Samt umhüllt ist. Genau daran fehlt es mir. Natürlich habe ich eine neue Gouvernante – die dritte nach Ihnen, um ehrlich zu sein –, aber sie sind entweder zu nachgiebig oder allzu hart mit meinen Kindern. Beides kann ich nicht dulden.«

Charlotte hatte eineinhalb Jahre bei den Osbornes gearbeitet, nachdem sie ihre erste Stelle in England aufgegeben hatte. Ihre damalige Schülerin, die kleine Emily Clayworth, hatte mit ihrem Vater eine lange Auslandsreise angetreten, auf der sie die beiden nicht begleiten konnte. Sie war verzweifelt gewesen, weil sie befürchtet hatte, sie müsse nach Deutschland zurückkehren und ihrer Mutter eingestehen, dass sie es nicht geschafft hatte, sich in England ein neues Leben aufzubauen.

Dann aber hatte Tom Ashdown sie zum Abendessen ausgeführt, sie aus seinen unergründlich dunklen Augen angeschaut und ihr wortlos eine Visitenkarte über den Tisch geschoben.

Mrs. Georgia Osborne
51, Belgrave Square
London SW1

»Wer ist das?«

»Eine alte Bekannte aus der Zeit, als sie noch nicht Mrs. Osborne war.« Dabei hatte er verschmitzt gelächelt.

Wie sich herausstellte, hatte Mrs. Osborne früher Georgia de Vere geheißen und große Erfolge auf der Bühne gefeiert. Ihr Haus war mit Theaterplakaten geschmückt, und in einer Vitrine standen Fotografien, die Mrs. Osborne in jüngeren Jahren und einer Vielzahl von historischen und exotischen Kostümen zeigten.

»Sie sind ja ganz in Gedanken, liebe Charlotte. Bedrückt Sie etwas?«

Sie blickte hoch. »Mir fiel nur gerade ein, wie wir uns zum ersten Mal begegnet sind. Nachdem ich Ihr Haus verlassen hatte, wusste ich sofort, dass es für mich nur diese eine Stelle gab.«

Mrs. Osborne sah sie mit gespielter Entrüstung an. »Und doch haben Sie sie so schnell wieder aufgegeben.«

»Es gab nur eine einzige Aufgabe in London, die mich noch mehr gereizt hat.«

»Ach, nun werden Sie nicht rot. Tom ist ein wunderbarer

Mann. Er kommt hinter meinem Geoffrey gleich an zweiter Stelle.« Sie hielt inne. »Gut, er ist natürlich nicht so reich, aber äußerst amüsant.«

Charlotte lächelte. Bei einer anderen Frau hätten die unverblümten Worte unmöglich gewirkt, doch Georgia Osborne war in jeder Hinsicht außergewöhnlich und überaus charmant. »Ja, das ist er«, sagte sie. »Mit ihm verheiratet zu sein ist niemals langweilig.«

»Das glaube ich gern. Zumal Sie noch keine Kinder haben, die Ihnen die Langeweile vertreiben. Marcus, wie oft soll ich dir sagen, dass die Rosen kein gegnerischer Ritter sind?« Sie seufzte. »Ich muss mich wohl doch um eine neue Gouvernante bemühen, das Kindermädchen ist überfordert.«

Sie plauderten über die letzte Theatersaison und dass die verhassten Tournüren endgültig aus der Mode waren. »Ich habe meiner Schneiderin gesagt, sie solle bei den Keulen-Ärmeln nicht übertreiben. Mit dem, was sie fabriziert hatte, sah ich aus wie ein Preisboxer.«

Charlotte nickte verständnisvoll. »Manchmal wünsche ich mir, es gäbe Kleider ganz ohne Korsett, die einfach an mir herabflößen wie ein Nachthemd. So wie zu Napoleons Zeit. In denen konnte man sogar atmen.«

Georgia grinste anzüglich. »Und sie verbargen fast nichts, was den Herren sehr gefallen haben dürfte. Leider kam man auf die Idee, Frauen wieder in Rüstungen zu stecken. Aber ich prophezeie Ihnen, selbst im übertragenen Sinne wird das nicht so bleiben. In Neuseeland dürfen Frauen seit dem letzten Jahr wählen. Die Zeiten ändern sich.« Dann hielt sie inne und schaute ihre Freundin prüfend an. »Hoffentlich habe ich Sie mit meiner Bemerkung über Kinder nicht gekränkt. Sie kennen mich ja, ich rede, wie mir der Schnabel gewachsen ist.«

»Seien Sie unbesorgt, es hat mich nicht verletzt. Bei manchen Paaren dauert es eben etwas länger. Tom und ich sind glücklich miteinander.«

Sie hätte es nicht ernster meinen können.

Tom begab sich nach dem Essen ins Arbeitszimmer.

»Darf ich mich dazusetzen?«, fragte Charlotte. »Ich soll für Georgia eine Liste deutscher Märchen zusammenstellen. Sie sucht eine neue Gouvernante, ihre ist schon wieder weggelaufen.«

Er nickte, wenn auch nicht so freudig, wie sie erwartet hatte. Es kam ihr vor, als wollte er lieber allein sein, sie aber nicht kränken, indem er es offen sagte.

Sie lehnte sich zurück und schloss für einen Moment die Augen. *Tom und ich sind glücklich miteinander*, hatte sie zu Georgia gesagt, und das waren sie. Aber es gab auch jene Momente, in denen sie spürte, dass etwas zwischen ihnen stand, in denen Tom still wurde und sich zurückzog, statt ihr anzuvertrauen, was ihn bewegte. Sie erinnerte sich an den sonderbaren Augenblick bei ihrem Fest, als er sie mit den Gästen durchs Haus geschickt hatte und allein im Wohnzimmer geblieben war. Er hatte nie erklärt, was damals mit ihm geschehen war.

»Ich habe Karten für Samstagabend, das neue Stück von Jones«, sagte Tom unvermittelt. »Wollen wir gemeinsam hingehen?«

»O ja, sehr gern. Ist das der, über den Wilde gesagt hat, es gäbe drei Regeln fürs Stückeschreiben? Die erste bestünde darin, nicht wie Henry Arthur Jones zu schreiben, und Regel zwei und drei ebenfalls?«

Tom drehte sich lachend zu ihr um. »Genau der.«

Charlotte wurde von innen warm. Die seltsame Stimmung, die sie vorhin gespürt hatte, war verflogen. »Bei Georgia ging es wieder wild zu«, sagte sie amüsiert. »Ich frage mich, wie sie so gelassen bleiben kann, wenn um sie herum vier Kinder toben. Demnächst sogar fünf.«

Sie wusste nicht, was sie aufblicken ließ, es war kein Geräusch, eher eine Ahnung. Tom saß steif da, den Rücken ganz gerade, den Federhalter reglos in der Hand, ohne etwas zu schreiben. Sie wollte etwas sagen, doch sein ganzer Körper schien sie zurückzuweisen. Das Feuer wärmte sie nicht mehr, und so stand sie auf und verließ lautlos den Raum.

Er schämte sich, weil er Charlotte zurückwies, statt mit ihr zu sprechen. Doch er wusste nicht, wie er das, was in ihm vorging, in Worte fassen sollte.

Er erinnerte sich an das Gespräch über König Lear, das eine seltsame Unruhe in ihm ausgelöst hatte. Seither schien ihn das Thema zu verfolgen. Charlotte war sichtlich verstört vom Tee bei der Nachbarin gekommen, die sie in taktloser Weise auf ihre Kinderlosigkeit angesprochen hatte. Und vorhin hatte sie erwähnt, wie munter es bei Georgia Osborne zuging und dass sie ihr fünftes Kind erwartete. Hatte Sehnsucht in ihrer Stimme mitgeschwungen, oder bildete er sich das nur ein?

Etwas schnürte ihm den Atem ab, und er wollte lieber nicht daran denken, was der Grund dafür sein mochte. Denn es gab Fragen und Ängste, die sich, einmal freigesetzt, nicht mehr einfangen ließen.

7

Alfie fühlte sich unwohl und rutschte auf dem glatten Holzstuhl hin und her. Er hätte davonlaufen sollen, statt den beiden Männern, die an der Themse spazieren gingen, von seinem Fund zu berichten. Er hätte einfach kehrtmachen sollen, von hinten hätten sie ihn nicht erkannt. Und die tote Frau hätte sie abgelenkt, bis er verschwunden war. Aber da war natürlich noch der Hund. Er war nicht an der Leine gewesen. Der hätte ihn jagen und beißen können, und dann wäre er verdächtig *und* verletzt gewesen. Nein, es war wohl besser so.

Dennoch gefiel es ihm nicht, dass er jetzt auf der Polizeiwache saß. Der Sergeant hatte seinen Namen aufgeschrieben und wollte wissen, wie alt er war und wo seine Eltern seien.

»Zwölf. Und meine Eltern sind gestorben.«

»Du bist also ganz allein auf der Welt?«

»Nein, ich hab einen großen Bruder, der zur See fährt. Wenn er zurückkommt, nimmt er mich mit auf sein Schiff. Das hat er mir versprochen.«

»Wo wohnst du denn?«

Als er den Schuppen erwähnte, sah ihn der Sergeant zweifelnd an. »Eigentlich müsste ich dich ins Waisenhaus bringen.« Doch dann bemerkte er Alfies erschrockenes Gesicht und fügte hinzu: »Na schön, ich werde ein Auge zudrücken. Du bist also Strandsucher?«

»Ja, Sir. Ich sorge für mich«, erwiderte er stolz.

»Dann erzähl mir mal, was geschehen ist. Von Anfang an. Ich will genau wissen, was du gefunden und wen du gesehen hast, verstanden?«

Er nickte. »Ich hab bei der Treppe am Queen's Head angefangen. Ich lauf mal flussaufwärts in Richtung Brauerei, dann wieder flussabwärts. Diesmal bin ich in Richtung Barnes gegangen.«

»Und ist dir unterwegs was aufgefallen? Bevor du die Tote entdeckt hast?«

»Hm, nichts Besonderes. Ein Stück Kupfer habe ich gefunden. Ach ja, und die Kerzen, aber die sind nichts wert. Die habe ich für mich behalten.«

»Welche Kerzen?«

»Na ja, da waren fünf Kerzenstummel am Ufer, die steckten in der Erde. Zwei oder drei konnte man noch gebrauchen.«

»Findest du öfter Kerzen?«

»Nein, nie. Wer geht schon mit Kerzen an den Fluss? Da weht immer ein Wind und bläst sie aus.«

»Und du hast niemanden gesehen, der sie dort gelassen haben könnte?«

Alfie verstand nicht, was der Sergeant daran so interessant fand. Die tote Frau war doch wohl wichtiger.

»Nein. Da waren Fußabdrücke, aber die waren ganz verwischt. Da laufen immer Leute rum.«

»Dann erzähl mir, wie du die Frau gefunden hast.«

Alfie schilderte alles ganz genau. Nur die Kette würde sein Geheimnis bleiben. Er hatte sie zu Hause untersucht und festgestellt, dass sie kaputt war. Ein Stein war aus der Fassung gefallen, das Gold war dort zerkratzt, als hätte man sie absichtlich beschädigt.

»... erkannt?«

Alfie sah den Sergeant verständnislos an. Er hatte die letzte Frage nicht mitbekommen.

Der Sergeant sah ihn streng an. »Junge, du musst mir alles sagen, was du weißt. Hast du die Frau erkannt?«

Er schüttelte heftig den Kopf. »Nein. Woher sollte ich ... ich meine, ich konnte sie gar nicht erkennen.«

»Warum nicht?«

Er schluckte. »Weil ich ihr nicht ins Gesicht gesehen habe.« Seine Finger krallten sich in seine Hose. »Ich ... ich hab mal gehört, dass Fische und Krebse einen auffressen, wenn man ertrinkt. Darum hab ich mich nicht getraut, sie anzusehen.«

»Sie trug Ohrringe mit Smaragden. Das sind grüne Steine. Sie sind wertvoll«, fügte der Sergeant hinzu.

»Wie gesagt, Sir, ich hab mir ihren Kopf nicht angesehen.«

»Na schön, Alfie. Damit wären wir fürs Erste fertig. Du hast alles richtig gemacht.«

Sein Kopf zuckte hoch. »Danke, Sir!«

»Die Familie wird womöglich mit dir sprechen wollen. Du bleibst also bei deinem Schuppen, verstanden?«

Wohin soll ich auch sonst gehen?, dachte Alfie, sagte aber nur: »Ja, Sir.« Das konnte man gar nicht oft genug sagen, wenn man mit der Polizei zu tun hatte. Auch etwas, das er von Jamie gelernt hatte.

»Du kannst gehen, Junge.«

Das ließ Alfie sich nicht zweimal sagen. Er sprang die Stufen vor der Wache hinunter und eilte in seinen Unterschlupf. Er hatte die Gezeiten genau im Kopf und wusste, dass bald Niedrigwasser war.

Er musste an die Arbeit.

8

Tom hielt es nicht länger aus. Er konnte sich nicht aufs Schreiben konzentrieren, weil seine Gedanken ständig in eine bestimmte Richtung wanderten. In den letzten Tagen war eine Idee in ihm gewachsen, und er wusste, dass er keine Ruhe finden würde, bevor er sie in die Tat umgesetzt hatte. Also begab er sich an diesem Vormittag in die Harley Street.

»Was machst du denn hier?«

Stephen Carlisle stand in der Tür seines Sprechzimmers und schaute seinen letzten Patienten vor der Mittagspause überrascht an.

Tom erhob sich vom Stuhl, sagte aber nichts.

»Oh, du kannst hellsehen, was? Du willst mich zum Mittagessen einladen, weil du ahnst, dass heute eine wahre Flut an Patienten über mich hereingebrochen ist und ich seit sieben Uhr nichts gegessen habe.« Als er das Gesicht seines Freundes sah, wurde er schlagartig ernst. »Komm rein.«

Stephen schloss die Tür und deutete auf den Stuhl, der vor seinem Schreibtisch stand. »Setz dich. Whisky?«

»In der Praxis?«

Stephen bückte sich und öffnete eine Schranktür, aus der er eine Flasche zutage förderte. »Aus medizinischen Gründen sollte man immer ein stärkendes Getränk bereithalten.«

»Vorschrift des General Medical Council?«, fragte Tom mit einem schwachen Lächeln.

Stephen goss ihnen beiden ein und schob Tom das Glas mit der bernsteinfarbenen Flüssigkeit hin.

»Nein, aber eine lieb gewordene Gepflogenheit unter ärztlichen Kollegen. Zum Wohl.«

Sie tranken. Tom stellte sein Glas ab und holte tief Luft. »Ich bin hier, um dich zu konsultieren.«

Stephen verschränkte die Hände auf der Tischplatte und sah ihn aufmerksam an. »Du siehst eigentlich nicht krank aus. Eher ein bisschen übernächtigt. Hast du viel zu tun?«

»Ja, das auch, aber darum geht es nicht.«

»Worum dann?«

»Nicht um eine Krankheit im üblichen Sinne. Ich weiß nicht einmal, ob ich bei dir überhaupt richtig bin, aber du bist mein Freund.«

»Dennoch fällt es dir sichtlich schwer, darüber zu sprechen.«

Tom nickte. Natürlich fiel es ihm schwer. Wenn man unter Männern über solche Dinge sprach, dann meist über die angenehmen Seiten, leichthin, ein bisschen prahlerisch, oft vulgär, obwohl ihm das nie gelegen hatte. »Es muss unter uns bleiben, Stephen.«

»Willst du mich beleidigen?«

Er schüttelte den Kopf. »Es tut mir leid, so war es nicht gemeint. Ich würde dir nie unterstellen, dass du deinen ärztlichen Eid brichst.« Er hielt inne. »Es geht um meine Ehe.«

Stephen zog eine Augenbraue hoch, sagte aber nichts.

»Wir sind seit zwei Jahren verheiratet und noch kinderlos. Charlotte war meines Wissens auch nie schwanger. Ich meine, sie hatte keine Fehlgeburt, das hätte ich sicher mitbekommen.« Er schaute auf seine Hände. Seine Finger bohrten sich so fest in die Handflächen, dass sich die Knöchel weiß färbten.

»Hat Charlotte ärztlichen Rat gesucht?«

»Nein.«

»Und warum kommst du zu mir?«

Durch das Buntglasfenster hinter Stephen fiel Sonnenlicht und zeichnete bunte Prismen auf die dunklen Möbel. Die munter tanzenden Flecken schienen Tom zu verspotten. »Man geht meist davon aus, dass es die Schuld der Frau ist, nicht wahr? Schuld – was für ein furchtbarer Begriff. Aber du verstehst, was ich meine.«

Stephen Carlisle nickte. »Natürlich verstehe ich das. Es ist die vorherrschende gesellschaftliche Ansicht, dass die Ursache für Kinderlosigkeit bei der Frau zu suchen ist. Was das angeht, hat sich seit Heinrich VIII. nicht viel geändert.«

»Aber ist sie auch medizinisch korrekt?«

»Nein. Wenn ein Ehepaar kinderlos bleibt, kann die Ursache ebenso beim Mann liegen. Nur hat es sich eingebürgert, die ›Schuld‹ bei der Frau zu suchen, um es dem Mann zu ermöglichen, die Ehe zu beenden. Vor allem, wenn es um die Vererbung großer Vermögen und Adelstitel geht.«

Tom bemerkte, dass seine Hände zitterten, und schob sie zwischen die Oberschenkel. »Wenn ein Mann mehrmals verheiratet ist und alle Ehen kinderlos bleiben, dann liegt es nahe …«

»Die Ursache bei ihm zu suchen«, sagte Stephen und hielt abrupt inne.

Ihre Blicke begegneten sich.

»Jetzt weißt du, warum ich zu dir gekommen bin.«

Tom saß im Arbeitszimmer, den Kopf in die Hände gestützt, die Finger in den Haaren vergraben. Vor ihm lagen Blätter, auf denen mehr durchgestrichen als zu lesen war, sein vergeblicher Versuch, die Jones-Aufführung zu besprechen. Er brachte einfach keinen vernünftigen Satz zustande, weil sich die Erinnerung an Stephens Worte beharrlich dazwischendrängte.

Hattest du jemals Schwierigkeiten beim Verkehr?
Hattest du jemals eine Geschlechtskrankheit?
War Lucy wirklich niemals schwanger, oder hat sie vielleicht eine Fehlgeburt erlitten?
Wie steht es mit Charlottes Gesundheit?
Hast du mit ihr über all das gesprochen?

Dass er Stephen seit Langem kannte und die Fragen geradezu klinisch nüchtern klangen, hatte nichts an der schmerzhaften Peinlichkeit der Konsultation geändert. Tom hatte sich entblößter gefühlt, als wenn er nackt vor seinem Freund gesessen hätte, und wäre am liebsten einfach hinausgelaufen. Doch er war es Charlotte schuldig, sich diesen Fragen zu stellen.

Nein.
Nein.
Meines Wissens nicht.
Bestens, soweit ich weiß.
Nein.

Er hatte einsilbig geantwortet und Stephen dabei nicht

in die Augen gesehen. Nach der Untersuchung hatte sein Freund das Stethoskop beiseitegelegt, sich hingesetzt und die Hände auf dem Tisch verschränkt. Tom hatte Mitgefühl in seinen Augen gelesen, was es nicht leichter für ihn machte.

Du bist körperlich gesund, soweit ich das beurteilen kann. Natürlich könnte Charlotte ebenfalls ärztlichen Rat einholen. Doch da Lucy in fünf Jahren Ehe nicht schwanger geworden ist, liegt die Vermutung nahe – und du weißt, wie ungern ich das sage –, dass du zeugungsunfähig bist. Ich kann dir einen Spezialisten empfehlen, aber ich will ehrlich sein: Medizinisch lässt es sich nicht behandeln.

Es klingelte an der Tür, und er hörte, wie Daisy öffnete und kurz darauf an die Zimmertür klopfte.

»Ja, bitte?«

»Ein Brief für Sie, Mr. Ashdown.«

Er warf einen Blick auf den Absender – Stephen Carlisle. Beinahe hätte er an Gedankenübertragung geglaubt. Tom öffnete ihn und überflog die wenigen Zeilen.

Lieber Tom,
dein Besuch geht mir nicht aus dem Kopf, und mir fiel etwas ein, das dir nicht praktisch helfen, vielleicht aber deine Lage erklären kann. Hast du als Kind an Mumps gelitten? Die Krankheit geht bei Jungen nicht selten mit einer Entzündung der Hoden einher, die im späteren Leben zur Sterilität führen kann. Wir können gern persönlich darüber sprechen, nur wollte ich dir den Gedanken nicht vorenthalten.
  Herzlich
  Stephen

Tom erinnerte sich, auch wenn es an die dreißig Jahre her sein musste. Die Schmerzen, sobald er den Kopf bewegen, sprechen oder kauen wollte. Der geschwollene Hals, die kühle Hand seiner Mutter, die ihm liebevoll über die Stirn gestrichen hatte. Auch seine Ohren hatten wehgetan. Und da war noch etwas gewesen – der Arzt hatte mit seiner Mutter geflüstert, damit er es nicht hörte, und sie war rot geworden und hatte ihn besorgt angesehen. In seinem Fieberwahn hatte Tom einen Moment lang geglaubt, er müsse sterben. Nun aber fragte er sich, ob es ein verlegenes Flüstern gewesen war, da man über diese Körperteile eigentlich nicht sprach, schon gar nicht mit seinen Kindern.

Seine Mutter konnte er nicht mehr fragen, und sein Vater – Tom liebte ihn, aber sich bei ihm danach zu erkundigen konnte er sich nicht vorstellen. Und selbst wenn, was hätte es geholfen?

Er würde sich mit dem Gedanken abfinden müssen, dass er und Charlotte keine Kinder bekommen konnten. Das machte ihn traurig, doch etwas war noch größer als die Traurigkeit – die Angst.

Die Angst, es Charlotte zu gestehen, die Angst, was er dann in ihren Augen lesen würde. Die meisten Frauen wünschten sich Kinder. Charlotte hatte einen Beruf gewählt, in dem sie täglich von Kindern umgeben war, und er wusste nur zu gut, wie liebevoll sie sich um Emily Clayworth gekümmert hatte. Würde er seine Frau verlieren, wenn sie hörte, dass ihr eine eigene Familie verwehrt bliebe?

9

Henrietta steckte den Kopf nach draußen und schaute die schmale Straße hinunter, ob keine Nachbarn zu sehen waren. Dann schloss sie rasch die Tür. »Warum kommt ihr unangekündigt her? Wir haben vereinbart, uns nur im Tempel zu treffen.«

Die drei Frauen sahen sie an. »Es ist wichtig, Henrietta.«

Ihre Mienen waren so ernst, dass sie rasch auf den Garderobenständer deutete. »Legt ab.«

Als alle vier Platz genommen hatten, schaute Henrietta in die Runde. Sie hatte ihnen keinen Tee angeboten, denn dies war offenbar kein gesellschaftlicher Besuch. »Mir wird bei eurem Anblick ganz unwohl. Was ist geschehen? Warum habt ihr nicht telegrafiert, wenn es so eilig ist? Rosalie? Anna? Gertrude?«

»Diese Nachricht würden wir keinem Telegrafenamt anvertrauen«, sagte Rosalie. »Da waren wir uns einig.«

»Nun sagt schon!«

Rosalie deutete auf Gertrude, eine Frau von Mitte fünfzig, die neben ihr saß, den Rücken gerade wie ein Lineal, die Hände im Schoß.

»Julia ist verschwunden.«

»Wie meinst du das?«, fragte Henrietta beklommen.

»Sie war gestern nicht im Tempel.«

»Das war ich auch nicht, ich war verhindert.«

»Gewiss«, entgegnete Gertrude kühl, »aber du hast dich schriftlich abgemeldet, wie es sich gehört. Julia hingegen wollte kommen, das hatte sie ausdrücklich gesagt.«

»Und sie ist unentschuldigt ferngeblieben?«

»So ist es.« Gertrude strich ihren Rock glatt. Die auffälligen Ringe mit den bunten Steinen waren das einzige Zugeständnis an ihre Überzeugungen. Ansonsten war ihre Erscheinung ganz so, wie man es von der sittsamen Witwe eines Rechtsanwalts erwartete.

»Habt ihr versucht, sie zu erreichen?«

Rosalie sah sie entrüstet an. »Das ist ausgeschlossen, wie du nur zu genau weißt. Sie hat die Mitgliedschaft vor ihrer Familie verborgen, wie wir alle. So lautet das Gesetz. Wenn es nach ihren Eltern geht, besucht Julia Danby an jedem Dienstag einen literarischen Zirkel.«

Henrietta betrachtete ihre Hände, die frei von Schmuck waren.

Anna, die Jüngste unter ihnen, die noch nichts gesagt hatte, räusperte sich. »Ich ... ich habe ein sonderbares Gefühl.« Sie biss sich auf die Unterlippe. »Vielleicht bilde ich es mir ein, aber bei den letzten Versammlungen wirkte Julia verändert. Ist euch das nicht aufgefallen?«

Henrietta beugte sich vor. »Was genau meinst du?«

»Sie war still, in sich gekehrt, und dennoch brannte sie. Es klingt unsinnig, aber ich habe ein Feuer in ihr gespürt, das sie aufzuzehren schien. Ein inneres Glühen.«

Rosalie runzelte die Stirn. »Ich habe nichts Derartiges bemerkt.«

»Aber so habe ich es empfunden«, beteuerte Anna. »Es lässt sich schwer in Worte fassen, und ich hätte es auch nie erwähnt, wenn sie nicht verschwunden wäre. Nachdem es mir zum ersten Mal aufgefallen war – das muss vor etwa vier Wochen gewesen sein –, habe ich sie nach der Versammlung gefragt, ob es ihr gut gehe. ›Mir ist es nie besser gegangen‹, antwortete sie, schaute dabei aber durch mich hindurch.« Anna hielt inne und suchte nach den richtigen Worten. »Julia stand vor mir, sie sprach mit mir und schien mich doch nicht wahrzunehmen. Es war, als blickte sie in sich hinein und betrachtete etwas, das nur ihr gehörte.«

Im Zimmer wurde es sehr still. Nur das Ticken der Standuhr war zu hören.

Schließlich fragte Rosalie mit rauer Stimme: »Du meinst, die Göttin hat zu ihr gesprochen?«

Anna überlegte so lange, dass Henrietta schon glaubte, sie werde nicht antworten.

»Mehr noch. Die Göttin war in ihr. Dort, in diesem Augenblick, inmitten von uns allen.«

10

Die Einladung seines früheren Mentors war überraschend eingetroffen, aber nicht unwillkommen, da sie Tom von seinen düsteren Gedanken ablenkte. Er hatte noch immer nicht den Mut aufgebracht, mit Charlotte über Stephens Vermutungen zu sprechen. Darum hatte er sich mehr als bereitwillig auf den Weg nach Chelsea gemacht.

Der Empfang geriet überschwänglich.

»Mein Herz fliegt Ihnen entgegen, Tom. Sie sehen gut aus, ein wenig blass vielleicht. Ich hoffe, Sie übernehmen sich nicht, man liest ja ständig Ihr Kürzel in den großen Blättern.«

Sir Tristan Jellicoe hielt Toms Hand länger als schicklich, doch da er als Exzentriker galt, sah man es ihm nach. Wer ihm das erste Mal begegnete, mochte argwöhnen, dass er zu jenen Männern gehörte, die ihr eigenes Geschlecht bevorzugten, doch Tom wusste von mehr als einer Dame der Gesellschaft, mit der Jellicoe nicht nur über Literatur geplaudert hatte.

»Danke, es geht mir gut«, sagte er. Er war nie bei Jellicoe daheim gewesen und fühlte sich geradezu in den Orient versetzt, einen morgenländischen Palast, der ihn glauben ließ, er habe Europa weit hinter sich gelassen. Eine mit rotem

Samt bezogene Ottomane mit passenden Sesseln und Sitzpolstern, achteckige Beistelltische, die an kleine Türmchen erinnerten und aus bunt bemaltem Holz gefertigt waren, metallbeschlagene Truhen.

Tom ließ sich auf der Ottomane nieder und schaute seinen Gastgeber erwartungsvoll an.

»Ich bin wirklich gespannt, warum Sie mich hergebeten haben, Tristan.«

Dieser klatschte in die Hände, worauf ein nordafrikanisch aussehender Diener erschien, der ganz in Weiß gekleidet war und Tee servierte. Nachdem er gegangen war, schenkte Jellicoe ihnen ein, gab übermäßig Zucker in seine Tasse, bis der Tee wie Sirup aussah, und lehnte sich damit im Sessel zurück. »Ich könnte glatt beleidigt sein.«

»Beleidigt?«, fragte Tom verwundert.

»Sie erwecken den Eindruck, als hätte ich Sie mit Hintergedanken hergelockt und nicht, weil ich Sie gern wiedersehen wollte.«

Tom betrachtete ihn prüfend. Ein Lächeln spielte um Jellicoes Mund. Sein Gesicht war faltiger geworden, doch die dunklen Augen blickten lebhaft wie immer. Seine schulterlangen Haare waren inzwischen völlig weiß und schimmerten im Lampenlicht, was Tom vermuten ließ, dass Jellicoe viel Mühe auf ihre Pflege verwendete. Das orientalische Gewand, das er über Hemd und Hose trug, war farblich auf das Zimmer abgestimmt. Er gehörte zu den Menschen, denen das Alter nicht viel anhaben konnte.

Tom trank von seinem Tee, stellte die Tasse ab und antwortete erst dann. »Wäre dies eine rein gesellschaftliche

Einladung gewesen, hätten Sie vermutlich meine Frau dazugebeten. Wie ich Sie kenne, wissen Sie, dass ich vor zwei Jahren wieder geheiratet habe.«

Jellicoe nickte. »Aber natürlich, lieber Tom, und dazu wünsche ich Ihnen von Herzen alles Gute. Es freut mich, dass Sie noch einmal einer Frau begegnet sind, die Sie glücklich macht. Ich möchte die Dame auch gern kennenlernen, nur …« Er klopfte mit dem Zeigefinger gegen die Unterlippe. »Ich gestehe, Sie haben mich durchschaut. Heute habe ich Sie tatsächlich aus geschäftlichen Gründen hergebeten, denn ich möchte Ihnen ein Angebot unterbreiten.«

Tom sah ihn überrascht an. Jellicoe hatte ihn unter seine Fittiche genommen, als er gerade von der Universität kam und in London als Journalist Fuß fassen wollte, ein nahezu hoffnungsloses Unterfangen. Niemand kannte ihn, niemand vertraute auf seine Fähigkeiten, er hatte keinen Namen. Bis er auf Tristan Jellicoe traf, der damals den *London Herald* herausgab und dringend einen Reporter ersetzen musste, der sich bei einem Kutschenunfall verletzt hatte. Tom war zur rechten Zeit am rechten Ort gewesen – nämlich in der Redaktion des *Herald*, um seine Bewerbung abzugeben – und bekam wenig später eine Stelle. Damit hatte alles angefangen.

Nach einigen Jahren hatte sich Jellicoe, inzwischen zum Ritter geschlagen, aus der Zeitung zurückgezogen und einen Verlag gegründet, in dem er Liebhaberausgaben veröffentlichte, meist über Kunst und Architektur. Allerdings gab es auch Bücher, die, wie man munkelte, auf sehr eigene Weise »künstlerisch« waren und die Schönheit des menschlichen Körpers feierten.

»Ich plane ein Buch und möchte Sie bitten, die Texte beizusteuern. Um die Illustrationen würde ich mich kümmern, das fällt sicher nicht in Ihr Gebiet.«

Tom hob die Hand. »Tristan, bevor Sie weitersprechen – Pornografie ist nicht mein Metier.«

Jellicoe warf den Kopf zurück und lachte aus voller Kehle, wie es seine Art war. »Darum geht es nicht, mein Freund, obwohl es eine Kunst ist, die man nicht hoch genug schätzen kann.«

Tom war mittlerweile froh, dass Charlotte ihn nicht begleitet hatte.

»Bei meinem Vorhaben geht es um etwas völlig anderes.« Jellicoe legte eine dramatische Pause ein. »Um Okkultismus, die dunklen Künste, Magie.«

Damit hatte Ton nun wirklich nicht gerechnet. »Seit wann interessieren Sie sich dafür, wenn ich fragen darf? Ich kann mich nicht erinnern, dass Sie sich früher damit beschäftigt hätten.«

Jellicoe strich beinahe zärtlich über die Armlehne seines Sessels. »Ach, das ist schon länger eines meiner Steckenpferde, eigentlich seit ich mich aus der Zeitung zurückgezogen habe. Außerdem kann man sich dem Thema heutzutage kaum entziehen, London ist voll von Geistersehern und magischen Zirkeln.«

»Ich danke Ihnen für Ihr Vertrauen«, sagte Tom überrascht. »Es stimmt, ich habe mich vor einigen Jahren mit übernatürlichen Phänomenen beschäftigt, in einem kleinen Ort in Surrey. Es geschah allerdings von einem rein wissenschaftlichen Standpunkt aus. Ich habe einige Veranstaltungen der Society of Psychical Research besucht und mich mit dem einen oder anderen Mitglied angefreundet. Und es hat mich darin bestärkt, in der Welt des Rationalen zu bleiben. Ich fürchte ein bisschen, dass Ihr Buch okkulte Erscheinungen nicht widerlegen, sondern eher Interesse an ihnen wecken soll, und das ist wirklich nichts für mich.« Gewiss, der Fall in Surrey hatte ihn mit Charlotte zusammengeführt, aber sie waren damals dunklen Kräften nähergekommen, als ihnen lieb war. Seither hatte er sich von allem ferngehalten, das ans Übernatürliche grenzte.

Jellicoe hob beschwichtigend die Hand. »Tom, bitte lassen Sie es mich erklären. Es geht hier nicht darum zu untersuchen, ob jemand Verbindungen ins Jenseits aufnimmt oder ein Betrüger ist. Ob mit irgendwelchen Vorrichtungen Tische gerückt werden oder ob sie sich wirklich durch unerklärliche Kräfte bewegen.« Er beugte sich vor und stützte die Hände auf die Knie. Er trug zwei große Ringe mit grünen und roten Steinen, in denen sich funkelnd das Licht brach. »Mir geht es nicht um Wissenschaft, und ich will auch nichts beweisen oder widerlegen. Nein, Tom, mein Plan ist eine okkulte Geschichte Londons. Sie sollen Orte aufsuchen, die man mit dem Übernatürlichen in Verbindung bringt, Ihre Eindrücke schildern und natürlich auch historische Fakten dazu liefern. Es soll eine Art magischer Atlas dieser Stadt werden.«

Tom war skeptisch. Die Idee an sich war reizvoll, aber er hatte einen Ruf zu verlieren und wollte nicht als Anhänger esoterischen Unsinns dastehen.

»Nun, was sagen Sie dazu?«

»Ich brauche Bedenkzeit.« Etwas in ihm wehrte sich gegen den Gedanken, ein solches Buch zu schreiben. Er hatte erlebt, wie schädlich okkulte Praktiken sein konnten und wie gefährlich es war, den Boden der Wissenschaft zu verlassen.

Andererseits musste er sich eingestehen, dass ihm etwas fehlte, dass es eine Leere in ihm gab, die er nicht so recht benennen konnte und die er irgendwie füllen wollte. Das angebotene Buchprojekt würde ihn ablenken, er wäre viel unterwegs und käme in der ganzen Stadt herum. Vor allem aber konnte er es mit Charlotte teilen. Tom erinnerte sich an ihre Abenteuer in dem verwunschenen Haus in Dorking, die sie überhaupt erst zusammengeführt hatten. Als er sich ausmalte, wie er mit ihr durch die Stadt streifen, hinter alten Mauern stöbern und in unterirdische Kammern vordringen würde – gut möglich, dass seine Fantasie mit ihm durchging, aber sei's drum –, wurde ihm ganz warm.

»Wusste ich doch, dass Sie anbeißen.«

Tom sah überrascht hoch. Jellicoe schien in ihm zu lesen wie in einem Buch.

Er nickte zögernd. »Ich gebe zu, es klingt nach einer interessanten Herausforderung.« Er hob warnend die Hand, als Jellicoe selbstzufrieden grinste. »Ich ziehe das Angebot aber nur in Betracht, wenn ich wirklich freie Hand beim Schreiben habe. Falls ich nicht skeptisch sein und kritische Fragen stellen darf, muss ich leider ablehnen.«

»Mein Lieber«, Jellicoe breitete die Arme aus, »Sie haben alle Freiheit. Ich kenne Ihren Stil, und es gibt keinen anderen, der besser für die Aufgabe geeignet wäre. Zweifeln Sie, fragen Sie nach, lassen Sie sich nicht mit Märchen abspeisen.

Wir wollen dem Publikum nicht predigen, die Leute sollen nicht blind glauben, was wir ihnen erzählen.«

Tom wurde hellhörig. »Aber Sie sind bereits sicher, dass wir ihnen etwas zu erzählen *haben*?«

Jellicoe seufzte theatralisch. »Sie sind wirklich misstrauisch, Tom. Sie müssen zugeben, dass viele sich nach etwas sehnen, das über das Alltägliche hinausgeht. Denken Sie nur, wie prosaisch die Welt geworden ist – Stahl und Stein, wohin man sieht. Maschinen, die einen immer schneller von A nach B befördern, die Dinge herstellen und untersuchen und transportieren. Darwin hat der Schöpfung ihren Zauber geraubt, Edison glaubt, mit elektrischem Strom könne er die Welt retten. Nervensystem und Vererbungslehre, Bakterien und Impfstoffe, wir werden geradezu überwältigt von Wissenschaft und Technik, doch dabei bleibt die Seele auf der Strecke. Folglich verspüren viele den Wunsch, hinter die Dinge zu schauen, die größeren Zusammenhänge zu erkennen, statt immer nur mechanisch nach dem Wie zu fragen. Es gibt auch ein Warum.«

Tom hatte nicht mit einer philosophischen Diskussion gerechnet und runzelte die Stirn, während er nach einer passenden Entgegnung suchte. »Ist Ihnen die christliche Religion nicht genug?«

Jellicoe lachte. »Auch die hat ihren Reiz verloren. Zudem ist sie kaum zweitausend Jahre alt. Was war denn mit der Zeit davor? Ich denke da in anderen Dimensionen, mein Freund. Wir verfügen über uraltes Wissen, dessen Spuren sich erhalten haben. Man muss nur an der Oberfläche kratzen, um sie zu finden.«

Tom erhob sich von der Ottomane. »Es tut mir leid, Tristan, aber das ist nichts für mich. Die Aufgabe reizt mich, aber ich bin mindestens Agnostiker. Ich habe hinter die Kulissen des Spiritismus geblickt und nichts gefunden, das mich von der Existenz des Übernatürlichen überzeugt hätte.« Mit einer Ausnahme, dachte er flüchtig, schob die Erinnerung aber fort. »Daher muss ich Ihr Angebot mit großem Bedauern ablehnen.«

Jellicoe sprang rasch auf und streckte ihm die Hand entgegen, worauf Tom überrumpelt stehen blieb. »Hören Sie mich noch eine Minute an. Bitte.«

»Na schön.« Er setzte sich wieder.

»Wenn Sie zusagen, lasse ich einen Vertrag aufsetzen, in dem ich mich verpflichte, Ihnen das lektorierte Manuskript noch einmal vorzulegen, bevor das Buch in Druck geht. Kein Wort wird erscheinen, mit dem Sie nicht einverstanden sind. Alle Änderungen werden mit Ihnen abgesprochen, nichts geschieht hinter Ihrem Rücken und ohne Ihr Einverständnis.« Jellicoe beugte sich vor. »Tom, Sie begreifen hoffentlich, dass ich Sie und niemanden sonst für diesen Auftrag haben will. Ihr Stil ist unverkennbar, ehrlich und ironisch zugleich. Darin sind Sie einzigartig. Und dass Sie gründlich recherchieren, weiß ich aus eigener Erfahrung.«

»Sie verstehen sich auf Schmeicheleien, Tristan.«

»Das ist keine Schmeichelei, und ich handle nicht aus reiner Menschenfreundlichkeit. Mir ist bewusst, dass Ihr Name Käufer anlockt, die sich sonst nicht für die Materie interessieren. Das Honorar ist im Übrigen auch nicht unerheblich. Ich hatte an einhundert Pfund gedacht.«

Diesmal beherrschte Tom seine Gesichtszüge. Es war eine stattliche Summe, doch Jellicoe hatte seine Karten aufgedeckt. Er wollte ihn unbedingt haben, und damit wäre auch der Preis entsprechend hoch. »Mit der üblichen Erfolgsbeteiligung, falls ich annehme.«

Jellicoe zuckte kaum merklich zusammen und nickte dann. »Selbstverständlich.«

»Gut. Geben Sie mir einige Tage Bedenkzeit, dann bekommen Sie meine Antwort.« Tom wollte mit Charlotte sprechen, bevor er sich auf dieses Vorhaben einließ. Es mochte unüblich sein, einen beruflichen Schritt von der Ehefrau abhängig zu machen, doch er schätzte ihre Meinung über alles und wollte sich vergewissern, ob sie bereit war, ihn dabei zu unterstützen.

Jellicoe wirkte unwillig, gab sich dann aber einen Ruck. »Ich sehe, ich muss mich auf Ihre Wünsche einlassen, wenn ich Sie für mich gewinnen möchte.«

»So ist es.«

Sie gaben einander die Hand, um die Abmachung provisorisch zu besiegeln.

»Nun, da wir das Geschäftliche geregelt haben, können wir uns dem Privaten widmen. Es würde mich sehr freuen, Ihre Frau demnächst bei einem Abendessen kennenzulernen. Und Iris ...«

Im Flur waren Schritte zu hören. »Beinahe hätte ich gesagt: ›Wenn man vom Teufel spricht‹«, bemerkte er lachend und legte den Finger an die Lippen, als es klopfte. »Herein mit dir.«

Eine Frau trat ins Zimmer, die Tom auf Ende zwanzig

schätzte. Sie hatte dunkle Haare und sehr blasse Haut, was ihn spontan an Schneewittchen erinnerte. Sie trug einen strengen Knoten, der im starken Gegensatz zu dem bunten, orientalisch gemusterten Tuch stand, das sie lässig über die Schulter geworfen hatte wie ein römisches Pallium. Ihre goldenen, mit farbigen Steinen besetzten Ohrringe entpuppten sich bei näherem Hinsehen als Skarabäen. Eine gewagte Mischung der Kulturen, dachte Tom belustigt. Und doch drückte ihre kerzengerade Haltung einen Stolz aus, der sich jeglichen Spott verbat.

»Meine Tochter Iris«, sagte Tristan Jellicoe. »Mein alter Freund Thomas Ashdown.«

Tom wusste, dass Jellicoes Frau schon vor Jahren gestorben war; er hatte sie nie kennengelernt.

Iris Jellicoe gab ihm die Hand und sagte mit überraschend tiefer Stimme: »Sehr erfreut. Ich hoffe, meinem Vater ist es gelungen, Sie für seine Pläne zu gewinnen. Wenn nicht, muss ich den Rest des Tages seine schlechte Laune ertragen.«

Sie ließ sich in einem Sessel nieder und schlug die Beine übereinander. Ihr Kleid war sehr schlicht und schmal geschnitten, so etwas hatte Tom noch nie gesehen. Es wirkte, als sollte es alle Aufmerksamkeit auf Tuch und Schmuck lenken, was auch gelang.

»Du übertreibst, meine Liebe. Er hat sich Bedenkzeit erbeten, die ich ihm selbstverständlich einräume.«

Iris Jellicoe schaute ihn an. Erst jetzt bemerkte Tom ihre auffällig grünen Augen. »Dann hoffe ich sehr, dass Sie sich für das Vorhaben entscheiden, Mr. Ashdown. Warum überhaupt überlegen? Teilen Sie nicht unsere Faszination für eine

Welt, die jenseits dessen liegt, was wir uns gemeinhin vorstellen können?«

Tom ließ sich Zeit mit der Antwort. Kein Zweifel, die Frau sah faszinierend aus, hatte aber etwas Scharfes. Sie war wie eine Klinge, die bis auf den Knochen drang. »Die Faszination vielleicht, nicht aber den Glauben.«

»Oh.« Sie gab sich schockiert. »Vater, was hast du Mr. Ashdown bloß erzählt? Vermutlich hält er uns für Leichtgläubige, die auf jeden Scharlatan hereinfallen, der angeblich Gedanken lesen und Tote heraufbeschwören kann.«

Sir Tristan lachte. »Keineswegs. Ich habe nur erwähnt, dass die Welt sehr nüchtern geworden ist und viele sich nach etwas sehnen, das über Geld und bloße Technik hinausgeht. Diese Sehnsucht wollen wir mit unserem Buch stillen. Das ist alles.« Er warf seiner Tochter einen Blick zu, in dem ein tiefes Einverständnis lag. Die beiden mussten einander sehr nahestehen.

»Ich werde mich nun verabschieden. Es war mir ein Vergnügen.« Er stand auf und verneigte sich knapp vor Iris.

»Ich begleite Sie zur Tür«, sagte Sir Tristan und beugte sich im Flur zu Tom. »Wenn Sie mein Angebot annehmen, was ich inständig hoffe, lasse ich Ihnen den Vertrag zukommen. Und meine Einladung. Auf bald, mein lieber Tom.«

Er drückte kurz Toms Oberarm, bevor er ihm die Haustür öffnete.

Tom ging ein Stück zu Fuß, da er in Ruhe nachdenken wollte. Der Besuch hatte ihn ein wenig überwältigt. Es war, als hätte er mit Jellicoes Haus eine andere Welt betreten, die nicht die seine war, ihn aber lockte. Er hatte sich gefreut, Tristan wiederzusehen, und auch der Auftrag reizte ihn. Das Geld konnten sie gut gebrauchen, nachdem sie das Haus gekauft hatten, aber sein Antrieb war mehr – eine Abenteuerlust, die er lange nicht gespürt hatte. Er freute sich darauf, Charlotte davon zu berichten, und hoffte, dass sie ihm zuraten würde.

Und dann natürlich Iris Jellicoe, dachte er. Nachdem sie dazugekommen war, hatte er etwas gespürt, das er nicht recht beschreiben konnte, eine gewisse, nicht unangenehme Spannung, die sich im Zimmer ausgebreitet hatte. Sie wirkte geheimnisvoll und unverblümt zugleich, und er fragte sich, was Charlotte von ihr halten würde. Sie mochte ungewöhnliche Menschen, und er war gespannt, wie ihre Begegnung wohl verliefe.

Als er an Charlotte dachte, wurde es warm in ihm. Sein Herz weitete sich bei dem Gedanken, ihr gleich alles zu erzählen und sich mit ihr zu beraten.

Er war mit schwerem Gemüt zu Jellicoe gegangen, doch nun fühlte er sich geradezu beflügelt. Er schritt rascher aus, genoss den Wind in den Haaren. In einem Eckladen, der bis unter die Decke mit Gläsern, Säcken und Dosen vollgestopft war, kaufte er eine Tüte gestreifte Pfefferminzbonbons, die Charlotte gern mochte. Während er bezahlte, spürte er, dass etwas um seine Beine strich, und entdeckte eine graue Katze mit silbrig schimmerndem Fell. Sie schien zu merken, dass er sie ansah, und begegnete seinem Blick.

Ihre Augen erinnerten ihn an Iris Jellicoe.

II

Gestern hatte Tom einen Brief erhalten, von einem alten Freund, wie er sagte. Was darin stand, hatte er Charlotte nicht erzählt, wohl aber angekündigt, dass er jenen Freund gleich heute Morgen aufsuchen wollte. Wieder etwas, worüber er nicht mit ihr sprach, und das beunruhigte sie.

Bevor er das Haus verließ, hatte sie sich ein Herz gefasst und ihn gefragt, ob ihn etwas umtreibe, doch er hatte nur erwidert, er habe viel zu tun, es gäbe keinen Grund zur Sorge.

Charlotte glaubte ihm nicht. Sie konnte ihn jedoch nicht zwingen, sich ihr anzuvertrauen, sondern musste sich gedulden, was nicht einfach war. Also versuchte sie sich abzulenken, räumte Dinge um, gab die Märchenliste für Georgia Osborne in die Post, machte sich im Garten zu schaffen und öffnete sogar einen Brief ihrer Mutter, der voller Ratschläge für eine glückliche Ehe steckte.

Da begriff sie, dass sie etwas unternehmen musste.

Charlotte gab Daisy Bescheid, dass sie später zu Mittag essen würde, und machte sich auf zu einem langen Spaziergang. Sie hatte kein bestimmtes Ziel, sondern ließ sich treiben, immer nach Süden in Richtung Themse. Sie liebte den Fluss, seit sie nach London gezogen war, und hätte gern noch näher an seinem Ufer gewohnt. Doch von Clerkenwell war es nur etwas mehr als eine Meile, eine Strecke, die sie mühelos zurücklegte, die robusten Schuhe unter dem langen Rock verborgen.

Hinter St. Paul's Cathedral tauchte sie in die schmalen Straßen ein, die zum Wasser hinunterführten. Hier wohnte kaum jemand, hinter den dunklen Backsteinmauern warteten Waren aus dem ganzen Empire, die vom gewaltigen Londoner Hafen aus ins Land geliefert wurden. Die Hafenarbeiter waren laut und grob und nahmen keine Rücksicht auf Damen, die sich auf ihr Terrain verirrten, doch das kümmerte Charlotte nicht.

Je näher sie der Themse kam, desto größer wurde das Gedränge. Schwere Kisten wurden über Kräne an den Lagerhäusern hochgezogen, Männer wuchteten Säcke von Fuhrwerken auf ihre Schultern, um sie durch Tore zu tragen oder in Keller hinabzuwerfen. Ihr Gelächter und Gebrüll fing sich in den engen Gassen und verschmolz zu einer rauen Melodie.

Charlotte schritt rasch und entschlossen aus. Sie hatte gelernt, dass man als Frau seltener belästigt wurde, wenn man ein festes Ziel zu haben schien. Noch eine Ecke, dann stand sie an der Themse.

Es war wahrlich nicht die schönste Gegend am Fluss, und die Lagerhäuser verstellten ihr den Blick nach links und rechts, doch sie konnte immerhin aufs Wasser schauen.

Etwas lockte sie weiter, in den schmalen Durchgang zwischen den Lagerhäusern und zu den Treppenstufen, die ans Ufer hinunterführten. Von überall her war Lärm zu hören, Männerstimmen, Schiffe, die gegen die hölzernen Anleger prallten, das Geschrei der Möwen über ihr. Es roch nach Teer und Fisch und fauligem Wasser, doch die Kraft, die sie ans Wasser lockte, überdeckte alles.

Charlotte stieg vorsichtig die nassen Stufen hinunter und trat auf den Laufweg, der über das Watt, jene weite Fläche, die nur bei Ebbe sichtbar wurde, zum St. Paul's Pier führte. Der Schlamm glitzerte in der Sonne.

Plötzlich wurde ihr bewusst, wie einsam es am Ufer war, und sie drehte sich vorsichtig um. Da bemerkte sie einen alten Mann, der im Schlamm kniete und etwas in die Höhe hielt, um es im Licht zu betrachten. Sie beobachtete ihn neugierig und fragte sich, was er wohl gefunden haben mochte. Der Mann rappelte sich mühsam auf und wollte gehen, als Charlotte spontan rief: »Na, haben Sie Glück gehabt?«

Er drehte sich um und kam langsam auf sie zu. Er war schmächtig, in seinen strähnigen grauen Haaren waren noch kupferrote Spuren zu erkennen, und er trug einen löchrigen Mantel, der ihm bis zu den Knöcheln reichte. Seine Schuhe waren kaputt, stellenweise schimmerte nackte Haut hindurch. Als er den Mund öffnete, entblößte er klaffende Zahnlücken.

Sie bereute, ihn gerufen zu haben, doch nun musste sie es durchstehen. »Darf ich fragen, was Sie gefunden haben?«

Ein schlaues Grinsen überzog sein Gesicht. »Oh, etwas Feines. Wollen Sie es sehen? Eine Dame wie Sie verirrt sich nicht oft hierher.« Er streckte ihr die linke Hand entgegen, die in einem fingerlosen Handschuh steckte und in der eine schwarz angelaufene Münze lag.

Charlotte trat vor und warf einen Blick darauf, dann schaute sie ihn enttäuscht an. »Die dürfte nicht viel wert sein.«

Er grinste, spuckte auf seinen verschlissenen Pullover und rieb die Münze damit ab, bevor er sie ihr erneut hinhielt. »Schauen Sie genau hin, Madam, sie ist alt. Sie dürfen sie ruhig in die Hand nehmen.«

Charlotte verdrängte den Gedanken an die Spucke, nahm die Münze, die jetzt ein wenig silbern schimmerte, und inspizierte beide Seiten. Die Inschriften und Bilder waren nicht zu erkennen, dafür war das Metall zu stark angelaufen, doch sie spürte eine leise Spannung, während sie die Münze in der Hand wog. Womöglich war sie wirklich alt.

»Ich gebe Ihnen Sixpence dafür«, sagte sie, bevor sie lange überlegen konnte.

»Zwei Shilling müsste ich schon haben«, erwiderte der Alte überraschend keck.

Als Gouvernante hatte sie sich in Autorität geübt und merkte genau, wann jemand sie übervorteilen wollte. »Das ist zu viel. Sagen wir acht Pence.«

Der Alte war gewiefter als erwartet. Statt sich den sicheren Lohn zu schnappen, bohrte er gelangweilt den kaputten Schuh in den schlammigen Boden und schaute dann hoch. »Ein Shilling Sixpence.«

Charlotte fand Spaß am Feilschen, hielt die Münze ans Licht, untersuchte sie noch einmal. Vielleicht war sie wirklich etwas Besonderes.

»Finden Sie oft wertvolle Dinge?«

»Manchmal.« Er zuckte mit den schmalen Schultern. »Ein Freund von mir hat mal 'ne Lampe gefunden, für Öl, die war noch von den Römern. Ein Sammler hat ihm ein Pfund dafür gezahlt.«

Charlotte wusste nicht, ob sie ihm glauben sollte, doch war es nicht ausgeschlossen, dass der Uferschlamm Zeugnisse vergangener Zeiten barg. Die Münze lockte sie.

»Ein Shilling«, sagte sie. »Das ist mein letztes Angebot.«

Er streckte ihr die schmutzige Hand hin. »Abgemacht, Madam.«

Und so tauschten sie den neuen Shilling gegen die schwarz verfärbte Münze.

Sie wandte sich zum Gehen, als der Mann sie wieder ansprach.

»Sie haben Glück, dass Sie gerade vorbeikamen, sonst hätten die anderen sie bekommen. Aber der alte Ned entscheidet, wer sie verdient.«

Gegen ihren Willen drehte sie sich um. »Wie meinen Sie das? Welche anderen?«

Er legte nachdenklich den Zeigefinger an die Lippen. »Oder sind Sie eine von denen? Falls ja, wissen Sie, wovon ich rede. Falls nein, sag ich nichts mehr.«

Charlotte stemmte die Hände in die Hüften. »Was soll das heißen?«

Der alte Ned zuckte mit den Schultern und wich zurück. »Ich sehe, Sie sind keine von denen. Wäre auch zu schön gewesen. Also nehmen Sie die Münze und verraten mich nicht, sie wird sonst böse. Ich musste ihr versprechen, dass sie alles bekommt, was ich finde. Aber als ich Sie sah, wurde die Münze warm in meiner Hand. Das war ein Zeichen.«

»Ich glaube nicht an Zeichen«, sagte Charlotte, die allmählich am Verstand des Alten zweifelte. Sie gab sich einen Ruck, als könnte sie Ned und sein unsinniges Gerede damit abschütteln. Sie wollte nur noch fort, er war ihr unheimlich. Dennoch war sie froh, dass die Münze sicher in ihrer Rocktasche steckte.

Sie schritt kräftig aus, ihre Wangen waren von der Sonne gerötet. Der Tag war besser geworden, als sie gehofft hatte, und trotz der unappetitlichen Erscheinung des alten Ned war es ein interessanter Spaziergang gewesen.

Anders als auf dem Hinweg fand sie nun die Muße, langsam durch die Kathedrale zu gehen, unter der Kuppel stehen zu bleiben und nach oben zu schauen, einen Moment den Atem anzuhalten. Danach bog Charlotte in die Paternoster Row, die uralte Gasse, in die selbst an hellen Tagen nur wenig Licht fiel. Hier hatten sich über die Jahrhunderte unzählige Verlage und Druckereien angesiedelt, dies war das Herz des Londoner Buchhandels. Man konnte Papier und Druckerschwärze förmlich riechen, und als reichten die Ladenlokale nicht aus, ergossen sich Verkaufsstände bis auf die ohnehin engen Gehwege. Landkarten, Bücher, Kunstdrucke, Pamphlete, Broschüren, all das drängte sich auf engstem Raum und in schier unüberschaubarer Fülle.

Sie bemerkte ein kleines Geschäft mit einem glänzend

schwarzen Ladenschild, auf dem eine große Münze abgebildet war. Auf dem Schaufenster stand in geschwungener Schrift:

Henry Goldsmith, Numismatiker

Edle Münzen

An- und Verkauf und Gutachten

Was für ein kurioser Zufall, dachte Charlotte, der Laden war ihr bisher nie aufgefallen. Sie blieb kurz stehen und schaute in die Auslage, wobei ihr eine Idee kam. Sie würde ihre Münze zu Hause gründlich reinigen und, falls sie interessant aussah, damit hierherkommen.

Gleich nebenan befand sich ein Antiquariat, in dem sie schon so manches Mal in den Auslagen gestöbert und nach einem kleinen Geschenk für Tom gesucht hatte. Als sie an ihn dachte, zog sich ihr Herz zusammen. Die Unruhe vom Morgen war wieder da. Sie wandte sich von den Schaufenstern ab, denn plötzlich war der Drang, nach Hause zu gehen und Tom zu sehen, unwiderstehlich stark.

12

Als Charlotte sich Clerkenwell Close näherte, wurde ihr Herz schwerer, als ließe sie mit jedem Schritt die erlebnisreichen Stunden hinter sich. Sie hatte sich unterwegs ausgemalt, wie sie Tom von der Begegnung mit dem alten Mann erzählen und die Münze in der Küche reinigen würde, doch die Idee verlor an Reiz, als sie an seine seltsame Bedrücktheit dachte.

Als sie an der Saint James Church vorbeikam, blieb sie stehen und warf einen Blick über den Kirchhof mit den alten Bäumen.

»Guten Tag, Mrs. Ashdown!«, rief eine Stimme, und sie sah Reverend Hildean, der lächelnd auf sie zukam. Er hatte sie und Tom vor zwei Jahren in dieser Kirche getraut.

Nach einer kurzen Plauderei über das Wetter erwähnte er, er habe soeben ein Kind aus der Gemeinde im Krankenhaus besucht.

»Hoffentlich nichts Ernstes«, sagte Charlotte.

»Ein doppelter Beinbruch, immerhin«, sagte der Geistliche und klang dabei seltsam ungehalten. Er deutete auf die Dächer eines großen Gebäudes, das jenseits des Kirchhofs stand. »Er geht in die neue Hugh-Myddelton-Schule, die hat erst im letzten Jahr eröffnet.«

»Ich erinnere mich an die Einweihungsfeier«, sagte Charlotte.

»Und Sie wissen sicher auch, was vorher dort gestanden hat?« Seine Stimme klang noch immer empört.

»Ein Gefängnis, soweit ich weiß. Aber es war schon länger geschlossen und wurde abgerissen.« Tom hatte ihr bei einem ihrer ersten Spaziergänge das Gelände gezeigt und berichtet, dass dort seit fast dreihundert Jahren Menschen eingesperrt wurden.

»Leider haben sie die Keller nicht mit abgerissen. Sie sind zwar abgeschlossen, aber abenteuerlustige Kinder versuchen immer wieder mal, dort einzudringen. Der kleine Charlie ist auf der Treppe ausgerutscht und schwer gestürzt. Ich hoffe, er wird wieder richtig laufen können.«

»Das klingt gefährlich«, sagte sie bedauernd.

»Leider muss ich mich jetzt verabschieden, Mrs. Ashdown, die Arbeit wartet. Bitte grüßen Sie Ihren Mann von mir.«

»Ich habe einen interessanten Spaziergang unternommen«, sagte Charlotte und warf ihren Hut achtlos aufs Sofa. Sie gab sich Mühe, fröhlich zu wirken, und hoffte, Tom damit anzustecken. »Bis St. Paul's Pier bin ich gelaufen und habe eine Münze gekauft, die ein komischer alter Mann an der Themse gefunden hatte. Ich werde sie reinigen, vielleicht ist sie etwas Besonderes.«

Sie sah Tom erwartungsvoll an und bemerkte erst dann die Weinflasche und die beiden Gläser, die auf dem Tisch standen.

»Gibt es etwas zu feiern? Sicher nicht meine Münze, so viel wird sie nicht wert sein.«

Er stand auf und überreichte ihr feierlich eine Tüte Pfefferminzbonbons. Er hat seine trübe Stimmung offensichtlich überwunden, dachte Charlotte erleichtert.

»Wie lieb, dass du daran gedacht hast, die mag ich doch so gern. Mir scheint, wir haben wirklich einen Grund zum Feiern.«

Er setzte sich und verschränkte zufrieden die Arme. »Ich denke schon: ein Angebot für ein Buch mit einem garantierten Honorar von einhundert Pfund. Plus Tantiemen.«

Charlotte klatschte in die Hände. »Das ist großartig! Was denn für ein Buch? Wieder über Shakespeare? Erzähl es mir, ich will alles genau wissen.« Sie trank einen Schluck Wein.

Nachdem Tom ihr alles berichtet hatte, schaute er sie erwartungsvoll an.

»Du wolltest dich eigentlich nicht mehr mit so etwas befassen, oder?«, fragte sie vorsichtig. Nach den Ereignissen in Chalk Hill waren beide misstrauisch geblieben, wenn es um das Übernatürliche ging. »Gewiss, du hast Freunde in der Society of Psychical Research, aber das sind Wissenschaftler, die so etwas rational angehen. Das hier ist jedoch Magie. Okkultismus.«

Sie bemerkte, dass sich ein Schatten über Toms Gesicht legte, und zögerte. Ihm schien an diesem Angebot zu liegen. Vielleicht würde ihn das Projekt auf andere Gedanken bringen, die Dunkelheit vertreiben, die sie manchmal in ihm sah. »Bitte verzeih, ich will es nicht schlechtreden.

Es ist ein vielversprechendes Vorhaben. Nur wundere ich mich, dass Sir Tristan ausgerechnet an dich herangetreten ist.«

Tom lächelte, und Charlotte war erleichtert, da sie schon befürchtet hatte, ihre Reaktion habe ihn enttäuscht. »Genau das habe ich ihm auch gesagt. Aber wie es aussieht, schätzt er meine Arbeit, und ich habe ihm viel zu verdanken. Ohne Sir Tristan wären meine Anfänge als Kritiker sehr viel schwieriger gewesen.«

»Du willst also annehmen? Dann gratuliere ich dir zu diesem aufregenden Angebot«, sagte Charlotte und stieß mit ihm an. »Ich wünsche dir gutes Gelingen – sofern du demnächst keine Pentagramme auf den Boden zeichnest oder im Garten schwarze Hähne schlachtest.«

Tom zog eine Augenbraue hoch. »Du kennst dich erstaunlich gut mit so solchen Dingen aus.«

Sie stellte das Glas beiseite und sah ihn schelmisch an. »Ich bin eine belesene Frau und warne dich lieber vor, dass ich solchen Hokuspokus hier nicht dulde.«

Tom legte in gespielter Verzweiflung die Hand vor die Augen. »Keine Hähne, versprochen, dabei hatte ich mich schon so gefreut.« Er zögerte. »Ich dachte mir ... vielleicht könntest du mich bei diesem Vorhaben unterstützen. Ein bisschen wie damals in Chalk Hill, als ich dir bei den Ermittlungen geholfen habe. Natürlich nur, wenn du es möchtest.« Er verstummte, offenbar plötzlich unsicher geworden.

Charlotte wollte rasch antworten, damit Tom nicht wieder in seine düstere Stimmung verfiel, aber etwas zwang sie dazu, sich Zeit zu lassen. Der Gedanke, mit ihm gemeinsam die Stadt zu durchstreifen und Geheimnissen nachzuspüren, klang verlockend. Aber es gab auch etwas, das dagegensprach.

»Tom, das würde ich wirklich gern tun. Nur hatte ich gehofft, dass ich mit Chalk Hill das Übernatürliche für immer hinter mir gelassen habe. Was wir dort erlebt haben, hat mich lange verfolgt.« Dann gab sie sich einen Ruck. »Wenn du mir versprichst, dass wir keine Geister jagen oder Séancen besuchen, bin ich gern dabei.«

Er schaute sie erleichtert an. »Es würde mich sehr glücklich machen, dich an meiner Seite zu wissen. Und ich verspreche, dass wir uns nur der Historie widmen. Keine Geister, kein Tischrücken, nichts dergleichen. Ach, und Sir Tristan möchte uns demnächst zum Essen einladen.«

»Es würde mich freuen, ihn kennenzulernen. Hat er Familie?«

»Eine Tochter. Ich bin ihr kurz begegnet.« Tom lächelte verhalten. »Sie dürfte dir gefallen. Sie ist ungewöhnlich. Ich werde nicht ganz schlau aus ihr und bin gespannt, was du von ihr hältst.«

»Das wird ja immer aufregender.«

Tom streckte den Arm aus und zog sie auf seinen Schoß. Sie genoss diese intimen Gesten, die selbst bei Ehepaaren meist nicht üblich waren, und lehnte sich an seine Schulter.

»Hast du dir schon Orte überlegt? Mir fällt etwas ein, das du vielleicht gebrauchen kannst.« Ihr Eifer war geweckt. »Miss Clovis erwähnte es neulich.«

»Ich dachte, du wolltest nicht mehr an sie denken.«

Sie lachte. »Nur das eine Mal. Ich weiß nicht, ob es ins

Buch passen würde, aber es klang verlockend.« Sie erzählte von St. Anne's in Limehouse, in deren Kirchhof eine Pyramide stand. »Ich könnte hinfahren und dir davon berichten.«

Als er sprach, vibrierte seine tiefe Stimme durch ihren Körper. »Mach das. Vielleicht kannst du eine Zeichnung und einen Lageplan anfertigen. Hawksmoor, der die Kirche erbaut hat, ist ein wenig geheimnisumwittert. Seine Christ Church in Spitalfields wurde über einer Pestgrube erbaut; wo St. Mary Woolnoth steht, gibt es seit zweitausend Jahren sakrale Bauten, darunter heidnische und römische Tempel. Warum also keine Pyramide im Kirchhof?«

»Ich freue mich auf das Abenteuer.«

»Ich auch.« Er drückte den Kopf in ihre Haare. »Ich auch.«

13

Alfie trat aus seinem dämmrigen Schuppen und blinzelte, weil ihm die Sonne blendend hell in die Augen schien. Er taumelte abrupt zurück und stützte sich an der rauen Holzwand ab.

Der Herr war elegant gekleidet, er hatte sogar einen Gehstock dabei, der viel zu verspielt wirkte, als dass er eine echte Hilfe sein konnte. Der Herr sah auch nicht aus, als wäre er schlecht zu Fuß. Sein grauer Bart war dicht und gepflegt, die Haare reichten ihm bis auf die Schultern. Überhaupt war er ganz in Grau gekleidet, und seine Weste zierte eine goldene Uhrkette, auf die Alfie einen begehrlichen Blick warf.

Die Frau an seiner Seite war schwarz gekleidet, ein Schleier verbarg ihr Gesicht. Sie hielt den Arm des Mannes umklammert und stand völlig reglos da.

»Das ist der Junge«, sagte eine dröhnende Stimme, und nun erst bemerkte Alfie den Sergeanten, der ihn neulich befragt hatte. Sein Herz schlug heftig. Er dachte an die Kette, die er in einer Ecke des Schuppens versteckt hatte. Er wagte noch nicht, sie einem Händler anzubieten; er wollte warten, bis Gras über die Sache gewachsen war.

Der elegante Mann beugte sich ein wenig vor. »Mein

Name ist Gerald Danby, und das ist meine Frau Marguerite.« Er schluckte, und seine Augen schimmerten, als stünden Tränen darin. Seine Frau schwankte leicht und stützte sich noch schwerer auf ihn.

»Die Tote, die du an der Themse gefunden hast, war ... unsere Tochter Julia.« Die Frau stieß einen erstickten Schrei aus und wandte sich ab. Der Sergeant führte sie zu einer geschlossenen Kutsche, die am Straßenrand wartete, und half ihr hinein.

»Das tut mir leid, Sir«, sagte Alfie verlegen und scharrte mit dem Fuß im sandigen Boden. Er wusste nicht, was der Mann von ihm erwartete.

»Kannst du mir genau erzählen, was du an diesem Tag am Fluss gesehen hast? Ich weiß, du warst bei der Polizei, aber ich würde es gern selbst hören.«

Er war erleichtert, dass man ihn nicht nach dem Schmuck fragte, und berichtete erneut haarklein, was sich zugetragen hatte. Als er die Kerzen erwähnte, ging ein Ruck durch Mr. Danbys Körper.

»Kerzen, sagst du?«

»Ja.«

»Wo genau hast du sie gefunden? In der Nähe der ... von Julia?«

»Nein, bei der Treppe neben dem Queen's Head Pub. Sie steckten im Sand. Von da aus bin ich ein bisschen gelaufen. Vielleicht eine Achtelmeile.«

»Das ist nicht viel, mein Junge.«

Alfie fragte sich, worauf der Mann hinauswollte. Glaubte er etwa, seine Tochter hätte die Kerzen dorthin gestellt? Er spürte, wie ihn ein Schauer überlief. Die Kleider der Toten waren wertvoll gewesen, sie hatte Schmuck getragen. Er hatte angenommen, sie sei versehentlich aus einem Boot gestürzt oder von einer Brücke. So etwas kam vor. In der Themse ertranken immer wieder Menschen. Manche wurden auch hineingeworfen, nachdem man sie ausgeraubt hatte, aber dann hätte sie keinen Schmuck getragen. Hoffentlich sah ihm dieser vornehme Mann nicht an, was er dachte; er hätte es gewiss sehr respektlos gefunden.

»Meinen Sie, die Kerzen waren von ihr, Sir?«, wagte er zu fragen, obwohl ihm der Gedanke ziemlich unsinnig erschien.

Der Mann presste die Kiefer aufeinander, sodass sich die Muskeln in seinen Wangen abzeichneten. Seine Brust unter dem feinen Wollstoff hob und senkte sich heftig. Dann murmelte er etwas vor sich hin, fast als spräche er mit sich selbst. »Die Themse ist ein heiliger Fluss, hat sie mal gesagt.«

Alfie sah ihn verwundert an. Vielleicht redete er so, weil er trauerte. Ein heiliger Fluss, was sollte das denn sein? Man konnte viel behaupten, aber heilig kam ihm die Themse nun wirklich nicht vor. Man fand Schätze in ihr, konnte mit Booten und Schiffen auf ihr fahren. Man konnte in ihr ertrinken und mit ihrem Wasser Bier brauen. Manche Leute schwammen sogar zum Vergnügen darin oder stakten mit Kähnen und sangen Lieder dabei. Sie war oft dunkel, schmutzig und tückisch, doch viele konnten nicht ohne sie leben. Er ja auch nicht. Aber deshalb war sie doch nicht heilig. So ein Unsinn.

»Möchten Sie die Kerzen haben, Sir? Ich habe sie aufbewahrt«, sagte Alfie und wollte schon in den Schuppen gehen, um sie zu holen.

»Nein, behalte sie ruhig. Sie nützen dir mehr als ...« Mr. Danby räusperte sich, und seine Augen schimmerten wieder wie vorhin. »Eines muss ich dich noch fragen, mein Junge. Meine Julia trug Ohrringe, als du sie gefunden hast.«

»Ich habe sie nicht angeschaut, ihr Gesicht, meine ich«, sagte Alfie rasch.

»Das kann ich verstehen. Es muss ein furchtbarer Schreck für dich gewesen sein. Jedenfalls trug sie Ohrringe mit grünen Steinen, die hatte sie zu ihrem fünfzehnten Geburtstag von uns bekommen. Dazu gehört auch eine Kette, die man nicht gefunden hat.«

Alfie zog die Schultern hoch. Eine Sekunde lang tat ihm der Mann leid, doch er durfte nichts sagen. Wenn er zugab, dass er die Kette genommen hatte, würden sie ihn verhaften. Auch wenn einer tot war, durfte man ihn nicht bestehlen, das war ihm klar. Sein Herz pochte heftig.

Der Mann seufzte tief und legte ihm eine Hand auf die Schulter. Mit der anderen griff er in die Tasche und zog einige Münzen hervor, die er Alfie gab. »Danke.«

Er wusste nicht recht, wofür sich der Mann bedankte, steckte die Münzen aber ein und nickte. »Vielen Dank, Sir. Mein Beileid«, fügte er hinzu, weil er den Satz oft gehört hatte, wenn jemand gestorben war.

Der Mann sah ihn an, ein wenig überrascht, als hätte er dies von einem elternlosen Strandsucher nicht erwartet, berührte Alfie noch einmal an der Schulter und wandte sich ab. Er verabschiedete sich von dem Sergeanten, der neben der Kutsche gewartet hatte, und stieg ein zu seiner Frau, worauf der Wagen zügig davonrollte.

Der Junge sah ihnen nach, die Hände in den Taschen, die Münzen fest umklammert. Er wollte schon in den Schuppen zurückgehen, als der Sergeant noch einmal zu ihm kam.

»Damit wäre die Geschichte erledigt, Alfie. Die Danbys können ihre Tochter begraben.«

»Hat sie sich umgebracht, Sir?« Alfie war froh, dass er die Frage endlich loswurde.

Der Sergeant sah ihn missbilligend an. »Darüber spricht man nicht.«

»Aber wenn es ein Verbrechen war? Dann müssten Sie den Täter suchen.«

Ein Seufzen. »Du bist schlauer, als gut für dich ist. Es war kein Verbrechen, also können die Frauen von Mortlake ruhig schlafen.« Er hob drohend die Finger. »Und du hältst den Mund, verstanden? Die Leute sollen nicht in Angst geraten.«

Alfie runzelte die Stirn. »Warum sollten sie Angst haben, wenn es keinen Verbrecher gibt?«

Der Sergeant lief rot an, und der Junge wich unwillkürlich zurück, weil er mit einem Hieb rechnete. Doch der kam nicht. Stattdessen strich sich der Sergeant nachdenklich über den Schnurrbart, beugte sich vor und sagte leise, als könnte jemand sie belauschen: »Weißt du denn nicht, dass hier in alter Zeit ein Magier gelebt hat? Dass die Leute sagen, es sei ein verzauberter Ort? Dort, wo heute das

Queen's Head steht. Nahe der Stelle, an der die Tote angeschwemmt wurde.«

Alfie schüttelte den Kopf.

»Ist auch besser so. Wenn sich herumspricht, dass eine Frau Kerzen angezündet hat und ins Wasser gegangen ist, wo einmal das Haus von John Dee gestanden hat, könnte das Angst und Schrecken verbreiten. Nicht dass ich an übernatürlichen Unsinn glaube, aber die Menschen sind leichtgläubig. Auch heute noch. Also, kein Wort darüber.«

Alfie hob feierlich die Hand. »Das schwöre ich, Sir.«

Der Sergeant nickte noch einmal, machte auf dem Absatz kehrt und marschierte in Richtung High Street.

Alfie schlenderte zum Fluss und schaute nachdenklich zum Pub hinüber. Ein verzauberter Ort? Er konnte kaum glauben, was er gerade gehört hatte.

14

Gleich am nächsten Tag fuhr Charlotte nach Limehouse. Der Bahnhof war nicht weit von der Kirche entfernt, und sie hatte sich den Weg auf dem Stadtplan eingeprägt. Bei Tag wirkte die verrufene Gegend nicht weiter furchteinflößend, doch ihr fiel auf, um wie viel kleiner und schmaler die Häuser waren als im Westen der Stadt. Manche besaßen sogar holzverkleidete Fassaden, was sie in London noch nie gesehen hatte. Einige Läden und Restaurants trugen chinesische Schriftzeichen, die wohl zum exotischen Ruf des Viertels beitrugen.

Sie ging durch eine Straße mit braunen Backsteinhäusern, bis rechts vor einem Pub ein schmaler Durchgang abzweigte, an dessen Ende sich der Kirchhof befand. Die Gasse bot einen hübschen Blick auf St. Anne's und verlieh ihr einen Rahmen, der an eine Fotografie erinnerte.

Auf dem Kirchhof wuchs dichtes Gras, das einen grünen Teppich um die alten Steine bildete, die vereinzelt, gelegentlich auch schief, daraus emporragten. Die Inschriften waren noch zu entziffern, aber Charlotte musste schon genau hinschauen. Dann fiel ihr Blick auf die Pyramide, und sie blieb bewundernd davor stehen. Miss Clovis hatte nicht zu viel versprochen, sie war bemerkenswert.

Charlotte schätzte sie auf neun bis zehn Fuß, und ihre vier Seiten waren in je fünf Abschnitte unterteilt, was sicher eine symbolische Bedeutung hatte, die sie sich aber nicht erklären konnte.

Sie ging langsam um die Pyramide herum und entdeckte die Inschrift, von der Miss Clovis gesprochen hatte. Charlotte musste die Augen zusammenkneifen, um die verwitterten Buchstaben zu lesen: »Die Weisheit Salomos«. Darunter war ein Wappen eingemeißelt, das auf einer Seite ein Tier darstellte. Als sie genau hinschaute, erkannte sie im Gesicht der Kreatur ein Gebilde, das an ein Horn erinnerte. Ob das ein Einhorn sein konnte?

Charlotte holte ein Skizzenbuch und einen Stift aus ihrer Tasche. Sie war keine herausragende Zeichnerin, doch es würde reichen, damit Tom sich einen Eindruck verschaffen konnte. Sie kopierte sorgfältig die Inschrift und das, was das Wappen preisgab, und fügte dann einen einfachen Lageplan des Kirchhofs hinzu.

Sie wollte sich gerade aufrichten, als sie etwas bemerkte – ein nacktes Fleckchen Erde, auf dem kein Gras wuchs. Es sah aus, als hätte jemand mit einem Stock darauf herumgekritzelt. Ein Bild ergab das nicht, nur ein paar unregelmäßige Linien. Vielleicht von einem Kind, das sich zum Spielen hergewagt hatte, dachte sie und steckte das Skizzenbuch weg.

Danach ging sie einmal im großen Bogen um die Kirche herum und schaute zu den Türmen hinauf, da sie sich fragte, ob die Pyramide ursprünglich als Schmuck für einen Turm vorgesehen gewesen war. Aber nein, das passte nicht.

Vielleicht würde sie im Inneren der Kirche eine Antwort finden.

Im Innenraum mit den weißen Wänden und der schönen hölzernen Galerie, die sich auf beiden Seiten entlangzog, strebte alles dem großen, farbigen Chorfenster entgegen, das die Kreuzigung zeigte. Charlotte schaute sich gründlich um, bewunderte die Deckenrosette und wandte sich dann zum Ausgang. Nichts erklärte, was eine Pyramide und ein Wappen mit einem Einhorn hier zu suchen hatten.

Draußen war es kühler geworden, Wolken hatten sich vor die Sonne geschoben, und als ein Windstoß durch die Bäume fuhr und Schatten über die bemoosten Steine jagten, war ihr, als griffe eine kalte Hand nach ihrem Herzen.

Sie schalt sich für den unsinnigen Gedanken, warf einen letzten Blick zur Pyramide und machte sich auf den Weg zum Bahnhof.

Charlotte schloss die Haustür auf, hängte ihre Jacke weg und wollte frohgemut zu Tom hinübergehen und von ihren Erkundigungen berichten, als sie einen ziehenden Schmerz tief unten im Rücken spürte. Er dehnte sich bis in die Leisten aus, und sie lehnte sich schwer an den Treppenpfosten, ließ den Kopf hängen und atmete tief durch. Gleichzeitig spürte sie, wie es zwischen ihren Beinen feucht wurde.

Das Schicksal – oder ihr eigener Körper – schien ihr die Freude zu missgönnen, doch Charlotte war entschlossen, ihm diese Genugtuung zu verweigern. Sie ging zu Daisy in die Küche und bat sie um eine Wärmflasche. Sie würde sich ein bisschen hinlegen, bis sie sich besser fühlte, und Tom dann alles erzählen.

Charlotte musste eingeschlafen sein und schrak zusammen, als Tom ins Zimmer trat.

»Liebste?«, sagte er besorgt und kam auf Zehenspitzen näher. »Was ist mit dir?«

Sie drehte sich vorsichtig auf den Rücken. »Nichts Schlimmes, ich komme gleich nach unten.«

Er setzte sich auf die Bettkante und nahm ihre Hand. »Ich habe gar nicht gehört, wie du zurückgekommen bist. Daisy sagte, sie habe dir eine Wärmflasche gegeben.«

»Ja, aber keine Sorge, es ist nichts Ernstes.«

Doch Tom war nicht beruhigt. »Wenn du dich krank fühlst, kann ich Stephen verständigen.«

In seiner Stimme schwang ein seltsamer Unterton mit, den Charlotte noch nie gehört hatte. Und dann begriff sie: Tom hatte seine erste Frau durch Krebs verloren, der spät entdeckt worden war und nicht mehr operiert werden konnte. Sarah Hoskins hatte einmal angedeutet, Tom habe sich vorgeworfen, nicht früher einen Arzt hinzugezogen zu haben.

»Liebster, bitte, es sind die Beschwerden, die eine Frau regelmäßig befallen«, sagte sie leicht verlegen. »Sie lassen sich durch Wärme und Ruhe rasch beheben.«

Sie hoffte, Tom wäre erleichtert und würde die Anspannung mit einer witzigen Bemerkung vertreiben. Doch er presste die Lippen aufeinander und stand unvermittelt auf. Einen Moment lang verharrte er neben ihrem Bett, die Hände zu Fäusten geballt, halb abgewandt, sodass sie sein Gesicht nicht sehen konnte. Ein Ruck lief durch seinen Körper.

»Ich wünsche dir gute Erholung.«

Dann verließ er das Zimmer.

Charlotte konnte sich nicht erinnern, wann sie zuletzt geweint hatte. Nun aber rang sie nach Luft, weil das Schluchzen sie überwältigte, ihr die Kehle zuschnürte, ihre ganze Brust erbeben ließ. Die körperlichen Schmerzen von vorhin verblassten vor dem, was sie jetzt empfand.

Sie lag auf der Seite, den Kopf halb im Kissen vergraben, und biss in ihre Knöchel, damit man sie im Haus nicht hörte. Sie verstand selbst nicht, was gerade mit ihr geschah, so plötzlich hatte der Kummer sie überfallen. Also ließ sie den Tränen freien Lauf und hoffte, dass sie sich danach leichter fühlte.

Irgendwann ebbte das Schluchzen ab, beruhigte sich ihr Atem, trockneten die Tränen und brannten sich salzig in ihre Haut. Sie setzte sich mühsam auf und lehnte sich ans Kopfende, die Hände im Schoß.

Charlotte war immer stolz darauf gewesen, dass sie sich in ihre Schülerinnen und Schüler einfühlen konnte, dass sie verstehen konnte, was in ihnen vorging. Nun musste sie versuchen, einen Schritt zurückzutreten und sich selbst von außen zu betrachten, um herauszufinden, was mit ihr geschehen war.

Natürlich hatte es mit Tom zu tun. Er war so besorgt um sie gewesen und dann, urplötzlich ...

War es ihm auf einmal peinlich gewesen, von diesen körperlichen Vorgängen zu hören? Sie atmete tief durch und strich die Haare nach hinten, die feucht an ihren Schläfen klebten.

Es war, als lichtete sich der Nebel in ihrem Kopf, und Charlotte konnte wieder klarer denken. Und dann fielen ihr Dinge ein, die sich in den vergangenen Wochen ereignet hatten und denen sie keine große Bedeutung beigemessen hatte, die aber nun, da sie sie wie Perlen auf eine Schnur reihte, ein vollständiges Bild ergaben. Wie sonderbar Tom sich verhalten hatte, als sie bei dem Fest über Familien sprachen. Wie still er gewesen war, als sie von Miss Clovis' taktloser Bemerkung erzählt hatte, ein kinderloses Paar sei keine Familie. Wie er zu ihr gesagt hatte: Wie wäre es, wenn wir heute Abend früh zu Bett gingen?, und sie sich geliebt hatten. Wie schweigsam Tom gewesen war, als sie von Georgia Osbornes Kinderschar berichtete.

Es traf sie wie ein Stich ins Herz. Tom war nicht erleichtert gewesen, dass sie nur unpässlich war, sondern enttäuscht, weil sie kein Kind erwartete.

Tom wies Daisy an, das Essen für Charlotte warm zu stellen. Ihm selbst war der Appetit vergangen, eine Faust schien seinen Magen zu umklammern. Er goss sich einen großen Whisky ein und trank ihn zur Hälfte aus. Dann setzte er sich an den Schreibtisch und fing an, das Buch zu entwerfen. Er schrieb geradezu fieberhaft, stand nur auf, um sich Whisky nachzuschenken, und hatte alsbald eine ansehnliche Liste von Orten zusammen, die er aufnehmen wollte.

Der Whisky wärmte ihn von innen und schien seine Gedanken zu beflügeln. Nun zum Vorwort, wenigstens die ersten Absätze; er fühlte sich immer besser, wenn er die ersten Sätze geschrieben, den richtigen Rhythmus gefunden hatte, die Worte fließen lassen konnte.

Doch sie wollten nicht kommen. Er strich durch, fing neu an, verlor sich in Halbsätzen und Formulierungen, die immer dicht neben dem lagen, was er sagen wollte, aber nie den eigentlichen Kern trafen.

Tom wollte sich einreden, es läge am Whisky, er habe mittlerweile zu viel getrunken, um zu arbeiten, doch tief im Inneren wusste er, dass es nicht stimmte.

Schließlich schob er die Blätter so unwirsch beiseite, dass ein Tintenlöscher umkippte und auf den Teppich fiel, und stützte den Kopf in die Hände. Er hatte aus Scham getrunken, das musste er sich eingestehen. Er hatte Charlotte allein gelassen, sich von ihr abgewendet, als gäbe er ihr die Schuld an – an was? Dass sie kein Kind erwartete? Natürlich stimmte das nicht, aber vielleicht hatte sie es so empfunden. Er würde mit ihr sprechen, es wiedergutmachen, irgendwie erklären …

Dann aber meldete sich eine leise, bohrende Stimme in ihm: War er nicht auch deshalb froh über den Auftrag, weil er Charlotte ablenkte? Weil sie sich so vielleicht nicht fragte, warum sie kein Kind bekamen? Und das nach zwei Jahren Ehe?

Er wollte nicht selbstsüchtig sein, ganz sicher nicht.

Es war kein Trost.

Denn wenn *ihm* all diese Gedanken kamen, dachte Charlotte vielleicht ähnlich. Und das konnte er nicht ertragen.

Er erkannte, dass er es nicht über sich brachte, zu ihr hinaufzugehen und ihr von seinen Befürchtungen und seinem Besuch bei Stephen und dessen Vermutung zu erzählen.

Also noch ein Whisky.

15

Marguerite Danby war wie besessen, angetrieben von einem einzigen Gedanken. Sie musste erfahren, was mit ihrer Tochter geschehen war. Sie war ertrunken, das stand fest, doch war dies nicht die Frage, die sie quälte, die sie nicht mehr schlafen und im Haus umherirren ließ wie einen schattenhaften Geist. Sie aß auch kaum etwas. Gerald hatte gedroht, einen Arzt zu rufen, der ihr Laudanum verabreichen würde, worauf sie einen kleinen Teller Suppe heruntergewürgt hatte.

Nachdem er das Haus verlassen hatte, war sie in Julias Zimmer geschlichen. Diesmal warf sie sich nicht aufs Bett, vergrub ihr Gesicht nicht im Kissen ihrer Tochter, obwohl sie danach gierte, einen letzten Hauch von ihr zu fassen. Marguerite wusste, dass sie nur dann in Ruhe trauern konnte, wenn sie hinter das Geheimnis kam. Denn ein Geheimnis musste es geben.

Ihr Mann hatte Stunden bei der Polizei in Mortlake verbracht und persönlich an sämtliche Häuser geklopft, die an die Themse grenzten. Er hatte sogar die Arbeiter in der nahe gelegenen Brauerei und die Gäste des Pubs befragt, das nahe der Stelle stand, an der dieser Junge die Kerzenstummel gefunden hatte. Doch er kam stets mit leeren

Händen heim, und die dunklen Ringe um seine Augen wurden immer tiefer. Er sah krank aus. Doch statt mit ihr zu sprechen, schüttelte er nur den Kopf und zog sich mit einer Flasche Whisky in sein Arbeitszimmer zurück.

Marguerite spürte, nein, sie *wusste*, dass Gerald am Fluss keine Antwort finden würde. Der Junge hatte aufrichtig gewirkt. Nichts deutete darauf hin, dass er Julia begegnet war, während sie noch lebte, geschweige denn, dass er mit ihrem Tod zu tun hatte. Die Polizei hatte das Ufer gründlich abgesucht und keine Spur gefunden, die auf ein Verbrechen schließen ließ. Aus den verwischten Fußabdrücken ließe sich nichts folgern, die könnten von jedem stammen, der an diesem Ufer zu tun hatte, hieß es.

War Julia tatsächlich aus eigenem Antrieb in den Fluss gegangen? Wenn ja, war es auch freiwillig geschehen? War sie dabei wirklich allein gewesen?

Marguerite setzte sich aufs Bett und vergrub den Kopf in den Händen. Seit Tagen kreisten ihre Gedanken um dieselben Fragen: Warum war Julia gestorben? Hatte sie, ihre Mutter, nichts von ihrer Not bemerkt? Oder hatte Julia sich so gut verstellt und alle, die sie kannten, damit getäuscht? Was aber hatte diese Not hervorgerufen?

Gewiss, ihre Tochter hatte sich verändert, war stiller und in sich gekehrter geworden, hatte aber nicht unglücklich gewirkt. Mehr noch, sie hatte bisweilen vor sich hin gelächelt, als wäre sie von einem inneren Licht erfüllt. Marguerite hatte sich schon gefragt, ob sie irgendwo einem jungen Mann begegnet war, der ihr gefiel.

Dann hob sie mit einem Ruck den Kopf. Sich zu quälen

und sich Vorwürfe zu machen half niemandem und war nicht der rechte Weg, um sich an Julia zu erinnern. Sie war nicht in dieses Zimmer gekommen, um untätig dazusitzen und zu grübeln. Also stand sie auf, kniete sich vor die Kommode und begann, jede einzelne Schublade zu durchsuchen.

Zarte Hemden, Beinkleider und Strümpfe, dazwischen Lavendelsäckchen, die einen schwachen sommerlichen Duft verströmten. Ein zweites Korsett, damit immer ein frisch ausgelüftetes am Morgen bereitlag. Halstücher, Handschuhe, Fächer, aus den Stoffen ihrer Kleider gefertigte Beutel. Die Schmuckkassette. Haarnadeln und Schildpattkämme, ihre alte Kinderhaarbürste mit den samtweichen, mittlerweile vergilbten Borsten. Als Marguerite darüberstrich, kamen ihr erneut die Tränen.

Nein, sagte sie sich und zog sich an der Kommode hoch, stützte sich darauf und schaute sich im Zimmer um. Dann fiel ihr Blick auf ein Buch, das auf dem Nachttisch lag. »Die Mühle am Floss« von George Eliot. Stirnrunzelnd nahm sie es in die Hand, blätterte darin, fand ein Lesezeichen auf Seite 63. Marguerite klappte das Buch zu und legte es wieder zurück, spürte aber, wie sich ein Gedanke in ihr regte. Das Buch – Julia hatte irgendetwas über dieses Buch gesagt. Sie drückte die Fingerspitzen an die Stirn und kniff die Augen zu, um die Erinnerung heraufzubeschwören.

Und dann war sie da.

Es war vor einigen Wochen gewesen, beim Abendessen. Gerald hatte nach Julias Lesezirkel gefragt, und sie hatte geantwortet, sie läsen jetzt *Die Mühle am Floss*, es gefalle ihr ganz gut, fessle sie aber nicht so leidenschaftlich wie die Romane der Brontës.

Marguerite schaute wieder auf das Buch. Seltsam, dass sie erst auf Seite 63 war, wenn sie es schon so lange lasen. Aber es hatte sicher nichts zu bedeuten, gut möglich, dass ihr das Lesezeichen herausgefallen war und sie es an anderer Stelle hineingeschoben hatte.

Dann kam ihr ein neuer Gedanke. Sie könnte die Mitglieder des Lesezirkels fragen, ob ihnen etwas an Julias Verhalten aufgefallen sei, ob sie bedrückt oder verändert gewirkt habe. Doch dann schrak sie zurück – wenn sie solche Fragen stellte, musste sie sich eingestehen, dass ihre Tochter sich das Leben genommen hatte, dass es kein Unglück, sondern ihr freier Entschluss gewesen war, sich in der Themse zu ertränken. Und das brachte sie nicht über sich.

Also würde sie weitersuchen. Irgendetwas in diesem Zimmer *musste* ihr verraten, was geschehen war.

Marguerite trat vor den Kleiderschrank und öffnete beide Türen. Sie untersuchte jedes Kleid, tastete Taschen und Ärmelaufschläge ab, fühlte in der Kapuze des Samtcapes, das Julia in der Oper getragen hatte. Nichts.

Sie kniete sich hin und stöhnte leise, als sich die Korsettstangen ins Fleisch bohrten. Für solche Bewegungen war ihre Kleidung nicht geschaffen, das erledigten gewöhnlich die Dienstboten. Doch dies war eine Aufgabe, die sie selbst übernehmen musste.

Sie schob ihre Hand in Julias Schuhe und Stiefeletten und fand auch darin nichts. Sie wollte schon aufgeben, als sie ganz hinten im Schrank eine alte, unansehnlich gewordene

Hutschachtel mit abgestoßenen Kanten entdeckte, an die sie sich nicht erinnern konnte. Marguerite zog sie heraus und öffnete den Deckel.

Einen Moment lang stockte ihr der Atem, und ihr Herz schien zu stolpern, wie es manchmal geschah, seit sie die Vierzig überschritten hatte, aber heftiger als sonst, beinahe schmerzhaft, als wollte es ihr davoneilen.

Als Erstes sah sie den schweren Metallanhänger, der eine kniende Frau darstellte. An ihren ausgebreiteten Armen hingen Vogelschwingen, und sie trug Hörner auf dem Kopf, zwischen denen eine goldene Scheibe prangte. Marguerite hob ihn vorsichtig heraus und legte ihn auf den Boden.

Als Nächstes fand sie ein Kartenspiel, das ganz anders aussah als jene, mit denen sie Whist oder Bridge spielte, lauter bunte Bilder von Königen, Skeletten und nackten Frauen, Sonne und Mond – ziemlich anstößig. So etwas hatte sie noch nie gesehen.

Dann entdeckte sie drei aufgerollte Blätter Pergament.

Eines davon zeigte drei Säulen. In der linken waren drei Kreise zu sehen, in der mittleren vier, in der rechten wieder drei, die alle mit Linien verbunden waren. Die Kreise waren mit fremdartigen Zeichen beschriftet.

Auf ein anderes Pergament war ein weißes Dreieck gezeichnet, über dem ein rotes Kreuz schwebte.

Das dritte zeigte einige Symbole, die ihr bekannt vorkamen, darunter eines, das an eine sitzende Frau erinnerte. Das kannte sie aus dem Britischen Museum – ägyptische Buchstaben mit einem komplizierten Namen.

Marguerite konnte kaum schlucken, ihr Mund war ganz trocken geworden.

Kein Zweifel, Julia hatte Geheimnisse gehabt und alles, was sie verraten hätte, tief in ihrem Kleiderschrank verborgen. Marguerite drehte sich um und schaute noch einmal zu dem Buch, das auf dem Nachttisch lag.

Dann legte sie die Sachen behutsam in die Schachtel zurück, stand vom Boden auf und klopfte sorgfältig ihr Kleid ab. Anschließend verließ sie mitsamt Schachtel und Buch das Zimmer.

Sie hatte zu tun.

16

Es folgten stille Tage, in denen Charlotte las, im Garten arbeitete oder sich von Daisy einheimische Gerichte erklären ließ. Kochen lag ihr eigentlich nicht, doch es lenkte sie von ihrem Kummer ab.

Tom war an diesem Morgen nach Mortlake aufgebrochen, es war die erste Exkursion für sein Buch. Er hatte nicht gefragt, ob sie mitkommen wolle, und das hatte mehr geschmerzt als erwartet.

Am Tag, nachdem sie in Limehouse gewesen war, hatte sie ihm die Zeichnungen gegeben, für die er sich mit einer distanzierten Höflichkeit bedankt hatte. Sie hatte insgeheim gehofft, dass ihr gemeinsames Vorhaben sie einander näherbringen würde, und war enttäuscht worden. Auch abends saß Tom meist im Arbeitszimmer oder ging ins Theater, wenn eine Aufführung zu besprechen war.

Vorhin hatte sie ihm mit stiller Verzweiflung nachgeschaut, als er den leichten Sommermantel übergezogen und das überquellende Notizbuch in die Tasche gestopft hatte. Sie konnte nicht fassen, was mit ihnen geschah.

Doch wenn sie ehrlich mit sich war, musste sie sich eingestehen, dass in dem Moment, in dem Tom an jenem

Abend das Schlafzimmer verlassen hatte, etwas in ihr zerbrochen war.

Nun stand sie am Fenster und schaute in den sonnenwarmen Garten, doch das Eis in ihrem Inneren wollte nicht schmelzen. Charlotte stützte die Hände auf die Fensterbank und ließ den Kopf hängen. Tränen brannten in ihren Augen.

Nach einer Weile richtete sie sich auf. Ein Schmetterling tanzte von einer Blume zur nächsten, ganz vertieft in sein eigenes Ballett. Was für einen Menschen so spielerisch und unbekümmert wirkte, war eigentlich prosaisch: Er suchte Nahrung, folgte einem Plan, einem einzigen Ziel.

Plötzlich schien die Entschlossenheit des zarten Falters auf Charlotte überzuspringen. Sie eilte in ihr Schlafzimmer und öffnete die Nachttischschublade. Darin lag, in ein sauberes Taschentuch gewickelt, die Münze, die sie dem alten Ned abgekauft hatte. Abgelenkt von Toms neuem Vorhaben, hatte sie sie fortgelegt und vergessen.

Charlotte begab sich mit Münze, Lupe und Schreibzeug in die Küche, wo Daisy gerade das Geschirr abwusch. Sie schaute überrascht auf.

»Was kann ich für Sie tun, Mrs. Ashdown?«

»Ich muss eine Silbermünze reinigen. Sie ist stark verschmutzt und angelaufen.«

Daisy schob sich mit dem Unterarm die Haare aus dem Gesicht und deutete in die Ecke hinter dem Küchenschrank. »Dort steht ein Eimer mit Lauge, aber lassen Sie mich das doch machen.«

»Nein, danke, das erledige ich selbst.« Charlotte war

froh, dass sie etwas Sinnvolles zu tun hatte. Sie nahm eine kleine Porzellanschüssel und tauchte sie vorsichtig in die Lauge. Dann holte sie ein weiches Tuch aus dem Schrank und setzte sich mit allen Utensilien an den Küchentisch.

Daisy drehte sich zu ihr um, die Hände im Spülwasser. »Mein Großvater hat auch Münzen gesammelt. Er besaß welche aus dem Mittelalter, aber die waren nicht sehr wertvoll. Er hat sie auch mit Seifenlauge sauber gemacht. Am besten, Sie weichen sie ein bisschen ein, dann geht der Dreck leichter ab.«

Charlotte starrte in die Schüssel, als würde sich der Schmutz dann schneller lösen, rührte mit dem Finger in der Lauge und fischte die Münze schließlich mit einem Löffel heraus. Sie trocknete sie behutsam mit dem Tuch ab, legte sie auf den Tisch und griff zur Lupe.

»Oh«, sagte sie nur.

Daisy hatte das Wasser abgelassen, die Hände abgetrocknet und trat nun an den Tisch. »Darf ich mal sehen?«

Charlotte schob ihr bereitwillig Münze und Lupe hin. »Sieh sie dir an. Und setz dich doch.«

Daisy arbeitete lange genug bei den unkonventionellen Ashdowns, um sich über diese Vertraulichkeit nicht zu wundern. Sie zog mit dem Fuß einen Hocker heran und ließ sich darauf nieder. Dann hielt sie die Lupe über die Münze, zuerst nah, dann ein Stückchen weg, und blickte auf.

»Da ist eine Frau drauf, also ihr Kopf. Und am Rand steht was in einer fremden Sprache.«

Charlotte nickte. »Das ist Latein.« Sie kritzelte etwas

auf ein Stück Papier. »Hier steht JULIA, also ein Frauenname.« Sie deutete auf das Wort daneben. »Was liest du daraus?«

Daisy kniff ein Auge zu und schaute angestrengt auf die Münze. »AU ... AUGUSTA, würde ich sagen.«

»Das glaube ich auch.«

»Und was bedeutet das?«

»Dass dies hier eine römische Münze ist«, sagte Charlotte ehrfürchtig. »Augusta war ein Ehrentitel, den der Kaiser einer Frau verleihen konnte – seiner Ehefrau, Mutter, Tochter oder Schwester.«

Daisy schaute sie mit offenem Mund an. »Sie meinen, diese Julia war mit einem Kaiser verwandt?« Dann besann sie sich auf das Offensichtlichere. »Oder die Münze ist noch von den alten Römern?«

Charlotte nickte. Ihre düstere Stimmung war verflogen. »Dreh die Münze um, und sieh dir die Rückseite an.«

»Oh. Das ist schwer zu erkennen. Auch eine Frau, würde ich sagen. Sie sitzt auf etwas – einem Boot? Oder einem Stuhl?« Daisy rieb vorsichtig mit dem Tuch über die Münze.

Charlotte deutete mit dem Stift auf eine bestimmte Stelle. »Es sieht aus, als hätte sie etwas im Arm, ein Kind oder ein Tier.«

»Könnte das ein Vogel sein?«

Charlotte wiegte den Kopf. »Ich bin mir nicht sicher. Aber hier, ganz links, die Stange. Das ist vielleicht ein Ruder, dann hättest du recht mit dem Boot.«

»Können Sie lesen, was am Rand steht?«, fragte Daisy und sah Charlotte erwartungsvoll an.

»Mal sehen. Hm. Zwei Buchstaben sind beschädigt, aber ich würde sagen, es heißt SAECULI FELICITAS. Es hat etwas mit Glück zu tun. Mein Latein ist ziemlich eingerostet«, sagte Charlotte entschuldigend. Als Daisy lachte, schaute sie hoch.

Das Hausmädchen schlug die Hand vor den Mund und wurde rot. »Verzeihung, ich wollte nicht unhöflich sein. Aber Sie wissen so viel, da macht es doch nichts, wenn Sie ein bisschen Latein vergessen haben.«

Charlotte lachte mit. »Ich werde es nachschlagen.«

Daisy stand auf und holte eine Rührschüssel hervor. »Ich backe jetzt Kekse, wir haben so viele Eier übrig.«

»Gute Idee, bitte mit Haselnüssen«, sagte Charlotte, die noch immer die Münze betrachtete. Sie wollte gerade die Küche verlassen, als Daisy nach der Mehldose griff und über die Schulter fragte: »Was machen Sie jetzt mit der Münze?«

»Ich werde sie jemandem zeigen.«

17

Tom Ashdown saß in der Metropolitan Railway nach Richmond. Er schaute gewohnheitsmäßig aus dem Fenster, nahm aber kaum wahr, was vor seinen Augen vorbeizog. In der Tasche neben ihm auf dem Sitz lagen Notizbücher und ein handgezeichneter Plan, den er selbst angefertigt hatte, außerdem ein lateinisches Buch mit dem Titel *Vita Joannes Dee*, das er sich mit den Resten seines Schullateins mehr schlecht als recht erlesen hatte.

Eigentlich hätte er aufgeregt sein müssen. Er wandelte auf den Spuren eines Magiers, eines Wissenschaftlers der Renaissance, der sich auf Mathematik, Ingenieurskunst und Navigation verstanden, aber auch geglaubt hatte, mit Engeln zu sprechen, und sich in Alchemie und Wahrsagerei vertieft hatte. Eines Mannes, dem Elizabeth I. persönlich Besuche abgestattet hatte und der nach Prag gereist war, um Kaiser Rudolf II. seine magischen Dienste anzutragen.

Aber Tom dachte nur an Charlotte. In den letzten Tagen war sie still gewesen, und er wusste genau, seit wann. Er schämte sich für sein Verhalten, brachte es aber nicht über sich, mit ihr zu sprechen. *Ich wünsche dir gute Erholung.* Welch ein Idiot war er gewesen, ein herzloser Idiot! Und feige obendrein.

Er lehnte sich zurück und schloss die Augen. Was war nur mit ihnen geschehen? Was war aus der Leichtigkeit geworden, mit der sie zueinandergefunden hatten, den angeregten Gesprächen, dem Lachen, das sie verbunden hatte? Trotz aller Dunkelheit, die damals auf Chalk Hill gelastet hatte, waren sie wie selbstverständlich in eine Freundschaft hineingeglitten, die allen Schwierigkeiten getrotzt hatte. Schon bald, nachdem er Charlotte Pauly zum ersten Mal getroffen hatte, war Tom klar geworden, dass er sie wiedersehen musste, dass dies die Frau war, die er in sein Leben lassen, für die er noch einmal wagen würde, sein Herz zu verschenken. Und er hatte es nie bereut, keine einzige Sekunde lang.

Und doch entfernten sie sich mit jedem Tag ein bisschen weiter voneinander. Sie lebten im selben Haus, schliefen im selben Bett, doch es war, als hätte man eine unsichtbare Mauer zwischen ihnen errichtet. Dass *er* vermutlich die Schuld daran trug, machte es nicht leichter.

Er hatte sie im Schlafzimmer allein gelassen, statt ihr zu sagen, was ihn bewegte, statt zu fragen, ob sie traurig sei. Ob sie sich eventuell mit dem Gedanken abfinden könne, keine Kinder zu haben. Ob sie ihn auch noch lieben würde, wenn es so wäre und die Ursache bei ihm läge.

Damals in Chalk Hill hatten sie in die abgrundtiefe Finsternis geblickt, hatten Dinge miteinander geteilt, die nie ein anderer Mensch erfahren würde, und waren einander sehr nah gekommen. Wo war diese Vertrautheit geblieben?

Tom biss sich auf die Lippe, weil seine Augen brannten,

es jedoch undenkbar war, in einem Zug der Metropolitan Railway, am hellen Tag und vor allen anderen Fahrgästen zu weinen.

Von der U-Bahn-Station Richmond bis nach Mortlake war es ein strammer Marsch von etwa vierzig Minuten. Tom schritt energisch aus, als könnte er so die trüben Gedanken hinter sich lassen. Nun, da er unterwegs zu seinem ersten Ziel war, konnte er sich wieder auf sein Vorhaben konzentrieren, besser gesagt, er zwang sich dazu.

Er hatte gründlich recherchiert und einige Orte festgelegt, über die er für Sir Tristans magischen Atlas schreiben wollte. Mortlake lag am westlichsten, und so hatte er beschlossen, hier zu beginnen.

Tom machte sich keine großen Hoffnungen, mehr als verblasste Spuren zu entdecken. Einen Teil des Hauses von John Dee hatte man später als Gobelinweberei genutzt, die aber auch seit nahezu dreihundert Jahren nicht mehr existierte. Einige der prächtigen Wandteppiche waren erhalten geblieben, die Gebäude jedoch nicht. Dort, wo einst das Wohnhaus des John Dee gestanden hatte, befand sich heute das Queen's Head Pub.

All das hatte Tom herausgefunden, doch es klang reichlich prosaisch, und er war auf der Suche nach dem Geist des Ortes. Man musste nicht an übernatürliche Phänomene glauben, um den Geschichten nachzuspüren, die sich dort früher zugetragen hatten. Die Kirche St. Mary stand noch, wie sie in John Dees Zeit gestanden hatte. Dort wollte Tom mit der Suche beginnen.

Der Tag war warm, und er verfluchte sich, weil er zu viel in seine Ledertasche gepackt hatte, deren Riemen in seine Schulter schnitt. Auch der Mantel war zu warm. Er schaute sehnsüchtig zu dem gewaltigen Gebäude der Brauerei hinüber, das am Flussufer aufragte und ihn in Mortlake willkommen hieß. Ein Bier hätte er jetzt gut vertragen können, aber dieses Vorhaben musste warten. Zuerst die Kirche, dann das Pub, wo er ein Bier trinken und mit den Einheimischen ins Gespräch kommen konnte. Er wusste aus Erfahrung, dass es keinen besseren Ort gab, um Gerüchte und Geschichten zu sammeln, in denen oft ein Körnchen Wahrheit steckte. Wer konnte schon sagen, ob man nicht auch nach Jahrhunderten noch von dem Magier erzählte, der hier einst mit den Engeln gesprochen hatte?

St. Mary the Virgin war aus gelbem Stein erbaut, und Tom dachte spontan, dass der Turm so gar nicht zum übrigen Gebäude passte. Er bestand aus drei Teilen, war bis auf halbe Höhe aus dem Stein der Kirche gefertigt und wuchs so harmonisch aus dem Gebäude empor. Dann folgte dunklerer Backstein, der von einem weißen Türmchen gekrönt wurde, das an einen Gartenpavillon erinnerte und auf dem sich eine Wetterfahne drehte. Aber er war nicht hier, um eine architektonische Abhandlung zu schreiben.

Tom ging über den Kirchhof, der verlassen dalag, und öffnete die schwere Holztür, die lautlos aufschwang. Drinnen empfing ihn der kühle, von Weihrauch gesättigte Geruch, der vielen Kirchen zu eigen war. Er achtete nicht auf die steinernen Gedenktafeln an den Wänden, weil er wusste, dass dort keine Spur von Dee zu finden war. Der Altarraum wurde von einem farbigen Glasfenster beherrscht, das fast die ganze Rückwand einnahm. Sonnenlicht tanzte in bunten Flecken über den Boden. Tom stellte die Tasche ab, verschränkte die Hände und sah sich um. Er hatte gelesen, dass John Dee vermutlich hier in diesem Altarraum begraben lag, auch wenn es keine Inschriften mehr gab, die dies bezeugen konnten. Selbst im Tod war der Mann von einem Geheimnis umgeben.

Tom ging langsam umher und versuchte sich in jene längst vergangene Zeit zu versetzen, in der John Dee gleich nebenan gelebt hatte. Ein Mann, der ein königlicher Berater, ein Gelehrter mit einem eigenen Laboratorium, das seinesgleichen suchte, und Besitzer einer der gewaltigsten Bibliotheken Europas gewesen war. Und ausgerechnet er hatte sich in jemanden verwandelt, der wahre Weisheit nur zu finden glaubte, indem er mit Geistwesen wie dem Erzengel Michael sprach. Der einen magischen Spiegel aus aztekischem Obsidian besaß, mit dem er Dämonen heraufbeschwor, und eine Kristallkugel, aus der er die Zukunft lesen konnte.

Wie viel Hokuspokus und Aberglaube darin steckten, vermochte Tom nicht zu sagen, doch dass ein großer Geist in dieser Kirche begraben lag, war nicht abzustreiten.

»Suchen Sie etwas?«

Tom drehte sich um und sah sich einem kleinen Mann im dunklen Anzug gegenüber, der ein Bündel Kerzen in der Hand hielt.

»Ich bin der Küster.«

»Thomas Ashdown. Ich suche nach Spuren von Doktor Dee.«

»Ah.« Das hagere Gesicht des Küsters verzog sich zu einem Lächeln. »Viele werden Sie nicht finden, und die sind gut versteckt. Aber ich kann Ihnen weiterhelfen. Er wurde vermutlich hier begraben, genau vor dem Altar.« Er deutete auf den Boden. »Angeblich gab es einmal eine Messingplakette, die auf sein Grab verwies, doch die ist verschwunden.« Er winkte Tom mit sich und deutete auf die Schnitzereien, mit denen der Altarraum geschmückt war. »Hier und hier – und auch da drüben – sehen Sie geschnitzte Löwen. Sie deuten auf das Wappen der Dees, das ihnen 1576 verliehen wurde und einen nach rechts aufsteigenden Löwen auf rotem Grund zeigt.«

Tom trat näher und schaute sich die Löwenfiguren an. »Ich danke Ihnen.« Dann fügte er nachdenklich hinzu: »Ist es nicht sonderbar, dass ein Magier in einer christlichen Kirche begraben liegt?«

Der Küster lachte. »Oh nein, keineswegs. Damals unterschied man nicht so streng zwischen Glauben, Aberglauben und Wissenschaft. Ein Mann wie Dee konnte alles gleichzeitig sein. Und außerdem« – er beugte sich vor und nickte vertraulich – »ist vieles, was man sich über ihn erzählt, auch übertrieben. Ein schwarzer Magier war er sicher nie. Ich halte ihn für einen treuen Sohn der Kirche.«

Tom machte sich einige Notizen und zeichnete rasch die Löwenfiguren ab. »Wie ich las, ist von seinem Haus und dem Laboratorium nichts erhalten geblieben?«

»So ist es, Mr. Ashdown. Aber hinter der Mauer, die Sie westlich der Kirche sehen können, lag früher einmal Doktor Dees Garten. Zugegeben, die Mauer ist nicht sonderlich eindrucksvoll, aber ich lege manchmal die Hand darauf und schließe die Augen. Dann fühle ich mich in die Vergangenheit versetzt. Wer weiß, wozu es gut ist?« Nach diesen Worten sammelte der Küster seine Kerzen wieder ein und verabschiedete sich.

Tom blieb vor der Mauer stehen. Ihm kam ein Gedanke. Es wäre sicher reizvoll, historische Darstellungen und moderne Fotografien miteinander zu verbinden, er würde Sir Tristan darauf ansprechen.

Dann verließ er den Kirchhof und überquerte die High Street. Ein schmaler Durchgang führte zwischen den Häusern zur Themse hinunter, und dort stand auch schon das Pub. Zeit für eine Erfrischung.

Um diese Tageszeit war kaum jemand im Schankraum, und Tom setzte sich mit seinem Pint ans Fenster. Die Sonne glitzerte auf dem Wasser, flussaufwärts setzte gerade die Fähre von Chiswick nach Mortlake über. Dahinter war das gitterförmige Geländer der Eisenbahnbrücke von Kew zu erkennen.

»Sind Sie ein Maler?«

Tom drehte sich um, als er die Stimme des Wirtes hinter sich hörte.

»Ich meine wegen der Tasche und weil Sie da so rausschauen. Wir haben öfter Leute hier, die den Fluss malen, die Ansicht ist beliebt.«

Tom kehrte dem Fenster den Rücken und trank einen Schluck Bier. »Nein, ich bin kein Maler. Ich schreibe über John Dee.«

Der Wirt, ein stämmiger Mann mit rotem Haarkranz, sah ihn verwundert an. »Wer interessiert sich denn heute noch für den? Obwohl – es soll ja reiche Leute geben, die schwarze Messen feiern und tote Vorfahren heraufbeschwören.«

Tom musste ein Grinsen unterdrücken. »In St. Mary the Virgin sagte man mir, er sei ein treuer Sohn der Kirche gewesen und die Geschichten über seine Magie seien maßlos übertrieben.«

Der Wirt wiegte den Kopf. »Nun, Sir, ich kann nur sagen, meine verstorbene Großmutter hat mir immer mit dem Hexer gedroht, wenn wir nicht rechtzeitig im Haus waren. Der kommt und holt dich. Sie glauben nicht, wie schnell ich gelaufen bin.«

Tom machte sich lächelnd Notizen. »Er ist also zum Kinderschreck geworden?«

»Na ja, wir waren auch neugierig. Sind manchmal in der Dämmerung hier unten am Ufer entlanggeschlichen und haben nach Spuren gesucht. Flackernde Lichter, unheimliche Stimmen und so weiter. Plötzlich fing einer an zu schreien, und dann sind alle weggelaufen.«

»Aber Sie haben nie etwas gefunden?«

Kopfschütteln. »Wenn es das Haus noch gäbe, wäre es womöglich anders. Oder sein Laboratorium, wo er die Experimente gemacht hat. Oder die Bibliothek mit den Zauberbüchern. Aber das ist alles weg.« Er kehrte die Handflächen nach außen und zuckte mit den Schultern.

»Wie schade. Mortlake ist heute also ein Vorort wie alle anderen.« Tom sah den Wirt abwartend an, nachdem er den Köder ausgeworfen hatte. Und was er dann hörte, übertraf seine Erwartungen.

Der Mann kam hinter der Theke hervor, zog einen Stuhl heran und setzte sich Tom gegenüber. Dann beugte er sich vertraulich vor. »Neulich hat ein Strandsucher eine Tote gefunden. Gleich da hinten.« Er deutete vage flussabwärts. »Soll eine elegante Dame gewesen sein. Und jung. Sie ist ertrunken, wie es heißt.«

Tom wagte kaum zu atmen. »Weiß man, wie es passiert ist?«

»Nein.« Dann schaute er über die Schulter und beugte sich wieder vor. »Wird wohl Selbstmord gewesen sein. Die Polizei hat überall herumgefragt, aber keiner hat was gesehen. Also nichts Verdächtiges. Nur …« Er legte eine dramatische Pause ein. »Da waren die Kerzen.«

»Kerzen?« Tom hatte sein Notizbuch herausgeholt und schrieb mit.

»Ja. Hier unten am Wasser, gleich vor der Treppe. Der junge Alfie hat sie gefunden, hat er uns erzählt.«

»Wer ist der junge Alfie?«

»Na, der Strandsucher. Hat keine Eltern mehr. Lebt von dem, was er im Watt findet.«

»Und er hat Kerzen gefunden?«

»Ja, die steckten im Boden. Ich meine, wer macht so was? Genau hier, wo der Zauberer gewohnt hat! Sein Haus hat nämlich hier gestanden, Sir, an dieser Stelle!«

Tom zog eine Augenbraue hoch. »Und Sie nehmen an, dass die tote Frau die Kerzen angezündet hat und dann ins Wasser gegangen ist?«

Der Wirt hob warnend die Hand. »Ich nehme gar nichts an. Ich sage nur, was ich gehört habe. Wenn Sie es genau wissen wollen, müssen Sie den jungen Alfie fragen.«

»Wo finde ich ihn denn?«

Der Wirt warf einen Blick aufs Wasser. »Am Fluss jetzt bestimmt noch nicht, ist noch zu früh. Er wohnt in einem Schuppen gleich um die Ecke.« Er erklärte Tom den Weg. »Ist zwischen hier und dem Kohlekai.«

Tom bezahlte und gab ein großzügiges Trinkgeld. »Ich danke Ihnen. Kann sein, dass ich noch einmal wiederkomme.«

»Jederzeit, Sir.« Dann fügte er hinzu, als wäre ihm gerade ein Gedanke gekommen: »Aber das hier bleibt unter uns, ja?«

»Gewiss«, sagte Tom leicht verwundert.

Der Wirt räusperte sich. »Man erzählt sich nämlich, die Tote sei aus guter Familie. Und Sergeant Waters hat allen eingeschärft, den Mund zu halten. Ich hoffe, ich habe keinen Fehler gemacht.«

»Sie können sich auf mich verlassen.«

Tom war nach Mortlake gekommen, um nach Spuren der Geschichte zu suchen. Stattdessen war er auf ein Rätsel gestoßen, das durchaus gegenwärtig schien.

18

Charlotte steckte die Münze in ihre Handtasche und verließ das Haus. Sie ging in Richtung Green und war schon an der Ecke, als sie eine Stimme hinter sich hörte.

»Guten Morgen, Mrs. Ashdown, wir haben uns ja lange nicht gesehen. Ich hoffe, es geht Ihnen gut.«

Sie drehte sich um und stand Miss Clovis gegenüber, die sie erwartungsvoll anschaute. Charlotte wäre am liebsten weitergegangen, und nur die Höflichkeit hinderte sie daran. »Danke, es geht mir ausgezeichnet. Vor allem bei diesem Wetter, das sich ideal für einen Spaziergang eignet.« Sie hoffte inständig, dass Miss Clovis nicht auf die Idee käme, sie begleiten zu wollen.

»Oh, das ist wahr, das Wetter ist so angenehm. Ich würde mich freuen, demnächst wieder einmal mit Ihnen zu plaudern.«

Charlotte erstarrte innerlich. »Gewiss, nur habe ich gerade sehr viel zu tun.«

Miss Clovis nickte. »Das verstehe ich. Ich bin alleinstehend, aber wenn man für einen Ehemann zu sorgen hat, der dazu noch so vielbeschäftigt ist wie Mr. Ashdown …«

»Verzeihen Sie, aber ich muss jetzt wirklich gehen. Einen angenehmen Tag, Miss Clovis.« Mit diesen Worten ließ sie die Frau stehen und ging rasch davon, ohne sich umzudrehen, aber sie spürte, wie der Blick der aufmerksamen Augen sie verfolgte, bis sie um die nächste Ecke gebogen war.

Als Charlotte die Paternoster Row erreichte, hatte sie sich erst halbwegs beruhigt. Am Anfang der Gasse blieb sie stehen und tat, als würde sie ein Schaufenster betrachten, schloss aber die Augen und versuchte, sich zu fassen. Sie wusste selbst nicht, weshalb sie so heftig auf Miss Clovis reagierte, vielleicht, weil sie sich in ihrer Gegenwart ständig beobachtet vorkam. Und die Annahme der Frau, ihr, Charlottes, Leben drehe sich nur darum, es Tom behaglich zu machen, kränkte sie. Charlotte spürte wieder die Enttäuschung vom Morgen, die ihr nun auch noch den kleinen Ausflug zu verderben drohte. Sie ärgerte sich, weil sie zuließ, dass ein Satz – ob nun absichtlich oder unbedacht gesprochen – ihre Entschlossenheit ins Wanken brachte. Sie ahnte, dass es mit der Entfremdung von Tom – ein Wort, das allein zu denken ihr schwerfiel – zusammenhing, so als hätte der Schmerz darüber sie für solche dumpfen Befürchtungen überhaupt erst empfänglich gemacht.

Als sie wieder ruhig atmen konnte, wandte sie sich vom Schaufenster ab und ging zu dem kleinen Laden, den sie neulich entdeckt hatte. Das Ladenschild mit der Münze schwankte leicht im Wind, und als sie eintrat, ertönte eine helle Glocke.

Der Herr mit dem ausladenden altmodischen Backenbart war so klein, dass nur sein Kopf über die gewaltige Registrierkasse ragte.

»Hereinspaziert, Madam. Was kann ich für Sie tun? Goldsmith mein Name, ich bin der Inhaber.«

Der Laden war ebenso klein wie vollgestopft. Die Regale mit den unzähligen schmalen Schubladen, in denen die Münzen aufbewahrt wurden, reichten bis unter die Decke, was auch die Trittleiter erklärte, die in einer Ecke stand. In der verglasten Theke lagen auf Samt gebettet die unterschiedlichsten Münzen, die Charlotte silbern und golden entgegenschimmerten. Es roch nach Staub und Metall und etwas Chemischem, das Politur sein mochte.

Charlotte öffnete ihre Handtasche und holte die Münze hervor, die sie in ein sauberes Taschentuch gewickelt hatte. Sie faltete es auseinander und schob es über die Theke. »Ich wüsste gern, was Sie mir über diese Münze sagen können.«

Mr. Goldsmith warf einen Blick darauf. »Aha, römisch, das steht schon mal fest.« Er klemmte eine kleine Lupe an seine Brille, fragte »Darf ich?« und nahm auf ihr Nicken hin das Taschentuch samt Münze in die Hand. Er betrachtete sorgfältig erst die eine und dann die andere Seite, wobei er etwas Unverständliches vor sich hin murmelte.

Charlotte schaute geduldig zu, obwohl sie es kaum erwarten konnte, seine Meinung zu hören.

Schließlich öffnete er eine Schublade unter der Theke und holte ein großes Buch heraus. Er blätterte in den zerlesenen Seiten, auf denen zahlreiche Münzen abgebildet waren, und zeigte schließlich auf ein Exemplar. »Es dürfte sich um dieses Stück handeln.«

Die Münze, die dort abgebildet war, sah tatsächlich aus

wie ihre, nur glänzte sie wie neu. Schrift und Bilder waren deutlich besser zu erkennen.

»Da stehen lauter Abkürzungen«, sagte Charlotte. »Können Sie mir die erklären?«

Mr. Goldsmith legte die Münze neben die Abbildung im Buch. »Dafür bin ich da, Madam. Es handelt sich hierbei um einen römischen Denar. Auf dieser Seite steht JULIA AUGUSTA, wie Sie sehen.«

Sie hatte also richtig gelesen.

»Die Münze wurde zwischen 196 und 211 nach Christus geprägt. Sie fällt in die Regierungszeiten der Kaiser Septimius Severus und Caracalla, Vater und Sohn. Julia war die Ehefrau des einen und die Mutter des anderen Kaisers. Einer von beiden dürfte ihr den Ehrentitel Augusta verliehen haben.«

Charlotte war ein bisschen enttäuscht. Sie wusste nicht, was sie sich erhofft hatte, aber das hier klang wie der Geschichtsunterricht in der Schule. »Was ist mit der Rückseite?«

Goldsmith schaute sie lächelnd an. »Nun, die ist ein wenig interessanter. Bei dieser Frauengestalt handelt es sich offensichtlich um die Göttin Isis. Auf dem Arm trägt sie ihren Sohn, den Gott Horus, der meist in Gestalt eines Falken dargestellt wird.«

Natürlich waren dies ägyptische Götter, aber Charlotte wusste, dass die Römer die Götter eroberter Völker oft großzügig übernommen hatten. Daher war es nicht verwunderlich, dass Isis und Horus auf einer römischen Münze abgebildet waren.

»Was für ein Gegenstand ist das, auf dem sie steht?«

»Ein Boot, würde ich sagen. Links befindet sich das Ruder.« Er nickte, als pflichtete er sich selbst bei. »Das passt sehr gut zusammen, da Isis die Muttergöttin, aber auch die Herrin der Flüsse ist. Sie verkörperte Geburt und Fruchtbarkeit, Tod und Wiedergeburt. Der Nil gilt in Ägypten als Quelle allen Lebens, nur an seinen Ufern gibt es fruchtbares Land«, sagte Mr. Goldsmith.

Charlotte spürte, wie sich etwas in ihr regte, noch ganz vage, aber es war ein erster Funke. »Das ist erstaunlich«, sagte sie.

»Verzeihung, wie war das?« Goldsmith schaute sie fragend an.

»Das, was Sie gerade über Isis und die Flüsse sagten. Ich habe die Münze einem alten Mann abgekauft, der sie am Themseufer gefunden hat.«

Mr. Goldsmith lachte, wobei sein Backenbart im Rhythmus wackelte. »In der Tat kurios. Und überaus passend. Ich gebe Ihnen ein Pfund für die Münze.«

»Mehr ist sie nicht wert?«, fragte Charlotte verwundert.

Er wurde rot angesichts der unverblümten Frage. »Nun, ich bin Geschäftsmann. Zudem kommt es gar nicht selten vor, dass römische Münzen gefunden werden. Und zwar nicht nur im Watt, sondern auch bei Bauarbeiten aller Art. In London können Sie nicht graben, ohne auf irgendwelche Altertümer zu stoßen. Sagen wir, eine Guinea. Das ist mein letztes Wort.«

Charlotte lächelte versöhnlich. »Verzeihung, ich möchte die Münze gar nicht verkaufen. Es ging mir um Ihr Fachwissen. Natürlich bezahle ich für die Einschätzung.«

Er nahm die Lupe von der Brille und schaute Charlotte prüfend an. »Für Gutachten nehme ich kein Geld. Sollten Sie es sich jemals anders überlegen, kommen Sie wieder zu mir. Ich zahle einen fairen Preis, das verspreche ich Ihnen.«

»Ich danke Ihnen, vielleicht mache ich das wirklich«, sagte Charlotte und verließ den Laden.

Unterwegs fiel ihr ein, was sie erfahren hatte, als sie einmal Toms Freunde, Sarah und John Hoskins, in Oxford besucht hatten: Die Themse trug dort den Namen Isis. Charlotte schüttelte leicht den Kopf. Manchmal schien alles mit allem verbunden zu sein.

Sie würde versuchen, mehr darüber zu erfahren. Die Münze mochte kein materieller Schatz sein, doch sie war wie eine Hand, die lockend winkte.

Erst als Charlotte fast zu Hause war, fiel ihr ein, was der alte Ned gesagt hatte: *Aber als ich Sie sah, wurde die Münze warm in meiner Hand. Das war ein Zeichen.*

Tom hatte Glück. Es war tatsächlich noch zu früh für die Ebbe. Als er an die Tür des kleinen Schuppens klopfte, der wie eine Warze am Lagerhaus des Kohlekais klebte, regte sich zunächst nichts. Er klopfte noch einmal und hörte schließlich, wie sich drinnen etwas rührte.

Ein zerzauster roter Haarschopf tauchte in der Tür auf, schläfrige Augen, ein sommersprossiges Gesicht, das fragend und besorgt zugleich dreinsah. Der Junge musterte ihn. »Wer sind Sie, Sir?«

»Bist du Alfie?«

Der Junge schluckte und nickte dann. »Ja.« Es klang eher wie eine Frage.

»Darf ich hereinkommen?«, fragte Tom. »Ich heiße Thomas Ashdown und bin Journalist.«

Er sah, wie der Junge, den er auf etwa elf schätzte, zurückwich, dann einen Schritt nach vorn machte und die klapprige Holztür hinter sich zuzog. »Ich komme lieber raus, Sir.«

»Der Wirt vom Queen's Head hat mir erzählt, dass du hier wohnst.« Er las die Angst in Alfies Augen. »Keine Sorge, ich möchte dich nur etwas fragen. Ich weiß, dass du Strandsucher bist und eine Tote am Fluss gefunden hast. Und einige Kerzen, die in der Erde steckten. Stimmt das?«

Der Junge nickte erneut. »Ja, aber ich habe der Polizei und dem reichen Mann schon alles erzählt.«

Welcher reiche Mann mochte das sein?, dachte Tom, hielt sich aber zurück. Er wollte Alfie dazu bringen, von sich aus zu erzählen, statt dass er ihn ausfragte.

»Ich bin Journalist. Ich schreibe für Zeitungen. Darum bin ich immer auf der Suche nach interessanten Geschichten.«

»Aber ich bin nicht interessant«, erwiderte Alfie.

»Jeder Mensch hat eine Geschichte zu erzählen. Und eine Tote am Ufer der Themse zu finden ist wirklich nicht alltäglich. Verrätst du mir mehr darüber?« Während Tom das sagte, holte er eine Münze aus der Tasche und spielte beiläufig damit. Er sah, wie der Junge große Augen bekam.

»Komm, wir gehen ein bisschen am Fluss entlang.«

Alfie zögerte, setzte sich dann aber in Bewegung. »Zum Sammeln ist es noch zu früh.«

»Du kennst den Fluss wie deine Westentasche, was?«

»Hm. Ich mache das schon eine ganze Weile.«

»Bist du allein auf der Welt?« Tom schaute ihn von der Seite an, weil er dem Jungen nicht zu nahe treten wollte. Ein Kind, das eine Familie hatte, lebte nicht allein in einem Schuppen.

»Nein!«, sagte Alfie beinahe empört. »Mein großer Bruder fährt zur See, auf der *Elizabeth Doe*. Er heißt Jamie. Und er kommt und holt mich, wenn ich alt genug bin.«

Sie schlenderten nebeneinander zum Wasser hinunter, wo gerade ein Kohlekahn entladen wurde. Die Arbeiter fluchten und lachten, während sie die schweren Säcke ins Lagerhaus schleppten.

»Wie kommst du zurecht?«, fragte Tom, blieb stehen und zündete seine Pfeife an. Ein Windstoß kam auf und zerzauste ihm die langen Haare.

»Ganz gut. Ich brauche nicht viel«, sagte Alfie und fügte hinzu: »Ich versuche, was zurückzulegen. Damit ich mir Kleidung kaufen kann, ich will später wie ein richtiger Matrose aussehen.«

Sie standen da und schauten aufs Wasser, und Tom spürte zum ersten Mal seit Tagen etwas wie Frieden. Vielleicht lag es am Fluss, der vor ihnen dahinströmte, ewig und veränderlich zugleich.

»Das ist eine gute Idee. Aber was machst du im Winter?« Er stellte sich vor, wie der Junge in dem Schuppen kauerte und vor Kälte zitterte.

»Ich hab einen Feuerkorb. Der Wirt vom Pub schenkt mir manchmal Holz, und ich hab eine warme Decke. Von meiner Mutter.« Er verstummte, und Tom spürte, dass er nicht über seine Eltern sprechen wollte.

»Zeigst du mir, wo du die Kerzen gefunden hast? Und die tote Frau?«

»Ja, Mr. Ashdown.«

Als sie die Stelle erreichten, deutete Alfie auf den Boden. »Es ist nichts mehr zu sehen. Aber sie steckten ungefähr hier.« Er beugte sich vor und bohrte mit einem Stock fünf Löcher in den Boden. »Und da waren auch ein paar Fußabdrücke, aber die konnte man nicht mehr erkennen.«

Tom stutzte. »Bist du dir sicher, dass du die Kerzen in dieser Form gefunden hast? Wie ein Fünfeck?«

»Ja. Darum hab ich mich auch gewundert. Es sah aus, als wäre es Absicht gewesen. Wie ein Bild, meine ich.«

»Hast du so etwas schon einmal hier gesehen?«

»Nie. Wer stellt denn Kerzen am Fluss auf?«

Sie gingen langsam weiter, bis Alfie unvermittelt stehen blieb. »Da hat sie gelegen.« Er stand da, die Hände auf dem Rücken verschränkt. »Der reiche Mann hat gesagt, sie war seine Tochter. Sie hieß Julia Danby.«

Tom notierte sich den Namen. »Weißt du auch seinen Namen?«

»Gerald Danby. Kennen Sie ihn?«

»Nein.« Aber das war nur eine Frage der Zeit. Tom war hergekommen, um Spuren eines Magiers zu finden, und war stattdessen auf ein Rätsel um fünf Kerzen und eine tote Frau gestoßen.

»Wie hat sie ausgesehen?« Er hatte sich die Frage gründlich überlegt. Einem Kind, das behütet aufwuchs, hätte er sie wohl nicht gestellt, aber Alfie schlug sich allein durch und hatte gewiss mehr gesehen als die meisten Kinder seines Alters.

Er senkte den Kopf. »Ich hab mir ihr Gesicht nicht angeschaut.«

»Das kann ich verstehen.« Tom schwieg und hoffte, noch mehr zu erfahren.

»Ihr Kleid war teuer. Die Schuhe auch. Glaube ich.«

Tom wusste nicht, was ihn zur nächsten Frage verleitete, er stellte sie rein instinktiv. »Hatte sie sonst noch etwas bei sich?«

Der Kopf des Jungen schoss hoch. »Was denn?«

»Na ja, einen Abschiedsbrief vielleicht.«

»Nein. Der wär aufgeweicht, oder?«

Er nickte, ließ Alfie aber nicht aus den Augen. Er spürte, da war etwas, das der Junge nicht preisgeben wollte. Tom wandte sich halb ab und schaute auf die Themse hinaus.

»Die Themse ist ein heiliger Fluss, hat sie mal gesagt.« Die Worte waren leise, aber verständlich.

»Wie bitte?«

Alfie stieß die Hände in die Hosentaschen und zog die Schultern hoch. »Das hat ihr Vater erzählt. Vielleicht waren die Kerzen wirklich von ihr.«

Tom überlegte. Es war nicht klug, den Jungen zu drängen und das zerbrechliche Vertrauen zu zerstören, selbst wenn er ihm etwas verschwieg.

Alfie schaute noch immer auf seine Füße. »Schreiben Sie was über mich?«

»Wie kommst du darauf?«, fragte Tom.

»Sie haben gesagt, Sie schreiben für Zeitungen. Und wenn ich Ihnen was erzähle, schreiben Sie es da rein. Und dann bekomme ich ...« Alfie verstummte abrupt.

Tom legte ihm behutsam die Hand auf die knochige Schulter. Der Junge war klein für sein Alter. »Das hier ist nicht für eine Zeitung. Ich schreibe ein Buch, in dem es um den Magier geht, der früher hier gelebt hat. Du brauchst dir also keine Sorgen zu machen.« Er hielt kurz inne. »Gibt es noch etwas, das du mir sagen möchtest?«

Alfie schüttelte den Kopf.

»Gut, dann verabschiede ich mich. Danke, dass du meine Fragen beantwortet hast. Vielleicht fällt mir noch etwas ein, dann komme ich wieder vorbei.«

»Falls Sie doch was für die Zeitung schreiben ... dann können Sie mich ruhig erwähnen«, sagte der Junge und lächelte verhalten. »Wäre schon aufregend.«

Tom streckte ihm die Hand hin. »Abgemacht. Auf Wiedersehen, Alfie.«

Als er in Richtung Bahnhof ging, war es, als schauten ihm unter einem roten Haarschopf zwei wachsame Augen nach.

19

Charlotte hatte Daisy angewiesen, das Essen warm zu stellen, weil Tom noch nicht zu Hause war. Sie wollte gerade die Küche verlassen, als ihr eine Idee kam. Sie holte die Münze heraus und legte sie auf den Tisch.

»Haben Sie was darüber erfahren?«, fragte Daisy neugierig.

»Wenn du uns einen Tee machst, erzähle ich dir davon.«

Dann saßen sie einträchtig da, und Charlotte berichtete von ihrem Besuch bei Mr. Goldsmith. Das Hausmädchen strich ehrfürchtig mit dem Zeigefinger über das Geldstück.

»Eine ägyptische Göttin auf einer römischen Münze? Kaum zu glauben, dass sie zweitausend Jahre im Dreck gelegen hat.« Dann runzelte sie die Stirn. »Oder jemand hat sie vor vielen Jahren gefunden und wieder verloren. Wer weiß, wer die schon alles in der Hand gehabt hat.«

»Da gebe ich dir recht«, sagte Charlotte, die es genoss, sich mit jemandem zu unterhalten, der die Muße hatte, sich ihren kleinen Schatz anzusehen.

Die Sonne schien durchs Fenster, und sie beschloss, noch einen kleinen Spaziergang zu unternehmen. Sie spazierte gemächlich über den Kirchhof und beobachtete ein Eichhörnchen, dem jemand eine Nuss hingeworfen hatte.

Das Tierchen näherte sich vorsichtig, schnappte die Nuss mit den Vorderpfoten und eilte damit auf den nächsten höheren Ast, wo es sofort zu knabbern begann.

Charlotte drehte eine Runde um die Kirche, verließ den Kirchhof und ging zum Green, wo wie immer geschäftiges Treiben herrschte. Kinder rannten umher und bedienten sich am Trinkbrunnen, der mitten auf dem Platz stand. Ein kleiner Junge sprang mit beiden Füßen in den Pferdetrog, worauf ihn seine schimpfende Mutter am Schlafittchen herauszog. An der Ecke waren Männer ins Gespräch vertieft – vielleicht auch in eine politische Diskussion. Die Gegend hatte immer Radikale angezogen, und Tom hatte gescherzt, da seien sie beide genau richtig mit ihren unkonventionellen Ansichten.

Will Travers, der Wirt der Crown Tavern, der in seiner langen Schürze draußen stand, nickte höflich, als Charlotte an ihm vorbeiging, und ihr kam flüchtig der Gedanke, wie wohltuend ein kühles Bier jetzt wäre.

Doch dann sah sie Tom auf sich zukommen. Er hob den Kopf und schaute ihr überrascht entgegen, bevor er die Schritte beschleunigte und vor ihr stehen blieb.

»Ein Empfangskomitee nur für mich?«, fragte er in seiner alten ironischen Art, und einen Moment lang war es, als hätte es die vergangenen Wochen nicht gegeben.

Charlotte lächelte. »Ich müsste lügen, wenn ich Ja sagte. Ich bin nur ein bisschen spazieren gegangen.«

Tom seufzte. »Du bist einfach zu ehrlich. Männer mögen ein wenig Schmeichelei, hat dir das noch niemand gesagt?« Die Lachfältchen um seine Augen straften die Worte

Lügen. Er hatte einen dunklen Bartschatten und sah müde aus, aber er strahlte.

Dann warf er einen Blick zum Pub. »Ich könnte ein Bier vertragen.«

Sie musste lachen, weil sie gerade das Gleiche gedacht hatte. »Du kannst wohl Gedanken lesen.«

»Mal sehen, ob Will uns in seine Bar lässt.« Der eigentliche Schankraum war nach wie vor Männern vorbehalten, doch gab es einen Nebenraum, in dem Frauen in männlicher Begleitung Zutritt hatten. »Er renoviert sie gerade.«

Tom öffnete die Tür und rief etwas in den Schankraum, dann winkte er Charlotte, sie solle ihm folgen. Sie nahmen zwischen Farbeimern und Leitern Platz. Will Travers brachte ihnen zwei Gläser Bier, die er augenzwinkernd auf den Tisch stellte. »Ich hoffe, der Geruch stört Sie nicht, aber es wurde Zeit, den Raum ein bisschen zu verschönern. Es kommen immer mehr Frauen, die sollen es auch nett haben.«

Charlotte hob ihr Glas. »Ich weiß Ihre Bemühungen zu schätzen, Mr. Travers.«

Als sie allein waren, stießen sie miteinander an. Das kalte Bier tat gut. Sonderbar, dachte Charlotte, dass sie hier, in einer fremden Umgebung, gelöster miteinander umgingen als in ihrem eigenen Zuhause.

»Du warst lange unterwegs.«

»Ja, es war ein ereignisreicher Tag.«

»Stell dir vor, ich war heute in einem Münzfachhandel.«

»Willst du eine Sammlung beginnen?«, fragte Tom verwundert.

Charlotte lehnte sich zurück und sah ihn an. »Du hast mir tatsächlich nicht zugehört.«

»Wie meinst du das?«

»Ich habe dir doch neulich von dem alten Mann erzählt, der mir an der Themse eine Münze verkauft hat. Er behauptete, sie sei in seiner Hand warm geworden, als er mich gesehen hat, das sei ein Zeichen gewesen.«

Tom schaute beschämt auf die Tischplatte.

»Jedenfalls habe ich sie heute Morgen notdürftig gesäubert und entdeckt, dass es sich um eine römische Münze handelt. Also bin ich heute Nachmittag in die Paternoster Row gegangen und habe sie einem Numismatiker namens Goldsmith gezeigt.«

Sie berichtete, was sie dort erfahren hatte.

»Die Göttin Isis auf einer Münze, die am Ufer der Themse gefunden wurde? Das ist faszinierend. Aber ich habe auch etwas Spannendes zu berichten.«

Tom erzählte von seinen eigenen Recherchen in Mortlake und der Begegnung mit dem jungen Alfie.

Als er fertig war, schlug Charlottes Herz heftig. »Du meinst, der Tod dieser armen Frau, die Kerzen und der Fluss haben etwas miteinander zu tun? Und dort, wo sie starb, hat einmal ein Magier gelebt?«

Tom wirkte etwas verlegen. »Es klingt verrückt, das gebe ich zu, und ich war eigentlich nur dort, um nach möglichen Spuren von John Dee zu suchen. Mit einem Geheimnis hatte ich nicht gerechnet. Aber was die Kerzen und die tote Frau angeht ... Schau her.« Er zog sein Notizbuch heraus und deutete auf eine Zeichnung, die nur fünf

Punkte zeigte. »Laut Alfie waren die Kerzen auf diese Weise angeordnet. Fällt dir etwas auf?«

Charlotte runzelte nachdenklich die Stirn. Worauf wollte Tom hinaus? »Wenn man die Punkte verbindet, entsteht ein Fünfeck. Ist es das, was du meinst?«

Er nahm einen Bleistift und zeichnete die fraglichen Linien ein. »In der Tat, ein Fünfeck.« Dann verband er die Eckpunkte von innen.

Noch während er zeichnete, stieß Charlotte ein staunendes »Ah« hervor. »Ein Pentagramm!«

Tom lehnte sich mit verschränkten Armen zurück und schaute sie gespannt an. »Du weißt, dass ich nichts von diesem okkulten Unsinn halte, aber darum geht es nicht. Die Frage ist, ob die Person, die die Kerzen aufgestellt hat, daran glaubt. Und ob es diese Julia Danby war.«

Sein Eifer war ansteckend, und Charlotte war fürs Erste einfach dankbar, dass sie die Köpfe zusammenstecken und gemeinsam über etwas rätseln konnten. »Das Pentagramm ist mehr als nur ein okkultes Symbol. Es hat auch mathematische Bedeutung, denk nur an den Goldenen Schnitt. Außerdem taucht es in christlichen Kirchen auf, als Bodenmosaik oder auf Fenstern.«

»Deine Einwände sind richtig, und es mag sein, dass ich mich in etwas verrenne.«

Charlotte hob die Hand. »Nein, keineswegs.« Sie runzelte die Stirn. »Ich bin ebenso skeptisch wie du, was angebliche Schicksalsfügungen angeht, aber es ist schon kurios, dass du auf diesen Jungen, die tote Frau und ein Fünfeck aus Kerzen stößt, während man mir einige Meilen flussabwärts eine Isis-Münze verkauft. Ich würde gern mehr darüber erfahren, vor allem, nachdem ich die Pyramide besichtigt habe. Weisheit des Salomo, Isis, ein mögliches Pentagramm, das klingt doch ganz nach Material für dein Buch. Wie aufregend! Darauf muss ich trinken.«

Tom sah staunend zu, wie Charlotte das Glas ansetzte und die verbliebene Hälfte leerte. Dann stellte sie es mit einem Knall auf den Tisch.

»Warum siehst du mich so an?«, fragte sie lachend.

»Ich entdecke immer wieder Neues an dir.« Tom schluckte und räusperte sich. »Ich habe mich in letzter Zeit schäbig verhalten. Kannst du ... kannst du mir verzeihen?«

Es war keine Erklärung, aber immerhin eine Entschuldigung. Ein Anfang.

»Gewiss.« Mehr sagte sie nicht und wechselte rasch wieder das Thema. »Was deine Gedanken über die Tote angeht – müsstest du das nicht der Polizei erzählen?«

Tom schüttelte den Kopf. »Was gibt es da zu sagen? Sie wissen von den Kerzen und scheinen sie nicht für wichtig zu halten. Ich kann ihnen schlecht ein Pentagramm aufmalen.«

»Das stimmt. Und was hältst du von dem Jungen?«

Ein Lächeln huschte über sein Gesicht. »Ein tapferer Bursche. Mag sein, dass er etwas zu verbergen hat, da war so ein Moment ... Jedenfalls ist es schwer, wenn man sich in seinem Alter allein durchschlagen muss.«

Kurze Zeit später standen sie auf und gingen zur Tür. Als sie nach draußen traten, sagte Tom: »Übrigens hat Sir Tristan Jellicoe uns für übermorgen eingeladen. Ich nehme an, du kannst es kaum erwarten, ihn und sein Domizil zu sehen.«

»Ich bin sehr gespannt«, sagte Charlotte.

Auf dem kurzen Weg nach Hause atmete sie zum ersten Mal seit Tagen leicht und frei.

20

Als Marguerite Danby zwischen den gewaltigen Säulen des Britischen Museums hinaufstieg, hielt sie ihre Tasche fest an sich gedrückt. Sie war noch nie allein hier gewesen und hatte Gerald nichts von dem Vorhaben erzählt. Warum, wusste sie nicht genau; es mochte die besonders enge Vertrautheit zwischen Mutter und Tochter sein, die den Tod überdauert hatte und sie nicht ruhen ließ. Sie wollte erst sicher wissen, was mit Julia geschehen war, bevor sie mit ihrem Mann darüber sprach. Er litt ganz furchtbar, aber still, wie Männer es häufig taten. Sie konnte sehen, dass sich der Kummer wie ein Krebs in ihn hineinfraß, und wollte ihn nicht mit falschen Vermutungen beunruhigen. Sosehr sie auch trauerte, half es ihr, nicht untätig zu sein, selbst wenn die Antworten, die sie womöglich fand, Julia nicht zurückbrachten.

Sie trat an die Informationstheke, wo ein älterer Herr mit goldenem Zwicker saß. »Was kann ich für Sie tun, Madam?«, fragte er höflich.

Marguerite räusperte sich. »Ich möchte jemanden sprechen, der sich mit dem alten Ägypten auskennt.«

Er zog eine Augenbraue hoch. »Sie können gern an einer unserer fachkundigen Führungen teilnehmen.«

Sie schüttelte entschieden den Kopf. »Vielen Dank, aber es geht nicht um eine Besichtigung. Ich habe ganz bestimmte Fragen und einige Gegenstände, die ich einem Experten zeigen möchte.«

Sie bemerkte, wie unwillig er sich umschaute, als wäre er sie am liebsten rasch wieder losgeworden. Und normalerweise hätte sie sich zurückgezogen, mit einer höflichen Bemerkung entschuldigt und wäre ihrer Wege gegangen. Doch der Tod ihrer Tochter hatte eine Kraft in ihr geweckt, die sie selbst überraschte. Sie war hergekommen, weil sie sich Hilfe erhoffte, und würde sich nicht abwimmeln lassen, so ungeduldig der Mann auch wirken mochte.

»Ohne vorherige Absprache ist das äußerst unüblich«, sagte er ein wenig nachgiebiger.

»Mein Anliegen auch und darum umso wichtiger. Es geht um ein Menschenleben.«

Sie las in seiner Miene, wie er resignierte, und konnte einen Anflug von Triumph nicht unterdrücken.

»Wenn Sie bitte dort drüben warten wollen.« Er deutete auf eine mit Leder bezogene Sitzbank. »Ich sehe zu, was ich machen kann.«

Marguerite beobachtete, wie er einen Museumswärter heranwinkte und ihn wohl beauftragte, die verwaiste Theke in seiner Abwesenheit zu beaufsichtigen. Dann verschwand er in den Tiefen des riesigen Gebäudes.

Sie hatte nicht damit gerechnet, so weit zu kommen, und musste sich rasch die passenden Worte zurechtlegen. Sie würde gleich einem Mann gegenübertreten, der ungeheures Wissen über diese Dinge besaß, und ihm ihre mageren, kleinen Funde vorlegen. Vielleicht würde er sie auslachen, weil er jahrtausendealte Mumien und andere wertvolle Dinge hütete, während sie die Gegenstände in einer ramponierten Hutschachtel gefunden hatte.

Dann aber dachte sie an das Grab ihrer Tochter, das in frischen Blumen zu ertrinken drohte, an die schlaflosen Nächte und die hastig weggewischten Tränen, die sie in Geralds Gesicht sah, wann immer sie ihm unerwartet gegenübertrat.

Nein, dachte Marguerite, sie war hier genau richtig und würde sich von niemandem einschüchtern lassen.

Der Herr erschien so unvermittelt, dass sie zusammenzuckte.

Er trug eine randlose Brille und einen sorgfältig gestutzten Schnurrbart. Er war nicht sonderlich groß und unauffällig gekleidet, strahlte aber eine unübersehbare Selbstsicherheit aus. »Mein Name ist Ernest Wallis Budge. Ich bin der Direktor der Abteilung für ägyptische und assyrische Altertümer. Was kann ich für Sie tun, Madam?«

Marguerite erhob sich und reichte ihm die Hand, wie betäubt angesichts der Tatsache, dass man ihr den Direktor persönlich geschickt hatte. »Mein Name ist Marguerite Danby.« Sie musste kurz innehalten und sich die Worte ins Gedächtnis rufen, die sie sich zurechtgelegt hatte. »Ich habe einige Gegenstände in meinem Besitz, die ich Ihnen gern zeigen würde.«

Falls Mr. Wallis Budge überrascht war, verbarg er es sehr gut. »Darf ich fragen, warum Sie damit zu mir kommen? Handelt es sich um ägyptische oder assyrische Altertümer?«

»Ich bin mir nicht sicher«, erwiderte sie offen. »Für mich sieht es danach aus. Aber ich hätte gern die Einschätzung eines Fachmannes. Wenn Sie mir bitte ein paar Minuten Ihrer Zeit schenken würden ...«

»Kommen Sie mit.« Er führte Marguerite durch lange Flure, deren Wände mit gerahmten Fotografien und Zeichnungen herrlicher Schmuckstücke, kostbarer Vasen, Totenmasken und Sarkophage geschmückt waren. Dann öffnete er eine Tür und ließ sie in einen Raum voller Regale treten, in denen diverse Arbeitsutensilien lagerten. In der Mitte standen große Arbeitstische.

»Hier werden die Fundstücke gesäubert und restauriert. Aber da gerade Mittagspause ist, haben wir den Raum für uns allein. Wenn ich die Artefakte bitte sehen dürfte ...«

Marguerite war schrecklich nervös. Artefakte, das klang sehr wissenschaftlich. Was würde dieser wichtige Mann zu ihren Funden sagen? Doch nun war sie hier und musste ihre Chance nutzen. Sie holte die kleine Schachtel aus der Tasche, stellte sie auf den Tisch und öffnete sie.

»Darf ich?«

»Ich bitte darum.«

Mit der Behutsamkeit des Wissenschaftlers nahm er nacheinander den Anhänger, das Kartenspiel und die drei Pergamentrollen heraus und ordnete sie nebeneinander auf dem Tisch an. Zuerst betrachtete er den Anhänger, wog ihn in der Hand, hielt ihn ans Licht und legte ihn wieder auf den Tisch.

»Hm, das ist eine interessante Sammlung. Woher haben

Sie sie?« Er schaute sie prüfend an. »Man sagte mir, es ginge um ein Menschenleben.«

»Vielleicht habe ich ein wenig übertrieben, damit man mich zu Ihnen vorlässt«, erwiderte sie etwas beschämt. »Aber es ist wirklich wichtig. Ich habe die Stücke geerbt.«

Ob ihn die Antwort zufriedenstellte, konnte sie nicht sagen, immerhin deutete er auf den Anhänger. »Dieses Stück fällt gewissermaßen in mein Fachgebiet, Mrs. Danby. Ich sage gewissermaßen, weil es sich nicht um ein altägyptisches Artefakt handelt und somit keinen historischen oder materiellen Wert besitzt. So etwas können Sie in den Basaren von Kairo und Alexandria für wenig Geld erstehen. Aber ich erkläre Ihnen gern, worum es sich dabei handelt. Dies ist eine Darstellung der Göttin Isis mit ausgebreiteten Vogelschwingen. Sie trägt den üblichen Kopfschmuck mit den Hörnern, die wiederum die Mondscheibe einrahmen. Darin ist sie der Göttin Hathor ähnlich, die häufig mit dem Kopf einer Kuh und Hörner tragend dargestellt wird.«

Marguerite versuchte, sich auf die Schnelle alles zu merken, und kam dann auf die Frage, die sie am meisten beschäftigte. »Was ist die Bedeutung dieser Göttin?«

Mr. Wallis Budge trat an ein Regal, nahm ein dickes, in Leder gebundenes Buch heraus und legte es auf den Tisch. Er blätterte darin und deutete dann auf eine Doppelseite, die zahlreiche Zeichnungen von Göttinnen enthielt, die sich alle voneinander unterschieden. Eine hatte einen Raubvogelkopf, eine andere trug ein eckiges, stuhlartiges Gebilde auf dem Kopf, eine dritte kniete, eine vierte stand mit ausgebreiteten Vogelschwingen da wie auf dem Anhänger. Marguerite schaute den Ägyptologen fragend an.

»Das alles sind Darstellungen der Göttin Isis, Mrs. Danby. Ich könnte Ihnen einen stundenlangen Vortrag halten, aber nur so viel: Isis ist die wichtigste Göttin des Altertums, sie wurde nicht nur von den Ägyptern, sondern auch in griechischer und römischer Zeit verehrt. Sie steht für Geburt und Tod, Magie und Wiedergeburt, Mutterschaft und Fruchtbarkeit. Sie erweckte ihren Gemahl Osiris, den man ermordet und zerstückelt hatte, von den Toten.« Er hielt inne und wirkte leicht verlegen. »Sie sehen so blass aus. Ich wollte Sie nicht schockieren.«

»Bitte sprechen Sie weiter«, sagte Marguerite dringlich.

»Sie verwandelte sich in einen Schwarzmilan – daher die verbreitete Darstellung mit dem Raubvogelkopf – und empfing ihren Sohn Horus, der meist als Falke gezeigt wird.«

»Warum sollte eine junge Frau einen solchen Anhänger besitzen?«, platzte sie heraus, und Wallis Budge schaute sie überrascht an. Sie hatte von Erbstücken gesprochen, und nun verriet sie beinahe schon zu viel.

»Vielleicht fand sie ihn dekorativ. Oder interessant aufgrund der Mythen, die sich dahinter verbergen.« Er warf einen Blick auf die übrigen Gegenstände. »Dies ist ein Tarotspiel, mit dem man angeblich die Zukunft deuten und menschliches Verhalten vorhersagen kann. Nicht mein Gebiet.«

Marguerite stutzte bei seinen Worten. »Von Tarot habe ich gehört. Aber es ist eine Spielerei, mit der man sich in Gesellschaft die Zeit vertreibt, nicht wahr?«

Ein Ausdruck huschte über sein Gesicht und verschwand so schnell, dass sie ihn nicht sicher deuten konnte – war es Ärger?

»Nun, jeder Mensch vertritt andere Überzeugungen. Es gibt durchaus Anhänger des Tarots, die den Weissagungen viel Gewicht beimessen.«

Marguerite fühlte sich plötzlich unwohl und wechselte rasch das Thema. »Die Pergamentrollen erscheinen mir auch sehr rätselhaft. Was halten Sie davon?«

Wallis Budge hatte sich wieder gefasst und entrollte alle drei Blätter, die er mit Holzleisten beschwerte, damit sie glatt auf dem Tisch lagen.

Dann pfiff er zu ihrer Überraschung leise durch Zähne. »Das ist wirklich interessant, Mrs. Danby.« Er deutete auf das linke Pergament, das die drei Säulen mit den Kreisen und den unverständlichen Symbolen darstellte. »Sie sehen hier den Weltenbaum der Kabbala, einer jüdischen Geheimlehre.« Er tippte auf die einzelnen Kreise. »*Kether, Binah, Chochmah, Gewurah, Tiphereth, Chesed, Hod, Jesod, Nezach, Malchuth.*«

Marguerite schaute ihn gebannt an. Die Worte klangen geheimnisvoll und fremd, doch er sprach sie ohne jede Mühe aus. »Das ist aber nicht Ägyptisch, oder?«, fragte sie und kam sich furchtbar ungebildet vor.

Er lächelte. »Nein, das ist Hebräisch, Mrs. Danby. Die Kabbala zu erklären würde noch weit mehr Zeit beanspruchen als die Erklärung der Göttin Isis, daher nur dies: Dieser Weltenbaum soll die zehn geistigen Kräfte darstellen, durch die Gott in seiner Allmacht auf die Menschen einwirkt. Wenn man die Praktiken der Kabbala studiert und ihre Kräfte erlernt, kann man – dies ist das höchste Ziel – mit allem eins werden.«

Die Göttin Isis, Tarot und eine jüdische Geheimlehre? War es das, was Julia bewegt hatte, während ihre Eltern ahnungslos mit ihr unter einem Dach gelebt hatten? Marguerite konnte es nicht fassen.

»Und hier haben wir das weiße Dreieck mit dem roten Kreuz, der Orden der Golden Dawn oder goldenen Morgendämmerung. Sie haben sicher davon gehört.«

Zu ihrer Verlegenheit musste sie den Kopf schütteln.

»Das ist ein Geheimorden, der vor einigen Jahren hier in England gegründet wurde. Mehr kann ich Ihnen nicht dazu sagen, es fällt nicht in mein Gebiet.«

Bildete sie es sich nur ein, oder war er plötzlich sehr kurz angebunden? Aber sie hatte seine Zeit auch übermäßig in Anspruch genommen.

»Und hier zum Abschluss wieder etwas Altägyptisches. Hieroglyphen.« Er deutete auf die sitzende Frau. »Sie schaut nach links, das heißt zum Wortanfang. Also beginnen wir hier. Das ist der Thron und dies das Brot. Zusammen bedeuten sie – Isis.«

Marguerite schaute fasziniert auf die Symbole und vergaß einen Moment lang ihre Trauer. »Können Sie das alles lesen, als wäre es Englisch?«

Wallis Budge nickte. »Hier steht sinngemäß: Isis, Herrin des Wassers, nimm uns zu dir und verwandle uns, auf dass wir unsterblich werden.« Er wiegte den Kopf. »Das ist kein Originaltext, zumindest ist er mir nicht bekannt.«

»Was bedeutet das?«, fragte sie atemlos.

»Dass jemand, der Hieroglyphen zu lesen und selbst zu schreiben versteht, dies verfasst hat. Aber nicht vor drei- oder viertausend Jahren, sondern jetzt, in unserer Zeit. Die Person hat Pergament verwendet, nicht Papyrus, also sollte gar nicht erst der Eindruck entstehen, es handle sich um einen antiken Fund.«

Marguerite trat an den Tisch und räumte Anhänger, Kartenspiel und Pergamente sorgfältig in die Schachtel, bevor sie den Ägyptologen ansah. »Darf ich fragen, was Sie von diesen Dingen halten? Ich kann mir keinen Reim darauf machen.«

»Haben Sie all das zusammen geerbt? Gehörte es derselben Person?«, fragte er zurück.

»Ja, so ist es.«

»Würden Sie mir sagen, wer sie war?«

Sie schuldete ihm Dank, großen Dank, doch die Frage war zu schmerzlich. »Es tut mir leid, aber ich kann nicht darüber sprechen.«

Er begleitete sie zur Tür und hielt sie auf. »Nun, die Antwort ist recht einfach, Mrs. Danby. Die Sammlung gehörte einem Menschen, der tief in die Welt der Magie eingedrungen ist.«

21

Das Haus war blütenweiß wie ein frisch gewaschenes Taschentuch, was angesichts der Londoner Luft bemerkenswert schien. Chelsea als Wohnort passte zu allem, was Tom ihr über Sir Tristan Jellicoe erzählt hatte. Elegant mit einem Anflug von Bohème. Charlotte war gespannt auf den Mann, der Tom für seinen ungewöhnlichen Auftrag ausgewählt hatte. Seit dem Gespräch im Pub hatte sich etwas zwischen ihnen verändert. Tom hatte den Abend, an dem er sich so verletzend verhalten hatte, nicht mehr erwähnt, doch die Spannung zwischen ihnen war geringer geworden. Sie waren einander wieder näher. Es war, als verstünden sie einander, solange sie sich über elisabethanische Magier und römische Münzen austauschen und schmerzliche Fragen damit verdrängen konnten.

Jellicoe öffnete ihnen die Tür. Tom hatte den Mann beschrieben, aber Charlotte war dennoch überrascht, als sie seine schulterlangen, strahlend weißen Haare erblickte. Er hatte sich für einen konventionellen, dunklen Gehrock entschieden, und sie war ein wenig enttäuscht, weil sie mit einem exotischen Gewand gerechnet hatte.

»Mrs. Ashdown, es ist mir ein außerordentliches Vergnügen!« Er ließ sie eintreten. »Sie sind mir natürlich auch willkommen, Tom«, fügte er scherzhaft hinzu.

Ein dunkelhäutiger Diener, der eine weite weiße Hose und darüber ein knielanges Gewand trug, verbeugte sich und nahm ihnen die Mäntel ab. Jellicoe führte sie durch den Flur zum Speisezimmer, wobei Charlotte gern ein wenig länger dort verweilt wäre, um sich die prachtvollen Dekorationen anzuschauen. Vor einem großen Spiegel, der von prächtigen Fliesen mit verschlungenen Mustern eingerahmt wurde, blieb sie unwillkürlich stehen.

Jellicoe bemerkte ihre Faszination. »Die Fliesen stammen aus Marokko, genau wie Khalish«, sagte er leichthin.

Charlotte stutzte kurz, weil es klang, als hätte er seinen Diener zusammen mit den Fliesen gekauft.

»Sie sind wunderschön. Ein solches Blau habe ich noch nie gesehen.«

»Handbemalt.«

Er führte sie ins Speisezimmer, wo die nächste Überraschung auf sie wartete. Lampen mit filigranen, wie ausgestanzten Mustern spendeten warmes rötliches Licht, und auch hier fühlte Charlotte sich in den Orient versetzt. Sowohl die Möbel als auch die Dekorationsobjekte stammten offensichtlich aus Nordafrika. Auf einem Beistelltisch entdeckte sie eine ziselierte silberne Teekanne mit bunten Gläsern; in den Ecken standen Truhen mit erlesenen Intarsienmustern, ein vermutlich handbemalter Esstisch war für vier Personen gedeckt. Die Kissen auf den Stühlen, die Vorhänge an den Fenstern, die vielfarbigen Teppiche – nichts davon stammte aus Europa. Nur das schlichte weiße Porzellan auf der Tafel schien englisch zu sein.

»Das sieht aus wie in 1001 Nacht«, stieß sie hervor.

Sir Tristan lächelte. »Freut mich, dass es Ihnen gefällt, Mrs. Ashdown. Der gute Tom hat mich einmal damit aufgezogen, dass ich ferne Länder in mein Haus hole, statt sie selbst zu besuchen, aber Sie kennen ihn ja, er neigt zur Ironie.«

»Ich finde es wunderbar.«

Tom strich ihr über den Arm. »Es war nicht böse gemeint, das weiß Sir Tristan nur zu gut.«

Jellicoe holte drei von vier Gläsern Madeira, die auf einer Kommode mit Elfenbeinintarsien standen. Sie stießen miteinander an. »Auf einen anregenden Abend.« Er hielt inne und sah zur Tür. »Bitte verzeihen Sie, Iris ist gewöhnlich äußerst pünktlich.«

Charlotte war sehr gespannt auf Jellicoes Tochter, nachdem Tom sie so neugierig gemacht hatte.

Dann ging die Tür auf, und eine Frau, die nur Iris sein konnte, betrat den Raum. Betreten war streng genommen nicht das richtige Wort für die Art, in der sie sich bewegte – eine Mischung aus Schreiten und Dahingleiten, majestätisch und arrogant, lässig und doch königlich. Anders als ihr Vater hatte sie sich für ein orientalisches Gewand entschieden, das in einem Purpurton gehalten war, der ihre eindrucksvolle Erscheinung unterstrich. Purpur, die Farbe der Könige, dachte Charlotte flüchtig, bevor etwas anderes ihren Blick fesselte.

Um den Hals trug Iris Jellicoe eine Art Amulett, das ein stilisiertes Auge darstellte. Als Kette dienten drei Schnüre, die dicht an dicht mit bunten Tonperlen besetzt waren. Sie bemerkte Charlottes Blick und sagte, nachdem sie einander vorgestellt worden waren: »Interessieren Sie sich für ägyptische Kunst, Mrs. Ashdown?«

»Ja, aber ich weiß nicht viel darüber. Erklären Sie mir Ihren Anhänger? Ich finde ihn faszinierend.«

Sie nahmen einander gegenüber Platz, während Sir Tristan in die Hände klatschte, worauf Khalish mit einem großen Silbertablett erschien, auf dem zahlreiche kleine Schüsseln mit unterschiedlichen Vorspeisen angerichtet waren. Er ordnete sie sorgfältig auf dem Tisch an, als folgte er einem vorbestimmten Muster.

»Es handelt sich um das Auge des Horus, ein altägyptisches Schutzsymbol«, sagte Iris Jellicoe. »Dieser Gott wurde als Falke dargestellt, und das Symbol ist dem Auge dieses Vogels nachempfunden. Die Ägypter benutzten es auch für mathematische Zwecke. Jedes dieser Elemente steht für einen Stammbruch.«

»Können Sie mir das genauer erklären?«, fragte Charlotte, die gar keinen Blick für die köstlich aussehenden Vorspeisen auf dem Tisch hatte.

Miss Jellicoe nahm lächelnd den Anhänger ab und legte ihn zwischen ihre Teller. Dann griff sie nach ihrem Buttermesser und deutete auf die Teile des Auges. »Das Weiße des Auges auf der linken Seite – $1/2$. Die Pupille – $1/4$. Die Augenbraue – $1/8$. Das Weiße des Auges auf der rechten Seite – $1/16$. Der erste Strich unter dem Auge – $1/32$. Der zweite Strich unter dem Auge – $1/64$.«

Charlotte rechnete rasch im Kopf. »Das ergibt aber nur $63/64$. Wo ist der fehlende Teil geblieben?« Sie bemerkte, dass Tom sie verwundert ansah, während er sich an den Vorspeisen bediente.

»Ach, das ist eine kuriose Geschichte«, sagte Miss Jellicoe. »Nach einer Legende kämpften Horus und Seth um den Thron des Gottes Osiris. Seth riss Horus das linke Auge aus, doch dem Gott Thoth gelang es, das Auge zu heilen, wobei er angeblich 1/64 davon für sich behielt. Voilà.« Sie kehrte die Handflächen nach außen. »Ist es nicht faszinierend, wie eine jahrtausendealte Legende ein mathematisches Problem erklären kann?«

Charlotte strich behutsam über den Anhänger. »Er ist wunderschön. Und dass sich eine solche Geschichte dahinter verbirgt, macht ihn noch schöner.«

Miss Jellicoe legte die Kette wieder um und schaute von ihrem Vater zu Tom, bevor sie Charlotte leise anstieß. »Ich glaube, die Herren sind nicht damit einverstanden, dass wir weder ihnen noch dem Essen die gebührende Aufmerksamkeit schenken.«

Dann griffen sie zu, und es war in der Tat köstlich. Sauer eingelegtes Gemüse, eine cremige Paste, die aus Sesamöl und Kichererbsen bestand, wie Sir Tristan erklärte, ein Gericht namens Couscous, alles durchdrungen von fremdartigen Gewürzen und einem Hauch Minze.

Beim Fleischgang – duftend gewürzte Spieße, die auf einer großen Platte mit gegrilltem Gemüse serviert wurden – wandte sich Charlotte wieder an Miss Jellicoe. »Kürzlich habe ich eine Münze gekauft, die ein Strandsucher an der Themse gefunden hatte. Zu meiner Überraschung entpuppte sie sich als römische Münze, auf der die Göttin Isis dargestellt ist. Und, daran musste ich vorhin bei der Geschichte über das Auge denken, sie trägt ihren Sohn Horus auf dem Arm. Ist das nicht kurios?«

Ein Ruck ging durch Iris Jellicoe, sie setzte sich noch aufrechter hin und legte beinahe feierlich Messer und Gabel ab. Ihren Gesichtsausdruck konnte Charlotte nicht ganz deuten. Interessiert, aufmerksam, aber da war noch etwas anderes, das sie sich nicht erklären konnte. »Das ist ganz außergewöhnlich, Mrs. Ashdown, was für eine wunderbare Fügung. Die Münze müssen Sie mir unbedingt zeigen. Und der Strandsucher hat sie Ihnen einfach so angeboten? Kannten Sie ihn?«

Charlotte lächelte ein wenig verlegen. »Nein, es war reiner Zufall. Nun ja, nicht ganz. Er hat gesagt, sie sei in seiner Hand warm geworden, das sei ein Zeichen, dass sie für mich bestimmt sei. Das ist natürlich Unsinn, ich glaube nicht an so etwas, aber ...«

»Aber was?«, fragte Sir Tristan neben ihr, der auch aufmerksam geworden war.

»Ich konnte nicht widerstehen, ich musste sie kaufen. Also ist es ihm gelungen, mich zu überzeugen. Wer weiß, vielleicht ist er einfach ein geschickter Händler.«

»Oder er hat geahnt, dass Sie sich für geheimnisvolle Dinge interessieren«, sagte Sir Tristan. »Manche Menschen haben ein Gespür für so etwas. Wir sind einander heute zum ersten Mal begegnet, doch so wie ich Thomas Ashdown kenne, würde er niemals eine Frau heiraten, die nicht ähnlich wissbegierig ist wie er.«

»Darauf können Sie sich verlassen«, warf Tom ein, der

dem Gespräch wohl eine leichtere Wendung geben wollte, doch Iris schaute Charlotte eindringlich an. »Ich glaube ganz fest an Fügungen. Die Wissenschaft gibt vor, alles erklären zu können, berührt aber kaum die wirklich wesentlichen Fragen. Sie findet Beweise für das Wie, aber selten für das Warum, den Ursprung, den Sinn hinter den Dingen.«

»Und wo würden Sie nach Antworten auf solche Fragen suchen?«, fragte Charlotte interessiert. Sie konnte sich beim besten Willen nicht vorstellen, dass Iris Jellicoe eine fromme Christin war, die ihr Heil im sonntäglichen Kirchgang fand.

Iris ließ sich Zeit mit der Antwort. »Das erzähle ich Ihnen ein anderes Mal. Und nun möchte ich von Mr. Ashdown hören, welche Fortschritte seine Recherchen machen.«

Charlotte war neugierig geworden und hoffte, demnächst mehr von Iris Jellicoe zu hören. Eine interessante Frau, kein Zweifel. Sie war froh, dass Tom den Auftrag angenommen hatte, dies versprach eine anregende Bekanntschaft zu werden.

»Nun, ich war in Mortlake, wo Doktor John Dee gelebt hat«, begann Tom. »Leider gibt es dort nahezu keine Spuren mehr. Aber ich habe einiges über ihn gelesen, um meiner Fantasie auf die Sprünge zu helfen. Der Geistliche der örtlichen Kirche war auch sehr hilfsbereit.«

Charlotte fragte sich, weshalb er nicht von Alfie, der Frau und den Kerzen am Ufer erzählte und wie er mit ihr über das Fünfeck spekuliert hatte, doch er hatte sicher seine Gründe, weshalb er es hier nicht erwähnte.

»Wie schade«, sagte Sir Tristan, »aber ich vertraue auf Ihre Fantasie, die hat Sie noch nie im Stich gelassen. Ich weiß noch, wie Sie ein Stück rezensiert haben, das Sie nicht kannten, und die Hauptdarstellerin gelobt haben, die Sie nie gesehen hatten.«

Tom hob abwehrend die Hände. »Das war eine Notlage, bitte erinnern Sie mich nicht daran.«

»Soweit ich weiß, bestand die Notlage in den Nachwehen eines Trinkgelages mit dem Ensemble des Drury-Lane-Theaters.«

Charlotte musste lachen, als Tom rot anlief und dramatisch die Hand vor die Stirn schlug. »Sir Tristan, Sie haben mich völlig in der Hand.«

Nach dem Dessert zogen sich die Männer in die Bibliothek zurück.

»Ich halte ja nichts von diesen altmodischen Gepflogenheiten«, sagte Iris Jellicoe, als sie Charlotte in einen Salon führte, der in eklatantem Gegensatz zu allem stand, was sie bisher vom Haus gesehen hatte: Er war ganz in einem zarten, englischen Rosenton gehalten.

Sie ließen sich in bequemen Sesseln nieder, während Khalish ihnen Kaffee und einen starken grünen Pfefferminzlikör servierte.

»Sie haben keine Kinder?«, fragte Iris völlig unvermittelt.

Die Frage schien Charlotte mittlerweile zu verfolgen, und sie wollte schon unwillig antworten, als sie Iris' Gesichtsausdruck bemerkte. Abwartend, interessiert und ohne eine Spur von Tadel. Dies war nicht die Miene einer Frau, die das Muttersein für die einzig denkbare Lebensaufgabe zu halten schien. Zum ersten Mal fragte sie sich, wie alt Sir Tristans Tochter sein mochte. Kaum jünger als sie selbst, schätzte sie.

»Noch nicht.«

»Darf ich?« Zu ihrer Überraschung zündete Miss Jellicoe sich eine stark duftende Zigarette an. »Türkisch. Meine Schwäche.«

In Toms Kreisen gab es Frauen, die rauchten, doch es galt nach wie vor als anrüchig und verbot sich für eine Dame.

»Lassen Sie sich Zeit mit den Kindern«, sagte Miss Jellicoe seelenruhig, als wäre es an ihr, einer verheirateten Frau Ratschläge zu geben. »Ohne sie hat man mehr Freiheit, nicht wahr?«

Charlotte wusste nicht recht, was sie darauf antworten sollte.

»Oh, habe ich Sie schockiert? Das kann ich mir nicht vorstellen. Ich habe gehört, dass Sie und Ihr Mann in eher zwanglosen Kreisen verkehren. Und Sie waren berufstätig.«

Charlotte hatte sich wieder gefangen. »So ist es. Ich bin nur ein wenig empfindlich, weil die Frage meist mit Hintergedanken verbunden ist, sozusagen als Mahnung, meiner Rolle endlich gerecht zu werden.«

Miss Jellicoe lachte. »Ach ja, die Frau als Engel des Hauses, als Muttergottes mit dem Jesuskind im Arm.« Es klang ein bisschen verächtlich.

»Ich mag Kinder sehr, sonst hätte ich nicht jahrelang als Gouvernante gearbeitet. Allerdings vertrete ich die

Ansicht, dass man als Mutter weiterhin seinen Geist bilden und auch auf anderen Gebieten tätig sein kann und sollte. Sonst verkümmert der Geist.«

Miss Jellicoe klopfte lachend ihre Asche in einer Schale aus Rosenquarz ab. »So rebellisch hatte ich Sie mir erhofft.« Sie hob ihren Pfefferminzlikör und stieß mit Charlotte an. »Auf gute Freundschaft.«

»Das war ein anregender Abend«, sagte Charlotte fröhlich, als sie auf der Straße standen und die Tür hinter ihnen ins Schloss gefallen war.

Tom bot ihr den Arm an. »Lass uns ein Stück gehen.«

Als sie in den Cheyne Walk bogen, sagte er: »Ich bin froh, dass sie dir gefallen. Beide sind ein wenig speziell, aber unterhaltsam. Du verstehst dich gut mit Miss Jellicoe?«

»Wir haben uns ausgezeichnet unterhalten. Sie weiß über interessante Dinge Bescheid und spricht frei heraus, was mir bei Engländern im Allgemeinen und englischen Frauen im Besonderen bemerkenswert erscheint.«

»Hm.« Tom schien zu überlegen. »Und sie ist dir nicht zu forsch? Oder – wie soll ich sagen – angriffslustig? Provokant?«

»Überhaupt nicht. Ich dachte immer, du magst Frauen, die sagen, was sie denken. Wir haben zum Beispiel darüber gesprochen, dass es Vorzüge haben kann, kinderlos zu sein, wobei ich entgegnet habe, dass man geistige Bildung und Muttersein durchaus vereinbaren kann.«

Sein Arm erstarrte unter ihrem. »*Darüber* habt ihr geredet?«

»Aber ja. Da die Jellicoes den nach Geschlechtern getrennten Rückzug nach dem Essen pflegen, bekamen wir die Gelegenheit, uns über solche Fragen zu unterhalten.«
Charlottes Antwort war leichthin gesprochen, doch Toms Stimmung hatte sich spürbar geändert.

»Was ist los, Liebster? Du wirkst so ...«

»Mir scheint, die ganze Welt redet über unsere privaten Angelegenheiten, und dir scheint es nichts auszumachen.«

Sie schluckte und konnte nicht ganz begreifen, dass die beschwingte Stimmung so rasch verflogen war. Wieder erinnerte sie sich an den Abend, an dem Tom ihr Zimmer so abrupt verlassen hatte, und spürte, wie Zorn in ihr aufstieg.

»Nun, da *wir* nicht darüber sprechen, verspüre ich ab und an das Bedürfnis, mit *irgendjemandem* zu reden.«

Er blieb unvermittelt stehen und winkte einer vorbeifahrenden Droschke, dann half er Charlotte beim Einsteigen. Auf der Fahrt nach Hause blieb er schweigsam, und sie lehnte sich mit geschlossenen Augen in die Polster.

Morgen wollte sie endlich etwas unternehmen, das sie längst hätte tun sollen. Vielleicht würde dann mit Tom alles wieder gut.

22

Nie hätte Charlotte in Hatton Garden, einer Gegend, in der sich vor allem Juweliergeschäfte und Diamantenhändler drängten, einen Arzt vermutet, doch Tom hatte ihr die Praxis bei einem Spaziergang gezeigt. Sie erinnerte sich noch an den Scherz, den er dabei gemacht hatte. *Bleeding Heart Yard – kann es für einen Arzt eine treffendere Adresse geben?* Tom hatte erwähnt, dass der Arzt Arme günstig oder kostenlos behandelte und allgemein als fähiger Mann galt. Und wegen Letzterem hatte sie den Weg in diesen entlegenen Winkel gefunden: hohe gelbbraune Backsteinhäuser, die ein Stückchen Straße umschlossen. Es war sehr still, die Geschäftigkeit der angrenzenden Straßen drang nicht bis hierher vor.

Charlottes Herz klopfte heftig, als sie an der Tür klingelte. Eine ältere Frau mit strenger Miene öffnete. »Sie wünschen?«

»Ich ... möchte zu Dr. Smith«, sagte Charlotte zögernd.

Die Frau machte keine Anstalten, sie hereinzulassen. »Die Praxis ist voll. Kommen Sie ein anderes Mal.«

Doch der Gedanke, nach Hause zu gehen und weiterzugrübeln, war unerträglich. Sie hatte einmal den Mut aufgebracht, bei Dr. Smith zu klingeln – ob sie ihn ein zweites Mal fände, erschien ihr fraglich.

»Bitte, es ist dringend.«

Ein ungeduldiges Seufzen. »Na schön. Kommen Sie in einer halben Stunde wieder.«

Die Tür schloss sich vor ihrer Nase.

Charlotte ging ein paar Schritte und schaute über die Schulter zum Haus zurück. Die Frau hatte sie taxiert und gesehen, dass sie nicht zum üblichen Patientenkreis gehörte. Wollte sie Charlotte nicht zumuten, mit armen Leuten das Wartezimmer zu teilen? Oder mit Leuten, die womöglich an ansteckenden Krankheiten litten? War sie einfach nicht erwünscht? Aber Dr. Smith war gewiss auch auf Patientinnen angewiesen, die sein Honorar bezahlen konnten. Wohltätigkeit war nur möglich, wenn Geld aus anderen Quellen hereinkam.

Der Spaziergang erschien ihr endlos. Zwischendurch schaute sie immer wieder auf die Taschenuhr, die sie am Gürtel trug. Charlotte blieb vor einer Bäckerei stehen, doch ihr Magen war verkrampft, und sie wusste, dass sie nichts herunterbringen würde. Also schlenderte sie im angrenzenden Viertel von einem glitzernden Schaufenster zum nächsten und betrachtete die ausgestellten Schmuckstücke. Es war, als hätte man hier eine gewaltige Schatztruhe ausgekippt, doch selbst die schönsten Juwelen konnten ihre Nervosität nicht vertreiben.

Charlotte war selten krank und hatte daher wenig Erfahrung mit Ärzten. Ihre Mutter hatte sie früher mit Hausmitteln behandelt, nur zwei- oder dreimal hatte man einen Arzt hinzuziehen müssen, was auch eine Frage des Geldes gewesen war. Im Hause Pauly schaute man auf jeden Pfennig. Nun aber hatte sie einiges gespart und konnte sich den

Arztbesuch leisten – ohne Tom um Geld zu bitten. Der Nebensatz drängte sich ungewollt auf.

Der Gedanke, ihm etwas zu verheimlichen, bedrückte sie. Sie hatten immer ehrlich zueinander sein wollen, und nun, nach nur zwei Jahren Ehe, ging Charlotte zum Arzt, ohne sich vorher mit Tom zu beraten. Doch er hatte wieder und wieder gezeigt, dass er nicht mit ihr über Kinder sprechen wollte. Also musste sie es allein durchstehen.

Und danach?, fragte eine hartnäckige Stimme tief in ihr. Was wäre danach? Nicht dran denken, nicht jetzt, sonst verlöre sie den Mut.

Wieder sah sie auf die Uhr. Die halbe Stunde war fast vorbei, und sie eilte beinahe erleichtert zurück zum Bleeding Heart Yard.

Diesmal trat die Frau zurück und ließ Charlotte ein. Der Flur war blitzsauber, das Wartezimmer, dessen Tür offen stand, ebenfalls. An den Wänden hingen Plakate, die weit verbreitete Krankheiten und deren Symptome darstellten und zu Hygiene aufriefen.

»Der Doktor empfängt Sie jetzt.«

Die Frau deutete auf das Sprechzimmer und nahm hinter ihrem Schreibtisch Platz.

Der Arzt war über sechzig, rundlich und trug einen eisengrauen Vollbart. Er spähte Charlotte durch einen goldenen Kneifer an und deutete auf den Stuhl, der vor dem Tisch stand.

»Dr. Smith. Was kann ich für Sie tun?«

»Mein Name ist Pauly.« Charlotte wusste selbst nicht genau, weshalb sie ihren Mädchennamen nannte.

»Miss?«

»Nein, ich bin verheiratet.«

Er notierte ihren Namen. »Nun, um welche Beschwerden geht es, Mrs. Pauly?«

Über ihr Anliegen zu sprechen fiel ihr noch schwerer als befürchtet. Ihr Mund war plötzlich trocken, sie fuhr sich mit der Zunge über die Lippen.

»Falls es sich um eine ... hm ... gewisse Erkrankung der weiblichen Organe handeln sollte, können Sie offen sprechen. Ich bin zur Verschwiegenheit verpflichtet.«

Charlotte spürte, wie ihre Wangen heiß wurden, denn sie ahnte, dass er keine gewöhnlichen Erkrankungen meinte, sondern jene, über die man – wenn überhaupt – hinter vorgehaltener Hand sprach. Sie hatte von Männern gehört, die Prostituierte aufsuchten und ihre Ehefrauen anschließend mit unaussprechlichen Leiden ansteckten. Wie konnte dieser Arzt es wagen anzunehmen, dass ...

»Mrs. Pauly, Sie müssen verzeihen, aber ich nehme kein Blatt vor den Mund. Die Leute, die mich konsultieren, sind nicht empfindlich. Sie legen keinen Wert auf schöne Worte und zartfühlende Fragen, und falls ich Ihnen zu unverblümt bin, wäre es ratsam, einen Kollegen aufzusuchen, der eine andere Klientel bedient.«

Sie hob mit einem Ruck den Kopf und sah ihn freimütig an. Seine offenen Worte waren ihr lieber als verlegenes Getue. »Nein, es geht nicht um Geschlechtskrankheiten. Ich fühle mich auch nicht krank. Aber ... ich bin seit zwei Jahren verheiratet und noch nicht in anderen Umständen.«

»Ah.« Er lehnte sich zurück und nahm den Kneifer ab, holte ein Taschentuch hervor und putzte ihn umständlich. »Dazu muss ich Ihnen einige Fragen stellen. Eine Frau kann nur an bestimmten Tagen im monatlichen Zyklus empfangen. Das heißt wiederum, dass der eheliche Verkehr mit einer gewissen Regelmäßigkeit stattfinden muss, um eine Schwangerschaft herbeizuführen. Darf ich fragen, ob dies bei Ihnen der Fall ist?«

Charlotte atmete tief durch und unterdrückte die Verlegenheit, die sie erneut zu überfallen drohte. Dr. Smith war Arzt, aber es fiel ihr dennoch schwer, mit einem fremden Mann über derart intime Dinge zu sprechen. »Ja, das ist es.«

»Gut.« Er notierte sich etwas. »Wie steht es mit Ihrer monatlichen Unpässlichkeit? Tritt sie regelmäßig auf, ist sie sehr schwach oder stark, geht sie mit großen Schmerzen einher?«

»Ich habe Bauch- oder Rückenschmerzen in diesen Tagen, ansonsten ist mir nichts Ungewöhnliches aufgefallen.«

»Arbeiten Sie körperlich, heben Sie schwer? Betätigen Sie sich sportlich? Leibesertüchtigung kann für Frauen, die sich Kinder wünschen, nachteilig sein, da sie die Gebärmutter beeinträchtigt und unter Umständen eine Empfängnis verhindert.«

Charlotte schüttelte den Kopf. »Nein, ich arbeite nur geistig und unternehme Spaziergänge, nichts, das mich anstrengen würde.«

»Gibt es in Ihrer Familie Fälle von Unfruchtbarkeit?«

Die Frage traf sie wie ein Stich. Das Wort klang so nüchtern und unwiderruflich. »Meines Wissens nicht.«

Er wiegte den Kopf. »Mrs. Pauly, wir wissen bislang nur wenig über die Vorgänge innerhalb der weiblichen Fortpflanzungsorgane. Ich werde Sie jetzt untersuchen. Sie können sich hinter dem Wandschirm dort freimachen.«

Charlotte trat dahinter, verharrte dann aber. Sie zitterte am ganzen Körper. Noch nie hatte sie sich so unwohl gefühlt. Der Arzt war nicht unsympathisch, aber sie kam sich entblößt vor, obwohl sie noch kein Kleidungsstück abgelegt hatte.

Doch vielleicht konnte der Arzt eine Diagnose stellen und ihr eine Medizin verschreiben, und dann konnte sie mit Tom darüber sprechen.

Zögernd stieg sie aus ihrer Unterwäsche, presste die Lippen aufeinander und trat hinter dem Wandschirm hervor.

Als sie dem Arzt wieder gegenübersaß – es war nicht so schlimm gewesen wie befürchtet, und er hatte ruhig mit ihr gesprochen und in sachlichem Ton erklärt, was er gerade tat –, schaute er sie nachdenklich an.

»Mrs. Pauly, Sie erscheinen mir völlig gesund. Daher kann es sich um eine innere Deformation handeln, die für mich so nicht erkennbar ist. Oder um eine andere Ursache, die sich nicht erklären lässt. Leider vermag auch die moderne Medizin nicht auf alles eine Antwort zu geben.«

Enttäuscht ließ Charlotte die Schultern sinken. Es war, als hätte sie alles gewagt und wäre um den erhofften Lohn betrogen worden. Ihr Schamgefühl gegen eine Antwort.

»Bitte seien Sie nicht gar so niedergeschlagen. Ich kenne

Ehepaare, die erst nach vielen Jahren Eltern werden, ohne dass man medizinisch erklären könnte, weshalb die Frau letztlich doch empfangen hat.« Er zögerte. »Und da wäre noch etwas.«

Sein Tonfall ließ sie aufblicken.

»Man spricht gewöhnlich nicht darüber, aber der Grund muss nicht zwangsläufig bei der Frau liegen.«

»Wie bitte?«

»Ein Mann kann zeugungsunfähig sein, selbst wenn er ... hm ... in der Lage ist, den Verkehr zu vollziehen. Nachweisen lässt sich das heute noch nicht. Oder nur auf eine Weise, die nicht im Interesse der Eheleute ist.«

Er musste den Zweifel in ihrem Gesicht gelesen haben, denn er fügte hinzu: »Die Sache ist delikat, Mrs. Pauly, daher wollte ich es nicht so offen aussprechen. Sollte ein Mann auch mit einer anderen Frau kein Kind zeugen können, würde dies den Schluss nahelegen, dass er zeugungsunfähig ist. Dazu müsste er seine Frau jedoch betrügen. Welche Ehefrau würde sich auf ein so unwürdiges Manöver einlassen und damit ihre Ehe aufs Spiel setzen?«

Charlotte wurde wieder rot, nickte aber. Was der Arzt sagte, war vollkommen logisch. Sie strich ihren Rock glatt, bevor sie aufschaute. »Also werden wir möglicherweise nie Kinder haben und nicht erfahren, woran es liegt.«

»So ist es«, sagte er mit einer Offenheit, die besser zu ertragen war als Mitleid. »Aber ist es wirklich wichtig, es zu wissen? An wem es liegt, meine ich.«

Sie überlegte, bevor sie antwortete. »Ja und nein. Ich liebe meinen Mann und will für immer mit ihm zusammenbleiben, ob wir nun Kinder haben oder nicht. Aber ...« Sie schluckte. »Für eine Frau ist es schwer. Mitleidige Blicke, ständige Fragen, wann denn endlich Kinder kommen. Man erwartet es von uns, nicht wahr? Es ist unsere Bestimmung, und wenn wir sie nicht erfüllen können, betrachtet man uns als ... fehlerhaft.«

»Sie sind eine kluge Frau, Mrs. Pauly, und ehrlich mit sich selbst. Das kommt selten vor. Sie werden Ihren Weg gehen, dessen bin ich mir sicher.«

Als sie sich verabschiedete und nach dem Honorar fragte, nannte Dr. Smith eine Summe, die ihr lächerlich gering erschien. Als sie protestieren wollte, schüttelte er den Kopf. »Meine Sprechstundenhilfe hat eine Spendenbüchse für jene, die sich keine Behandlung leisten können. Sie können gern etwas hineinwerfen.«

Auf der Straße atmete Charlotte erst einmal tief durch. Sie war erleichtert, dass sie die Konsultation überstanden hatte. Gewiss, medizinisch hatte ihr der Arzt nicht helfen können, aber es war wohltuend gewesen, offen mit jemandem zu sprechen. Und es machte ihr Mut, dass er Menschen kannte, die erst nach langer Zeit Eltern geworden waren; es blieb also noch Hoffnung.

Charlottes Schritte waren leichter, als sie zurück in Richtung Clerkenwell Close ging.

Doch als sie in ihre Straße bog, kam ihr etwas in den Sinn, das der Arzt vorhin gesagt hatte, und die Welt wurde dunkel. Sie blieb stehen, als könnte sie so die Erinnerung genau heraufbeschwören.

Sollte ein Mann auch mit einer anderen Frau kein Kind zeugen können, würde dies den Schluss nahelegen, dass er zeugungsunfähig ist. Dazu müsste er seine Frau jedoch betrügen.

Aber nein, dachte sie, halb staunend, halb betroffen. Der Arzt hatte nicht alle Möglichkeiten bedacht. Was, wenn ein Mann schon einmal verheiratet gewesen war und auch mit dieser Frau kein Kind gehabt hatte?

23

Leise klatschte das Wasser ans steinige Ufer. Ansonsten war es vollkommen still. Und dunkel, obwohl die gewaltige Stadt sie von allen Seiten umgab. Oder etwa nicht?

Sie könnten durch die Jahrhunderte in der Zeit zurückgeglitten sein, schnell und lautlos und geradezu schwebend. Die Lichtpunkte am anderen Ufer könnten von Feuerstellen stammen oder von brennenden Fackeln; die Schritte, die vorhin erklungen waren, hätten den Marschtritt eines römischen Soldaten oder die leichten Füße eines Mädchens aus noch älterer Zeit ankündigen können.

Anna kniete auf den glatten Steinen, den Rock um sich herum ausgebreitet, und hielt den Kopf wie im Gebet gesenkt. Sie horchte, doch außer dem leisen Atem der anderen und dem Wasser war nichts zu hören. Dem Wasser, das seit Urzeiten floss, unveränderlich und doch immer neu. Das Wasser, das schon den Alten heilig gewesen war. Dem man Opfer dargebracht hatte, Waffen und Schmuck und Statuen. Und andere Dinge. Göttliche Dinge.

Selbst wenn sie allein gewesen wäre, hätte sie sich nicht einsam gefühlt. Denn der Fluss war da, und der Fluss war alles. Geburt und Tod. Reinheit und Erneuerung. Heilung und Kraft. So war es früher gewesen, und so war es auch heute, nur hatten die meisten es vergessen. Sie hatten den Fluss entweiht, ihn benutzt und bezwungen, mit stinkenden Schiffen vollgestopft, mit ihrem Unrat verseucht, ihn in ein enges Bett gesperrt, mit Holz und Stein umschlossen. Sie hatten jede Ehrfurcht vor ihm verloren.

Die Menschen mussten begreifen, dass sie den Fluss nicht länger misshandeln durften. In ihm wohnte die Göttin, und wer sich an ihm verging, entweihte auch sie. Doch ihre Töchter würden dem ein Ende setzen. Indem sie die alten Riten vollzogen und neue Adeptinnen gewannen und immer größer und mächtiger wurden, konnten sie der Isis ihre Würde wiedergeben, ihre Macht. Der Fluss würde wieder fruchtbar und lebendig sein, eine Mutter, die Leben spendete. Bald würde alles anders.

Ein Wind kam auf und zupfte an ihren Haaren.

»Was jetzt?«, fragte Anna kaum hörbar. »Wenn nun jemand kommt?«

Die Hohepriesterin schwieg. Von fern erklang das Rattern eines Zuges, der die Themse überquerte, hochmütig, als wollte er dem Fluss zurufen, ich habe dich besiegt. Doch sein Triumph war nicht von Dauer.

Anna meinte, Stimmen aus alter Zeit zu hören, die wisperten und sich mit dem Rauschen des Wassers mischten.

Die Hohepriesterin tastete nach der Tasche, die neben ihr auf dem Boden stand, holte die Kreide heraus und zeichnete rasch und geübt ein Muster auf die Steine.

»Dies ist das Zeichen des Flusses.«

Dann ordnete sie die Kerzen vor sich auf dem Boden an, entfachte ein Streichholz und hielt es an die Unterseite, bis das Wachs zerfloss. Sie drehte die Kerzen nacheinander um und drückte sie aufs Pflaster, während Anna die flackernden Dochte mit den Händen schützte.

Vor ihnen entstand ein Pentagramm aus Licht.

»Dies ist das Zeichen des Lebens.«

Anna spürte den Schatten auf sich, sah die Umrisse der Sphinxe, die das Monument bewachten. Einen Moment lang war dies nicht die Themse, sondern der Nil, war sie nicht von den grauen Mauern des 19. Jahrhunderts umgeben, sondern von Wüstensand und grünen Ufern. War die Frau an ihrer Seite nicht die Hohepriesterin, sondern die Göttin Isis selbst.

Anna kniete im Schein der Kerzen und dachte flüchtig an Julia, doch es war ein Echo der Vergangenheit, das nur schwach herüberklang.

24

Tom wusste, wo das Gehirn zu finden war, besser gesagt, die menschliche Enzyklopädie des Zeitungswesens in Gestalt von Robert Flatley, der als Archivar in den Räumen der *Times* arbeitete. Wen er nicht kannte, verdiente es nicht, gekannt zu werden, und was er nicht über die Presselandschaft Londons wusste, brauchte auch niemand sonst zu wissen.

Obwohl die Druckmaschinen im Nachbargebäude standen, erzitterten auch hier die Wände, eine Bewegung, die schon bald den ganzen Körper vibrieren ließ. So kam es ihm zumindest vor. Während er durch die Flure ging, erschollen Rufe und anzügliche Bemerkungen aus den Büros, schrille Pfiffe und Aufforderungen, eine ausstehende Runde im nächstgelegenen Pub zu begleichen.

»Das schuldest du mir seit dem *Mikado* von 1889!«

»Erinnere mich nicht daran, du weißt, wie sehr ich Gilbert und Sullivan hasse«, konterte Tom im Vorbeigehen.

Es roch nach Kaffee, Druckerschwärze und fliegender Eile, und er dachte flüchtig, wie greifbar und real dies alles war und wie abgründig und geheimnisvoll die Dinge, mit denen er sich neuerdings beschäftigte. Er verspürte den Drang, sich irgendwo auf einen Stuhl zu setzen, Kaffee in sich hineinzuschütten und alte Anekdoten auszukramen.

Aber etwas hinderte ihn daran – nicht der Vertrag, den er mit Jellicoe geschlossen hatte, und auch nicht das Geld, das ihm das Buch einbringen würde, sondern der unwiderstehliche Drang, sich in die Arbeit zu stürzen.

Dann stand er vor der Tür, auf der in goldenen Lettern ARCHIV zu lesen war. Er klopfte nicht, das tat niemand. Wenn Bob Flatley hier war – und das war er zwischen halb acht morgens und halb acht abends immer –, stand er als Gehirn der *Times* auch allen zur Verfügung.

»Tom Ashdown, mein Freund!« Er sprang auf und kam flink um den Schreibtisch, als wäre er keine zweiundsechzig und trüge keinen gewaltigen Bauch vor sich her. »Wie lange hast du dich nicht blicken lassen! Gut siehst du aus, mein Junge, ein bisschen müde vielleicht. Ich höre, du hast wieder geheiratet, das freut mich. Deine Frau hält dich offenbar auf Trab!«

Flatley war nicht nur das Gehirn, sondern auch frei von jeglichem Respekt für das Privatleben anderer Menschen. Tom liebte ihn wie einen Bruder.

»Setz dich.« Flatley zog einen Stuhl zurück und holte einen Flachmann aus der Schublade. »Stärkung gefällig?«

Tom winkte ab. »Nicht um diese Zeit.«

Flatley trank einen anständigen Schluck und lachte. »Ich sehe, du bist brav geworden.« Dann spähte er prüfend über seine Halbmondbrille. »Was kann ich für dich tun?«

Tom war froh, dass Bob so rasch zur Sache kam.

»Ich suche eine Todesanzeige. Julia Danby, Tochter von Gerald Danby. Sie starb vor etwa einem Monat.«

»Bei uns ist sie nicht erschienen«, sagte Flatley prompt.

»Was die anderen Blätter angeht ...« Er schloss für einen Moment die Augen und schaute Tom dann selbstsicher an. »Nein, das sagt mir nichts. Ich lese täglich die Todesanzeigen, und der Name Danby ist mir nicht unbekannt. Alte Familie aus Shropshire, Gerald ist der jüngere Sohn und lebt seit vielen Jahren in London. Ein Förderer der schönen Künste.«

»Es könnte daran liegen, dass die junge Frau in der Themse ertrunken ist«, sagte Tom, worauf Flatley überrascht die Augenbrauen hochzog.

»Nein!«

»O doch. Sie wurde in Mortlake gefunden. Ich habe mit demjenigen gesprochen, der die Leiche entdeckt hat.«

»Da hol mich doch ...« Flatley genehmigte sich noch einen Schluck. »Die Sache ist die, Tom – eine solche Meldung hätte ich gesehen, die wäre hier drin abgelegt, fein säuberlich.« Er drückte den Zeigefinger an die ergraute Schläfe. Dann ging ein Lächeln über sein Gesicht. »Selbstmord?«

Tom zuckte mit den Schultern.

Flatley verschränkte die Hände hinter dem Kopf. »Du schuldest mir eine Erklärung, mein Freund. Warum interessiert sich einer der führenden Londoner Theaterkritiker für den möglichen Selbstmord einer jungen Frau? Das ist nun gar nicht dein Gebiet.«

»Sagen wir, ich bin zufällig darüber gestolpert und wurde neugierig.«

»Das reicht mir nicht.«

Tom schilderte so knapp wie möglich, wie es ihn nach

Mortlake verschlagen hatte. Sir Tristan hatte keine Geheimhaltung verlangt, aber er wollte lieber nicht zu viel Details über das Buchprojekt verraten.

»Ein Buch für Jellicoe? Über das magische London?« Flatley konnte seine Heiterkeit kaum bezähmen. »Und ich habe dich für einen vernünftigen Kerl gehalten.«

Tom nahm ihm den Spott nicht übel. »Ich weiß, es klingt seltsam, aber ich betrachte die Sache von einem rein historischen Standpunkt. Die Geschichte unserer Stadt ist faszinierend. Und die Themse birgt viele Geheimnisse.«

Flatley hob beschwichtigend die Hände. »Verzeih, Tom, ich hatte deine grenzenlose Neugier vergessen. Und ich nehme an, dass Jellicoe sich nicht lumpen lässt.«

Tom grinste nur.

Da beugte Flatley sich über den Tisch und sah ihn verschwörerisch an. »Ich hoffe, du weißt, worauf du dich einlässt.«

»Was willst du damit sagen?«

»Jellicoe gehört zur Golden Dawn.«

Es traf ihn wie ein Schlag. Er hatte seinem alten Mentor blind vertraut, statt sich umzuhören. Natürlich hatte er sich gefragt, weshalb Sir Tristan gerade ihn für diesen Auftrag ausgewählt hatte, aber das Angebot hatte ihm geschmeichelt, ihn bei seiner Eitelkeit gepackt. Und nun erfuhr er nebenbei, dass sich der Mann in magischen Kreisen bewegte. »Das wusste ich nicht«, gestand er Flatley. »Die Mitglieder gehen nicht gerade damit hausieren.«

»Ich habe es auch nur um vier Ecken gehört«, erwiderte sein Freund und nahm noch einen Schluck aus seinem

Flachmann. »Alles ist schrecklich geheim, man spricht nur hinter vorgehaltener Hand darüber. Nicht, weil es anrüchig wäre – nein, nein, sie finden sich sehr seriös –, sondern weil man die angeblichen Mysterien nicht preisgeben darf. Es heißt, es würden fürchterliche Strafen verhängt, wenn jemand zu viel redet.«

»Wer gehört sonst noch dazu? Gerüchteweise?«

Flatley klopfte mit dem Bleistift gegen die Zähne. »Arthur Conan Doyle. Bram Stoker. Ernest Wallis Budge. W. B. Yeats.«

Doch Tom war in Gedanken bei Sir Tristan und hoffte, dass man ihm die innere Unruhe nicht ansah.

»Komm schon, alter Junge«, beschwichtigte ihn Flatley. »Viele Menschen fühlen sich von Esoterik angezogen. Golden Dawn, die Töchter der Isis, die Theosophen, Madame Blavatskys angebliche Offenbarungen, die ihr durch indische Mahatmas zuteilwurden. Ich habe selten solchen Unsinn gehört, und dennoch gibt es auch nach ihrem Tod noch viele, die diesen sogenannten Geheimlehren anhängen.«

Tom horchte auf. »Töchter der Isis? Von denen habe ich noch nie gehört.«

Sein Freund zuckte mit den Schultern. »Ich habe den Namen mal aufgeschnappt. Niemand weiß, ob die wirklich existieren. Falls ja, halten die sich noch bedeckter als die Golden Dawn.«

»Das ist alles gut und schön, Bob. Es mag ganz amüsant sein, sich in exotische Gewänder zu hüllen und in einem Tempel singend im Kreis zu marschieren. Wie aber kann man ernsthaft glauben, solch abergläubische Rituale würden unser Leben beeinflussen?«

»Mein Freund, das darfst du mich nicht fragen. Ich gebe nur wieder, was ich gehört habe. Der Reiz einer Geheimgesellschaft besteht ja darin, dass sie geheim ist. Wäre allgemein bekannt, was dort geschieht, würde sie ihren Zauber schnell verlieren.«

Tom nickte nachdenklich. »Danke für die Hilfe.«

»Na ja, über die Danbys konnte ich dir nicht viel sagen.«

»Trotzdem. Und falls du doch noch etwas hörst ...«

»... schicke ich dir ein Telegramm. Der Preis ist eine Flasche erstklassiger Single Malt.«

»Ich erinnere mich an Zeiten, in denen du dich mit einem Glas zufriedengegeben hättest«, erwiderte Tom lachend, steckte sein Notizbuch ein und ging zur Tür.

»Gib auf dich acht.«

Er drehte sich noch einmal um und sah den Archivar verwundert an. »Glaubst du etwa, ich könnte einen Fluch auf mich ziehen? Den Zorn des Magiers wecken, weil ich an seiner alten Wirkungsstätte herumgestöbert habe?«

Flatley hatte begonnen, seine Pfeife zu stopfen, und kniff ihm ein Auge. »Das nicht gerade. Aber du solltest Jellicoe lieber nicht auf die Golden Dawn ansprechen. Wer weiß, wie weit eine Geheimgesellschaft geht, um ihre Geheimnisse zu bewahren.«

25

Charlotte hatte es nicht über sich gebracht, mit Tom über ihren Besuch bei Dr. Smith zu sprechen. Nachts im Bett, wenn sie sich nicht von den Sorgen ablenken konnte, kreisten ihre Gedanken unablässig und formten Worte, die sie dann doch nicht hervorbrachte.

Tom war ihr bester Freund, ihr Geliebter, mit dem sie über alle Nöte sprechen, dem sie alles anvertrauen konnte, der sie tröstete und amüsierte und vor dem sie sich nie hatte verstellen müssen. Und nun hatte sich ein dunkler Abgrund zwischen ihnen aufgetan, den sie offenbar nicht überwinden konnten.

Also lenkte sie sich mit Arbeit ab. Heute wollte sie in den Lesesaal des Britischen Museums gehen und mehr über die Göttin Isis in Erfahrung bringen. Die Münze nahm inzwischen einen Ehrenplatz auf ihrem Sekretär ein und schien sie, wann immer ihr Blick darauf fiel, zum Handeln aufzufordern.

Sie wollte sich gerade auf den Weg machen, als ihr einfiel, dass sie ihr Notizbuch im Arbeitszimmer vergessen hatte.

Als sie eintrat, fuhr ein Windstoß durchs Fenster und wehte ein Blatt Papier vom Schreibtisch. Charlotte bückte sich und wollte es unter den großen Ammoniten schieben, den Tom von einem Studienfreund geschenkt bekommen hatte und der ihm als Briefbeschwerer diente. Sie las prinzipiell nie fremde Post und hätte auch diesmal nicht darauf geachtet, wäre ihr nicht ein Wort ins Auge gesprungen: Sterilität.

Charlotte spürte, wie ihr flau im Magen wurde, und ließ sich auf den Schreibtischstuhl fallen.

Dann las sie Stephens Brief.

Charlotte saß im Wohnzimmer und starrte in den kalten Kamin. Sie würde nicht ins Museum gehen, das brachte sie heute nicht über sich. Stattdessen kreisten ihre Gedanken unablässig um den Brief, dessen Worte sich in ihr Gehirn gebrannt hatten.

Hast du als Kind an Mumps gelitten?

Tom hatte sich Stephen Carlisle anvertraut, ihn als Arzt konsultiert und seine Hilfe gesucht, während er mit ihr nie über ihre Kinderlosigkeit gesprochen hatte. Mehr noch, er war ihr ausgewichen, wann immer das Gespräch auf Kinder kam. Bei der Konsultation musste Stephen erwähnt haben, dass die Ursache bei Tom liegen konnte, sonst hätte er nicht diesen Brief geschrieben.

Wie lange mochte das her sein? Der Brief war undatiert.

Charlotte war völlig durcheinander. Sie wusste nicht, ob sie wütend oder enttäuscht sein sollte oder ob sie schrecklich ungerecht war, da sie im Grunde das Gleiche getan hatte wie Tom.

Und da war noch etwas, das sie sich nur in stillen Augenblicken eingestand: dass ihre Liebe zu Tom größer war als der Wunsch nach einem Kind. Hätte man sie vor die Wahl zwischen ihrem Mann und einem Kind gestellt, hätte sie sich immer für Tom entschieden. Sie musste nicht Mutter werden, um ihr Glück zu finden, denn das hatte sie an Toms Seite schon getan. Doch sie lebte in einer Welt, die solche Ansichten nicht duldete, die von einer Frau verlangte, dass sie in der Mutterschaft Erfüllung fand. Und wenngleich Tom in vielem anders dachte als die meisten und ihr eine Freiheit zugestand, die anderen undenkbar erschien, war die heikle Frage nach eigenen Kindern wie eine zerbrechliche Vase, die zwischen ihnen stand und die beide zu berühren fürchteten.

Dann kam ihr ein Gedanke, der noch schmerzlicher war. Sie erinnerte sich, wie Tom über Alfie gesprochen hatte, an die Sorge und das Mitgefühl, die sie in seinem Gesicht gelesen hatte. Was, wenn sein Wunsch nach einem Kind größer war als der ihre? Wenn er mehr als sie darunter litt, keines zu haben? Sie wusste nicht, wie sie ihn trösten sollte, weil sich ein Kind durch nichts ersetzen ließ.

Sie sah auf die Uhr. Kurz vor sechs. Ihr Herz schlug heftig, als sie sich ausmalte, wie Tom sich dem Haus näherte, die Tasche über der Schulter, vollgestopft mit Papieren und Zeichnungen und Karten, die er für seine Recherchen benötigt hatte. Die langen Haare vom Wind zerzaust, dem Wind, der vorhin die Blätter …

Sie musste mit ihm sprechen. Noch länger zu schweigen wäre unerträglich und würde sie nur weiter auseinandertreiben.

Als sich der Schlüssel drehte und die Haustür knarrend aufschwang, schlug Charlottes Herz so heftig, dass sie kaum atmen konnte. Sie blieb sitzen, statt Tom entgegenzugehen, hin- und hergerissen zwischen dem sehnlichen Wunsch, ihn zu sehen, und der Angst, ihn zur Rede zu stellen.

Dann stand er im Zimmer, die Wangen gerötet und mit funkelnden Augen, wie immer, wenn er darauf brannte, ihr etwas zu erzählen. Und an jedem anderen Tag hätte sie ihm nur zu gern zugehört, sich auf die Armlehne seines Sessels gesetzt und sich an ihn gedrückt, aber nicht heute.

Sie musste es hinter sich bringen, sonst fänden sie beide keine Ruhe.

»Und, *hast* du als Kind Mumps gehabt?«

Die Frage fiel wie ein Stein in einen stillen Teich.

Tom hielt inne, blieb wie erstarrt vor ihrem Sessel stehen. Sie hielt den Blick gesenkt und sah nur, wie sich seine Füße langsam in Richtung Kamin bewegten. Er beugte sich vor, stützte sich am Kaminsims ab und ließ den Kopf hängen. Er sagte kein Wort.

Charlotte spürte, wie sich Zorn in ihr regte. Sie hatte den ersten Schritt getan, doch nun war es an ihm, etwas zu sagen, irgendeine Regung zu zeigen.

Als sie es endlich wagte, den Kopf zu heben, sah sie, wie seine Schultern leise bebten.

Sie presste die Lippen aufeinander, um die Worte zurückzuhalten.

»Ja.« Dann schwieg er lange, und sie fragte sich schon, ob es alles war, das er ihr geben konnte. »Woher ... weißt du es?«

»Ich habe Stephens Brief gefunden, der Wind hatte ihn auf den Boden geweht.«

Tom drehte sich um. Er schien in einer Minute um Jahre gealtert, sogar das Grau in seinen Haaren trat deutlicher als sonst hervor. Er lehnte sich an den Kamin und schob die Hände in die Taschen, doch was sonst lässig wirkte, war nur der verzweifelte Versuch, ihr Zittern zu verbergen.

Die Sekunden dehnten sich aus, gerannen zu Minuten, und Charlotte verlor jedes Zeitgefühl. Sie konnte nicht ermessen, wie lange er brauchte, um weiterzusprechen.

»Ich hätte es dir sofort sagen müssen.« Pause. »Aber ich – ich habe mich geschämt, und ich hatte Angst, du würdest ... « Er zog die Schultern hoch und schloss die Augen.

Sie blieb sitzen, weil sie ihren eigenen Beinen nicht zutraute, sie zu tragen. »Wovor hattest du Angst? *Was könnte ich?*«

Sie sah, wie er mit sich rang, nach den richtigen Worten suchte, um das auszudrücken, was ihm unaussprechlich erschien. »Mich verlassen.« Er kehrte ihr wieder den Rücken zu und kratzte mit dem Daumennagel am hölzernen Kaminsims. »Nicht mehr lieben. Oder beides.«

»Oh, Tom.« Mehr brachte sie nicht heraus. In ihr regte sich Mitgefühl, doch es war nicht stark genug, um den Zorn zu überwinden. Sie fühlte sich hintergangen. Tom hatte ihr nicht vertraut.

Sie stand auf und ging zu ihm, berührte ihn aber nicht. »Ich liebe dich. Unsere Ehe. Und vor allem unsere Freundschaft. Aber ...«

Er drehte sich um und sah sie fragend an. »Aber …?«

»Du hast mir nicht vertraut. Und das tut weh. Allerdings habe ich auch etwas hinter deinem Rücken unternommen.« Sie holte tief Luft. »Ich konnte es nicht mehr ertragen. Dass etwas zwischen uns steht, weiß ich schon länger.«

Und dann erzählte sie Tom von ihrem Besuch bei Dr. Smith, sah ihn dabei jedoch nicht an. Sie wollte ihn nicht verletzen, indem sie seine erste kinderlose Ehe erwähnte, die so traurig geendet war, spürte aber, dass dies der Augenblick war, in dem alles ausgesprochen werden musste.

Danach blieb Tom sehr still.

»Bitte sag was. Dein Schweigen macht mich ganz nervös«, stieß Charlotte irgendwann hervor.

Eine Welle schien durch seinen Körper zu laufen. Dann zog er sie an sich, vergrub sein Gesicht an ihrem Hals und atmete so gleichmäßig wie möglich, als wollte er sich damit beruhigen. Sie blieben eine Zeit lang so stehen, ohne sich zu rühren. Dann ließ er sie los und trat einen Schritt zurück.

Er ergriff ihre Hände, und als Charlotte sie nicht zurückzog, beugte er sich vor und küsste nacheinander ihre Handflächen. »Danke, dass du so ehrlich zu mir warst. Ich bin froh, dass all das nicht mehr zwischen uns steht. Aber wir brauchen Zeit.«

»So ist es. Und die nehmen wir uns.«

Doch Tom schien noch etwas auf der Seele zu liegen. »Ich muss mich bei dir entschuldigen und hoffe, du kannst mir verzeihen.«

Charlotte sah ihn fragend an.

»Es geht um den Abend, an dem du ... unpässlich warst und ich dich allein gelassen habe. Wie konnte ich so dumm sein? Vermutlich habe ich dich glauben lassen, ich sei von dir enttäuscht, weil du kein Kind erwartest. Ich habe es bitter bereut und war doch zu feige, es dir zu sagen.«

Nun war sie es, die rasch seine Hände ergriff. »Wir wollen nicht von Feigheit sprechen. Wir wollen gar nicht mehr darüber sprechen. Für heute ist es genug.«

26

Bei ihrem Besuch im Britischen Museum hatte Marguerite Danby einige Antworten bekommen, aber es waren auch neue Fragen entstanden. Sie wusste jetzt, worum es sich bei den sonderbaren Gegenständen handelte, die sie in Julias Zimmer gefunden hatte, nicht aber, was es damit auf sich hatte.

Diese Sammlung gehört einem Menschen, der tief in die Welt der Magie eingedrungen ist. Die Worte des Ägyptologen hatten sich in ihr Gedächtnis gegraben, und sie konnte kaum schlafen, weil sie sie geradezu verfolgten. Gerald schaute sie besorgt an, wann immer er sie sah, sagte aber nichts. Gewiss vermutete er, dass die Trauer sie so elend machte, und wollte lieber nicht an den Schmerz rühren, der auch ihn aufzufressen drohte.

Doch Marguerite hatte gelernt, dass es nichts Wirkungsvolleres gegen das Leid gab, als tätig zu werden, statt dazusitzen und zu grübeln.

Marguerite hatte Julias Ausgabe von »Die Mühle am Floss« bis zum Ende durchgeblättert und darin einen Zettel mit der Anschrift des Lesezirkels entdeckt. Er fand im Gemeindehaus der nahe gelegenen Kirche St. Mary Abbots statt. Es war nicht die Kirche, die die Danbys besuchten, doch die Pfarrei genoss einen tadellosen Ruf, und so hatten sie auch nicht gezögert, Julia den Besuch zu gestatten. Sie hatte von neuen Freundinnen erzählt, die Edith, Laura und Jane hießen und deren Väter angesehene Kaufleute und Rechtsanwälte waren.

Nun war Marguerite auf dem Weg zu der Kirche, um endlich Antworten zu finden. Ihre Entschlossenheit war größer als die Scham, Fragen zu stellen und einzugestehen, dass sie ihrer Tochter nicht so nah gewesen war, wie sie geglaubt hatte. Sie musste erfahren, was Julia zu dem unbegreiflichen Schritt bewogen hatte, sonst würde sie niemals Ruhe finden.

Als sie an die Tür des Gemeindehauses klopfte, öffnete eine ältere Dame mit grauem Haarknoten und sah sie freundlich an.

»Hier findet der Lesezirkel statt, nicht wahr?«

Die Frau nickte. »Die Damen haben gerade erst angefangen, kommen Sie doch bitte herein.« Sie klopfte an eine Tür und hielt sie für Marguerite auf. Dahinter lag ein schöner Saal mit dunklem Parkett und Buntglasfenstern, und in der Mitte saßen etwa fünfzehn Frauen im Kreis.

Alle Köpfe drehten sich zu ihr. Marguerite kämpfte gegen den Reflex, einfach kehrtzumachen und davonzulaufen, begegnete aber dem freundlichen Blick einer Frau, die so alt sein mochte wie sie selbst. Sie fasste neuen Mut.

»Verzeihen Sie bitte die Störung.«

Die Frau schien zu merken, wie aufgewühlt sie war, und bot ihr einen Stuhl an, doch sie lehnte mit einer knappen Handbewegung ab. »Vielen Dank, aber ... ich kann das besser, wenn ich stehe. Ich heiße Marguerite Danby. Meine Tochter Julia, die Sie alle kennen, ist tot.« Sie musste kurz die Augen schließen und merkte darum nicht gleich, wie sonderbar die anderen sie anschauten.

»Mrs. Danby«, sagte die freundliche Frau, »Sie sollten sich doch besser setzen.«

Marguerite spürte das glatte Holz unter sich und sank in sich zusammen.

»Sie starb unter – unter ungewöhnlichen Bedingungen, und ich muss herausfinden, wie es dazu kommen konnte. Deshalb will ich möglichst viel darüber erfahren, womit sie ihre letzten Wochen verbracht hat.« Sie griff in ihre Tasche. »Ich weiß nicht, warum ich das Buch mitgebracht habe. Sie ist nur bis Seite dreiundsechzig gekommen.« Ihr versagte die Stimme.

Plötzlich spürte sie eine Bewegung neben sich, dann eine warme Hand auf ihrer Schulter. Die Frau von vorhin schaute sie mitfühlend an. »Mrs. Danby, das ist furchtbar, und ich spreche Ihnen unser tief empfundenes Beileid aus.«

Marguerite hörte das Zögern in ihrer Stimme. »Was ist? Stimmt etwas nicht?«

»Nun ... Julia war nur zwei- oder dreimal hier. Wir haben sie seit Monaten nicht gesehen.«

»Aber das kann nicht sein! Sie hat mir von den Freundinnen erzählt, die sie hier kennengelernt hat, von Edith, Laura und Jane.«

Die Frau räusperte sich. »Die gibt es hier nicht, Mrs. Danby. Wir haben eine Mildred, eine Eva, eine Maud ...«

Marguerite unterbrach sie. »Aber sie hat mir die Bücher gezeigt, die sie gelesen hat, und das hier ...« Sie hob den Band von George Eliot zum Beweis. »Das nehmen Sie doch gerade durch.«

Eine grauhaarige Dame trat auf sie zu und hielt ihr ein blau gebundenes Buch entgegen. »›North and South‹ von Mrs. Gaskell. Das ist unsere derzeitige Lektüre.«

Auf einmal war es Marguerite, als schnürte ihr etwas die Luft ab. Sie sprang auf, stopfte den Eliot-Band in ihre Tasche und stürzte aus dem Saal. Sie hörte noch, wie ihr jemand nachlief, doch sie war schon an der Tür, rannte blindlings über den Kirchhof und immer weiter, bis die Schritte hinter ihr verklungen waren.

27

»Tom, hast du das hier gesehen?«

Er schaute Charlotte über die Zeitung hinweg an. »Was meinst du?«

Sie schob ihm die aufgeschlagene Seite hin und deutete auf eine kurze Notiz ganz unten in der Ecke. Nachdem er sie gelesen hatte, zog er die Augenbrauen hoch.

»Oha. Das dürfte wohl kein Zufall sein.«

»Was hältst du davon, wenn ich mich dort ein wenig umsehe?«

Tom überlegte nicht lange. »Das ist eine gute Idee. Ich will am Kapitel über Bloomsbury arbeiten, die Swedenborg Society und die Theosophen.« Er schob seinen Stuhl zurück und stand auf. »Das wird ein Tag«, sagte er sarkastisch. »Ein schwedischer Mystiker und heute Abend dann noch Ibsen, um mich aufzuheitern.«

Sein entnervter Blick brachte Charlotte zum Lachen, und sie genoss die momentane Leichtigkeit.

Er küsste sie auf die Stirn und verschwand winkend in den Flur.

Charlotte verließ die Untergrundbahn in Westminster und stieg die Treppe zum Embankment hinunter. Hinter ihr ragten die spitzen Türme des Parlamentsgebäudes auf, und Big Ben begleitete sie mit seinen hallenden Schlägen. Auf der Promenade herrschte wenig Betrieb. Es war früh am Nachmittag, und die meisten Leute arbeiteten noch in den umliegenden Behörden. Sie trat an die Balustrade und schaute auf den Fluss, der unter ihr dahinströmte.

Flussabwärts ragten die Ladekräne wie ein Wald empor, drang Qualm aus den Motoren unzähliger Schiffe, eilten die Arbeiter umher wie Ameisen in ihrem Hügel, jeder für sich und doch ein einziger schaffender Körper, gelenkt von dem Willen, mit Waren aus dem ganzen Reich Geld zu verdienen und damit das mächtige Herz am Schlagen zu halten.

Charlotte ging entschlossen weiter. Ihr Ziel war nicht weit entfernt, der Obelisk ragte unübersehbar zwischen den Promenadenbäumen empor.

Sie blieb in einiger Entfernung stehen und betrachtete das Monument, das sich aus der ägyptischen Wüste nach London verirrt zu haben schien. Über zwanzig Meter hoch und dicht mit Hieroglyphen bedeckt, flankiert von zwei gewaltigen Sphinxen aus Bronze, sodass man sich nach Theben oder Alexandria versetzt fühlte. Obwohl die Figuren auf ihren Brustplatten ebenfalls Hieroglyphen trugen, waren sie weder alt noch ägyptisch, wie Charlotte wusste. Verglichen mit anderen Londoner Monumenten, war der Obelisk ein Neuankömmling, den man erst vor sechzehn Jahren nach England transportiert und hier aufgestellt hatte. Seine Geschichte war lang und kompliziert, doch eine Zahl war ihr im Kopf geblieben: Man schätzte sein Alter auf dreitausendfünfhundert Jahre.

Charlotte blieb stehen und schaute an der steinernen Nadel empor. Ein Anflug von Ehrfurcht überkam sie, als sie daran dachte, was in jenen dreieinhalb Jahrtausenden geschehen war, seit ägyptische Steinmetze das Monument errichtet und mit ihren fremdartigen Schriftzeichen versehen hatten.

Ein Wind kam auf, es war merklich kühler geworden, und eine Wolkenbank verbarg die Sonne. Der Herbst war nicht mehr fern. Charlotte ging die Stufen hinauf, die zu der Plattform führten, von der man auf die Themse blickte. Es war wie ein Netz, das sich über die Stadt legte, dachte sie: zuerst die Münze mit dem Bild der Göttin Isis, nun ein Obelisk, der weit älter und viel enger mit dem alten Ägypten verbunden war.

Ein Herr mit Aktentasche schaute im Vorbeigehen misstrauisch zu ihr herüber, als sie leicht vorgebeugt den Boden um sich betrachtete.

In dem Zeitungsartikel, den sie Tom vorhin gezeigt hatte, wurden Kreidemarkierungen am Fuße des Obelisken erwähnt. Es war kein Regen gefallen, der sie weggewaschen hätte, also mussten sie noch da sein.

Zuerst aber fiel ihr Blick auf etwas anderes. Sie schaute sich rasch um und kniete sich hin, kratzte mit dem Fingernagel an den Steinen. Kerzenwachs. Mehrere Tropfen. Das konnte kein Zufall sein. Rasch suchte sie mit den Augen den Boden ab, und dann sah sie sie.

Die Kreidespuren waren blass, hoben sich aber erkennbar von den Steinen ab. Drei Wellenlinien übereinander.

Ein Gedanke durchzuckte sie. Das Muster kam ihr bekannt vor, irgendetwas daran … Und dann fiel es ihr ein.

Die Pyramide in Limehouse, Linien, die jemand mit einem Stock in die Erde gekratzt hatte, verwischt, aber die Ähnlichkeit war verblüffend. Sie zeichnete die Linien ab, dazu die Position der Wachsflecken, und steckte ihr Skizzenheft wieder ein.

Als sie sich aufrichtete, spürte sie den ersten Tropfen. Der Himmel war jetzt dunkelgrau, der Wind frischte auf. Sie flüchtete unter einen Baum, drückte sich an den Stamm und schaute zu, wie der Regen in schrägen Schnüren auf die Themse niederging und das Wasser mit feinen Nadelstichen aufwühlte. Charlotte spannte ihren Schirm auf, musste ihn aber wieder schließen, weil der Wind zu stark wurde. Sie schaute über die Straße, ob es nicht irgendwo ein Café oder Geschäft gab, in dem sie unterkommen konnte, doch dies war keine Gegend für Vergnügungssuchende, hier wurde das Empire verwaltet.

Nur gut, dass sie die Spuren entdeckt hatte, bevor sie im Regen zerflossen.

In der Zeitung war die Rede von einem »seltsamen Spektakel« gewesen, von flüchtenden Personen, die sich in Richtung Westminster entfernt hätten und denen man nicht gefolgt sei, weil sie offenbar keinen Schaden angerichtet hätten. Charlotte hatte sofort an die Kerzen in Mortlake gedacht, doch auf einmal erschien ihr der Gedanke reichlich abwegig. Kerzenwachs war kein Beweis, dass jemand hier ein Pentagramm gebildet hatte. Und die Kreidelinien konnten ebenso gut von einem Kind stammen. Hatte sie womöglich Toms Bericht im Kopf und etwas sehen wollen, wo es nichts zu sehen gab?

Sie schaute seufzend in die Baumkrone, die jetzt den Regen durchließ, sodass ihr das Wasser von der Hutkrempe tropfte. Lange konnte sie nicht mehr hier stehen bleiben, sonst würde sie sich erkälten.

Das Victoria Embankment war vor sechzehn Jahren als erste Londoner Straße elektrisch beleuchtet worden, bis man 1884 befand, die Elektrizität sei nicht konkurrenzfähig, was immer das bedeuten mochte. Seitdem standen wieder Gaslaternen auf der Promenade, die um diese Jahres- und Tageszeit nicht angezündet waren. Charlotte war nicht ganz wohl, dass sie im plötzlichen Dämmerlicht hier stand, allein unter einem Baum, vor sich den Obelisken und die Sphinxe, die so gar nicht in den englischen Regen passten. Grau und traurig sahen sie aus, als sehnten sie sich nach dem hellen Licht Nordafrikas. Charlotte lachte gerade innerlich über ihre blumigen Gedanken, als schräg hinter ihr eine Stimme ertönte, raspelnd und mit einem so dicken Cockney-Akzent, dass sie sich anstrengen musste, um die Worte zu verstehen.

»Verdammt ungemütlich, aber es klart gleich auf.«

Sie zuckte zusammen, da sie gar nicht bemerkt hatte, wie sich jemand näherte.

Der Mann sah aus, als brächte er die Nächte auf dem Embankment zu, und zwar auf einer Bank und in alte Zeitungen gehüllt. Er roch streng, und in seinem struppigen Bart klebten Reste seiner letzten Mahlzeit. Charlotte wich einen Schritt zurück.

»Das hoffe ich.« Sie schaute sich um, doch es war niemand in der Nähe; wer klug war, stellte sich unter oder hielt sich drinnen auf. Sie hatte keine Lust, sich mit dem Mann zu unterhalten, aber in den Platzregen hinauszulaufen war nicht verlockender. Also blieb nur zu hoffen, dass der Regen nachließ und sie rasch das Weite suchen konnte.

»Die letzten Tage waren schön«, fuhr der Mann fort. »Kein Regen seit letzter Woche Donnerstag.«

»Hm, ja.« Charlotte wollte ihn nicht ermutigen, doch das war auch gar nicht nötig.

»Ich wohne hier.« Er beschrieb mit dem Arm einen Bogen, der die Themse, die Brücke, die Promenade oder auch ganz Westminster umfassen konnte.

»Auf der Straße?«, fragte sie gegen ihren Willen.

»Unter Brücken, in Hauseingängen, Hinterhöfen, Schuppen, Kohlenkellern, wo immer sich ein Plätzchen findet. Aber wenn es trocken ist, bin ich am liebsten an der Themse.«

»Sie mögen das Wasser?«

»Ja. Der Fluss war immer mein Zuhause. Mein Vater war Hafenarbeiter, meine Mutter betrieb eine Kneipe in Wapping. Aber dann kamen schlechte Zeiten.«

Und der Alkohol, wie sein Atem ihr verriet. Charlotte atmete durch den Mund und schaute hoffnungsvoll zum Himmel, der immer noch wie Graphit aussah. Und dann tauchte von irgendwoher ein Gedanke auf. Wenn sie schon mit diesem Mann hier stehen musste, konnte sie die Zeit auch sinnvoll nutzen.

»Haben Sie an einem der letzten Abende etwas bemerkt? Dort drüben?« Sie deutete zu dem Obelisken.

Ein schlauer Blick trat in seine Augen. »Was sollte ich denn bemerkt haben?«

»Etwas Ungewöhnliches.« Sie durfte ihm keinen Hinweis liefern, sonst würde er sich, auf eine Belohnung hoffend, irgendeinen Unsinn zusammenspinnen.

»Da muss ich überlegen.« Er wiegte den Kopf, kratzte sich am Ohr und gab sich skeptisch.

»Wenn Sie etwas gesehen haben und mir davon erzählen, bekommen Sie einen Shilling.«

»Zwei.«

»Einen.« Und der war schon großzügig bemessen, was der Mann zu wissen schien.

»Na schön.«

»Und falls Sie etwas wissen, das nicht in der Zeitung stand, wäre das besonders interessant für mich«, fügte Charlotte hinzu. Eine weitere Prüfung, da er gewiss nicht ahnte, was die Zeitung geschrieben hatte.

Er räusperte sich, trat einen Schritt zurück und warf dramatisch den Kopf nach hinten. »Sie waren da drüben.«

»Bitte von vorn.«

»Also, die Frauen waren da drüben. Viel habe ich nicht von ihnen gesehen, es war ja dunkel. Und sie trugen Umhänge mit Kapuzen. Ich hab die nur bemerkt, weil ein Licht flackerte. Ich hab mich rangeschlichen, und da knieten sie und hatten Kerzen angezündet. Und irgendwas auf den Boden gemalt. Ich stand da, unter dem Geländer. Und ich dachte mir, die Kerzen kann ich gut gebrauchen. Vielleicht lassen sie die Reste da, wenn sie gehen.«

»Was glaubten Sie, was die Frauen dort tun?«

Er zuckte mit den Schultern. »Was weiß ich, was die Leute so treiben. Sah wie Hokuspokus aus, und dass die unter dem ägyptischen Ding saßen, war sicher kein Zufall. Auf einmal hör ich Schritte, dann einen lauten Ruf: ›Was machen Sie da? Stehen bleiben!‹ Dann sind sie weggerannt. Der Wachtmeister ist nicht hinterher, weil nichts passiert war. Hat ja keinem wehgetan, das bisschen Gekritzel und die fünf Kerzen. Ich habe gewartet, bis er weg war, und hab mir die Kerzen gemopst. Die waren kaum angebrannt.«

Charlotte hatte ihm atemlos zugehört. Jetzt fragte sie: »Und es waren genau fünf?«

Er nickte. »Ich hab die nicht gestohlen.«

»Keine Sorge, Sie können die Kerzen ruhig behalten. Aber ich wüsste gern, ob die Frauen miteinander gesprochen haben.«

Er lachte bellend. »Nein. Gesungen haben die. Aber nicht wie in der Kirche und auch nicht wie in der Music Hall. Und ich hab kein Wort verstanden.«

In der Zeitung hatte nur gestanden, jemand habe sich wohl einen Scherz erlaubt und Kerzen am Obelisken angezündet. *Vermutlich angetrunkene Witzbolde*, lautete die Schlussfolgerung in der Meldung.

Charlotte aber begriff nun, dass es kein Scherz gewesen war. »Haben die Frauen Anstalten gemacht, über die Brüstung zu klettern oder ins Wasser zu springen?«

Er schüttelte vehement den Kopf. »Nein! Da hätt ich doch was unternommen, wenn's gefährlich ausgesehen hätte. Hier springt gern mal einer rein, und wenn ich ehrlich bin, überläuft's mich hier manchmal kalt. Die Tiere da« – er zeigte auf die Sphinxe – »find ich ein bisschen schaurig, aber ich seh dann einfach weg und denk mir, dass es Löwen sind. Wie die oben am Trafalgar Square.«

Es hatte aufgehört zu regnen. Charlotte kramte den Shilling hervor und drückte ihn dem Mann in die Hand. »Wie heißen Sie?«

»Ich bin Fludd«, verkündete er und rieb die Münze an seinem verschlissenen Mantel, bis sie glänzte.

»Danke für die Geschichte.«

»Gern geschehen, Ma'am.« Mit diesen Worten verschwand er zwischen den Bäumen.

»Sie ist schon lange nicht mehr dort gewesen?« Gerald Danby schaute seine Frau verständnislos an. Er war blass. Dann deutete er auf die Gegenstände, die zwischen ihnen auf dem Tisch lagen. »Und was für unsinniges Zeug ist das?«, fragte er schwer atmend.

Marguerite spürte, wie eine Ader an ihrem Hals pochte. Gestern hatte sie gezögert, ihrem Mann davon zu erzählen – auch um ihn zu schonen –, vermochte es aber doch nicht länger für sich zu behalten. Nicht zu wissen, weshalb Julia gestorben war, schmerzte wie ein Stich im Herzen, der sie nicht mehr atmen ließ. Wenn sie etwas tun konnte, um sich wenigstens davon zu befreien, würde sie es tun. Und Gerald half es vielleicht auch.

»Ich glaube, sie war in schlechte Gesellschaft geraten«, sagte sie. »Und ich rede nicht von Frauen, die das Wahlrecht verlangen oder in der Öffentlichkeit rauchen, sondern von ... Magie.«

Er wollte heftig antworten, doch Marguerite hob die

Hand. »Bitte hör mich an, Gerald. Wenn du mir danach nicht glaubst, vergessen wir das alles.« Dann schilderte sie ihm präzise, wie sie im Britischen Museum Rat gesucht und was sie danach im Lesezirkel erfahren hatte.

»Mr. Wallis Budge kannte jeden einzelnen Gegenstand. Er konnte mir erklären, woher sie ursprünglich, also im Original, stammen und was sie bedeuten. Und er hat gesagt, dass jemand, der so etwas in seinem Besitz hat, tief in die Welt der Magie eingedrungen sei.«

Gerald schlug die Hände vors Gesicht und blieb für einen Moment so sitzen. Dann sagte er etwas, das Marguerite nicht verstand, weil er leise vor sich hin gesprochen hatte.

»›Die Themse ist ein heiliger Fluss‹, hat sie zu mir gesagt.« Dann schwieg er, und Marguerite wartete mit angehaltenem Atem. Als er nicht weitersprach, fragte sie sanft: »Wie lange ist das her?«

Er rieb mit den Handflächen über seine Oberschenkel, langsam, beinahe beschwörend, vor und zurück. »Zwei Monate vielleicht? Ich musste daran denken, als der Junge mir von den Kerzen erzählt hat. Damals habe ich mir nichts dabei gedacht.« Er rang nach Luft. »Das war ein Fehler.«

Marguerite kniete sich neben seinen Sessel und legte den Kopf auf seine Beine. »Du hast nichts falsch gemacht, Gerald. Wir beide haben nichts bemerkt, und ich frage mich, ob wir so blind waren oder ob Julia sich so geschickt verstellt hat. Kleine Launen, die ich als Eigenheiten einer jungen Frau abgetan habe. Heimlichkeiten, die ich ihr zugestanden habe, weil ich nicht eine dieser übervorsichtigen

Mütter sein wollte, die ihre Töchter ständig überwachen. Weil ich wollte, dass sie mir vertraut.« Sie konnte nicht weitersprechen.

Dann sagte er mit rauer Stimme: »Aber was sollen wir jetzt tun?«

Er klingt hilfloser als ich, dachte Marguerite erstaunt, und ihr wurde plötzlich klar, dass sie stärker war als er.

»Ich forsche weiter und gebe nicht auf, bis ich die Antwort gefunden habe.«

Dass Gerald ihr nicht widersprach, war Beweis genug. Dies war ihre Aufgabe. Und sie würde sie erfüllen.

28

Eigentlich war Emanuel Swedenborg im Jahre 1771 nur zu Forschungszwecken nach London gereist, dann aber erkrankt und später dort gestorben, weshalb Tom beschlossen hatte, ihn in sein Buch aufzunehmen. Er hatte das Kapitel abgeschlossen und nun wirklich genug von Menschen, die angeblich mit Engeln gesprochen hatten, wenngleich die Anekdoten über Swedenborgs Hellsichtigkeit recht unterhaltsam waren. Die Geschichte, nach der er eine Vision erlebt hatte, in der er Stockholm brennen gesehen und sogar die Straßenzüge benannt hatte, die in Flammen standen, während er sich im dreihundert Meilen entfernten Göteborg aufhielt, war nie rational erklärt worden.

Neulich war Tom durch Seven Dials spaziert, das mit seinem sternförmigen Platz und der Sonnenuhr schon lange Alchemisten und Astrologen anzog. Bei seinen Wanderungen durch die Stadt bemerkte er Dinge, die ihm nie zuvor aufgefallen waren. Es konnte ein Geruch sein, der zu ihm herüberwehte, oder ein geschwärzter Mauerstein, der von einem längst vergessenen Feuer zeugte, eine Baugrube, in der ein Knochen aus der Erde ragte, oder ein Hinterhof, der sich unvermittelt vor ihm auftat und seit Shakespeares Zeiten unverändert schien.

Da Tom mehr wollte, als nur seine Eindrücke des Viertels zu beschreiben, hatte Sir Tristan ihm einen Astrologen empfohlen, der nicht nur Horoskope erstellte, sondern die Gegend wie auch ihre Geschichte bestens kannte. Allerdings lebte Mr. Martin Field völlig zurückgezogen und war nur brieflich zu erreichen.

»Niemand weiß mehr über Seven Dials als Martin Field«, hatte Sir Tristan geschrieben, »aber erwarten Sie nicht, dass er Sie persönlich empfängt. Es ist nicht einmal sicher, ob er tatsächlich unter der Adresse wohnt, die er angibt. Man munkelt, ein verhüllter Diener hole die Post dort ab. Und zwar nach Einbruch der Dunkelheit.«

Natürlich war Tom neugierig geworden und hatte einen Brief verfasst, in dem er seine wichtigsten Fragen zusammenfasste. An diesem Morgen kam die Antwort, und sie war ausführlicher und detailreicher als erhofft.

Sehr geehrter Mr. Ashdown,
ich danke Ihnen für Ihre Zeilen und fühle mich geehrt, dass Sir Tristan Jellicoe mich und meine bescheidenen Fähigkeiten empfohlen hat. Ich werde mich bemühen, Ihre Fragen so vollständig wie möglich zu beantworten.

In der Tat besitzt Seven Dials eine besondere Atmosphäre. Schon in früherer Zeit haben sich hier Astrologen und Kräuterkundler angesiedelt. Worin die Anziehungskraft besteht, weiß ich leider nicht zu sagen; zuweilen wirken Kräfte, die sich nicht erklären lassen.

Sie waren an dem Platz mit der Sonnenuhr, von dem sechs Straßen abgehen. Früher gab es an jeder Ecke ein Pub, und der

Legende nach waren alle durch unterirdische Gänge miteinander verbunden. Ich habe mir früher immer vorgestellt, dass die Säule mit der Sonnenuhr wie ein Finger nach oben weist, zu den Gestirnen, aus denen wir unser Schicksal ableiten und die Horoskope erstellen.

Ich selbst habe früher einen Laden im benachbarten Neal's Yard betrieben, mich aber vor Jahren zurückgezogen und stelle meine Horoskope seither brieflich. Es ist eine Kunst, die nicht der persönlichen Begegnung bedarf.

Ich habe von der Golden Dawn gehört und zähle einige Mitglieder zu meinen Kunden. Namen nenne ich nicht, Diskretion ist das innerste Wesen meiner Tätigkeit. Die Töchter der Isis sind mir nicht bekannt, obgleich ihr Name dann und wann fällt. Doch er ist nicht mehr als ein Flüstern, das der Wind davonträgt.

Das Auge des Horus ist ein uraltes Symbol, und was Sie bereits darüber wissen, ist korrekt. Auch wurde es als Schutz gegen den sogenannten »bösen Blick« verwendet. Die Ägypter trugen es als Amulett und schmückten ihre Gräber damit. Der böse Blick ist der vielleicht älteste Schadenszauber, den man in vielen Kulturen auf unterschiedliche Weise abwehrt, auch mit dem Horus-Auge.

Ähnliches gilt für das Siegel Salomos oder den Davidschild, ein sehr mächtiges Schutzsymbol. Sie finden es bei den Juden, aber auch im Christentum und Islam. Zwei gleichseitige Dreiecke, übereinandergelegt, deren Spitzen nach oben und unten weisen. Es soll dazu Dämonen und andere böse Geister vertreiben. Es enthält die Zeichen der Elemente Feuer, Erde, Luft und Wasser, die verschmelzen, wodurch Oben und Unten eins werden.

Nun zu der Zeichnung, die Sie mir geschickt haben. Sie zeigt die Positionen von fünf Kerzen, die ein Fünfeck bilden. Das Pentagramm ist eins der ältesten und mächtigsten Symbole. Mir erscheint es ungewöhnlich, es mit Kerzen darzustellen, aber ausgeschlossen ist es nicht.

Das Ufer der Themse wäre ein starker Ort, um ein derartiges Ritual zu vollziehen. In der Antike nannte man sie Tamesis, woraus manche eine Verbindung zur Göttin Isis abgeleitet haben.

Die Menschen haben immer Flüsse angebetet und ihnen Opfer dargebracht, um die Götter zu beschwichtigen, Fruchtbarkeit oder Beistand zu erbitten. So verehrten die Druiden Flüsse, die von Westen nach Osten fließen, darunter auch die Themse. Man hat in ihr schon des Öfteren Schädel gefunden, menschliche Schädel, und zwar keine vollständigen Skelette, nur die Schädel. Ebenso Waffen, die beschädigt wurden, bevor man sie ins Wasser geworfen hat.

Ich hoffe sehr, Ihnen gedient zu haben, und biete Ihnen an, Sie jederzeit astrologisch zu beraten.

Bis dahin verbleibe ich mit den allerbesten Grüßen

Martin Field, Astrologe

Tom lehnte sich zurück und legte den Brief beiseite. Mit einer so ausführlichen Antwort hatte er nicht gerechnet, und was er gelesen hatte, bestätigte, was er bereits ahnte: dass er in Mortlake auf ein dunkles Geheimnis gestoßen war, das nichts mit der Vergangenheit zu tun hatte.

Eine junge Frau war unter mysteriösen Umständen gestorben, an ebenjenem Ort, an dem der Magier John Dee seine geheimnisvollen Riten vollzogen hatte. Charlotte hatte am Fuß der Pyramide auf dem Friedhof eine Zeichnung entdeckt, die eine Wellenlinie darstellen mochte. Und dann hatten zwei Frauen am Embankment, wo der Obelisk stand, ein Fünfeck aus Kerzen entzündet und ein Symbol gemalt, das dem in Limehouse glich. Und das an einen Fluss erinnerte. Hier ging etwas vor, das dunkel und bedrohlich und mit dem Glauben ans Übernatürliche verknüpft schien. Er las noch einmal Fields Worte über die Opfergaben und spürte, wie ihn ein seltsames Gefühl beschlich.

Musste er sich an die Polizei wenden? Er befürchtete, dass man ihn kaum ernst nehmen würde. Der Fall Julia war untersucht und als Unglücksfall eingestuft worden, und nur weil ein Journalist etwas von Kerzen faselte, die ein Fünfeck bildeten, würde man ihn wohl kaum wieder aufrollen.

Nein, er musste es anders angehen.

Gleich morgen würde er noch einmal nach Mortlake fahren und versuchen, Alfies Vertrauen zu gewinnen. Falls der Junge mehr über den Tod von Julia Danby wusste, als er preisgegeben hatte, musste Tom es unbedingt erfahren.

29

Der runde Lesesaal, der im Innenhof des Britischen Museums stand, raubte Charlotte den Atem. Über ihr wölbte sich die Kuppel, durch die Licht in den Saal flutete, und die Lesetische waren sternförmig um die Mitte angeordnet. Der Raum erinnerte an ein gewaltiges Rad, über dem der Duft von Staub und Papier hing, unterlegt von einem Teppich aus Gemurmel und raschelnden Buchseiten. Die Menschen schienen sich auf Zehenspitzen zu bewegen, ehrfürchtig wie in einer Kirche. Sie blieb stehen und sah sich ein wenig unsicher um, da alle so zielstrebig und konzentriert wirkten. Tom hatte ihr erzählt, dass auch Karl Marx viel Zeit hier verbracht hatte und dass Arthur Conan Doyle, der mit seinen Detektivgeschichten Erfolge feierte, zu den Benutzern gehörte.

Charlotte stutzte, als sie einen hochgewachsenen, leicht korpulenten Mann mit schulterlangen Haaren bemerkte, der in ein auffälliges Samtjackett gekleidet war. Er saß mit lässig übereinandergeschlagenen Beinen da und blätterte in einem großformatigen Buch. Von Zeit zu Zeit fuhr er sich mit einer beringten Hand durch die Haare.

Voller Vorfreude malte sie sich Toms Gesicht aus, wenn sie ihm erzählte, dass sie Oscar Wilde im Lesesaal gesehen hatte!

Wer sonst mochte hier noch sitzen? Bedeutende Menschen, die sie nur nicht erkannte, weil sie nicht wusste, wie sie aussahen? Vielleicht der Herr mit dem Walrossschnurrbart drüben in der Ecke, dem die Brille hartnäckig von der Nase rutschte? Oder der junge Mann im weiten Umhang, der sich künstlerisch gab und ständig in die Runde schaute, ob man ihn auch gebührend zur Kenntnis nahm?

Doch sie war nicht gekommen, um die Menschen zu bestaunen, und begab sich in die Mitte des Raums, wo die runden Regale mit den Katalogen die Nabe des Rades bildeten. Dort entdeckte sie einen freundlichen älteren Herrn, der an einer Theke saß, vor sich ein kleines Metallschild mit der Aufschrift *Auskunft*.

Charlotte trug ihm ihr Anliegen vor, und der Bibliothekar bat sie, ihm zu folgen. Er trat an eines der niedrigen runden Regale, in denen die Kataloge untergebracht waren, und erklärte ihr, wie sie funktionierten. Bald war sie mit den Gegebenheiten vertraut und konnte sich allein an die Arbeit machen, nachdem sie sich herzlich für die Unterweisung bedankt hatte.

Sie suchte sich einen freien Platz, stellte ihre Tasche darauf ab und machte sich auf die Suche nach Werken über Londoner Stadtgeschichte, römische Münzen, antike Symbole und Geheimgesellschaften. Als sie eine ansehnliche Liste zusammenhatte, bestellte sie die Bücher aus dem Magazin, setzte sich wieder hin und legte ihre Schreibutensilien auf den Tisch.

Sobald die Bücher kamen, machte Charlotte sich konzentriert an die Arbeit. Die Ruhe, die im Saal herrschte, ging auf sie über, und sie ließ sich nicht stören, wenn einmal Stühle geschoben wurden, jemand mit den Füßen scharrte oder leise hustete.

Sie begann mit dem Buch über Symbole und blätterte gleich zu den Hieroglyphen. Der Stein von Rosette, mit dessen Hilfe der Franzose Champollion sie entschlüsselt hatte, stand gar nicht weit von hier im Museum, und sie hatte ihn des Öfteren andächtig betrachtet. Ihre Augen flogen über die Bildzeichen und ihre Bedeutung, und dann sah sie es – eine gezackte Wellenlinie, die für Wasser und den Buchstaben N stand. In Klammern ein Hinweis, dass drei Linien übereinander Wasser in der Mehrzahl symbolisierten.

Ihr Herz schlug schneller. Es konnte kein Zufall sein, nicht nachdem sie das Symbol in Limehouse *und* am Embankment gefunden hatte! Ägypten, immer wieder Ägypten. Sie machte sich Notizen und wandte sich dem nächsten Thema zu.

Unter dem Fundament der alten Blackfriars Bridge hatte man Tier- und Menschenknochen entdeckt. Wurden dort einst Opfer dargebracht, um die Götter für den Brückenbau gnädig zu stimmen? Charlotte fand die Aussage eines Archäologen, der die Knochen in Augenschein genommen und erklärt hatte, sie seien deutlich älter als hundert Jahre.

Bei Strand-on-the-Green waren über hundert menschliche Schädel in der Themse gefunden worden, deren Alter unbekannt war. Da nur von Schädeln, nicht aber von Skeletten die Rede war, konnte es sich kaum um die Opfer einer Schlacht oder die Überreste eines Friedhofs handeln. War es denkbar, dass es sich dabei um Opfergaben handelte?

Dann stieß sie auf etwas, das sie aufspringen und noch einmal zum Bibliothekar eilen ließ.

»Ich müsste den Katalog des Museums konsultieren.«

»Worum geht es denn, Madam? Sie können sich vorstellen, dass der Katalog sehr umfangreich ist. Wenn Sie mir das fragliche Objekt oder das Jahr des Erwerbs nennen ...«

Kurz darauf saß Charlotte vor dem gewichtigen Band und betrachtete die Fotografie des Bronzekopfes, der ihr über nahezu zweitausend Jahre hinweg entgegenblickte. Er hatte Schaden genommen, in Hals und Kopf klafften Löcher, doch trotzdem – oder gerade deswegen – schien er ungebrochen stolz und majestätisch. Kaiser Hadrian. Überlebensgroß.

Man hatte den Kopf 1848 nahe der Stelle, an der die alte London Bridge gestanden hatte, aus der Themse geborgen, zusammen mit Schotter, Goldmünzen und Bronzestatuetten. »Der Kopf wurde grob vom Körper geschlagen«, vermerkte der Katalogeintrag.

Charlotte stützte nachdenklich den Kopf in die Hand. Natürlich war es denkbar, dass Christen die heidnische Statue zerstört hatten. Die Tatsache, dass er zusammen mit einem Schatz gehoben und vielleicht auch versenkt worden war, deutete jedoch auf etwas anderes hin – womöglich eine Opfergabe.

Sie las weiter, über menschliche Schädel ohne Körper, über Waffen und Werkzeuge, die man absichtlich beschädigt hatte, bevor sie im Fluss endeten. Konnte es einen Zusammenhang mit Julia Danby geben? Sie war skeptisch.

Hätte man bei ihr etwas gefunden, das beschädigt war

wie die Skelette, der Hadrianskopf oder die Waffen, wäre sie hellhörig geworden. Die Kerzen allein bewiesen jedoch nichts.

Zuletzt versuchte sie, etwas über die Golden Dawn herauszufinden, aber vergeblich. Die Werke, die sie konsultierte, berichteten von Illuminaten, Rosenkreuzern und Freimaurern, nicht aber über die Geheimgesellschaft, die sich angeblich mitten im modernen London tummelte. Also hatte Robert Flatley recht gehabt, als er sagte, der Reiz einer Geheimgesellschaft bestünde darin, dass sie geheim sei. Und je kürzer sie existierte, desto größer die Wahrscheinlichkeit, dass nur wenige von ihr wussten.

Nach einer Stunde schaute Charlotte auf und bemerkte eine Frau, die nach ihr den Saal betreten haben musste. Sie trug einen grauen Mantel mit Pelzbesatz, den sie eng um sich gezogen hatte, als fröre sie, und saß nicht weit entfernt. Irgendetwas an ihr rührte Charlotte. Die Frau wirkte entschlossen und verloren zugleich, wie sie dasaß und mit dem Finger konzentriert die Zeilen entlangfuhr. Dann stand sie auf und trat an die Theke. Sie sprach mit dem Bibliothekar, und Charlotte wollte sich schon abwenden, als ein Name sie aufhorchen ließ.

»Für wen ist die Bestellung?«

»Mein Name ist Danby.«

Charlotte zuckte zusammen. Sie betrachtete die Frau genauer. Konnte sie … ja, das Alter passte. Sie näherte sich vorsichtig der Theke, wobei sie die Frau im Auge behielt.

»Wo bitte finde ich die Gegenstände?«, fragte diese gerade den Bibliothekar.

»In der Galerie der Aufklärung, Madam. Raum 1, Schaukasten Nr. 20. Sie können ihn nicht verfehlen.«

Charlotte gab die ausgeliehenen Bücher zurück, wartete ab, bis die Frau im Pelz den Lesesaal verlassen hatte, und eilte ihr leichtfüßig hinterher.

Im Innenhof schaute Charlotte sich um und sah gerade noch, wie die Frau durch eine Tür ins Innere des Museums verschwand. Charlotte folgte ihr und hielt den Atem an. In diesem Teil des Gebäudes war sie noch nie gewesen, und der gewaltige Raum, der sich in beide Richtungen erstreckte, schlug sie in ihren Bann. Auf halber Höhe verlief eine Galerie, durch deren Fenster Tageslicht hereinflutete, und die Wände waren mit Bücherregalen und gläsernen Schaukästen bedeckt. Dazwischen standen Büsten berühmter Wissenschaftler und Philosophen. Die Decke war verziert und so hoch, dass sich die Besucher wie Spielzeugfiguren ausnahmen.

Ein Stück entfernt stand die Frau vor einem Schaukasten und schaute reglos hinein. Ihre Arme hingen schlaff herab, und ihr Körper sah aus, als hätte alle Kraft sie verlassen.

Charlotte trat behutsam neben sie und folgte ihrem Blick.

Eine gläserne Kugel und zwei Platten, die aus Wachs geformt schienen und mit seltsamen Zeichen bedeckt waren. Im ersten Augenblick war sie enttäuscht. Die Gegenstände sahen nicht besonders interessant aus, waren vielleicht Andenken an einen Aufklärer, der sie auf seinem Schreibpult aufbewahrt hatte.

Dann aber fiel ihr Blick auf das Schild, das in einer Ecke des Schaukastens angebracht war.

Kristallkugel, erworben 1753, und zwei Wachssiegel, erworben 1838, alle aus dem Besitz von Doktor John Dee aus Mortlake.

Charlotte blieb der Frau auf den Fersen, als sie das Museum verließ, hielt aber Abstand, um nicht aufzufallen. Sie hatte noch nie jemanden verfolgt und spürte, wie ihr ganzer Körper vor Aufregung kribbelte. Sollte es sich tatsächlich um Julias Mutter handeln? Der Name Danby an sich war nicht so selten, aber dass sich die Frau für magische Objekte interessierte, die John Dee gehört hatten, war schwerlich ein Zufall. Sie wagte nicht, die Frau anzusprechen, denn wie sollte sie Mrs. Danby ihre Situation erklären? Besser, sie folgte ihr diskret und versuchte, die Adresse herauszufinden.

Hoffentlich nahm sie keine Droschke. Es war schwierig, jemandem auf diesem Weg zu folgen; zudem konnte ein solches Unterfangen kostspielig werden, je nachdem, wie weit entfernt die Person wohnte. Aber die Untergrundbahn hielt nicht hier in der Gegend, dachte Charlotte ein wenig mutlos, während sie der Frau über den weiten Vorplatz hinterherlief, und der Pelz ließ auf einen gewissen Wohlstand schließen, was die Droschke nur wahrscheinlicher machte.

Aber nein, die Frau machte keine Anstalten, irgendwo einzusteigen, sondern schritt energisch drauflos. Bald hatten sie den weiten Russell Square erreicht, wo sich die Frau für wenige Minuten auf einer Bank niederließ. Charlotte stellte sich hinter einen Baum und tat, als würde sie den Sonnenschein genießen. Doch bald ging es weiter Richtung Norden. Sie studierte die Frau genauer und bemerkte, dass sie ihren Rock achtlos über den Boden schleifen ließ. Die Spitze ihres Schirms streifte gelegentlich den Boden, was sie ebenfalls nicht zu kümmern schien.

Dies war eine Frau, die ihre gutbürgerliche Kleidung wie eine Maske trug und dahinter etwas verbarg, das sie gleichgültig für ihre Umgebung und die Meinung anderer machte. Als ein Mann sie anrempelte, ging sie einfach weiter, ohne sich umzudrehen. Es war, als zöge jemand sie an einer unsichtbaren Schnur, die kein Innehalten zuließ.

Charlotte spürte, wie ihr Nacken feucht wurde, so rasch musste sie sich bewegen, damit sie die Frau nicht aus den Augen verlor. Der Septembertag war noch warm, sie hatte Durst und atmete schwer, doch stehen zu bleiben war ausgeschlossen. Dann tauchte der Bahnhof Gower Street auf, in dem die Metropolitan Railway hielt. Die Frau kaufte eine Fahrkarte und begab sich auf den Bahnsteig Richtung Westen. Charlotte tat es ihr nach und wartete mit ihr in sicherer Entfernung, halb verborgen hinter einem Zeitungskiosk. Durch die ovalen Fenster fiel Tageslicht in den Bahnhof, und die kugelförmigen Lampen spendeten zusätzliche Helligkeit. Es war, als wollte man unbedingt verhindern, dass hier jemand heimlichen Geschäften nachging.

Doch Charlotte musste sich nicht sorgen, denn die Frau schien so tief in Gedanken, dass sie vermutlich nicht einmal bemerkt hätte, wenn ein Tanzbär vor ihr über die Schienen gelaufen wäre.

Im Wagen blieb sie in der Nähe, um nicht zu verpassen, wenn die Frau ausstieg, und in Bayswater war es so weit. Charlotte war wieder zu Atem gekommen und konnte gut Schritt halten, als es den Queensway entlangging, dann nach links und schließlich ins Grün der Kensington Square Gardens.

Das Haus war weiß, mit Säulen beiderseits der Tür. Auf dem Balkon darüber, der von einem schwarz lackierten, schmiedeeisernen Geländer eingefasst wurde, standen zwei Topfpalmen. Die Frau klopfte und wurde von einem Hausmädchen in weißer Schürze eingelassen.

Charlotte wartete gegenüber auf der anderen Straßenseite, halb hinter einer Hecke verborgen, und dachte fieberhaft nach. Dann bemerkte sie den Wagen einer Molkerei, der einige Häuser weiter angehalten hatte. Sie eilte hinüber und sprach den Milchmann an, bevor er zu seinem nächsten Kunden entschwinden konnte.

»Können Sie mir sagen, ob die Danbys in Nr. 25 wohnen?«, fragte sie mit einem Hauch von Verzweiflung in der Stimme. »Ich möchte eine alte Freundin besuchen, habe aber die Adresse vergessen. Ich meine, es wäre diese Nummer gewesen, aber ...« Sie sah ihn hilfesuchend an. Die Geschichte war dünn, aber der Mann wollte sie wohl schnell loswerden.

»Ja, tun sie«, knurrte er.

30

Diesmal ging Tom zielstrebig zu dem Schuppen, in dem der Junge lebte. Er hatte einige Leckereien für ihn eingepackt und eine warme Decke, die er aufgerollt unter dem Arm trug. Es war ein unsicheres Vorhaben, das wusste er selbst, denn ein Junge, der so lange auf sich gestellt und vom Leben abgehärtet war, begegnete Erwachsenen wohl mit gehörigem Misstrauen.

Als er vor dem Schuppen stand, klopfte er an die Tür, doch es rührte sich nichts. Vielleicht war Alfie unterwegs. Tom ging bis zum Kohlekai, wo sicher das eine oder anderen Stückchen abfiel und begierig aufgesammelt wurde, doch auch hier war keine Spur des Jungen zu entdecken.

Tom blieb unschlüssig stehen, dann fiel sein Blick auf das Pub, und er ging eilig hin. Der Wirt erkannte ihn sofort.

»Und, was macht der Magier?«

Tom grinste. »Die einzig schönen Geschichten über ihn waren die, die Sie mir erzählt haben.«

Der Wirt lachte. »Falls Sie die in Ihrem Buch verwenden wollen, nur zu. Ich schenke sie Ihnen.«

»Eine Frage: Haben Sie Alfie irgendwo gesehen?«

Der Wirt sah ihn verwundert an. »Hat der Bursche was ausgefressen?«

»Nein, nein, ich wollte ihm nur einige Fragen stellen.«

»Jetzt, wo Sie es sagen, ich habe ihn seit vorgestern nicht gesehen. Sonst läuft er jeden Tag bei Ebbe hier vorbei.«

Tom spürte eine leise Sorge in sich aufsteigen. »Hoffentlich ist ihm nichts passiert. Ich habe bei ihm angeklopft, aber er scheint nicht im Schuppen zu sein.«

Jetzt wurde auch der Wirt unruhig. »Versuchen Sie mal, ob die Tür offen ist. Die hat kein richtiges Schloss. Wenn er wirklich nicht da ist, sagen Sie Bescheid, dann höre ich mich um.«

»Danke.«

Tom kehrte zu dem Schuppen zurück und drückte gegen die Tür. Sie ging einen Spaltbreit auf und wurde dann durch irgendetwas gebremst. »Alfie, bist du hier?«, rief er durch den Zwischenraum. »Hier ist Tom Ashdown, ich möchte mit dir reden.«

Zuerst geschah nichts, dann hörte er ein leises Stöhnen. Es klang nicht, als hätte er Alfie aus dem Tiefschlaf geweckt, sondern als hätte der Junge Schmerzen.

»Verdammt.« Er tastete um das Türblatt und fand eine Metallkette, mit der Alfie offenbar seine wenigen Habseligkeiten vor Dieben schützte. Tom schob die Hand so weit wie möglich hinein und versuchte, die Kette zu lösen, vergeblich. Also nahm er einen Schritt Anlauf und warf sich mit aller Gewalt gegen die Tür. Ein Ruck, dann gab die Kette nach, und die Tür flog auf. Tom stolperte in den dämmrigen Raum.

Der Junge lag in einer Ecke, vergraben unter einer alten Decke und einigen Lumpen. Tom kniete sich neben ihn und fühlte an seiner Stirn. Sie glühte, und er zitterte am ganzen Körper.

Er breitete die mitgebrachte Decke über den Jungen, lehnte die Tür an und eilte zum Pub zurück.

»Er ist krank«, berichtete er dem Wirt. »Hat hohes Fieber.«

»Und jetzt?«

»Ich nehme ihn mit.«

Tom wusste selbst nicht, woher die Worte gekommen waren. »Können Sie mir helfen, ihn zum Bahnhof in Richmond zu bringen?«

»Aber nicht zu Fuß«, erwiderte der Wirt. »Da sind Sie eine Stunde unterwegs, wenn Sie ihn tragen. Ich habe einen Karren, mit dem ich meine Fässer transportiere, den können wir nehmen. Sie holen den Jungen, ich spanne meine alte Betty ein.«

Alfie hatte sich nicht von der Stelle gerührt. Tom ließ die Tür weit offen, damit Licht in den Schuppen fiel, und kniete sich wieder neben ihn. »Ich nehme dich mit, du kannst hier nicht bleiben. Du bist krank. Wir kümmern uns um dich, bis es dir besser geht.«

Er schob Alfie die Hand unter die Schultern und half ihm, sich hinzusetzen. Der Kopf des Jungen sank auf die Brust, doch Tom gelang es, ihn mit Mühe auf die Füße zu stellen. Er wollte ihn gerade zur Tür führen, als Alfie sich mit erstaunlicher Kraft von ihm losriss und in die äußerste Ecke des Schuppens taumelte. Tom glaubte schon, er wolle nicht mitkommen, sah dann aber, wie der Junge fieberhaft einen Stapel Lumpen beiseiteschob, bis ein Brett zutage kam. Er schob die Finger einer Hand unter den Rand und zog es hoch.

Tom trat näher, um zu sehen, was er dort tat. Unter dem Brett verbarg sich ein kleines Loch. Er beobachtete verblüfft, wie Alfie etwas herausholte, das in ein Stück Stoff gewickelt war, und in seinem Hemd verbarg. Dann legte er das Brett zurück, drückte es fest und schob die Lumpen darüber.

Als er aufstehen wollte, sackte er in sich zusammen. Tom wickelte ihn in die Decke, hob ihn hoch – er war erstaunlich leicht – und trug ihn zur Straße vor dem Pub hinauf, wo der Wirt schon mit dem Fuhrwerk wartete.

Er setzte sich hinten auf die Ladefläche, streckte die Beine aus und bettete Alfies Kopf auf seinen Schoß. Dann gab er dem Wirt ein Zeichen, worauf sich die alte Stute ruckend in Gang setzte. Bald rollten sie die High Street entlang in Richtung Richmond.

Der Junge hatte die Augen geschlossen und die Arme kraftlos neben sich ausgestreckt. Plötzlich fuhren sie durch ein Schlagloch, der Wagen kippte kurz zur Seite und wieder zurück.

Und dann sah er sie. Sie war aus Alfies Hemd gerutscht.

Die Kette war filigran, golden mit grünen Steinen, vielleicht Smaragden, die in quadratischen Fassungen ruhten.

Tom hob sie behutsam auf und überlegte rasch. Am besten nahm er die Kette an sich und fragte Alfie danach, sobald er sich erholt hatte. Der Junge zitterte heftiger, seine Zähne schlugen hörbar aufeinander. Tom zog seine Jacke aus und breitete sie über ihn.

Dann betrachtete er die Kette genauer: eine schöne Arbeit, aber ein Stein fehlte. Die Fassung war beschädigt; es sah aus, als hätte sich jemand gewaltsam daran zu schaffen gemacht. Tom zog ein Taschentuch heraus und wickelte das Schmuckstück behutsam darin ein, bevor er es in seine lederne Umhängetasche steckte.

Woher hatte der Junge einen so wertvoll aussehenden Gegenstand?

Tom kannte Alfie kaum, war ihm nur einmal begegnet. Was, wenn er die Kette gestohlen hatte, wenn er ihm nicht vertrauen konnte?

Plötzlich dachte er an Charlotte. Zu spät, wie er sich eingestehen musste, viel zu spät. Was würde sie sagen, wenn er mit einem kranken Strandsucher zu Hause auftauchte, der vielleicht auch noch ein Dieb war? Er bürdete ihr einfach einen fremden Jungen auf, der elternlos in einem Schuppen hauste. Sie hatten sich erst vor Kurzem ausgesprochen, doch der Friede war zerbrechlich, und nun setzte er ihn aufs Spiel.

Tom biss sich auf die Lippe und schaute auf den Jungen, der in einen unruhigen Schlaf gefallen war. Er atmete tief durch.

Charlotte würde es verstehen. Er würde für die Aktion um Entschuldigung bitten, natürlich, aber sie würde kein krankes Kind zurückweisen. Und wenn Alfie erst gesund war, würde Tom mit ihm sprechen und die Wahrheit über die Kette herausfinden.

Als Charlotte ihm die Tür öffnete, wich sie einen Schritt zurück und sah ihn entgeistert an. »Wen hast du denn da?«

Tom stand vor ihr, verschwitzt und außer Atem, in den Armen einen Jungen, der in eine schäbige Decke gewickelt war.

»Das ist Alfie.«

»*Der* Alfie?«, fragte sie sofort.

»Ja, er ist krank. Hohes Fieber. Vielleicht eine Erkältung.«

»Soll ich Daisy zu Dr. Smith schicken?«, fragte Charlotte rasch, während Tom den Jungen die Treppe hinauf zum Gästezimmer trug.

»Tu das. Kannst du bitte Bettwäsche holen? Und etwas zu trinken, er braucht Flüssigkeit.«

Nachdem sie Alfie zu Bett gebracht hatten und Dr. Smith eine Mandelentzündung diagnostiziert hatte, die mit Halswickeln, Salbeilösung zum Gurgeln und warmen Getränken sowie mit Bettruhe zu behandeln war, trafen sich Tom und Charlotte im Wohnzimmer.

Er warf ihr einen schuldbewussten Blick zu und schaute dann auf seine Füße. »Es … es tut mir leid, dass ich dich überrumpelt habe. Ich habe keine andere Entschuldigung dafür, als dass es ihm wirklich schlecht geht. Und er allein in einem ungeheizten Schuppen lag.«

Charlotte lächelte verhalten. »Natürlich musstest du ihm helfen. Nur …«

»Nur was?«

»Setz dich.« Sie hatte Toms Ankunft entgegengefiebert, weil sie ihm von Mrs. Danby erzählen wollte, und nun hatte sie einen kranken Jungen zu versorgen, den sie nicht kannte. Dennoch brachen die Neuigkeiten aus ihr heraus. Sie berichtete von ihren Recherchen im Lesesaal und der

Frau, die sich die Gegenstände von John Dee angesehen hatte.

»Mrs. Danby?«, rief Tom aufgeregt.

»Ja. Also bin ich ihr nach Hause gefolgt. Es war ziemlich anstrengend, ich habe so etwas noch nie gemacht. Ich dachte schon, wir kommen niemals an. Einmal habe ich mich hinter einem Baum versteckt.«

Tom lächelte erleichtert. Als er dann hörte, was der Milchmann gesagt hatte, sprang er aus dem Sessel auf. »Sie ist wirklich die Mutter von Julia Danby!«

Charlotte nickte. »Es passt alles zusammen. Aber was hat es zu bedeuten? Warum hat sich Mrs. Danby wohl die Zauberutensilien von John Dee angesehen?«

»Weil er in Mortlake gelebt hat, wo ihre Tochter starb?«, mutmaßte er. Unvermittelt schlug er sich an die Stirn. »Da fällt mir etwas ein.« Er lief in den Flur und kramte in seiner Umhängetasche, die er vorhin achtlos auf einen Stuhl geworfen hatte. Dann kam er mit einem Taschentuch zurück, das er auf den Tisch legte und eine Lampe darauf richtete.

Charlotte beugte sich darüber und schlug den Stoff auseinander. »Was ist das für eine Kette?«, fragte sie staunend.

Tom wich ihrem Blick aus. »Die hatte Alfie in seinem Schuppen versteckt. Er wollte sie um keinen Preis dort lassen. Unterwegs ist sie ihm aus dem Hemd gefallen, da habe ich sie eingesteckt.«

»Hat er sie gestohlen?«, fragte Charlotte, deren Unmut zurückgekehrt war.

Tom zuckte mit den Schultern. »Das weiß ich nicht.

Geerbt hat er sie wohl kaum, die Kette sieht kostbar aus. Ich kann mir nicht vorstellen, dass er sie von seiner Mutter hat.«

»Hm.« Sie warf einen Blick nach oben, wo der Junge im Bett lag, und gab sich einen Ruck. »Wir werden es noch früh genug erfahren.« Dann schaute sie sich das Schmuckstück noch einmal an und deutete auf die leere Fassung. »Sieh mal hier, das Gold ist zerkratzt und verbogen. Ob das etwas zu bedeuten hat?«

31

Charlotte musste sich eingestehen, dass es ihr nicht passte, einen Patienten im Haus zu haben, obgleich sie sich für den Gedanken schämte. Alfie war allein und brauchte Hilfe, und die würde sie ihm geben. Als Gouvernante hatte sie sich um fremde Kinder gekümmert, doch dieser Junge war anders: auf sich allein gestellt, vielleicht ein wenig verwildert, und sie wusste nicht recht, wie sie mit ihm umgehen sollte. Hinzu kam, dass ihre Beziehung zu Tom noch zerbrechlich war. Sie hatten ein vorsichtiges Band geknüpft, doch es konnte jederzeit zerreißen. Und nun waren sie plötzlich zu dritt.

Natürlich wäre sie nicht gereizt, wenn Alfie ihr eigenes Kind wäre, dachte sie, hielt dann aber inne. Sie würde ihr eigenes Kind lieben, sich darum sorgen, nicht von seiner Seite weichen. Es konnte nicht anders sein, so waren Mütter, das war allgemein bekannt. Und doch war da eine leise, hartnäckige Stimme in ihr, die keine Ruhe geben wollte.

Sie war immer eine unabhängige Frau gewesen, der ein freies Leben wichtig war. Würde es sie zufriedenstellen, sich nur um ihre Kinder zu kümmern? Oder würde sie ihr jetziges Leben vermissen? Die langen Spaziergänge durch die Stadt und hinunter zur Themse? Ausflüge zur Pyramide in Limehouse und ins Britische Museum? Die Freiheit, das

Haus zu verlassen, wann immer ihr danach war? Die Unabhängigkeit, die sie, auch wenn es paradox klang, als verheiratete kinderlose Frau genoss?

Sie lenkte sich mit der Kette ab, die Tom ihr gegeben hatte und die nun vor ihr auf dem Tisch lag. Was mochte sich dahinter verbergen? Sie hätte Alfie gern danach gefragt, doch sein Zustand hatte das bisher nicht erlaubt. Charlotte steckte das Schmuckstück ein, stand seufzend auf, holte die Salbeilösung aus der Küche und ging damit nach oben.

Alfie hatte nachts mehrfach aufgeschrien, als hätte er Albträume, und Tom war zu ihm gegangen, um ihn zu beruhigen. Zu ihrer Überraschung war er jetzt hellwach und schien sie nach zwei Tagen zum ersten Mal wirklich wahrzunehmen. Er wollte sich hinsetzen, doch Charlotte drückte ihn sanft ins Kissen zurück.

»Wie geht es dir?«

Er schluckte und verzog das Gesicht. »Bisschen besser.«

»Ich habe dir etwas zum Gurgeln mitgebracht.« Sie fühlte an seiner Stirn, das Fieber war deutlich gesunken. »Mir scheint, du erholst dich.«

»Was ist gurgeln?«, fragte der Junge misstrauisch.

Sie half ihm, sich aufzusetzen, gab ihm das Glas mit der Lösung und hielt ihm eine Schüssel zum Ausspucken hin. »Du nimmst einen Schluck, machst so« – sie demonstrierte es, worauf er grinste – »und spuckst aus. Verstanden?«

Alfie nickte und gurgelte. Als er die Lösung ausgespuckt hatte, sah er Charlotte angewidert an. »Das schmeckt ja scheußlich.«

»Es hilft aber. Ich musste das als Kind auch machen, wenn mein Hals entzündet war.«

Sie setzte sich auf den Stuhl, der neben dem Bett stand. Auf einmal fiel ihr ein, dass er gar nicht wusste, wie sie hieß. »Ich bin Mrs. Ashdown, Mr. Ashdowns Frau. Er hat dich aus Mortlake hergebracht.«

Als sie den Ort erwähnte, wurde der Junge unruhig. Seine Augen zuckten umher, er schaute an sich hinunter, tastete seinen Oberkörper ab. Sein Atem ging heftiger, und er sah sie panisch an.

Charlotte war darauf vorbereitet. Sie zog die Kette aus der Rocktasche und hielt sie hoch. »Suchst du die hier?«

Alfie schloss resigniert die Augen und nickte kaum merklich.

»Sie ist dir aus dem Hemd gerutscht, als der Wirt des Queen's Head euch zum Bahnhof gebracht hat. Erinnerst du dich daran?«

»Nein. Ich weiß nicht, wie ich hergekommen bin.«

Natürlich, das Fieber. »Du hattest sie in deiner Hütte versteckt und wolltest sie unbedingt mitnehmen. Verrätst du mir, woher du die Kette hast?«

»Sie hatte Ohrringe!«, stieß Alfie hervor, als hätte er geradezu auf die Frage gewartet. »Die hab ich nicht gesehen, weil ich mich vor ihrem Gesicht gefürchtet hab. Aber ihr Vater hat davon erzählt.«

Charlotte sah ihn stirnrunzelnd an. War sein Fieber wieder gestiegen? Er klang ganz wirr. »Wer hatte Ohrringe?«

»Die tote Frau, die ich gefunden hab«, sagte er leise.

Sie hielt den Atem an. War es denkbar, dass …?

Alfie kniff die Augen zu, als wollte er ein Bild heraufbeschwören. »Ihr Vater hat erzählt, dass sie die Ohrringe noch anhatte, als sie tot war. Und dass eine Kette dazugehörte. Eine Kette mit grünen Steinen.«

»Ist es diese hier?«

Statt einer Antwort sagte der Junge mit rauer Stimme: »Ich träum nachts davon.«

Und sie hatten es für Fieberträume gehalten.

»Wovon genau träumst du?«, fragte Charlotte behutsam.

»Wie ich ihr die Kette abnehm. Ihr Hals war kalt und weich und fühlte sich ganz tot an. Aber ich hab sie trotzdem mitgenommen. Ich wollte sie verkaufen, hab mich aber nicht getraut. Und zurückgeben kann ich sie nicht, dann sperren die mich ein.« Er drehte den Kopf weg, vielleicht um seine Tränen zu verbergen.

»Die Kette gehörte also der toten Frau. Du hast sie genommen, die Ohrringe aber nicht. Warum? Weil du ihr nicht ins Gesicht sehen wolltest?«

Der Junge nickte.

»Du hast es der Polizei verschwiegen und auch ihrem Vater, als er dich aufgesucht hat.«

Alfie drehte sich zu ihr und wischte sich über die Augen. »Ich ... ich hab mich schlecht gefühlt deswegen. Aber ich hatte Angst, dass sie mich einsperren.«

Er brauchte nicht deutlicher zu werden. Ein elternloses Kind, das in einem Schuppen lebte und sich als Strandsucher durchschlug, war angreifbar und verletzlich.

»Stiehlst du öfter?«

Er schüttelte so heftig den Kopf, dass seine roten Haare

hin und her flogen, und griff sich an den schmerzenden Hals. »Nein, nie! Ich nehm nur, was ich am Ufer finde. Ich hatte noch nie mit der Polizei zu tun.«

»Alfie, sieh mich bitte an.«

Sein Blick war ängstlich. »Dass du gestohlen hast, war falsch, das weißt du selbst. Aber eines finde ich noch schlimmer als den Diebstahl.«

»Was?« Seine Stimme war leise und kratzig.

»Die Danbys haben ihre Tochter auf schreckliche Weise verloren. Sie konnten sich nicht von ihr verabschieden. Und du hast ihnen etwas weggenommen, das sie an ihre Tochter erinnern würde.«

Die Worte taten weh, das verriet ihr Alfies Gesicht. Aber sie waren nötig, denn Charlotte verfolgte einen Plan.

»Stell dir mal vor, wir geben ihnen die Kette zurück.«

Er setzte sich erschrocken auf, seine magere Brust hob und senkte sich stoßweise. »Nein, bitte nicht! Ich will nicht in die Besserungsanstalt!«

Sie legte ihm die Hand auf den Arm, und er zog ihn nicht weg. »Alfie, keine Angst, ich werde deswegen nicht zur Polizei gehen. Die Danbys sollen nur die Kette ihrer Tochter zurückbekommen.«

»Aber ... dann wissen die doch, dass ich sie hatte!« Sein Aufschrei klang erstickt, er griff sich erneut an den Hals. Charlotte reichte ihm ein Glas Wasser.

»Mein Mann und ich werden uns für dich einsetzen und es ihnen erklären. Aber es ist der einzige Weg. Vielleicht hören dann auch deine Albträume auf. Und sie haben noch etwas, das sie an Julia erinnert.«

Sie sah, wie Alfie mit sich rang, wie Vorsicht gegen Vertrauen, Argwohn gegen Hoffnung kämpfte. Dann schluckte er und sagte leise: »Gut. Wenn es sein muss. Aber ich geh nicht in die Besserungsanstalt. Niemals.«

Ganz fertig war Charlotte jedoch noch nicht. Sie sah ihn eindringlich an. »Tut es dir leid, dass du die Kette gestohlen hast? Kann ich das den Danbys ausrichten?«

Er nickte heftig. »Ja. Ich mach das nie wieder. Ich weiß gar nicht, warum ich es überhaupt gemacht hab.«

Charlotte stand auf. »Gut. Daisy bringt dir gleich dein Essen. Suppe und Kompott, das kannst du hoffentlich schlucken.« An der Tür drehte sie sich noch einmal um. »Meinst du, ich kann dich ein paar Stunden allein lassen?«

»Ja, Mrs. Ashdown.«

»Daisy bringt dir ein Buch. Kannst du lesen?«

»Ja, kann ich.«

»Gut. Bis später, Alfie.«

»Mrs. Ashdown?« Seine Stimme klang scheu.

»Was ist denn?«

»Gehen Sie jetzt gleich zu den Danbys?«

»Das habe ich vor.«

Sie wartete, doch Alfie hatte sich abgewandt und schwieg.

Als Charlotte vor dem Haus der Danbys ankam, war sie nicht mehr ganz so zuversichtlich. Sie blieb auf der gegenüberliegenden Straßenseite stehen und versuchte, den Mut heraufzubeschwören, den sie zu Hause noch empfunden hatte. Erst jetzt wurde ihr bewusst, dass man ihren Besuch als taktlos und unangemessen auffassen könnte. Gut möglich, dass die Familie in ihrer Trauer ungestört sein wollte. Und sie wusste nicht mit letzter Sicherheit, dass dies wirklich Julias Eltern waren. Der Drang, zum Bahnhof zurückzukehren und nach Hause zu fahren, war groß, doch dann fiel ihr etwas ein.

Sie sah wieder die Frau vor sich, wie sie tief versunken vor der Vitrine im Museum gestanden und reglos die Utensilien betrachtet hatte, die über Jahrhunderte hinweg unversehrt geblieben waren. Die Frau, die kraftlos ausgesehen hatte und doch energisch ausgeschritten war, als Charlotte ihr durch Bloomsbury folgte.

Sie schaute wieder zum Haus und spürte, wie etwas in ihr wuchs: die Hoffnung, dass sie mit ihrem Besuch sowohl den Eltern als auch Alfie helfen konnte.

Schon stand sie vor der Tür und klopfte. Von drinnen erklangen Schritte, ein Hausmädchen in makelloser Uniform öffnete ihr. »Guten Tag. Sie wünschen, Madam?«

»Mein Name ist Charlotte Ashdown. Ich würde gern mit Mrs. Danby sprechen.«

»Werden Sie erwartet?«

»Nein, aber es ist wichtig.«

Das Mädchen führte sie in die Eingangshalle und verschwand durch eine Tür.

Charlottes Herz klopfte. Was würde sie tun, wenn sie sich einer völlig Fremden gegenübersah? Wenn sie sich doch geirrt hatte?

Aber die Sorge verflog, als ihr die Frau entgegentrat, die sie aus dem Museum kannte. Sie mochte Anfang vierzig sein, hatte blasse, porzellanzarte Haut und dunkle Locken, in denen ein wenig Silber aufschimmerte. Sie trug ein hochgeschlossenes schwarzes Kleid, das ihre Blässe unterstrich, und schaute Charlotte freundlich, aber fragend an.

»Guten Tag, ich bin Marguerite Danby. Sie wollten mich sprechen?«

»Mrs. Charlotte Ashdown. Danke, dass Sie mich empfangen. Es ... es geht um Ihre Tochter.«

Mrs. Danby presste die Hand auf die Brust und wich einen Schritt zurück. »Woher wissen Sie – wir kennen uns doch gar nicht.«

»Das würde ich Ihnen gern erzählen, wenn Sie mir die Gelegenheit geben.«

Mrs. Danby öffnete die Tür zu einem Salon, dessen großes Erkerfenster zur Straße hinausging, und bot ihr einen Platz an. Dann setzte sie sich Charlotte gegenüber und faltete die Hände im Schoß. »Bitte.«

Charlotte hatte überlegt, wie sie am besten beginnen sollte, und beschlossen, gleich zur Sache zu kommen. Sie holte die Kette aus der Tasche, die sie zu Hause sorgfältig abgezeichnet hatte, und schlug das Tuch auseinander, in das sie eingewickelt war.

Mrs. Danby blickte ruckartig auf. Charlotte las Schmerz und Argwohn in ihren Augen.

»Was soll das, Mrs. Ashdown? Wer sind Sie, und was wollen Sie von mir?«

»Bitte hören Sie mich an.« Und dann erzählte sie ihre Geschichte, ließ nichts aus, sprach ruhig und gelassen und gab auch offen zu, dass sie Mrs. Danby nach Hause gefolgt war. »Ich könnte verstehen, wenn Sie mir misstrauten, aber ich verspreche, dass mein Mann und ich in der besten Absicht handeln. Wir beide glauben, dass die Todesumstände Ihrer Tochter womöglich nicht geklärt wurden.« Sie hielt inne. »Vielleicht würde es Ihnen helfen, wenn wir das Geheimnis der Themse lüften könnten.«

Dann geschah etwas, mit dem sie nicht gerechnet hatte – Mrs. Danby griff nach der Kette, drückte sie behutsam an sich und lachte. Traurig zwar und nur für einen Moment, doch sie lachte.

»Meine liebe Mrs. Ashdown, Sie tun mir gut.« Charlotte musste sie verwundert angesehen haben, denn sie fuhr fort: »Ich meine es ernst und misstraue Ihnen nicht. Wenn Sie mich kurz entschuldigen.«

Kurz darauf kam kam sie mit einer rosa Hutschachtel zurück, die bessere Tage gesehen hatte. Sie stellte sie auf den Tisch und setzte sich wieder, während Charlotte neugierig die Schachtel betrachtete.

»Nachdem sich der erste furchtbare Schock gelegt hatte«, begann Marguerite Danby, »kamen die Fragen. Sie prasselten wie Hagelkörner auf uns ein, schmerzhaft und unablässig. Was hatte Julia in Mortlake gesucht? War sie allein dort gewesen? War ihr Tod ein Unfall? Anfangs habe ich ihr Zimmer nur betreten, um dort zu trauern, doch als ich die quälenden Fragen nicht länger aushielt, habe ich es durchsucht. Dabei habe ich das hier gefunden.« Sie schob Charlotte die Hutschachtel hin.

Die Gegenstände lagen ausgebreitet auf dem Tisch. Charlotte war fasziniert von dem, was Mrs. Danby ihr erzählt hatte, und beeindruckt, weil sie den berühmten Ägyptologen Wallis Budge persönlich konsultiert hatte.

Charlotte erinnerte sich, wie Tom ihr von seinem Gespräch mit dem Archivar erzählt hatte. Flatley hatte erwähnt, Wallis Budge sei Mitglied der Golden Dawn. »Es mag seltsam klingen, aber ich glaube, wir mussten einander treffen, Mrs. Danby. Es ist wie eine Fügung des Schicksals. Alles scheint verbunden.«

Sie berichtete vom alten Ned, der ihr die Isis-Münze verkauft hatte, und den Kerzen, die Fludd am Fuß des Obelisken gefunden hatte. »Mir kam vorhin noch ein Gedanke. Ich habe gelesen, dass man mehrfach beschädigte Waffen und Schädel in der Themse gefunden hat, die Opfergaben gewesen sein könnten. Es sieht aus, als hätte man die Waffen und anderen Gegenstände absichtlich zerstört, bevor sie in den Fluss geworfen wurden. Und die Schädel von den Skeletten getrennt.« Sie räusperte sich, weil es so morbide klang, und deutete wieder auf die Kette. »Ich frage mich, ob das auch für die Kette gelten könnte. Der Schaden sieht nicht aus, als wäre er durch die Einwirkung des Wassers entstanden, sondern eher, als hätte man die Fassung vorsätzlich zerstört.«

Mrs. Danby schluckte. »Ein solches Ritual würde zu den Themen passen, mit denen sie sich offenbar beschäftigt hat, nicht wahr? Julia hatte sich in etwas verstrickt, von dem wir nichts ahnten.«

»Sie erwähnten vorhin, Ihre Tochter habe diesen Lesezirkel nur als Vorwand benutzt. Haben Sie herausgefunden, wo sie in dieser Zeit tatsächlich war?«

Mrs. Danby seufzte. »Ich konnte mich nicht weiter darum

kümmern. Meinem Mann geht es nicht gut, er leidet seit Tagen unter Herzproblemen. Da muss ich an seiner Seite bleiben.« Sie hielt inne. »Sehen Sie, Mrs. Ashdown, ich befinde mich in einem Dilemma. Ich will unbedingt herausfinden, was mit Julia geschehen ist, aber ich habe Angst, meinen Mann auch noch zu verlieren. Sein Wohl geht vor, er ist noch am Leben.« Zum ersten Mal sah Charlotte Tränen in ihren Augen.

»Mrs. Danby«, entgegnete sie behutsam, »wir kennen uns erst seit heute, aber mir scheint, wir können einander vertrauen. Es sieht aus, als wären die Geschichte Ihrer Tochter und die Nachforschungen, die mein Mann und ich anstellen, eng verbunden. Daher biete ich Ihnen an, falls Sie und Ihr Mann einverstanden sind, den Fragen nachzugehen, die Ihnen so am Herzen liegen. Natürlich mit äußerster Diskretion«, fügte sie rasch hinzu und wartete gespannt, was Mrs. Danby dazu sagen würde.

Zwei kühle Hände schlossen sich um ihre.

»Würden Sie das für uns tun, Mrs. Ashdown?«

»Gewiss würde ich das. Ich verspreche Ihnen, behutsam vorzugehen. Und sobald wir etwas erfahren, hören Sie von uns. Hier ist meine Karte, falls Sie mich dringend erreichen müssen.«

Mrs. Danby lächelte traurig. »Ich danke Ihnen. Ich danke Ihnen so sehr, dass Sie mir die Kette gebracht haben. Es ist, als hätten Sie mir ein Stück von meiner Julia zurückgegeben.«

»Das lag mir sehr am Herzen. Und noch etwas: Der Junge, der die Kette genommen hatte, bittet um Entschuldigung. Es tut ihm furchtbar leid.«

32

»Ich bin sehr angetan, Tom, wirklich sehr angetan«, sagte Sir Tristan Jellicoe und klopfte auf das Bündel Papier, das zwischen ihnen auf dem Tisch lag. Tom hatte ihm das bisherige Manuskript geschickt und war daraufhin in Sir Tristans Club eingeladen worden.

»Aber ...?«

Räuspern. »Können Sie Gedanken lesen?«

»Das nicht.« Tom drehte sein Whiskyglas auf dem Tisch hin und her. »Ich verstehe mich auf Körpersprache und kann die Feinheiten der Betonung deuten. Das bringt mein Beruf mit sich.«

»Ich gebe zu, Sie haben mich durchschaut. Das alles« – Sir Tristan deutete auf die Manuskriptseiten – »ist interessant und lehrreich, gar keine Frage. Elegant formuliert, mehr Florett als Schwert. Und doch fehlt mir etwas. Es klingt bisweilen distanziert, als wären Sie nicht mit dem Herzen dabei. Als betrachteten Sie die Orte unter einem Mikroskop, als sezierten Sie die Vergangenheit wie ein Wissenschaftler. Ich wünsche mir mehr Herzblut, Tom, mehr Leidenschaft. Sie sind doch ein leidenschaftlicher Mann!«

Tom war selten um eine Antwort verlegen, doch gerade jetzt wollte ihm keine einfallen. Die Kritik war nicht unberechtigt. Beim Lesen hatte er gemerkt, dass etwas fehlte, etwas, das sein Shakespeare-Buch ausgezeichnet hatte und auch bei seinen Rezensionen selbstverständlich war, konnte es aber nicht benennen. Und nun kam Sir Tristan und sagte es ihm auf den Kopf zu.

Zu wenig Herz. Zu wenig Leidenschaft.

Tom wollte sich nicht rechtfertigen, er wollte es sich selbst erklären. Denn er ahnte, warum das, was er geschrieben hatte, seinen Auftraggeber nicht zufriedenstellte: Das, was ihn wirklich faszinierte und beschäftigte, stand nicht im Manuskript. Auf diesen Seiten gab es keinen Alfie und keine Kerzen, keine Kette und keine Münze und keine tote Julia Danby, der die Themse heilig gewesen war. Darin fand sich nichts über das vermeintliche Ritual am Obelisken. Oder den Funken, der zwischen ihm und Charlotte übersprang, wenn sie über diese Dinge sprachen. Mit dem Buch erfüllte er einen Auftrag, aber er gab nicht alles, was er geben konnte. Er hielt mit dem, was ihn antrieb, hinter dem Berg, und Sir Tristan hatte es gemerkt.

»Nun«, sagte Tom und schaute ihn an, »es tut mir leid, dass ich Ihre Erwartungen nicht erfüllt habe. Zum Glück haben Sie in Worte gefasst, woran es mangelt, und ich werde es beherzigen. Sie haben damals von einem magischen Atlas gesprochen, und der verlangt wohl von mir ein wenig Fantasie.« Es klang steif, und er fühlte sich nicht wohl in seiner Haut.

»Wenn ich Ihnen helfen kann, sagen Sie es. Ich weiß, wie brillant Sie schreiben, und das wünsche ich mir auch für dieses Buch. Nur heraus mit der Sprache.«

Tom überlegte rasch. Eigentlich hätte er sich gern mit Charlotte abgestimmt, ob er Sir Tristan von Alfie und der Toten aus der Themse erzählen sollte, doch nun saß er hier und musste sich entscheiden.

»Bei meinen Recherchen ist mir etwas aufgefallen. Die Themse scheint von alters her die Menschen magisch anzuziehen. Man hat an ihren Ufern Tempel gebaut, Tote begraben, um Kriegsglück und Fruchtbarkeit gebetet. Die Kelten, die Römer, die Angelsachsen, sie alle haben am Fluss ihre Spuren hinterlassen. Als ich in Mortlake war, um über Doktor Dee zu recherchieren, hatte ich ein erstaunliches Erlebnis.«

Sir Tristan hörte gebannt zu, während er berichtete und mit den Worten endete: »Wäre es denkbar, dass es heute noch Menschen gibt, die die Themse als heiligen Fluss verehren? Die an ihren Ufern Rituale durchführen?«

Sir Tristan runzelte die Stirn. »Mein lieber Tom, ich sehe, ich habe Sie unterschätzt. Hinter Ihrem allzu kühlen Manuskript verbergen sich leidenschaftliche Gedanken und eine Fantasie, die ihresgleichen sucht.«

Tom wusste nicht recht, was er von der Antwort halten sollte.

»Allerdings befürchte ich, dass Ihre Fantasie allzu starke Blüten treibt. Ich kann mir nicht vorstellen, dass es so etwas in London gibt, und habe auch nie davon gehört.«

»Nun, es gibt ja auch die Golden Dawn und andere Geheimgesellschaften.« Tom stellte fest, dass Sir Tristan keine Miene verzog. »Die Menschen haben schon immer das Wasser verehrt, weil es Leben spenden und nehmen kann, weil es eine Kraft besitzt, die sie nicht beherrschen können. Also betrachteten sie es als Gottheit, die es gnädig zu stimmen galt. Aber Sie haben recht, meine Fantasie ist wohl mit mir durchgegangen. Immerhin stehen wir an der Schwelle zum 20. Jahrhundert.«

»So ist es«, sagte Sir Tristan knapp.

»Also werde ich mich von nun an wieder den Magiern widmen und meine ganze Leidenschaft daransetzen, auf ihren Spuren zu wandeln. Ich denke da an Lambeth.«

»Eine gute Idee, Tom. Lambeth genießt einen gewissen Ruf«, warf Sir Tristan ein. »Es scheint, als zögen manche Gegenden solche Menschen stärker an als andere.«

Tom nickte. »Seven Dials. Bloomsbury. Wapping mit den Ratcliff-Highway-Morden. Der angebliche Täter wurde mit einem Pflock durchs Herz begraben wie ein Vampir. Die Temple Church.«

Sir Tristan breitete die Arme aus. »Sie sehen, mein Freund, das Material ist nahezu unerschöpflich. Daraus können wir glatt zwei Bücher machen. Sie erhalten umgehend die nächste Rate Ihres Honorars. Ich freue mich darauf, bald mehr von Ihnen zu lesen.«

Tom wollte sich erheben, doch Sir Tristan hielt ihn zurück. »Noch etwas. Ich soll Sie und Ihre Frau ganz herzlich von meiner Tochter grüßen. Iris würde sich freuen, Sie bald wieder bei uns zu empfangen.«

Als Tom auf der Straße stand, atmete er tief durch. Er hoffte, dass es kein Fehler gewesen war, den Vorfall in Mortlake zu erwähnen.

»Nur gut, dass du Julias Danbys Namen nicht genannt hast«, sagte Charlotte, nachdem Tom von seiner Begegnung mit Sir Triotan berichtet hatte. »Ihre Mutter hat mich beeindruckt, und ihr liegt sehr viel daran, dass die Geschichte nicht bekannt wird. Aber ihm davon zu erzählen finde ich naheliegend, schließlich ist Mortlake ein wichtiger Ort im Buch.«

Tom schaute sie nachdenklich an. »Ich bin froh, dass du mir zustimmst. Und erleichtert, dass Mrs. Danby den Diebstahl der Kette so ruhig aufgenommen hat. Sie scheint eine bemerkenswert großzügige Frau zu sein.«

»Das ist wahr. Alfie hat mir übrigens erzählt, dass er von der Toten träumt, darum hat er nachts geschrien. Er hat wirklich Angst, das ist nicht nur das schlechte Gewissen. Aber ich hoffe, dass er die Albträume mit der Zeit überwinden kann. Selbst für einen abgehärteten Jungen wie ihn muss es ein Schock gewesen sein, eine Wasserleiche zu finden.«

»Ich werde ihm gleich ein bisschen vorlesen, falls er das möchte«, sagte Tom. »Meinst du, er hätte Freude an Sherlock Holmes?«

»Ganz sicher.« Der Junge war eigentlich zu alt, um sich vorlesen zu lassen, doch könnte er darin die Geborgenheit finden, die er vielleicht vermisste. »Du hast ihn gern, nicht wahr?« Charlotte hatte sich nichts bei der Frage gedacht, bemerkte aber Toms scharfen Blick und begriff, dass sie sich immer noch auf unsicherem Grund bewegten.

»Er ist ein anständiger Kerl, trotz der Sache mit der Kette. Ich stelle mir vor, was aus ihm geworden wäre, wenn er eine gute Schulbildung bekommen hätte. Die Welt ist nicht gerecht, wenn so viel von Umständen abhängt, die ein Kind nicht beeinflussen kann.«

»Nun, er scheint nicht unzufrieden mit seinem Leben«, sagte Charlotte vorsichtig. »Wenn ihm etwas fehlt, dann wohl eher elterliche Zuneigung. Aber selbst in vornehmen Familien – oder gerade dort – ist es keineswegs sicher, dass ein Kind sie erhält. Vor allem nicht die Jungen. Ich spreche aus Erfahrung.«

»Bei uns wäre das anders«, sagte Tom und ging hinaus. Charlotte sah ihm wortlos nach, da ihr keine Antwort darauf einfiel. Doch die schien er auch nicht zu erwarten.

Wie es aussah, gefielen Alfie die Detektivgeschichten, denn von ihm und Tom war nichts zu hören. Charlotte hatte sich gerade darangemacht, ihre Notizen zu ordnen und mitsamt der Münze in eine dafür vorgesehene Schachtel zu packen, als es an der Tür klingelte.

Sie hörte, wie Daisy öffnete, kurz mit jemandem sprach und dann anklopfte.

»Mrs. Ashdown, das kam mit der Abendpost für Sie.«

Überrascht nahm Charlotte den Brief entgegen. Elegantes hellgraues Bütten, geschwungene Handschrift, aber kein Absender. Sie öffnete ihn und zog eine Karte in der gleichen Farbe heraus, die mit violetter Tinte beschrieben war.

Meine liebe Mrs. Ashdown,
nun ist doch schon einige Zeit seit unserer ersten Begegnung vergangen, was ich sehr bedauere. Ich würde mich sehr freuen, Sie morgen Nachmittag um vier zum Tee zu begrüßen.
Mit den allerbesten Grüßen
Iris Jellicoe

Charlotte setzte sich lächelnd in den Sessel und fächelte sich mit der Karte Luft zu. Miss Jellicoe hatte sie fasziniert, und sie freute sich über die Einladung.

Sie wollte sich gerade wieder an ihre Unterlagen machen, als es erneut klingelte. Diesmal stand sie auf und öffnete selbst die Tür.

Ihr Lächeln verflog.

Vor ihr stand Miss Clovis, in der Hand einen abgedeckten Teller, von dem süßer Kuchenduft emporstieg.

»Guten Abend, Mrs. Ashdown. Bitte entschuldigen Sie, dass ich mich so lange nicht bei Ihnen gemeldet habe, aber ich hatte zu tun. Nun bekam ich zufällig mit, dass Sie einen Hausgast haben. Und weil Kinder gern Süßes essen, habe ich einen halben Butterkuchen für ihn eingepackt.« Sie hielt Charlotte den Teller hin, machte aber auch einen Schritt auf die Schwelle, als zöge das Mitbringsel sie unweigerlich mit sich.

Charlotte nahm den Teller entgegen. »Herzlichen Dank.« Sie wünschte sich inständig, Tom möge herunterkommen. Wie sollte sie der Frau Alfies Gegenwart erklären? Sie bemerkte, dass Miss Clovis ihrem Blick zur Treppe folgte und sie fragend ansah.

»Das ist sehr freundlich von Ihnen.« Sie schwieg, wohl wissend, dass sie die Besucherin eigentlich ins Wohnzimmer bitten und ihr etwas anbieten müsste, brachte es aber nicht über sich.

Die Sekunden dehnten sich ins Unendliche, dann hörte sie Stimmen, Lachen und wie eine Zimmertür geschlossen wurde. Die Treppenstufen knarrten unter Toms Schritten, und als sich Charlotte umdrehte, sah sie, dass er auf halber Höhe stehen geblieben war und Miss Clovis verwundert anschaute.

»Miss Clovis war so nett, uns Kuchen zu bringen. Für unseren Hausgast«, betonte sie.

Tom fasste sich rasch, kam die restlichen Stufen herunter und gab der Besucherin die Hand. »Wie freundlich von Ihnen. Mein Neffe Jamie ist zu Besuch. Dummerweise hat er sich schlimm erkältet, das ist im Sommer besonders unangenehm. Kommen Sie doch ins Wohnzimmer. Dürfen wir Ihnen etwas anbieten?«

»Nur einen kleinen Augenblick, ich möchte nicht stören.«

Charlotte beobachtete erleichtert, wie Tom seinen ganzen Charme aufbot, um das Gespräch von Alfie abzulenken.

Miss Clovis ließ sich zu einem kleinen Sherry überreden und kam gar nicht mehr zu Wort. Wenn Tom plaudern wollte, ließ er sich durch nichts und niemanden davon abhalten.

»Ja, manche Aufführungen sind speziell, da gebe ich Ihnen recht. Wobei ich nicht ausschließen möchte, dass Nacktheit künstlerischen Wert besitzt, wenn sie der Wahrheit dient. Oscar Wilde hat einmal geschrieben: ›Wir liegen alle in der

Gosse, doch manche von uns schauen hinauf zu den Sternen.‹ Ich sehe auch Sterne, wo andere vielleicht nur Schmutz entdecken.«

Charlotte erlebte belustigt, wie Tom Miss Clovis geradezu schwindlig redete, bis sie aufstand, das Gesicht leicht gerötet, und sich für den freundlichen Empfang bedankte. »Ich hoffe, dass es dem kleinen Burschen schmeckt. Wie reizend, dass Sie einen Neffen haben, der Sie besucht.«

Als die Tür hinter ihr zufiel, sah Tom Charlotte stirnrunzelnd an. »Eins ist sicher: Die Frau sieht alles.«

»Danke für die Rettung. Ich wusste einfach nicht, was ich sagen sollte.« Charlotte stieß ihm spielerisch gegen die Schulter. »Aber nach deinen Bemerkungen über Nacktheit und Kunst wagt sie sich so bald nicht wieder her.«

»Das hoffe ich doch sehr«, sagte Tom.

33

Auf dem Weg zu Iris Jellicoe dachte Charlotte noch einmal an den abendlichen Besuch. Miss Clovis musste doch gemerkt haben, dass Charlotte ihre Einladung nicht erwidert und keinen Versuch unternommen hatte, die Bekanntschaft zu vertiefen, und doch hatte sie unangemeldet und zu vorgerückter Stunde bei ihnen geklingelt.

Natürlich war der Kuchen nur ein Vorwand gewesen; Miss Clovis wollte sehen, was es mit dem Jungen auf sich hatte, der neuerdings bei den Ashdowns wohnte.

Woher aber hatte sie davon gewusst? Alfie hatte das Haus nicht verlassen, dafür war er viel zu krank gewesen. Miss Clovis konnte ihn nur in dem Augenblick gesehen haben, in dem Tom ihn, vom Green kommend, die Straße entlanggetragen hatte. Sie wohnte zwei Häuser neben ihnen und musste sich schon aus dem Fenster gelehnt oder sogar die Tür geöffnet haben, um Toms Ankunft zu sehen.

Wie es schien, gehörte sie zu den Menschen, deren Leben so leer war, dass sie es mit den Erlebnissen Fremder füllen mussten und darum ständig hinter der Gardine lauerten. Charlotte konnte einen leisen Schauer nicht unterdrücken.

Dann schob sie die Gedanken entschlossen beiseite.

Sie stand vor der Tür der Jellicoes und spürte ein angenehmes Kribbeln, das wohl Vorfreude war. In ihrer Tasche steckte, sorgfältig in ein Tuch gewickelt, die Isis-Münze, die sie Miss Jellicoe zeigen wollte. Sie konnte es kaum erwarten, die Unterhaltung vom letzten Mal fortzusetzen.

Dann ging die Tür auf, und Iris Jellicoe stand persönlich vor ihr. »Wie schön, dass Sie gekommen sind, Mrs. Ashdown, bitte treten Sie ein! Vater hat Khalish mit einem Auftrag weggeschickt, der sich nicht aufschieben ließ, daher muss ich meine Gäste selbst empfangen. Die anderen sind schon da.«

Enttäuschung durchzuckte Charlotte. Sie hatte angenommen, dass sie zu zweit sein würden.

»Oh, ich hoffe, es ist Ihnen nicht unangenehm, vielleicht hätte ich mich in meiner Einladung deutlicher ausdrücken sollen«, sagte Iris, die ihre Befangenheit zu spüren schien. »Wir sind nur ein kleiner Kreis, drei kluge und interessierte Frauen, die Ihnen gefallen dürften.«

»Ich war nur überrascht, Miss Jellicoe, das ist alles. Und herzlichen Dank für die Einladung.«

Nachdem sie Hut und Jacke abgelegt hatte, führte ihre Gastgeberin sie die Treppe hinauf und weiter nach hinten ins Haus.

»Falls Sie sich wundern – ich habe meinen eigenen Bereich. Mein Vater und ich stehen einander sehr nah, bevorzugen aber einen gewissen Abstand.«

Dieser Abstand zeigte sich auch in der Dekoration. Hier war nichts von der orientalischen Opulenz zu sehen, die Sir Tristans Wohnbereich prägte. Miss Jellicoe bevorzugte kühle, helle Töne, Rosa und Grau in unterschiedlichen Schattierungen, durchsetzt mit Gold und Silber.

Auch ihr Äußeres war darauf abgestimmt. Keine aufwendigen Muster, keine grellen Farben. Sie trug ein fließendes Gewand aus changierender blassvioletter Seide, und ihre dunklen Haare, die bei jedem Schritt wie ein schimmernder Vorhang hin und her schwangen, fielen offen über Schultern und Rücken.

Sie blieb vor einer Tür stehen und hielt sie für Charlotte auf. »Bitte, meine liebe Mrs. Ashdown, dies ist mein Refugium.«

Taubengrau, Silbergrau, Kieselgrau, Anthrazit – die Farben von Nebel und kühlem November und Stein, dazu Polstermöbel in Weinrot. Die Bilder an den Wänden nahmen die Farben auf und fügten sich zu einem Gesamteindruck, statt einzeln hervorzustechen.

All das erfasste Charlotte blitzschnell, bevor sie die Frauen bemerkte, die sich erhoben hatten.

Ihr erster Gedanke war, dass sie ganz unterschiedlich waren – eine mochte Mitte fünfzig sein, die zweite vielleicht zwanzig Jahre jünger, und die dritte war sehr jung, fast noch ein Mädchen.

»Darf ich vorstellen? Mrs. Hartley-James, Mrs. Wilkins und Miss Carhill. Meine Lieben, dies ist Mrs. Ashdown, von der ich euch erzählt habe.«

Sie gaben einander die Hand, dann nahm Charlotte am Teetisch Platz. Zartgraues Wedgwood-Porzellan, Servietten in silbernen Ringen, die mit einer Art Wappen verziert waren. Dazu eine Etagere mit köstlich aussehenden Eclairs, gefülltem Nussbaiser und Schokoküchlein, die viel zu kunstvoll wirkten, um englisch zu sein. Für die einheimische Note sorgten Scones mit Clotted Cream und Erdbeerkonfitüre sowie penibel entkrustete und zu Dreiecken geschnittene Sandwiches mit Eiersalat und Kresse.

Miss Jellicoe goss selbst den Tee ein und setzte sich Charlotte gegenüber.

»Noch einmal herzlich willkommen, Mrs. Ashdown. Ich habe oft an unsere fesselnde Unterhaltung gedacht und freue mich umso mehr, Sie heute hier zu begrüßen. Wir treffen uns öfter in diesem kleinen, interessierten Kreis, und es würde mich freuen, wenn Sie dazukämen.«

Nachdem sich alle beim Essen bedient und ihre Teetassen nachgefüllt hatten, entspann sich eine zwanglose Unterhaltung. Charlotte berichtete von ihrer Jugend in Deutschland und ihrer Tätigkeit als Gouvernante. Als Mrs. Hartley-James hörte, wen sie geheiratet hatte, erging sie sich in einer Lobeshymne auf Toms Theaterkritiken.

»Er ist mein wichtigster Kompass, meine liebe Mrs. Ashdown. Ich würde mir nie eine Aufführung ansehen, die er verrissen hat, und nie eine versäumen, die er empfiehlt.«

»Ich richte es ihm aus, es wird ihn freuen.«

»Darf ich fragen, worum es bei eurer fesselnden Unterhaltung ging?«, erkundigte sich Mrs. Wilkins unvermittelt. »Ich meine eure erste Begegnung, Iris.«

»Ach so, das. Wir sind vom Hundertsten ins Tausendste gekommen«, antwortete Miss Jellicoe leichthin.

Charlotte lächelte. »Auch auf Mathematik, wenn ich mich recht entsinne. Das Auge des Horus und die Brüche.«

»Lass mich raten, du hast deinen Anhänger getragen«, sagte Miss Carhill. »Er ist ein Blickfang, nicht wahr, Mrs. Ashdown?«

»Oh ja, er fiel mir sofort auf.« Die herzliche Art der Damen nahm ihr die anfängliche Scheu. »Das alte Ägypten ist außerordentlich faszinierend. Ich habe übrigens etwas mitgebracht, das Sie vielleicht alle interessiert.«

Sie griff in ihre Rocktasche und holte die eingewickelte Münze heraus, schlug das Tuch vorsichtig auseinander und zeigte sie herum. »Das ist die Münze, von der ich Ihnen, Miss Jellicoe, erzählt habe. Zwischenzeitlich war ich damit bei einem Numismatiker. Es handelt sich um eine römische Münze, vermutlich um die Wende vom zweiten zum dritten Jahrhundert nach Christus geprägt. Diese Frau dürfte Julia Augusta sein, die Ehefrau und Mutter zweier Kaiser. Und nun drehen Sie sie bitte um.«

Die Frauen steckten die Köpfe zusammen und betrachteten die Rückseite. Es war, als hielten alle kurz den Atem an.

Dann schaute Iris Jellicoe auf, ihre Augen leuchteten. »Isis mit Horus auf dem Arm!«

»So ist es.«

»Und ein Boot als Symbol für den Nil, der Leben gibt und nimmt. Woher haben Sie dieses wunderbare Stück, Mrs. Ashdown?«, fragte Mrs. Wilkins.

Charlotte erzählte noch einmal, wie sie dem alten Ned begegnet war. »Ich fand ihn ein bisschen unheimlich, vor allem, weil er vorgab, die Münze sei für mich bestimmt. Er tauchte wie aus dem Nichts auf, während ich am Fluss spazieren ging.«

»Glauben Sie an Vorsehung?«, fragte Miss Carhill ein wenig atemlos.

»Eigentlich nicht. Ich bin ein nüchterner Mensch.« Doch es hatte Zeiten gegeben, in denen ihre Nüchternheit auf eine harte Probe gestellt worden war. »Aber manchmal geschehen Dinge, die auf eigentümliche Weise verbunden scheinen.«

Miss Jellicoe hielt die Münze zwischen Daumen und Zeigefinger und betrachtete sie mit einem Ausdruck, den man nur als begehrlich bezeichnen konnte. »Wären Sie bereit, sich von ihr zu trennen?«

Damit hatte Charlotte nicht gerechnet.

»Sie wäre eine schöne Ergänzung für meine kleine Sammlung.«

»Bedaure, aber ich habe nicht die Absicht, die Münze zu verkaufen.«

Iris Jellicoe verzog den Mund und sah einen Moment lang aus wie ein Kind, dem man einen Wunsch abschlägt. »Das ist schade. Meine Sammlung liegt mir sehr am Herzen, und diese Münze würde eine Lücke darin schließen.« In ihrer Stimme schwang eine Härte mit, die Charlotte bisher nicht an ihr bemerkt hatte.

»Es tut mir leid, aber ich werde sie behalten. Mir scheint, als wäre sie für mich bestimmt gewesen.«

Das gewinnende Lächeln kehrte zurück, als verzöge sich eine Wolke aus Iris Jellicoes Gesicht. »Ich verstehe. Ich würde sie auch nicht hergeben.« Sie reichte Charlotte die Münze zögernd.

»Noch Tee?«, fragte Mrs. Hartley-James, um die entstandene Verlegenheit zu vertreiben, und alle Damen stimmten zu, als hätten sie nur auf die Ablenkung gewartet.

Miss Carhill räusperte sich. Sie war zart und blond, und ihre blauen Augen blickten fast zu gutgläubig in die Welt. »Wenn ich noch einmal auf meine Frage zurückkommen dürfte, Mrs. Ashdown ... Manchmal denke ich an Shakespeare, an die Dinge zwischen Himmel und Erde. Neulich ging ich an der Themse spazieren und hatte auf einmal das Gefühl, mehr noch, die absolute Gewissheit, schon einmal an diesem Ort gewesen zu sein. Nur war es eine Stelle, die mir nie besonders aufgefallen war, obwohl meine Tante und ich nicht weit entfernt davon wohnen. Ich blieb stehen, weil mein Herz so heftig klopfte. Ich schaute auf den Fluss und die Trauerweiden, deren Äste sich zum Wasser neigten, und war mir ganz und gar sicher, dass ich schon einmal dort gewesen war. Ich sah mich in einem roten Gewand, das weit an mir herabfloss ...«

»Und was hat das mit Vorsehung zu tun, meine Liebe?«, unterbrach Mrs. Wilkins sie liebenswürdig.

Miss Carhill hob die Hand. »Das ist sozusagen die Pointe. Ich hielt mich länger als beabsichtigt dort auf und verpasste deshalb meinen Omnibus. Später erfuhr ich, dass er einen schweren Unfall hatte.« Sie schaute in die Runde. »Versteht ihr? Hätte ich nicht dieses Erlebnis am Fluss gehabt, wäre ich in den Bus gestiegen und vielleicht verletzt worden. Meine Vision hat mich gerettet.«

Charlotte hätte am liebsten ihren Arm ergriffen, um sie in die Wirklichkeit zu holen, doch es stand ihr nicht zu, über das zu urteilen, woran die junge Frau innig zu glauben schien. Zumal die anderen Frauen ihr gebannt gelauscht hatten und für derartige Gedanken empfänglich schienen.

»Ist es nicht erstaunlich, dass uns die Themse heute zu verfolgen scheint?«, fragte Iris Jellicoe in die Runde. »Zuerst Mrs. Ashdowns Münze, die offenbar zweitausend Jahre im Uferschlamm überdauert hat, bevor sie wieder ans Tageslicht gelangte, und dann Annas Begegnung mit … sich selbst? In einem früheren Leben?«

»Was immer Sie dort erlebt haben, Miss Carhill, ich bin froh, dass Ihnen nichts zugestoßen ist«, sagte Charlotte unverbindlich und meinte, einige enttäuschte Blicke aufzufangen.

Danach kehrte das Gespräch in die Wirklichkeit zurück, man plauderte über Mode und die kommende Theatersaison, und es war, als hätte es die eigenartigen Momente nicht gegeben.

34

Charlotte hatte Mrs. Danby geschrieben, und diese befürwortete nun ihren Vorschlag. *Ich halte es für sinnvoll, wenn Sie sich dorthin begeben, da man Sie noch nicht kennt,* hatte sie geschrieben. *Ich habe mich damals unklug verhalten. Sie als Außenstehende können womöglich mehr erfahren.*

»Du fährst nach Kensington?«

»Ja, wünsch mir Glück.«

»Aber immer doch, und zwar umso mehr, da du nun für mich mitarbeiten musst«, sagte er ein wenig zerknirscht. »Nach dem sanften Tadel meines Auftraggebers muss ich mich leidenschaftlicher dem Schreiben widmen.«

Charlotte spürte, dass ihn die Kritik tiefer getroffen hatte, als er zugeben wollte. »Du kannst dich auf mich verlassen, Tom.«

»Das weiß ich.« Er lächelte und sagte dann: »Ich habe Alfie noch ein paar Bücher gebracht, er fängt an sich zu langweilen. Es ist eine Schande, dass ein kluger Junge wie er nicht zur Schule geht, immerhin kann er lesen und schreiben. Aber ich mache mir Gedanken, was man daran ändern kann.«

Bevor sie sich auf den Weg machte, schaute Charlotte nach Alfie. Ihr Blick fiel aufs Bett, doch es war leer. Dann entdeckte sie den Jungen, der auf einem Hocker stand und sich weit aus dem Fenster lehnte.

»Was machst du da?«, fragte sie erschrocken.

Alfie drehte sich seelenruhig um und legte den Kopf in den Nacken.

Charlotte zog ihn zurück, worauf er vom Hocker sprang, und sah ihn streng an. »Was denkst du dir dabei? Du könntest aus dem Fenster fallen!«

Sein Blick sprach Bände. Seit Jahren hatte ihm niemand mehr gesagt, was er zu tun und zu lassen hatte. Und verglichen mit den Gefahren, die ein Leben als Strandsucher mit sich brachte, war ein Fenster im ersten Stock vollkommen harmlos.

»Ich wollte mir den Himmel ansehen.«

Ihr Herz zog sich zusammen. Nach drei Tagen fühlte Alfie sich eingesperrt, das wurde ihr jetzt klar. »Morgen darfst du in den Garten.«

Er biss sich auf die Lippe und schaute zum Bett, wo ein Bildband über die Vögel Großbritanniens lag.

»Gefällt dir das Buch?«

Seine Miene verriet ihr, dass er zwischen Höflichkeit und Ehrlichkeit schwankte. »Nein. Es ist langweilig.«

Das war nicht überraschend. »Was würdest du denn lieber lesen?«

»Hm. Was über Schiffe«, sagte er achselzuckend und setzte sich im Schneidersitz aufs Bett.

»Ich weiß nicht, ob Seefahrt in unserer Bibliothek gut vertreten ist, aber ich sehe einmal nach.« Eine Viertelstunde später kam sie mit einem Bildband über Segelschiffe, »Die

Schatzinsel« und »Moby Dick« zurück und legte ihm die Bücher auf den Nachttisch.

»In dem hier geht es um die Jagd auf einen Wal, aber es ist schwer zu verstehen. Mein Englisch ist inzwischen wirklich gut, aber ich habe nach fünf Kapiteln aufgegeben. Das hier handelt von Piraten, das könnte dir gefallen.«

Alfie strahlte und griff nach dem Buch über Segelschiffe. »Das seh ich mir zuerst an, dann kann ich mir die Piratenschiffe besser vorstellen.«

Die Kirche St. Mary Abbots, deren Turm hoch in den Sommerhimmel ragte, war erst zwanzig Jahre alt, doch gab es an dieser Stelle seit dem 13. Jahrhundert eine Kirche. Charlotte klopfte an die Tür des Gemeindehauses.

Eine ältere Frau öffnete.

»Guten Tag, ich möchte zum Lesezirkel. Mein Name ist Charlotte Ashdown.«

Die Frau führte sie in einen Saal, der mit seiner dunklen Holztäfelung und den Buntglasfenstern selbst wie eine Kirche wirkte. Sie war ein wenig zu früh gekommen, außer ihnen beiden saß nur eine junge Frau im Saal.

»Sind Sie neu in der Gemeinde?«, fragte die ältere Frau. »Ich bin die Vorsitzende des Lesezirkels. Mein Name ist Mrs. Wellesley, leider keine Verwandtschaft.«

Als Charlotte stutzte, fügte sie hinzu: »Wie der Duke of Wellington.«

»Ach, natürlich. ›Gebt mir die Nacht oder gebt mir Blücher.‹«

Ein Strahlen ging über Mrs. Wellesleys Gesicht. »Sie sprechen den Namen perfekt aus. Sind Sie Deutsche?«

Charlotte lachte. »Ursprünglich ja. Wie schön, dass Sie es erst bei ›Blücher‹ gemerkt haben.«

»Sie sprechen ausgezeichnet Englisch, Mrs. Ashdown. Wie schön, dass Sie zu uns gefunden haben. Dies ist Miss Maud Rennie, unser jüngstes Mitglied.«

Sie deutete auf einen der Stühle, die kreisförmig angeordnet waren. »Nehmen Sie doch Platz. Sie kommen zu einem günstigen Zeitpunkt, wir haben Mrs. Gaskells Roman beinahe durch. Heute wollen wir beschließen, was demnächst gelesen wird. Unsere liebe Maud hier hat ›Die gelbe Tapete‹ vorgeschlagen, aber die Novelle erscheint mir ungeeignet. Sie ist reichlich düster und befasst sich mit Erkrankungen des Geistes, die angsteinflößend wirken könnten. Das erscheint mir für einen Lesezirkel im kirchlichen Umfeld nicht angemessen.«

Miss Rennie wollte widersprechen, doch dann öffnete sich die Tür, und weitere Damen kamen hinzu, die sich mit Charlotte bekannt machten und Mrs. Wellesley mit Literaturvorschlägen zu bestürmen begannen. Maud Rennie setzte sich neben sie, ein wenig niedergeschlagen, weil man ihren Wunsch zurückgewiesen hatte.

»Die Novelle klingt sehr interessant«, sagte Charlotte, worauf die junge Frau sie hoffnungsvoll ansah.

»Ich gestehe, meine Eltern wissen nicht, dass ich sie gelesen habe. Aber ich finde, man muss als Leserin etwas wagen, sich Dingen stellen, die unbequem sind und einen herausfordern.«

»Nun, das kann ich verstehen, aber nicht alles ist für eine größere Runde geeignet. Vielleicht haben Sie eine Freundin, mit der Sie unter vier Augen darüber sprechen können.«

Charlotte hatte sich nichts dabei gedacht, sah nun aber, wie ein trauriges Lächeln über Miss Rennies Gesicht huschte. Sie zögerte und sagte dann leise: »Vor einiger Zeit war eine nette Frau meines Alters hier. Mit ihr hätte ich so etwas lesen können, sie hat sogar einmal nach ›Isis entschleiert‹ von Madame Blavatsky gefragt. Mrs. Wellesley ist beinahe ohnmächtig geworden.«

»Und was ist aus dieser jungen Frau geworden?«, fragte Charlotte, die beim Wort Isis hellhörig geworden war.

»Das weiß ich nicht. Sie ist nicht mehr gekommen.«

»Erinnern Sie sich an ihren Namen?«

»Julia. Julia Danby, glaube ich.«

Charlottes Herz schlug schneller. Sie musste behutsam vorgehen, um keinen Verdacht zu wecken.

Doch bevor sie weiterfragen konnte, ging die Tür noch einmal auf.

»Mrs. Hartley-James«, sagte Miss Rennie. »Sie kommt immer als Letzte. Jetzt sind wir vollständig.«

Tom hatte den Zug bis zur Vauxhall Station genommen, die einen günstigen Ausgangspunkt für seine Exkursion nach Lambeth bot. Er war mit einer Kodak-Kamera und einem Stadtplan ausgerüstet, in dem er sorgfältig die Orte verzeichnet hatte, die er fotografieren wollte. Sir Tristan hatte erklärt, er werde sich um die Illustration des Buches kümmern, aber Tom hatte festgestellt, dass ihm beim Schreiben häufig Fragen kamen und es mühsam und zeitaufwendig gewesen wäre, die Orte erneut aufzusuchen. Also hatte er sich von einem befreundeten Fotografen die Kamera geliehen und in ihren Gebrauch einweisen lassen.

Ihm war nämlich die Idee gekommen, alte Stiche oder Zeichnungen der Orte und moderne Fotografien gegenüberzustellen. Ihm war klar geworden, was ihm an dem Auftrag nicht behagte: dass er den Vorstellungen eines anderen folgte statt seinen eigenen, dass Sir Tristan entscheiden wollte, welche Bilder seine Texte begleiten sollten. Die Bilder wären das Erste, was die Leser sahen, und sie sollten *seinen* Vorstellungen entsprechen. Das Buch musste eine Einheit bilden. Nachdem er dies entschieden hatte, fühlte er sich endlich frei.

Zum Glück lagen die Ziele, die er ausgewählt hatte, nicht allzu weit voneinander entfernt, denn die Tasche mit der Kodak Nr. 1, die ihrerseits in einem sperrigen Lederkasten steckte, wog schwer. Die Strecke, die er geplant hatte, maß etwa einhalb Meilen, und am Ende konnte er in Waterloo Station wieder in den Zug steigen.

Gleich am Bahnhof zweigte die South Lambeth Road ab, in der schon sein erstes Ziel lag. Dort hatten im 17. Jahrhundert die Botaniker John Tradescant der Ältere und der Jüngere gewohnt. Das Haus mit dem weitläufigen Garten war damals ein riesiges Kuriositätenkabinett gewesen, das im Volksmund schlicht und einfach Tradescants Arche hieß. Gegen ein Eintrittsgeld stand es allen Interessierten offen.

Ein Besucher hatte berichtet, er habe einen ganzen Tag benötigt, um sich alle Sehenswürdigkeiten anzusehen, und von denen gab es viele: exotische Pflanzen, die auch im weitläufigen Garten gezogen wurden, Werkzeuge, Haushaltsgegenstände, Kleidung, Waffen, seltene Kunstwerke, Münzen und Medaillen, Kameen und Gemmen, medizinische Instrumente, ägyptische und römische Antiken, orientalische Kalligrafien, Federschmuck und Objekte von fremden Völkern. Es gab ausgestopfte Tiere wie den Dodo und getrocknete Würmer, aber auch zwei Federn vom Schwanz des Phönix und die Krallen des Vogel Roch. Es musste eine faszinierende Mischung gewesen sein, die Wissenschaft und Sensationslust vereinte. Die Tradescants waren seines Wissens nicht an Magie interessiert gewesen, wohl aber ihr späterer Nachbar Elias Ashmole.

Die Talente und Neigungen dieses Elias Ashmole waren vielfältig – er hatte sich als Antiquar und Politiker, Offizier, Astrologe und Alchemist betätigt. Sein Adoptivvater hatte ihn angeblich in das Geheimnis um den Stein der Weisen eingeweiht, den Ashmole nicht dazu verwenden wollte, Gold und Silber zu erschaffen, sondern den Geist zu verwandeln. Auch hatte er ein magisches Buch von Arthur Dee übersetzt, der wiederum der Sohn von John Dee war, womit Tom einen hübschen Bogen nach Mortlake schlagen könnte.

Er malte sich flüchtig aus, wie sein magischer Atlas – so nannte Tom ihn gern bei sich – einmal aussehen könnte, in weinrotes oder schwarzes Leder gebunden und mit goldgeprägten Bildern und Symbolen geschmückt. Vielleicht konnte Sir Tristan ihn so gestalten, dass er an eines der alten Werke aus John Dees gewaltiger Bibliothek erinnerte.

Am Ziel wartete jedoch eine Enttäuschung auf ihn. Wo einmal das herrschaftliche Anwesen mit dem schmiedeeisernen Tor und dem riesigen Garten gestanden hatte, das er von alten Stichen kannte, waren Reihenhäuser aus dem Boden gewachsen, nagelneu, mit glänzend lackierten Türen und sauber geschrubbten Stufen. Eine kleine Seitenstraße hieß nun Tradescant Road, ein letzter Gruß an Arche, Astrologen und Alchemie.

Tom blieb stehen und ließ die Augen bedrückt über die Neubauten wandern. Auf einmal wurde ihm bewusst, dass er seit Wochen Geistern hinterherjagte: Häusern, die es nicht mehr gab; Menschen, die längst verstorben waren; Straßen, die nicht mehr existierten; Namen, die ausgelöscht waren. Er hatte es immer reizvoll gefunden, in einer Stadt zu leben, die sich fortwährend veränderte und immer neu erfand, doch war es auch entmutigend zu sehen, wie wenig Respekt man dem Vergangenen bezeugte.

Er packte entschlossen die Kamera aus, um wenigstens die Stelle aufzunehmen, an der das Haus gestanden hatte. Nicht immer war es möglich, einen Hauch dessen aufzufangen, das einmal gewesen war. Dass er in Mortlake auf ein ganz reales Rätsel gestoßen war, musste er als einmaliges Geschenk betrachten.

Die Kodak-Kamera war tatsächlich so leicht zu handhaben, wie sein Freund gesagt hatte. »Auf den Film passen hundert Fotos. Bitte geh sorgsam damit um. Es mag sich viel anhören, aber ich muss die ganze Kamera zum Entwickeln an die Firma schicken und in der Zwischenzeit wieder meine alte Plattenkamera verwenden.«

Tom hob die Kamera und schaute durch das Objektiv, bewegte sie vorsichtig hin und her, bis er einen guten Ausschnitt gefunden hatte. Dann drückte er den Auslöser, spulte mit der Kurbel den Film weiter, damit die Kamera für die nächste Aufnahme bereit war, und verstaute sie in der Tasche. Er schlenderte einmal um das ehemalige Grundstück herum, fand aber keine Spur der Menschen, die vor dreihundert Jahren hier gelebt hatten. Ein Name auf einem Straßenschild, mehr war nicht geblieben.

35

Charlottes Herz schlug zu ihrem Ärger immer noch heftig. Sie hatte nicht damit gerechnet, jemanden anzutreffen, den sie kannte, und war froh, dass sie während der abschließenden Besprechung von »North and South«, zu der sie nichts beitragen konnte, da sie das Buch nicht gelesen hatte, einfach still dasitzen durfte.

Danach waren alle aufgerufen, Vorschläge für die nächste Lektüre zu machen. Sie hoffte, man werde sie als Neuling außen vor lassen, doch dann wandte sich Mrs. Wellesley an sie:

»Meine liebe Mrs. Ashdown, vielleicht möchten Sie einen Vorschlag beisteuern. Es macht nichts, wenn wir das Buch schon gelesen haben, dann überlegen wir eben weiter.« Sie hielt inne. »Es könnte auch ein deutsches Buch sein, falls es ins Englische übersetzt wurde.«

Charlotte überlegte rasch. »Da fiele mir ›Aus dem Leben eines Taugenichts‹ von Eichendorff ein, das habe ich in England schon gesehen. Allerdings ist der Roman nicht die bevorzugte Form deutscher Literatur, darin sind uns die Briten und Amerikaner weit überlegen.«

»Wie wäre es mit E. T. A. Hoffmann?«, fragte Miss Rennie, die wohl zum Unheimlichen neigte. »Ich habe

›Hoffmanns Erzählungen‹ im Theater gesehen und mich sehr gefürchtet.«

Von Hoffmann kam das Gespräch auf Poe, und plötzlich fiel der Name Mary Shelley.

»Frankenstein!«, rief Miss Rennie. »Wollten wir nicht bevorzugt Werke von Frauen lesen? Das würde mich sehr interessieren.« Sie hob die Hand, und Charlotte tat es ihr nach. Mrs. Wellesley schien weniger begeistert, beugte sich aber der Mehrheit und bat die Damen, sich das Buch bis zum nächsten Treffen zu besorgen und das erste Kapitel zu lesen.

Charlotte stand auf und wollte schon zur Tür gehen, als eine Hand sie an der Schulter berührte.

»Was für ein angenehmer Zufall, dass wir uns gleich zweimal in so kurzer Zeit begegnen«, sagte Mrs. Hartley-James.

»Oh, verzeihen Sie, ich war in Gedanken. Ja, es hat mich sehr gefreut, Sie bei Miss Jellicoe kennenzulernen.«

»Die Nachmittage bei Iris sind wunderbar anregend, nicht wahr?«

»Gewiss, ich habe mich sehr gut unterhalten.«

Sie gingen nebeneinander in Richtung Ausgang. »Erwähnten Sie nicht, dass Sie in Clerkenwell wohnen?«, fragte Mrs. Hartley-James. »Sie haben einen weiten Weg auf sich genommen, um unseren Lesezirkel zu besuchen.«

Charlotte spürte ein unbehagliches Kribbeln im Nacken und war wütend auf sich selbst. Warum hatte sie sich keine gute Erklärung zurechtgelegt? Sie hatte doch mit dieser Frage rechnen müssen. »Ach, ich bin öfter in der Gegend und hörte zufällig von diesem Kreis. Er hat einen guten Ruf. Da ich mit der englischen Literatur noch vertrauter werden möchte, hielt ich es für eine schöne Idee, einmal herzukommen.«

»Dann hoffe ich, demnächst mit Ihnen über ›Frankenstein‹ zu diskutieren, Mrs. Ashdown. Ich wünsche Ihnen eine angenehme Heimfahrt.«

Tom ging jetzt die Lambeth High Street entlang, die zunächst dicht an der Themse verlief und dann vom Wasser wegführte. In einer Gasse, die längst von einer Keramikfabrik verschluckt worden war, hatte der Arzt und Astrologe Francis Moore gelebt. Er hatte *Die Stimme der Sterne*, einen astrologischen Almanach, herausgegeben, der auch nach dreihundert Jahren noch verkauft wurde und mit dem sich angeblich Weltgeschehen und Sportergebnisse vorhersagen ließen. Auch von Moore war keine Spur geblieben, also fotografierte Tom den roten Backsteinpalast der Keramikfabrik. Nachdem er die Kamera eingepackt hatte, schaute er zum Himmel hinauf und malte sich aus, wie Moore einst hier gestanden und die Sterne beobachtet hatte, um aus ihnen das Schicksal der Menschen abzuleiten.

Tom machte sich Mut. Er schrieb das Buch für Menschen, die er mit seinen Worten verführen, die er den Geist der Orte spüren lassen konnte. Er würde einen Funken für sie zünden, wo er selbst nur Asche gesehen hatte.

Allmählich geriet er ins Schwitzen, die Kameratasche zog schwer an seiner Schulter. Er trank ein Pint in einer Kneipe und ging gestärkt weiter. Und dann, in einer unscheinbaren Straße mit dem großartigen mythischen Namen Hercules Road, wurde er fündig.

Die Backsteinhäuser waren dunkel von Ruß und Alter, doch er bemerkte sofort die blaue Plakette über der efeuverhangenen Tür von Nr. 13. Sie erinnerte an William Blake – den Dichter, Zeichner, Mystiker und Freigeist –, der einst hier gewohnt hatte. Endlich ein greifbarer Ort, in dessen Mauern noch ein Hauch des großen Geistes hing, der hier gelebt hatte.

Beglückt packte Tom auf der gegenüberliegenden Straßenseite die Kamera aus und fotografierte Nr. 13 gleich zweimal aus verschiedenen Winkeln. Er war übermäßig zufrieden mit sich, weil dieses Haus noch stand und sich in den beinahe hundert Jahren, seit Blake hier gelebt hatte, wohl kaum verändert hatte.

> Tiger, Tiger, Glut und Pracht
> Tief in Wäldern dumpfer Nacht,
> Welch Unsterblicher schuf sie
> Deine grause Symmetrie?

Die Stimme klang alt und brüchig, die Worte waren jedoch klar zu verstehen. Tom drehte sich um und sah sich einem sehr alten Mann gegenüber, der auf einen Stock gestützt vor ihm stand. Er war korrekt gekleidet, seine Jacke war am Ellbogen kunstvoll gestopft, die Schuhe abgetragen, aber peinlich sauber.

»Blake hat es hier geschrieben«, sagte der Mann. »Mein Vater kannte ihn.«

Tom ließ fast die Kameratasche fallen. »Ihr Vater kannte William Blake?«

»Er war zehn, als Blake dort einzog. Hat ihm manchmal Feigen geschenkt, er hatte einen Baum.« Der Alte lachte gackernd. »Einmal hat er gesehen, wie Blake und seine Frau nackt im Garten saßen und sich Gedichte vorlasen. Passte gut zu den Feigen.«

»Bitte erzählen Sie weiter, das ist faszinierend.«

Der Mann kratzte sich am Kopf. »Hab vieles vergessen. Ich bin zweiundachtzig Jahre alt. Aber die Feigen und der Garten ... und die Leute erzählten sich, er wäre ein Zauberer. Würde magische Rituale vollziehen. Na ja, ich habe mir seine Bilder angesehen, wundern würde es mich nicht. Drachen und Wesen mit Hörnern und langen Zähnen und Engel und Ungeheuer – ob das nur Fantasie war? Oder irgendein Zauber? Wer weiß.«

Tom notierte begeistert, was der Mann berichtete.

»Wozu brauchen Sie die Bilder?«, fragte dieser.

Er schilderte kurz, was ihn nach Lambeth verschlagen hatte, worauf ihn der Mann mit einem schlauen Blick bedachte. »Da fehlt noch einer, aber den werden Sie auch nicht finden.«

»Wie meinen Sie das?«, fragte Tom.

»Ich meine den Mann, der seinen eigenen Tod vorausgesagt hat. Simon Forman darf nicht fehlen, wenn Sie so was schreiben.« Der Mann deutete mit dem Stock in Richtung Themse. »Forman war ein Astrologe. Mein Vater hat ihn mal erwähnt, er interessierte sich für solches Zeugs, was unserem Pfarrer gar nicht gefiel. Vermutlich hatte Blake ihn verhext.« Erneutes Gackern.

»Und was war mit diesem Forman?«

»Nun ja, er hat Leuten Horoskope gestellt und die Zukunft vorausgesagt.«

»Ich meine seinen Tod. Wie war das genau?«

Der Mann setzte sich auf eine niedrige Mauer und stützte beide Hände auf den Stock. »Woher die Geschichte kommt, weiß ich nicht, mein Vater hat sie mir erzählt. Eines Sonntagabends im September des Jahres 1611 sagte Forman zu seiner Frau, er werde am kommenden Donnerstag sterben. Wohlgemerkt, er war nicht krank. Der Montag kam, er war wohlauf. Der Dienstag kam, er war wohlauf. Der Mittwoch kam, er war wohlauf.«

Dramatische Pause. Tom gönnte dem alten Mann das Vergnügen.

»Dann, am Donnerstag, ist er nach dem Abendessen immer noch wohlauf. Seine Frau wird schon ungeduldig, wie man sich erzählt. Vielleicht war sie keine sehr nette Frau. Er geht zur Themse hinunter und will hinüberrudern, weil er in Puddle Dock zu tun hat. Mitten auf dem Fluss fällt er nieder, ruft einige rätselhafte Worte und stirbt, worauf sich ein starker Wind erhebt.«

Tom hatte im Schreiben innegehalten und sah den Mann verblüfft an. »Verzeihen Sie, aber ist das Ihr Ernst?«

Schulterzucken. »So hat mein Vater es erzählt. Wenn er an der Stelle mit dem Wind aufhörte, haben wir Kinder uns gehörig gegruselt.«

»Ich danke Ihnen sehr. Es ist wie ein Wunder, dass wir uns begegnet sind.«

»Hm, muss an der Gegend liegen.« Der Mann grinste. »Vielleicht hat der alte Blake Spuren hinterlassen.«

Wenig später stand Tom auf der Lambeth Bridge und schaute auf die Themse. Puddle Dock lag viel weiter flussabwärts. Er würde wohl nicht erfahren, an welcher Stelle Simon Forman vor fast dreihundert Jahren abgelegt hatte, doch das kümmerte ihn nicht. Seine Fantasie reichte aus, um sich das Ruderboot vorzustellen, das sich gegen die Strömung stemmte, darin der Mann, der seinem Tod entgegenfuhr. Hatte er wirklich gewusst, an welchem Tag er sterben würde? Und auch, woran? Mit welchen Gedanken war er in das Boot gestiegen? Hatte er sich von seiner Frau verabschiedet, oder war er wortlos gegangen, als käme er wieder so wie jeden Tag? Und vor allem – woran war Forman gestorben? An einem Schlaganfall? Hatte sein Herz versagt? Hatte ihn die Themse geholt?

Er lachte leise. Er hatte sich anstecken lassen – von der Geschichte des alten Mannes, der Spurensuche, die ihn vorangetrieben hatte, den Geheimnissen, die London wie ein Netz umspannen und weit in die Vergangenheit reichten. Und nun trieb seine Fantasie wilde Blüten.

Er drehte sich um und schaute in Richtung Mortlake, dann flussabwärts, wo Forman auf dem Wasser den Tod gefunden hatte. Alle Männer, deren Spuren er gefolgt war, hatten unweit der Themse gelebt. Es war, als übte der Fluss eine geradezu magnetische Anziehungskraft auf alle aus, die sich mit Magie und Mystik beschäftigten.

Und er musste sich eingestehen, dass der Zauber auch ihn nicht kaltließ.

36

Sie nannten es die Innere Kammer. Es war ein Nebenraum des Tempels, der nur dem engsten Kreis um die Hohepriesterin vorbehalten war. Hier trafen sie sich zu Unterredungen, die so geheim waren, dass selbst die anderen Adeptinnen nicht davon erfahren durften. Er war schlichter eingerichtet als der Tempel, aber der goldene Stuhl mit der hohen Lehne verlieh ihm etwas Feierliches.

Die Hohepriesterin sah Gertrude an. »Was hast du mir über Anna zu sagen?«

Alle schauten sie erwartungsvoll an.

Gertrude räusperte sich. »Sie hat eine Bemerkung fallen lassen, die mich beunruhigt.«

»Und?« Der Ton war fordernd.

»Sie erwägt, zu Julias Eltern zu gehen und sich nach ihr zu erkundigen.«

»Oh nein!« Rosalie schlug die Hand vor den Mund, weil sie ungefragt gesprochen hatte. »Verzeihung.«

Die Hohepriesterin nickte beschwichtigend. »Du hast recht, das können wir nicht dulden. Anna ist jung und leidenschaftlich und schießt bisweilen über das Ziel hinaus. Wenn sie zu Julias Eltern geht, könnte sie womöglich das Gebot der Verschwiegenheit brechen. Auf uns aufmerksam machen.« Sie legte die Hand aufs Herz. »Eine Geheimlehre wird nur von jenen verstanden, die sich ihr mit ganzem Herzen und klarem Verstand widmen. Wer das nicht tut, versteht sie falsch und betrachtet sie als etwas Böses. Das müssen wir unbedingt vermeiden.«

»Aber auch ich wüsste gern, wie es Julia geht«, sagte Rosalie. »Sie ist so plötzlich weggeblieben.«

Die Hohepriesterin stand auf, worauf sofort Stille eintrat. »Ich möchte nicht, dass darüber spekuliert wird. Julia hat entschieden, nicht mehr in den Tempel zu kommen, und das sollten wir respektieren. Aber es darf nicht der geringste Verdacht aufkommen, dass Julia uns kennt oder je in diesem Tempel war. Ich werde mich um Anna kümmern. Ihr könnt nun gehen.«

37

Charlotte und Tom saßen am Kamin, in dem ein Feuer brannte, da die Septemberabende schon den Herbst ankündigten. Sie hatten viel zu berichten und gerieten fast in Streit, weil sie einander den Vortritt lassen wollten. Schließlich begann Tom – »um die Spannung zu steigern, da meine Geschichte nur der Forschung dient, während du ermittelt hast wie eine Detektivin.«

Sie lauschte gebannt, als er von seinen Wanderungen durch Lambeth erzählte, und lachte laut, als sie hörte, wie das Ehepaar Blake in seinem Garten ein irdisches Paradies erschaffen hatte.

»Das darf uns nicht passieren. Stell dir vor, Miss Clovis erwischt uns dabei!«

Nun vermochte auch Tom nicht mehr an sich zu halten, und sie mussten sich erst beruhigen und einen Schluck Wein trinken, bevor er fortfahren konnte. Danach sah Charlotte ihn nachdenklich an.

»Du hast ihn gespürt, nicht wahr? Dort auf der Brücke.«
»Was meinst du?«
»Den Zauber der Themse.«
»Das klingt schön, und ja, etwas lag in der Luft. Ich war in einer sonderbaren Stimmung, nachdem ich von diesem

Forman gehört hatte, der mitten auf der Themse gestorben sein soll. Ohne erkennbaren Grund und nachdem er es selbst vorhergesagt hatte. Natürlich mag das alles eine Legende sein. Es liegt lange zurück und ist durch viele Münder gegangen, aber dennoch ...«

»... hast du etwas gespürt, das du dir nicht erklären konntest. So wie den Tod von Julia Danby«, sagte Charlotte leise.

Sie sah ihm an, dass er mit sich kämpfte, sich gegen die Versuchung wehrte, dem Übernatürlichen eine Bedeutung beizumessen, die es nicht verdiente.

»Soll ich jetzt erzählen?« Das würde Tom ablenken, denn was sie zu sagen hatte, war alles andere als mystisch. »Gut, ich bin also zu dieser Kirche in Kensington gegangen ...«

Als sie fertig war, schaute Tom sie verblüfft an. »Eine Freundin von Iris Jellicoe besucht denselben Lesezirkel, in dem Julia Danby war?«

»So ist es. Ich musste ihr irgendwie erklären, weshalb ich eigens nach Kensington gefahren bin, statt mir einen Lesezirkel in der Nähe zu suchen.«

»Hast du Julia Danby erwähnt?«

Charlotte schüttelte den Kopf. »Natürlich nicht. Nur die engsten Angehörigen wissen, dass Julia tot ist, und niemand außer uns, dass ihr Tod verdächtig sein könnte.« Sie biss sich auf die Lippe. »Mrs. Danby hofft, dass wir herausfinden können, weshalb ihre Tochter gestorben ist. Ich fühle mich verantwortlich und weiß nicht, ob mir das gefällt.« Sie wählte die Worte sorgfältig. »Es geschehen sonderbare Dinge, auf die ich mir keinen Reim machen kann. Die Kerzen an der

Themse, in Mortlake und am Obelisken. Die zerstörte Kette. Der alte Ned und sein Gerede von Zeichen und Leuten, die böse würden, weil er mir die Münze verkauft hat.«

Tom strich sich nachdenklich über das Kinn. »Glaubst du, das alles hängt zusammen?«

Charlotte seufzte. »Es klingt viel zu verrückt, nicht wahr?«

Er legte die Handflächen aneinander und stieß damit leicht gegen seinen Mund. »Ich weiß nicht, es ist schon sonderbar. Denn all das ist durch zwei Dinge verbunden: Ägypten und die Themse.«

»Und Isis.«

Tom runzelte die Stirn. »Da fällt mir etwas ein. Bob Flatley erwähnte nicht nur die Golden Dawn, sondern noch eine weitere Geheimgesellschaft namens Töchter der Isis. Von ihr kannte er nur den Namen. Ich habe auch diesen Astrologen danach gefragt, und er schrieb sehr poetisch, sie seien nicht mehr als Flüstern, das der Wind davonträgt.«

»Töchter der Isis? Das klingt faszinierend«, sagte Charlotte. »Vielleicht sollte ich Miss Jellicoe einmal danach fragen.«

»Lass es lieber«, sagte Tom. »Vermutlich ist es nur Gerede. Aber mir kommt gerade ein anderer Gedanke: Der alte Mann, mit dem du dich am Obelisken unterhalten hast, erwähnte ausdrücklich zwei Frauen, die die Kerzen angezündet hatten, richtig?«

»Ja, das stimmt.« Dann begriff Charlotte. »Du fragst dich, ob Julia allein war, als sie starb.«

Er nickte. »Alfie sprach von verwischten Fußabdrücken. Es könnten also mehrere Personen dort gewesen sein.«

»Das würde bedeuten, dass die andere Person sie hat ertrinken lassen. Dass sie ihr nicht geholfen und nicht um Hilfe gerufen hat. Und jetzt schweigt.«

Tom nickte bedrückt und sah ihr nicht in die Augen. Charlotte runzelte die Stirn. Was als Rätsel begonnen hatte, wurde zunehmend düsterer. Es ging nicht mehr nur um Kerzen, die ein okkultes Symbol bildeten oder auch nicht. Oder um zwei Frauen, die zu Füßen des Obelisken mit Magie gespielt hatten.

Dann sprach er aus, was sie gerade gedacht hatte. »Es ist ernst. Und wir stecken vielleicht schon mittendrin.«

»Da hast du recht. Aber es gibt kein Zurück, oder?«

Er zuckte mit den Schultern. Dann setzte er sich aufrecht hin und schlug energisch mit den Händen auf die Armlehnen des Sessels. »Aber es gibt auch andere wichtige Dinge. Morgen spreche ich mit dem Direktor der Hugh-Myddelton-Schule und erkundige mich, ob sie Alfie aufnehmen. Mit der nötigen Zuwendung und Bildung könnte etwas aus ihm werden.«

Charlotte war einen Moment lang sprachlos, dann stieß sie hervor: »Du willst ihn hier bei uns auf die Schule schicken?«

Tom sah sie verwundert an. »Warum nicht? Wir können es uns leisten. Der Junge hat sich so lange allein durchgekämpft und verdient eine gute Zukunft. Aber dafür muss er etwas lernen.«

Er schien nicht zu begreifen, dass er sie mit diesem

Vorschlag völlig überrumpelt hatte. »Tom, du kannst ihn nicht einfach aufnehmen, ohne mit mir darüber zu sprechen. Das geht uns beide an.«

»Du hast nicht den Schuppen gesehen, in dem er haust«, entgegnete er aufgewühlt. »Was soll denn im Winter aus ihm werden?«

»Er hat auch die letzten Winter ohne Hilfe überstanden.« Die Worte waren heraus, und dann verriet Toms Blick, dass er sie als herzlos empfand. Aber Charlotte konnte sie nicht zurücknehmen.

»Stell dir vor, ich wäre nicht zufällig hingefahren und hätte ihn gefunden. Er wäre womöglich gestorben. Und das im Sommer!« Er verstummte und presste die Lippen aufeinander.

Nun sah Charlotte den Schmerz, den er oft verdrängte, der aber immer noch zwischen ihnen stand. Die Trauer darüber, dass er vermutlich niemals Vater werden würde. Sie hatten seit jenem Abend nicht mehr darüber gesprochen, weil sie beide keine Antwort wussten. Sie waren sich nur einig gewesen, dass die Kinderlosigkeit sie nicht auseinanderreißen durfte und sie füreinander kämpfen wollten.

Doch wie es nun aussah, hatte Tom sich diese Hoffnung erlaubt: dass Alfie bei ihnen bleiben, dass er ein Sohn für ihn werden könnte.

Charlotte wusste nicht, ob sie dafür bereit war, ob sie – so selbstsüchtig es klingen mochte – Tom mit diesem fremden Jungen teilen wollte.

»Warum sagst du nichts?«, fragte er.

Sie atmete tief durch. »Es tut mir leid, ich wollte nicht

grausam sein.« Sie zögerte, weil sie sich nicht sicher war, wie sie es ausdrücken sollte, ohne Tom zu verletzen. »Dir mag Alfies Lebensweise unerträglich scheinen. Ohne Sicherheit, ohne eine Familie, die sich um ihn kümmert, immer am Rande der Gesellschaft, immer in der Gefahr, zu hungern oder überfallen zu werden. Aber ... er kommt mir nicht unglücklich vor. Dass er Albträume hat, liegt nicht an dem Leben, das er führt, sondern dass er die Leiche entdeckt hat. Das hätte auch einem wohlhabenden Jungen passieren können, der mit seinem Hund an der Themse spazieren geht.«

Doch Charlotte drang nicht zu Tom durch, wie ihr seine nächsten Worte bewiesen. »Er hat die Kette gestohlen, weil er arm ist. Stell dir vor, jemand hätte es gemerkt, ihn ausgeraubt, ihm etwas angetan! Alfie ist schutzlos und allein.« Seine Brust hob und senkte sich heftig. »Aber ich nehme ihn natürlich nicht gegen deinen Willen bei uns auf.«

»Wir sollten schlafen gehen«, sagte Charlotte. Sie musste das Gespräch beenden, bevor ihr abermals etwas herausrutschte, das sie nicht zurücknehmen konnte.

Tom schüttelte den Kopf und schaute in die Flammen.

Charlotte schlief unruhig. Sie wurde mehrmals wach, weil sie glaubte, etwas zu hören. Sie träumte wirr von Julia Danby, die hinter einer Pyramide hervortrat, in der Hand einen Klumpen Tang, auf dem ihre Kette golden schimmerte.

Sie spürte, dass auch Tom nicht gut schlief.

Es gab so viel Unausgesprochenes, dass es ihr vorkam, als läge eine dritte Person zwischen ihnen auf der Matratze.

Gegen sechs hielt sie es nicht länger aus. Sie stand auf, zog den Morgenrock über und ging in Alfies Zimmer. Später konnte sie nicht mehr sagen, was sie dazu gebracht hatte – ein Instinkt oder die angelehnte Tür.

Auf dem Kopfkissen lag ein Zettel, mit ungelenker Schrift bedeckt, daneben die Bücher, in denen er gelesen hatte.

Danke, Mister und Missus Ashedown,
sie waren ser gut zu mir. Ich bin wider gesunt und geh nach Haus. Die schule ist gut aber ich wil zur Seh wie mein Bruder. Ich wil ein Mahtrose werden. Danke noch mahl.
Alfie

38

Charlotte musste sich abwenden, als Tom die Nachricht las. Als sie ihn ansah, hatte er eine Maske aufgesetzt, und der Drang, sie wegzureißen, war geradezu überwältigend. Tom war eigentlich ein Mensch, der seine Gefühle zeigte, das hatte sie von Anfang an zu ihm hingezogen. Er verstellte sich nicht, gab sich nicht hart, wenn er weich war, und nicht distanziert, wenn ihm etwas naheging. Nun aber war seine Miene undurchdringlich.

Er legte den Zettel beiseite und trat ans Fenster. Er sagte nichts, doch seine Schultern waren angespannt, sie hoben und senkten sich mit seinen Atemzügen. Charlotte wünschte sich, er möge etwas sagen, statt ihr schweigend den Rücken zuzukehren, doch offenbar konnte er nicht einmal ihr zeigen, was er gerade fühlte.

Charlotte trug keine Schuld an Alfies Verschwinden, und doch kam es ihr vor, als hätte sie versagt. Sie wusste nicht, wie viel von ihrem Gespräch er mitgehört hatte und ob er weggelaufen war, weil er nicht zur Schule gehen wollte oder weil er sich von ihr nicht willkommen geheißen fühlte. Hatte sie sich nicht insgeheim gewünscht, wieder mit Tom allein zu sein? Sie zwang sich zu warten, bis Tom etwas sagte, da alles, was ihr selbst einfiel, falsch geklungen hätte.

Sie war nach wie vor davon überzeugt, dass man ein Kind, das seit Langem auf sich gestellt war und dieses Leben, so gefährlich und einsam es sein mochte, zu genießen schien, nicht mir nichts, dir nichts in eine Familie bringen, zur Schule schicken und erwarten konnte, dass es sich fügte. Vielleicht hatte Alfie sich hintergangen gefühlt, weil Tom es geplant hatte, ohne ihn zu fragen. Natürlich wollte er das Beste für den Jungen, hatte mit eigenen Augen gesehen, wie armselig er in Mortlake hauste, doch Alfie empfand seine Unterstützung als bedrängend. Das glaubte sie zumindest.

»Ich weiß nicht, ob er dort sicher ist.«

Sie trat hinter Tom und legte ihm die Hand auf den Rücken. »Wie meinst du das?«

Er drehte sich um. Seine Augen waren trocken, aber voller Schmerz, und er schluckte mühsam. »Jemand könnte von der Kette wissen und nur darauf warten, dass er zurückkommt.«

»Aber dann hätte man ihn doch längst überfallen. Er hatte die Kette wochenlang bei sich.«

Tom fuhr sich wild durch die Haare. »Ach, ich weiß nicht ... ich rede mir das wohl nur ein, weil ich will, dass ein Leben bei uns besser für ihn ist.«

Charlottes Herz schlug so heftig, dass es wehtat. Mit diesem Satz hatte sich Tom vor ihr entblößt und verletzlich gezeigt. Sie zog Tom an sich, ohne etwas zu sagen, und spürte, wie er erst zögerte und dann den Kopf auf ihre Schulter legte.

Er war mitten in der Nacht aufgestanden, hatte sich angezogen und im Schein einer Kerze den Brief geschrieben. Es war ihm schwergefallen, und er hatte bestimmt nicht alle Wörter richtig hinbekommen, aber die Ashdowns würden es hoffentlich verstehen. Er war ein bisschen traurig, als er den Brief und die Bücher ordentlich aufs Bett legte. Das Zimmer roch gut, nach irgendeiner Blume, die Bettwäsche war frisch und sauber. Und das Essen, das er hier bekommen hatte, schmeckte besser als alles, was er je gegessen hatte.

Er könnte es gut haben.

Er hatte gehört, was Mr. Ashdown gesagt hatte – dass er ihn zur Schule schicken wollte, damit etwas aus ihm würde. Was er damit meinte, war Alfie nicht ganz klar, vielleicht jemand, der an einem Schreibtisch voller Papier saß oder hinter einer Ladentheke stand. Der ein Hemd mit Kragen trug und eine Weste, aus deren Tasche eine Uhrkette hing. Alfie kannte solche Leute vom Sehen, konnte sich aber nicht vorstellen, wie sie zu werden.

Sie verdienten sicher gutes Geld, aber das tat ein Seemann auch. Und während er hier gelegen oder im Bett gesessen und sich erholt und in den Büchern geblättert hatte, war ihm klar geworden, dass ihm etwas fehlte. Er hatte es warm und gemütlich und sauber, die Ashdowns waren freundlich, und doch ...

Wenn er in seinem Schuppen lag und ganz still war, konnte er nachts die Themse hören. Sie klatschte leise ans Ufer. Boote tuckerten vorbei. Schiffer riefen einander unverständliche Anweisungen und Grüße zu. Und dann war da noch etwas, das er nicht hören konnte, aber in sich spürte, ein leises Singen, ein Gemurmel, als spräche der Fluss mit ihm.

Hier hörte er das alles nicht. Ein Hund bellte, die Kirchenglocke nebenan schlug die Stunde, aber die Themse war zu weit entfernt, um ihn zu erreichen. In Clerkenwell war der Fluss für ihn verstummt.

Da hatte er begriffen, dass er nicht hierbleiben konnte. Er wollte nicht in einem Büro oder einem Laden eingesperrt sein. Und vor allem nicht in einem Klassenzimmer, denn vorher würde er ja eine Schule besuchen müssen, in der man immerzu stillsaß und geschlagen wurde, wenn man nicht tat, was die Lehrer von einem wollten.

Nein, hatte er gedacht, so konnte er nicht leben. Die Ashdowns meinten es gut mit ihm, sie hatten ihn gerettet, als er krank war, aber sie würden nie seine Eltern sein. Er wollte keine neuen Eltern. Er wollte ein Seemann werden.

Das erste Hindernis war die Haustür, die für die Nacht verschlossen war. Er wusste nicht, wo sich der Schlüssel befand. Also schlich er wieder nach oben in sein Zimmer, schloss leise die Tür hinter sich und öffnete das Fenster. Es klemmte ein bisschen, und er fürchtete schon, zu laut zu sein, schaffte es dann aber, es hochzuschieben.

Er hatte in den letzten Tagen öfter rausgeschaut und wusste, dass ein kleiner Baum mit dichtem Laub unterm Fenster wuchs. Er kauerte sich sprungbereit hin, spannte alle Muskeln an und warf sich geradewegs nach unten in die Krone. Zweige kratzten ihm durchs Gesicht, doch er packte einen Ast und baumelte daran, bevor er sich möglichst leise ins Gras fallen ließ.

Er schaute hoch zum Schlafzimmer der Ashdowns. Kein Licht. Gut.

Er lief zu der Mauer, die den Garten nach rechts begrenzte, tastete nach einem Halt und zog sich hoch. Er war so auf seine Flucht bedacht, dass er gar nicht darauf achtete, ob ihn jemand dabei sah.

Er würde sicher den ganzen Tag brauchen, um von Clerkenwell nach Mortlake zu gelangen. Einen Stadtplan hatte er natürlich nicht. Also fragte er einen Straßenverkäufer, wie er am schnellsten zur Themse käme. Es gab sicher einen kürzeren Weg, aber wenn er der Themse flussaufwärts bis zur nächsten Brücke folgte, rüberging und auf der anderen Seite weiterlief, käme er ganz bestimmt nach Mortlake.

Der nette Mann erklärte ihm den Weg und steckte ihm noch einen Apfel zu.

Dann und wann spürte Alfie ein leises Ziehen, als zupfte jemand an seiner Schulter und lockte ihn zurück in das saubere Zimmer mit der gut riechenden Bettwäsche, zu den Büchern und dem leckeren Essen, von dem es immer reichlich gab.

Doch als er zur Blackfriars Bridge kam und den Fluss sah, strahlte er vor Freude. Die Themse hatte ihm gefehlt – weit, gefährlich und schmutzig, wie sie nun mal war. Alfie überlegte, auf welcher Seite er weiterlaufen sollte. Am Ufer gegenüber sah er Strandsucher, die mit gebeugtem

Kopf durchs Watt liefen, das kannte er gut. Auf seiner Seite führte eine breite Straße am Fluss entlang, auf der er sicher schneller vorankam. Er wusste, dass das Nordufer reicher und belebter war als die Südseite, was seine lange Wanderung leichter machte.

Zum Glück trug er neue Kleidung, die die Ashdowns ihm gekauft hatten. Er vermisste seine alten Sachen, doch in denen hier fiel er weniger auf. Keiner würde ihn für einen Bettler halten. Und nicht so hastig, mahnte er sich, er war nicht auf der Flucht. Nicht richtig jedenfalls.

Waterloo Bridge, Hungerford Bridge. Zwischendrin ein seltsames Gebilde aus Stein, das wie ein Finger in den Himmel zeigte. Daneben lagen zwei Statuen, Löwen mit Menschenköpfen. Alfie konnte sich keinen Reim darauf machen.

Dann tauchte das Parlament vor ihm auf, das mit seinen Türmchen auf den Fluss blickte.

Er stieg die Treppe zur Westminster Bridge hinauf. Hier würde er den Fluss überqueren und auf der anderen Seite weiterlaufen. Allmählich wurde ihm warm, aber er hatte kein Geld dabei, um sich etwas zu trinken zu kaufen.

Zum Glück war Ebbe, sodass er am Ufer entlanglaufen konnte. Er achtete nicht auf die Strandsucher, obwohl er einige vom Sehen kannte. Er wollte nach Hause und sich in Ruhe überlegen, wie er in sein altes Leben zurückfinden sollte, das Leben vor den Kerzen und der Toten und dem freundlichen Mr. Ashdown, der ihm helfen wollte. Aber er wollte der Alfie bleiben, der er war.

»Tom.« Charlotte stand in der Tür des Arbeitszimmers. Er hatte sich in seinen Unterlagen vergraben, doch als er hochschaute, wirkte er nicht mehr ganz so niedergeschlagen wie vorhin.

»Ja?«

»Ich werde den alten Ned suchen. Mit ihm hat es für mich angefangen.«

Er sah sie fragend an.

»Du weißt doch, wie seltsam er sich damals ausgedrückt hat, als er mir die Münze gab: ›Sonst hätten die anderen sie bekommen. Aber der alte Ned entscheidet, wer sie verdient.‹ Das klang sonderbar.«

»Du hast ihn damals gefragt, wen er damit meint, nicht wahr?«

Sie nickte. »Es ist nicht viel Sinnvolles dabei herausgekommen. ›Oder gehören Sie vielleicht zu denen?‹, hat er gefragt. Wen er damit meinte, konnte ich nicht aus ihm herausbringen. Und dann sagte er noch: ›Ich sehe, Sie gehören nicht dazu. Wäre auch zu schön gewesen. Also nehmen Sie die Münze und verraten mich nicht, sonst bin ich dran.‹«

Tom sah sie eindringlich an. »Es lohnt einen Versuch. Aber bring dich bitte nicht in Gefahr. Dieser Kerl klingt zwielichtig. Wer weiß, mit wem er Umgang pflegt. Ich würde mitkommen, aber ...« Er sprach nicht weiter, doch Charlotte wusste, was er dachte.

Alfie könnte zurückkommen.

»Mach dir keine Sorgen, ich gebe auf mich acht. Wer weiß, ob ich ihn überhaupt finde. Aber wenn es mir gelingt, kann er mir womöglich wichtige Fragen beantworten. Wer die mysteriösen ›anderen‹ sind, und warum er sich in Gefahr begeben hat, indem er mir die Münze verkaufte.«

»Ich wünsche dir viel Glück.« Er stand auf und küsste sie auf die Wange. »Und ich lenke mich mit Arbeit ab.«

Gegen Mittag wurde die Gegend vertrauter. Alfie schwitzte, er hatte sich in den neuen Schuhen Blasen gelaufen, jeder Schritt tat unerträglich weh. Also zog er sie aus und hängte sie an den Schnürsenkeln über die Schultern.

Unterwegs hatte er aus Brunnen und Bächen getrunken und ein Stück Brot von einem Bäckerkarren gestohlen. Inzwischen hatte er die Gasanstalten und Kohlekais, die Fabriken und Eisenbahndepots hinter sich gelassen. Jetzt wurde alles grüner und dörflicher. Er stolperte noch an den Häusern von Barnes vorbei und sah dann endlich die wohlbekannten Mauern der Brauerei und das Queen's Head, das ihm entgegenzuwinken schien.

Mit letzter Kraft wankte er zum Schuppen und flehte innerlich, dass man ihm seine wenigen Habseligkeiten gelassen hatte.

Verdammt, die Decke war fort, Mr. Ashdown hatte ihn drin eingewickelt. Aber da war der Blechteller, der verbogene Löffel. Seine wenigen Anziehsachen. Die Zigarrenkiste mit Erinnerungen an seine Eltern. Alles noch da.

Er wollte sich nur noch auf den nackten Boden fallen lassen und schlafen. Es kam ihm vor, als wäre er durch ganz England gelaufen, dabei war es nicht mal ganz London gewesen.

Er kniete schon, als er etwas Schimmerndes entdeckte. Alfie streckte verwundert die Hand danach aus.

Es war ein dünnes Plättchen aus Metall. Es hatte Dellen, als hätte jemand mit einem Hammer draufgeschlagen. Alfie trat damit an die Tür, damit er es besser sehen konnte. Es war in der Mitte gefaltet. Er bog das Blech vorsichtig auseinander.

Jemand hatte mit einem spitzen Gegenstand etwas eingeritzt: einen fünfzackigen Stern und darunter einen Satz in seltsam eckigen Buchstaben. Vermutlich war es schwierig, auf Metall zu schreiben, und die Botschaft sah darum so komisch aus.

Schweig, oder sie kommt dich holen.

Alfie schaute sofort in alle Richtungen. Keiner da. Aber das Plättchen konnte ja seit Tagen hier liegen.

Jemand hatte es hingelegt, während er bei den Ashdowns war. Plötzlich wurde ihm kalt, als saugte das kleine Metallstück die ganze Wärme aus seinem Körper.

Eine Warnung, dachte er, verstand sie aber nicht. Worüber sollte er schweigen? Und wer würde ihn holen, falls er nicht den Mund hielt? Das ergab doch keinen Sinn.

Er drehte das Plättchen prüfend zwischen den Fingern. Der Rand war uneben, als hätte man sich keine Mühe mit der Form gegeben, als ginge es nur um das, was draufstand.

Und was sollte der Stern bedeuten? Er betrachtete ihn und kratzte sich ratlos am Kopf.

Dann fielen ihm die Kerzen im Sand ein. Das waren auch fünf gewesen, und die hatten ein Muster gebildet. Er kratzte fünf Vertiefungen in den Lehmboden und verband sie durch Linien. Ein Fünfeck. Dann verband er alle Ecken miteinander und erhielt – einen groben Stern. Der sah aus wie der auf dem Plättchen.

Seine Kehle zog sich zusammen.

Schweig, oder sie kommt dich holen.

Alfie glaubte nicht an Geister und solchen Unsinn, und doch war es, als streckte die Tote aus der Themse die Hand nach ihm aus.

Er sprang auf, raffte seine Sachen zusammen, holte die Münzen aus dem Versteck und stürzte aus dem Schuppen.

39

Charlotte begann die Suche dort, wo sie den alten Ned beim letzten Mal getroffen hatte – am St. Paul's Pier. Der Tag war bedeckt, die düsteren Lagerhäuser versperrten den Blick aufs Wasser, und die Kräne ragten wie vorzeitliche Tiere in den Himmel. Sie ging eilig zwischen den schwarzroten Backsteinmauern hindurch und blieb abrupt stehen, als sie die kleine Treppe erreichte.

Die Stufen führten geradewegs ins Wasser.

Wie dumm, schalt sie sich, sie war zur falschen Zeit gekommen. Bei Flut waren keine Strandsucher hier, sie hätte sich erkundigen müssen, wann das Niedrigwasser den tiefsten Punkt erreichte.

Unschlüssig stand sie da, schaute nach links und rechts zu den Anlegern, an denen es geschäftig zuging. Große und kleine Schiffe ankerten dort, die Rufe der Männer schollen herüber, Kräne hievten die schwersten Lasten, Menschen die leichteren. Sie sah, wie sich die Schauerleute unter dem Gewicht krümmten, gegen den Wind stemmten, der ihnen vom Fluss entgegenwehte. Kisten und Säcke, deren Inhalt und Herkunft sie nur erahnen konnte.

Es war eine raue Gegend, selbst hier, wo der gewaltige Hafen gerade erst begann und sich flussabwärts dann in eine eigene Stadt verwandelte, deren Kais, Hafenbecken und Lagerhäuser sich ins Unendliche zu erstrecken schienen. Hier war weder Platz für Father Thames noch für die Göttin Isis, hier herrschten Geld und Profit. Einen prosaischeren Ort hätte sie sich kaum aussuchen können, um Antworten zu finden.

Der alte Ned mochte im Bett liegen – falls er eins hatte und nicht wie Alfie auf einem Haufen Lumpen schlief – oder ebenso gut in einem Pub sitzen und auf die Ebbe warten. Oder er bot gerade einem Händler an, was er zuletzt gefunden hatte. Einem Händler oder jenen ungenannten Personen, die er bei ihrer Begegnung erwähnt hatte. Die Aussicht, ihn hier zu entdecken, war jedenfalls gering, zumal Charlotte nicht wusste, ob die Gegend um St. Paul's Pier sein angestammtes Revier war oder ob er an jenem Tag nur zufällig hier gewesen war.

Charlotte schaute auf den Fluss und erinnerte sich an Simon Forman, der nicht weit von hier auf der Themse gestorben war, treu seiner eigenen Prophezeiung. Er hatte zum Puddle Dock gewollt, das, wie sie wusste, ein Stück flussaufwärts lag. Sie machte kehrt und bog nach links in die Upper Thames Street, ohne ein festes Ziel, nur getrieben von dem Wunsch, nicht mit leeren Händen heimzukehren.

Die Upper Thames Street war schmal, die Häuser waren hoch und dunkel. Zwischendrin blitzten kleine, von Kais gesäumte Wasserläufe auf, in die kleinere Schiffe zum Entladen hineinfahren konnten.

Es gab Orte im Hafen, die Charlotte niemals allein aufgesucht hätte – die keine Dame allein aufsuchen sollte –, aber hier ging es ruhiger zu. Sie hörte die Geräusche des Entladens, die Rufe der Männer, das Geschrei der Möwen, nichts, das ihr Angst gemacht hätte.

An der Ecke zum Puddle Dock bemerkte sie eine Gruppe Männer, die auf einer Bank saßen und Brote aßen, Bierflaschen zwischen den Füßen. Sie hatten Umhängetaschen dabei und sahen nicht wie Hafenarbeiter aus. Zwei oder drei Jungen waren auch unter ihnen, was sie auf einen Gedanken brachte.

Charlotte blieb vor der Gruppe stehen. »Verzeihung, sind Sie Strandsucher?«

Alle Augen wandten sich zu ihr. Ein älterer Mann kratzte sich den kahlen Kopf und musterte sie – nicht unverschämt, aber unverhohlen neugierig. »Warum wollen Sie das wissen?«

Sie spürte, wie ihr heiß wurde, und sie kam sich auf einmal ziemlich fehl am Platz vor. Außer ihr war weit und breit keine andere Frau zu sehen, doch sie durfte nicht aufgeben, ohne es versucht zu haben.

»Vor einiger Zeit habe ich hier in der Gegend eine römische Münze gekauft. Von einem Strandsucher, der sich der alte Ned nannte. Da mein Mann Münzen sammelt, wollte ich Ned fragen, ob er noch mehr anzubieten hat.«

»Unsinn!«, platzte einer der Jungen heraus. »Der alte Ned verkauft nichts auf der Straße.«

»Du kennst ihn also?«

»Hab ich nicht gesagt.«

Nun regte sich ihr Widerspruchsgeist, die Nervosität war verflogen. »Doch, du hast es gerade zugegeben. Und ja, er hat mir eine Münze verkauft.«

Ein junger Mann mit roten Haaren, dessen Rücken verkrümmt war, schaute sie an, wobei er den Kopf leicht drehen musste. »Er hat immer angegeben. Mit seiner Kundschaft.«

»Welche Kundschaft?«

»Hat er nicht gesagt. Hat geheimnisvoll getan. Die würden gut bezahlen. Ich hab mal versucht, es aus ihm rauszuholen, hat mich eine Flasche Gin gekostet. Aber er hat dichtgehalten.«

Sonst hätten die anderen sie bekommen.

»Können Sie mir sagen, wo ich ihn finde?«

Der Glatzkopf nahm einen tiefen Zug aus seiner Flasche, rülpste und wischte sich den Mund am Ärmel ab. »Hab ihn seit Tagen nicht gesehen.«

»Eher seit 'ner Woche«, sagte der Rothaarige. »Einer von euch?«

Alle schüttelten den Kopf.

Charlotte zwang sich, geduldig zu bleiben. »Sehen Sie ihn sonst öfter?«

»Fast jeden Tag«, meinte ein Junge. »Ned hat mir eine Menge beigebracht. Das ist sein Revier ...« Er deutete vage in Richtung Themse und St. Paul's.

»Machen Sie sich Sorgen?«

Die Männer schauten sie verwundert an, als wäre ihnen das Gefühl vollkommen unbekannt.

»Er ist alt, ihm könnte etwas zugestoßen sein«, fügte sie hinzu. »Wissen Sie, wo er wohnt?«

»Ich kann's Ihnen zeigen, Madam.« Der Junge machte eine eindeutige Handbewegung, worauf Charlotte eine

Münze aus der Tasche zog. Er wollte danach greifen, doch sie schloss die Finger darum.

»Die bekommst du, wenn wir dort sind.«

Charlotte konnte dem Jungen nur mit Mühe folgen. Seine nackten Füße berührten kaum den Boden, als er vor ihr her eilte, begierig darauf, die versprochene Münze zu bekommen. Die Sonne war unerwartet durch die Wolken gedrungen, und sie spürte, wie sie unter dem Korsett zu schwitzen begann. Der Junge führte sie unter der breiten Eisenbahnbrücke hindurch, die zur St. Paul's Station führte, und über die New Bridge Street, die links in die Blackfriars Bridge überging. Sie schlängelten sich zwischen Pferdekarren und Kutschen hindurch, und Charlotte blieb fast das Herz stehen, als sie gerade noch einem Omnibus ausweichen konnten, der unerwartet in die Straße bog.

Was würde sie tun, wenn sie dem alten Ned gegenüberstand? Würde er sich überhaupt an das erinnern, was er beim letzten Mal zu ihr gesagt hatte? Und falls ja, würde er ihr erklären, wie seine vage klingenden Worte gemeint waren?

Nun, sie würde es erfahren, wenn sie erst …

Der Junge bog so rasch in eine Seitenstraße, dass sie es fast übersehen hätte. Sie war eng, keine zwei Wagen passten aneinander vorbei. Hohe dunkle Häuser mit Firmenschildern, hier schien kaum jemand zu wohnen. Sie fragte sich, wo die Behausung des alten Ned sein sollte.

Sie prallte fast mit dem Jungen zusammen, der unvermittelt stehen geblieben war und ihr die Hand entgegenstreckte.

»Wo ist es?«

Er deutete mit dem Daumen auf eine schmale Hofdurchfahrt. »Da drin.«

»Zeig es mir.«

In den Hof fiel kaum Licht, in den Fugen des Kopfsteinpflasters sammelte sich der Schmutz von Jahren. An einer Mauer klebte ein kleiner, hölzerner Anbau, der nur ein einziges, schmieriges Fenster besaß.

»Das ist es.«

Charlotte konnte ihm die Münze nicht länger vorenthalten, und bevor sie sich's versah, stand sie allein in dem verlassenen Hof. Es kam ihr vor, als schauten unsichtbare Augen aus den dicht stehenden Häusern auf sie herunter, doch das bildete sie sich natürlich ein. Hinter den Fenstern saßen fleißige Büroangestellte und Kaufleute, die sich kaum für den alten Ned und seine unerwartete Besucherin interessieren würden.

Sie versuchte, durchs Fenster des Anbaus zu schauen, doch drinnen war es zu dunkel. Sie klopfte an die Tür. Nichts. Sie zog daran, und die Tür schwang quietschend auf. Der Gestank von ungewaschener Kleidung und Schnaps schlug ihr entgegen.

Sie öffnete die Tür, so weit es ging, damit ein bisschen Licht hineinfiel. Drinnen gab es eine Matratze, aus der Rosshaar quoll, dazu ein klumpiges Kissen und eine alte Decke. Ein Regal, ein Stuhl, ein Tisch, darauf ein verschimmeltes Brot und ein Wurstrest.

Keine Spur von Ned.

Sie schaute in alle Ecken, tastete hinter der Matratze. Dabei horchte sie, ob niemand näher kam, sie wollte nicht als Eindringling dastehen. Es war nichts zu finden, das ihr etwas über den Bewohner verraten hätte.

Sie wollte gerade gehen, als ihr etwas einfiel. Sie hob die Matratze an einer Ecke an – zu Hause musste sie sich unbedingt die Hände schrubben, am besten mit Kernseife – und tastete darunter.

Papier, gefaltet.

Sie zog es hervor und trat damit an die Tür, strich sich die Haare aus dem verschwitzten Gesicht.

Zwei Blätter, darauf drei Spalten beschrieben, in einer ungelenken Handschrift.

Links standen Daten, das konnte sie erkennen. In der Mitte seltsame Buchstabenkombinationen, möglicherweise Abkürzungen. Rechts Wörter.

Münze. Kette. Spiegel.

Charlotte klopfte nachdenklich mit den Fingern auf den Mund.

Es sah aus wie ein Verzeichnis. Waren das die Dinge, die er gefunden hatte? Die wertvoll waren? Es standen keine Geldbeträge dabei, aber wenn er sie nicht hier in seiner Hütte hatte, musste Ned sie verkauft haben.

Vielleicht an jene *anderen*, von denen er gesprochen hatte?

Aufgeregt steckte sie die Blätter in ihre Tasche. Etwas stimmte nicht. Die anderen Strandsucher hatten Ned seit Tagen nicht gesehen. Was war mit ihm geschehen?

»Kann ich Ihnen helfen?«

Sie zuckte zusammen und schaute sich um, sah aber niemanden.

»Hier oben.«

Im zweiten Stock hatte sich ein Fenster geöffnet, und ein junger Mann sah heraus, die Arme auf die Fensterbank gestützt. Die Ärmelschoner verrieten den Büroangestellten.

»Ich suche den Mann, der hier wohnt.« Sie deutete auf den Schuppen.

»Den alten Ned, den Strandsucher? Der ist weg.«

»Können Sie mir sagen, wohin? Und warum?«

Der junge Mann gab ihr ein Zeichen, sie solle warten, und schloss das Fenster. Kurz darauf kam er durch eine Tür in den Hof. Er musterte sie neugierig, fragte sich wohl, was eine gut gekleidete Dame wie sie vom alten Ned wollte.

Seine Antwort verblüffte sie jedoch.

»Er scheint begehrt zu sein. Vor einer Woche habe ich gesehen, wie eine Frau in den Hof kam und etwas unter seiner Tür durchschob. Mein Schreibtisch steht am Fenster, da habe ich einen guten Blick nach draußen. Später kam Ned und ging hinein. Kurz darauf stürzte er wieder aus der Tür und rannte förmlich aus dem Hof. Seither habe ich ihn nicht gesehen.«

Charlotte spürte ihren Puls im Hals. »Glauben Sie, es hatte mit der Frau zu tun?«

Er zuckte mit den Schultern. »Das weiß ich nicht, aber es sieht danach aus. Er hatte auch einen Beutel über der Schulter, als hätte er seine Siebensachen gepackt.«

»Wie hat die Frau ausgesehen?«

»Das kann ich nicht sagen. Sie trug einen Umhang mit Kapuze. Als sie in den Hof kam, habe ich sie nur von hinten gesehen. Und als sie sich umgedreht hat und gegangen ist, war ihr Gesicht durch die Kapuze verborgen.« Er überlegte. »Sie war eher groß, etwa so wie Sie. Mehr kann ich Ihnen wirklich nicht sagen.«

»Kannten Sie den alten Ned gut?«

Er lachte. »Nein, mein Chef hält gar nichts von ihm. Aber ich habe ihm dann und wann einen Penny zugesteckt.«

»Ich danke Ihnen, Mr. ...«

»Reynolds, Timothy Reynolds.« Er verbeugte sich leicht und verschwand wieder im Gebäude.

Charlotte warf noch einen letzten Blick auf die Hütte, bevor sie den Hof verließ.

Und ihr war gar nicht wohl dabei.

40

»Eine junge Frau wird vermisst«, sagte Tom am nächsten Morgen über die Zeitung hinweg.

Charlotte hörte nur mit einem Ohr hin, da sie überlegte, wo sie noch nach dem alten Ned suchen konnte. Sie fragte sich, was die Frau unter seiner Tür durchgeschoben hatte. Vermutlich eine Nachricht, denn der Gegenstand musste sehr flach gewesen sein, sonst hätte er nicht hindurchgepasst. Natürlich war es denkbar, dass der alte Strandsucher eine bessere Behausung gefunden hatte, aber das war unwahrscheinlich und erklärte vor allem nicht die Eile, mit der er seinen Hof verlassen hatte.

»Charlotte, hörst du nicht?«

Sie schrak zusammen und blickte auf. »Verzeih, ich war in Gedanken.«

Tom hielt ihr die Zeitungsseite hin und deutete mit dem Finger darauf. »Eine junge Frau ist verschwunden.«

Als sie den Namen las, erschauerte sie.

Miss Anna Carhill verschwand nachts aus dem Haus ihrer Tante in Strand-on-the-Green, bei der sie seit dem Tod ihrer Eltern lebt. Ihre Tante, Miss Wilbraham, ist in großer Sorge und bittet um Hinweise, falls jemand Miss Carhill gesehen hat.

Sie ist zweiundzwanzig Jahre alt, hat blaue Augen und blonde Haare, eine zierliche Gestalt und ist fünf Fuß und drei Zoll groß. Sie war am Vortag mit einem hellblauen Kleid mit passendem Umhang und einem Strohhut mit weißen Blumen bekleidet. Hinweise bitte an jede Polizeiwache.

Charlottes Mund war ganz trocken. »Tom, die Frau war bei Iris Jellicoe zum Tee!«

»Im Ernst? Sie könnte zufällig denselben Namen tragen.«

»Aber die Beschreibung trifft exakt auf sie zu. Und sie hat erwähnt, dass sie nahe der Themse wohnt.«

Er zog die Augenbrauen hoch. »Das ist kurios. Hoffentlich ist ihr nichts Schlimmes zugestoßen.«

»Wie sollte sie mitten in der Nacht verschwunden sein?«

»Was für ein Mensch ist diese Miss Carhill?«

Als Tom hörte, was die junge Frau beim Tee erzählt hatte, schaute er Charlotte skeptisch an. »Sie scheint, höflich ausgedrückt, Fantasie zu besitzen.«

»Das habe ich auch gedacht, aber … ihre Tante muss wirklich in Sorge sein, wenn sie sich an die Polizei gewandt hat und auch noch in der Zeitung um Hilfe bittet. Ich werde Miss Jellicoe besuchen und sie danach fragen.«

Tom nickte. »Ja, vielleicht weiß sie etwas. Bei dieser Gelegenheit kannst du mir einen Gefallen tun. Ich habe einige Entwürfe, die für Sir Tristan bestimmt sind.«

Charlotte hatte Glück und traf Iris Jellicoe zu Hause an. Sie schien entzückt über den unangekündigten Besuch und tat die Entschuldigung mit einer ungeduldigen Handbewegung ab.

»Aber nicht doch, Mrs. Ashdown, ich freue mich sehr, Sie zu sehen. Darf ich Ihnen Tee anbieten? Ich habe einen ausgezeichneten Oolong, den mir ein Freund aus China mitgebracht hat.«

Sie führte Charlotte in das Nebelzimmer, wie diese es wegen der Farben bei sich nannte, und bot ihr einen Platz an. »Ich gebe Khalish Bescheid.«

Charlotte war ein bisschen nervös. War es vielleicht unangemessen, sich nach Anna Carhill zu erkundigen? Aber sie hatten einander hier kennengelernt, da war es doch verständlich, dass Charlotte sich um Miss Carhill sorgte.

Iris Jellicoe kam zurück und ließ sich graziös in einem Sessel nieder. Ihr Kleid war konventionell geschnitten, aber das bunte Paisley-Muster fügte sich in den orientalischen Rahmen des Hauses. »Was verschafft mir das Vergnügen, meine liebe Mrs. Ashdown?«

Charlotte beschloss, gleich zur Sache zu kommen. »Als ich neulich bei Ihnen zum Tee war, hatte ich das Vergnügen, Miss Carhill kennenzulernen, eine sehr angenehme junge Dame. Heißt sie mit Vornamen Anna?«

Iris Jellicoes Gesicht blieb vollkommen ruhig. »O ja. Und es freut mich, dass sie Ihnen sympathisch ist. Ich habe sie sehr gern. Ihre Mischung aus Naivität und Begeisterungsfähigkeit ist reizend.«

Charlotte behagte es nicht, die schlechte Neuigkeit zu überbringen, doch es ließ sich nicht ändern. »Haben Sie die Meldung in der ›Times‹ gesehen? Miss Carhill wurde von ihrer Tante als vermisst gemeldet.«

Iris Jellicoe setzte sich ruckartig auf und griff sich erschrocken an die Kehle. »Wie kann das sein? Was ist passiert?«

»Sie ist nachts aus dem Haus ihrer Tante in Strand-on-the-Green verschwunden. Die Tante ist in großer Sorge. Haben Sie noch einmal von Miss Carhill gehört, nachdem sie hier zum Tee war?«

»Nein, das war unsere letzte Begegnung«, sagte Iris Jellicoe beinahe geistesabwesend und strich über ihr Kleid, das bereits glatt auf ihren Beinen lag. »Wie furchtbar. Es ist gut, dass die Tante sich an die Polizei gewandt hat. London ist ein Moloch, der Menschen verschlingt. Ich hoffe, sie wird unversehrt gefunden.«

Dann brachte Khalish das Teetablett. Der Duft erfüllte den ganzen Raum. Miss Jellicoe goss ein und reichte Charlotte die Tasse, die ein wenig auf der Untertasse klirrte. Die Nachricht hatte sie offenbar erschüttert.

Charlotte trank von dem Tee, der ein wunderbar milchiges Aroma verströmte, und schaute nachdenklich in die Tasse, da ihr etwas durch den Kopf ging. Sie konnte es noch nicht greifen, es schwebte knapp außerhalb ihrer Reichweite.

»Ich danke Ihnen sehr, dass Sie mir davon berichtet haben. Die Tageszeitungen interessieren mich nicht sonderlich, ich lese sie nur sporadisch. Wer weiß, wann ich ohne Sie davon erfahren hätte!«, sagte Miss Jellicoe jetzt.

»Kennen Sie Miss Carhills Tante?«

»Nein. Ihre Familie ist mir unbekannt.«

Für Charlotte klang es abweisend, als wollte Miss Jellicoe weitere Fragen im Keim ersticken. Sie schaute zur Tür. Wenn sie ehrlich war, hätte sie sich gern sofort verabschiedet und ihre Erkundungen fortgesetzt, doch das wäre unhöflich gewesen, da gerade erst der Tee gekommen war.

»Jedenfalls hoffe ich sehr, man findet sie bald. Vielleicht ist alles nur ein Missverständnis.« Charlotte schämte sich für die leeren Worte – welches Missverständnis sollte dazu führen, dass eine junge Frau nachts verschwand, ohne dass ihre Familie wusste, wohin?

Miss Jellicoe wirkte milder, nun, da man ihr keine Fragen mehr stellte, und wurde auch redseliger. »Ja, vielleicht hat sie … nun ja, einen jungen Mann kennengelernt. So etwas kommt vor, und es wäre denkbar, dass sie es vor ihrer Tante verbergen möchte. Anna ist, wie ich bereits sagte, sehr naiv und anfällig für Freundlichkeit und Charme.«

Charlotte war erstaunt über diese Theorie. Selbst wenn Anna Carhill sich verliebt hatte, wäre es ein ungeheurer Schritt, tagelang bei dem jungen Mann zu bleiben und ihre Tante in Sorge zurückzulassen. »So ganz kann ich das nicht glauben, aber es wäre andererseits ein Trost, wenn ihr kein Unglück zugestoßen wäre.«

»Das sehe ich genau wie Sie, Mrs. Ashdown.« Es klang, als wäre das Thema für Miss Jellicoe damit erledigt.

Doch Charlotte wollte sich nicht einfach abspeisen lassen. »Ich behalte die Zeitungen im Auge. Sie werden sicher berichten, wenn es Neuigkeiten gibt.« Dann fiel ihr noch etwas ein. »Miss Carhill erwähnte doch, wie sie damals dem Busunglück entgangen ist.«

»Ach ja, die Vision an der Themse, als sie sich in dem roten Gewand gesehen hat.« Iris Jellicoe lächelte nachsichtig. »Wie ich schon sagte, Anna ist fantasievoll und leicht zu beeindrucken. Lassen Sie uns hoffen, dass sie auch diesmal solches Glück hat und wohlauf ist.«

Charlotte nickte, doch da war dieser Gedanke, der sie wie ein kleiner, kaum sichtbarer Stein im Schuh plagte. Nun, vielleicht würde sie ihn zu fassen bekommen, wenn sie allein war. Sie nahm aus Höflichkeit noch eine Tasse Tee.

»Wie geht es Ihrem charmanten Mann, Mrs. Ashdown?«, fragte Iris Jellicoe. »Wie ich hörte, schreitet seine Arbeit am Buch gut voran.«

»Ach, da Sie es erwähnen …« Charlotte kramte in ihrer Tasche und reichte Iris die Mappe, die Tom ihr gegeben hatte. »Diese Unterlagen sind für Ihren Vater.«

Sie warf einen interessierten Blick darauf. »Danke, die gebe ich natürlich weiter.«

»Neulich hat Tom in Lambeth etwas Kurioses erfahren«, sagte Charlotte, erleichtert, dass die Anspannung von vorhin verflogen war. »Stellen Sie sich vor, William Blake und seine Frau pflegten sich nackt im Garten vorzulesen.«

Iris Jellicoe warf den Kopf nach hinten und lachte hemmungslos. »Ich bin gespannt, wie mein Vater diese Stelle illustrieren lässt. Wir wollen doch nicht, dass dieses Werk nur unter dem Ladentisch angeboten wird!«

Sie amüsierten sich darüber, und als Charlotte ihren Tee getrunken hatte, stand sie auf, um sich zu verabschieden. Iris Jellicoe gab ihr die Hand, die sich angenehm kühl anfühlte, und senkte leicht den Kopf.

»Noch einmal danke, dass Sie mir von Anna berichtet haben. Ich werde von nun an auch die Zeitung lesen. Sie ist ein so liebes Mädchen und hat nur das Beste im Leben verdient.«

Draußen schritt Charlotte energisch aus, weil sie hoffte, einen klaren Kopf zu bekommen. An der nächsten Straßenecke blieb sie unvermittelt stehen, da ihr jetzt eingefallen war, was sich ihr vorhin so hartnäckig entzogen hatte.

Anna und ihre Tante wohnten in Strand-on-the-Green.

Jenem Viertel an der Themse, in dessen Nähe man hundert menschliche Schädel gefunden hatte.

41

Als Tom in Mortlake aus dem Zug stieg, spürte er nichts mehr von dem Forschergeist, der ihn beim ersten Mal beflügelt hatte. Er sorgte sich um Alfie und hatte überdies ein schlechtes Gewissen, weil er Charlotte nichts von seinem Vorhaben erzählt hatte.

Da gerade Ebbe war, ging er gleich zum Fluss hinunter und schaute in beide Richtungen. Alfie war nicht zu sehen. Nun, das musste nichts heißen.

Dann lief er zum Schuppen und klopfte. Stille. Er drückte gegen die Tür, und sie schwang auf. Alles wirkte verlassen, Alfies Habseligkeiten waren verschwunden. Es sah aus, als hätte er niemals hier gewohnt. Verdammt, er hatte es geahnt.

Tom schlug die Tür hinter sich zu und eilte zum Queen's Head, wo ihn der Wirt freundlich empfing.

»Sie werden ja zum Stammkunden! Ich hoffe, dem Jungen geht es besser.«

Tom spürte, wie sich eine kalte Hand um seine Kehle legte, und er brachte die nächsten Worte nur mühsam über die Lippen.

»Ich hatte ihn mit nach Hause genommen. Als es ihm besser ging, ist er nachts weggelaufen.« Er zögerte. »Ich …

wollte ihn zur Schule schicken. Das war vielleicht ein Fehler. Damit habe ich ihn vertrieben.«

Der Wirt sah ihn mitfühlend an. »Sie haben es gut gemeint, Sir. Aber Kinder wie er« – er zuckte mit den Schultern – »sind an Freiheit gewöhnt. Dass keiner ihnen sagt, was sie zu tun haben.«

Tom nickte. »Da haben Sie recht. Sie haben ihn also in den letzten Tagen nicht gesehen? Sein Schuppen sieht verlassen aus.«

»Leider nicht.« Dann drehte er sich um und rief in die Küche: »Mary, hast du den jungen Alfie gesehen?«

Eine ältere Frau mit grauem Haarknoten und geröteten Wangen kam heraus und wischte sich die Hände an der Schürze ab. »Ja, habe ich.«

»Wann war das?«, fragte Tom hoffnungsvoll.

»Gestern«, sagte die Frau sofort. »Ich habe gesehen, wie er am Wasser entlanggelaufen ist. Hat mich gewundert, es war nämlich Flut.«

»Erinnern Sie sich an die Uhrzeit?«

Sie überlegte. »Am späten Nachmittag war das. Ich habe in der Küche gespült, wir kochen jeden Mittag ein warmes Essen für die Arbeiter vom Kohlekai. Da habe ich ihn gesehen.«

»Falls Sie von ihm hören oder ihn sehen, schreiben Sie mir bitte. Oder schicken mir ein Telegramm, ich erstatte die Kosten.« Er hielt dem Wirt seine Visitenkarte hin.

»Ja, Mr. Ashdown, das machen wir«, antwortete er. Dann ging ein Leuchten über sein Gesicht. »Da fällt mir etwas ein. Alfie hat mal erwähnt, dass er früher in Wapping gesucht hat. Da hat er angefangen.«

Tom horchte auf. »In Wapping?«

»Ja, da ist viel zu holen, aber die Konkurrenz ist groß. Das hat er mir mal erklärt. Wenn er irgendeinen Grund hatte, von hier zu verschwinden, könnte er wieder dort hingegangen sein. Nur so ein Gedanke. Wo viel Betrieb herrscht, kann man leichter untertauchen.«

»Ich danke Ihnen«, sagte Tom nachdrücklich. »Sehr sogar. Wenn man in einer gewaltigen Stadt wie London jemanden sucht, kann man jeden noch so kleinen Hinweis gebrauchen.«

Der Wirt wünschte ihm noch einmal viel Erfolg, doch Tom war schon halb zur Tür hinaus.

Charlotte wusste nicht, was sie sich von der Fahrt nach Strand-on-the-Green erhoffte, aber es zog sie unwiderstehlich dorthin. Das Erlebnis, von dem Miss Carhill beim Tee berichtet hatte, klang zu sonderbar, als dass sie ihm nicht nachgehen wollte. Was hatte sie doch gleich gesagt?

Neulich ging ich an der Themse spazieren und hatte auf einmal das Gefühl, mehr noch, die absolute Gewissheit, schon einmal an diesem Ort gewesen zu sein. Nur war es eine Stelle, die mir nie besonders aufgefallen war, obwohl meine Tante und ich ganz in der Nähe wohnen ...

Da die Tante laut Zeitungsmeldung in Strand-on-the-Green wohnte, lag es nahe, dass das Erlebnis sich dort abgespielt hatte. Charlotte konnte nicht beurteilen, wie viel der lebhaften Einbildungskraft der jungen Frau geschuldet war, doch hatte ihre Versunkenheit sie davor bewahrt, in den Bus zu steigen, der kurz darauf verunglückt war.

Charlotte hatte selbst einmal Dinge erlebt, die ihr zuvor unmöglich erschienen waren und die sie bis heute nicht rational erklären konnte. Sie wusste nicht, ob das, was Miss Carhill widerfahren war, auf irgendeine Weise mit ihrem Verschwinden zu tun hatte, im Gegenteil, es war äußerst unwahrscheinlich – und doch gab es etwas, das eine Saite in ihr zum Klingen brachte.

Denn es schien, als empfände Anna Carhill eine besondere Neigung zu diesem Fluss – genau wie Julia Danby und die unbekannten Frauen, die Fludd am Obelisken beobachtet hatte.

An der Kew Bridge stieg sie aus und trat mitten auf die Brücke, um den Fluss zu betrachten. Hier gab es keine Fabriken und Hafenanlagen, keine Kräne oder eisernen Schienen, sondern malerische Häuser aus dem vorigen Jahrhundert, von denen jedes anders aussah, eigenwillig am Ufer aufgereiht, und davor Bäume, die sich übers Wasser beugten, als betrachteten sie ihr Spiegelbild. Eine kleine, dichte bewaldete Insel teilte an dieser Stelle die Themse.

Als Charlotte die Bäume betrachtete, fiel ihr noch etwas ein, das Miss Carhill gesagt hatte. *Ich schaute auf den Fluss und die Trauerweiden, deren Äste sich zum Wasser neigten …* Und dort war sie – eine Gruppe von drei oder vier Trauerweiden, die unweit der Brücke am Ufer standen.

Nur ein gepflasterter Weg trennte die Häuser vom Fluss. Charlotte malte sich aus, wie es bei Flut aussehen musste, wenn das Wasser bis zum Weg reichte, der mancherorts nicht einmal durch eine Balustrade oder Mauer geschützt war. Wie mochte es sein, im Dunkeln hier entlangzugehen, wo ein unbedachter Schritt den Tod bedeuten konnte?

Doch nun war Tag, und die Sonne schien und ließ die Scherben im Watt wie Diamanten funkeln. Strandsucher waren unterwegs, die langsam und mit gesenkten Köpfen durch den Schlamm stapften. Einer bückte sich, hob etwas auf, polierte es am Hemd und steckte es in seinen Beutel.

Charlotte holte den gefalteten Stadtplan aus der Tasche, klappte ihn auf und suchte die Stelle, an der sie gerade stand. Von hier bis Mortlake waren es nur knapp zwei Meilen.

Als Charlotte die Baumgruppe erreichte, blieb sie stehen. Die Bäume wuchsen dicht am Weg, ihre Wurzeln reichten tief ins schlammige Ufer. Sie schaute genau hin, konnte aber keine Kerzen oder andere Spuren entdecken. Sie schloss die Augen und horchte in sich hinein. Fragte sich, warum Anna Carhill gerade hier dieses Erlebnis gehabt hatte. Und dann begriff sie – es war seltsam still. Hier wohnten Menschen, auf dem Wasser fuhren Schiffe, und doch schien die moderne Zeit sehr fern zu sein.

Ganz in der Nähe hatte man fast hundert menschliche Schädel im Fluss gefunden. Sie sollten alt sein, aus der Zeit, bevor die Römer nach Britannien gekommen waren. Manche glaubten an eine Tragödie, andere an einen Begräbnisplatz, und Charlotte fragte sich, ob dies vielleicht ein Ort gewesen war, an dem man dem Fluss und seinen Göttern Opfer dargebracht hatte.

Sie öffnete die Augen, doch immer noch hatte die Stelle etwas Magisches.

Allerdings verriet ihr nichts, was aus Anna Carhill geworden war. Die Fäden, die all diese Menschen und Orte und Ereignisse verbanden, waren dünn wie Spinnweben und konnten bei der geringsten Berührung zerreißen.

Dann fiel ihr Blick auf einen alten Mann, der nicht weit von ihr auf einem kleinen Hocker saß und angelte. Wieder überkam sie das Gefühl von Ruhe, das sie vorhin schon verspürt hatte. Charlotte betrachtete ihn, wie er reglos seine Angelrute hielt und die Welt um sich herum nicht wahrzunehmen schien. Neben sich hatte er einen Eimer für die Fische, auf der anderen Seite warteten ein angebissenes Brot und eine Flasche Bier. Sie zögerte kurz, da es ihr widerstrebte, ihn in seiner Versunkenheit zu stören.

Doch dann ging sie die wenigen Schritte und blieb schräg hinter ihm stehen.

Der Angler rührte sich nicht.

Charlotte räusperte sich. »Guter Fang heute?«

Keine Antwort. Entweder hörte er schlecht oder wollte nichts mit ihr zu schaffen haben.

Sie war schon kurz davor weiterzugehen, als er die Angelrute in die Erde bohrte, gemächlich in sein Brot biss, die Flasche ansetzte und trank und sich schließlich umdrehte. Aus seinen Nasenlöchern sprossen weiße Haare, die fast bis zur Oberlippe reichten.

»Geht so. Warum fragen Sie? Angeln Sie auch?«

Sie hörte eine Spur von Ironie aus seinen Worten und lächelte. »Ich gestehe, ich habe nur nach einem Weg gesucht, um mit Ihnen zu reden.«

»Aber nicht übers Angeln?«

»Nein. Ich möchte Sie etwas fragen. Sind Sie öfter hier? Ich bin nämlich auf der Suche nach einer Freundin. Sie wird vermisst. Ihre Tante wohnt in dieser Gegend, daher könnte sie in den letzten Tagen hier vorbeigekommen sein.«

Er zuckte mit den Schultern. »Hier kommen viele Leute vorbei. Die meisten hör ich nur, ich kann mich nicht für jeden umdrehen«, sagte er lakonisch.

Doch sie ließ sich nicht so schnell entmutigen. »Ich dachte, Sie hätten vielleicht etwas Ungewöhnliches bemerkt oder gehört.«

Etwas geschah in seinem Gesicht, und sie spürte, dass sie die richtige Frage gestellt hatte. »Hm, ja, da war was.« Er kratzte sich ausgiebig am Kopf. »Ich wohne da drüben« – er zeigte vage flussaufwärts – »und bin neulich nachts wach geworden. Ist nicht lange her. Eine Frau hat geschrien. Ich hab aus dem Fenster gesehen. Da sind nur Anlegeplätze, mein Haus steht für sich. Ich seh also raus, kann aber kaum was erkennen. Also horche ich, meine Ohren sind noch ausgezeichnet. Da waren Stimmen. Keine Schreie mehr, aber Stimmen. Licht hat geflackert, keine Straßenlaterne, es war kleiner und bewegte sich im Wind. Wie Kerzen.«

»Und dann?« Charlottes Herz schlug jetzt heftig.

»Ich hab gewartet, ob sie noch mal schreit. Hätt ja ein Verbrechen sein können. Aber da kam nichts mehr. Dann gingen die Lichter aus. Schritte. Dann war es still. Ich hab am nächsten Tag rumgefragt, aber außer mir hatte keiner was bemerkt. Weil mein Haus das Einzige ist, nehme ich an.«

Charlotte nickte. »Ich danke Ihnen, Sie haben mir sehr geholfen. Eine letzte Frage noch: Wo genau haben Sie die Lichter gesehen?«

Er rieb sich den Nacken und deutete in die Richtung, aus der sie gekommen war. »Bei den Trauerweiden.«

12

Tom kam erst am Nachmittag in Wapping an, weil er die Stadt von West nach Ost durchqueren musste. Er fuhr bis zur Leman Street Station und stieg dort aus. Es war eigentlich keine Welt für Menschen, zumindest wohnte hier kaum jemand. Riesige Speicher, dicht an dicht gebaut, und die gewaltigen Becken der Western Docks, künstlich angelegte Seen, deren geometrische Umrisse von den menschlichen Entwürfen zeugten. Sie waren über Kanäle mit der Themse verbunden, und Tom fühlte sich an ein Venedig aus rotem Backstein und schwarzem Ruß erinnert.

Es war wieder warm geworden, die Sonne brannte für September ungewöhnlich heftig nieder. Die Aussicht, Alfie hier zu finden, war äußerst gering. Er konnte überall in dieser Riesenstadt sein, und nur, weil er sich irgendwann einmal hier aufgehalten hatte, musste er noch lange nicht an diesen Ort zurückgekehrt sein. Aber Tom klammerte sich an die kleine Chance. Menschen neigten dazu, in einer Notlage vertraute Orte aufzusuchen. Vielleicht hatte er hier noch Freunde.

Der Weg war weiter, als er gedacht hatte, und er musste stehen bleiben und an einer Pumpe Wasser trinken, weil ihm die Zunge widerlich am Gaumen klebte. Er spritzte sich Wasser ins Gesicht und in den Nacken und fuhr mit den Fingern durch die Haare, die ihm feucht an Stirn und Schläfen hafteten.

Da er sich in der Gegend nicht auskannte, fragte er sich bei den Hafenarbeitern durch.

»Strandsucher? Versuchen Sie es bei den Wapping Old Stairs, da gehen sie immer runter. Gleich neben dem Town of Ramsgate.«

Er vermutete, dass es sich bei Letzterem um ein Pub handelte, was immer gut war, wenn man eine Auskunft brauchte. Auch war denkbar, dass die Strandsucher dort einkehrten und ihm etwas über Alfie sagen konnten.

Wapping Basin war ein Hafenbecken, das wie ein Weinglas geformt war – der Stiel wurde von dem schmalen Kanal gebildet, der das Becken mit der Themse verband. Es war von Lagerhäusern gesäumt, und die Kräne reckten ihre eisernen Hälse darüber. Niemand hier sah aus wie er, niemand trug eine bunte Weste und ein elegantes Jackett, und Tom erntete manch verwunderten oder auch verächtlichen Blick. Einige Männer stießen einander an und zeigten mit dem Finger auf ihn. Es war eine raue Welt, in die er nicht gehörte, doch solange sie ihn seiner Wege gehen ließen, war alles gut.

Er überquerte eine kleine Brücke und tauchte wieder ins Gewirr der roten Mauern, die oft vier oder fünf Stockwerke über ihm aufragten. Es war eine ganze Stadt, nur dem Handel gewidmet, in der Tee und Gewürze, Getreide, Tabak, Obst und Gemüse, aber auch kostbare Waren wie Seide und Sherry in unübersehbaren Mengen angeliefert und gelagert wurden.

Dann endlich tauchte das Pub vor ihm auf. Gleich daneben führte ein schmaler Durchgang zur Themse hinunter. Tom sah beklommen, dass die Wattfläche am Ufer fast verschwunden war, da die Flut eingesetzt hatte. Er stieg die ausgetretenen steinernen Stufen hinunter. Das Wasser reichte fast bis ans Ende der Treppe, an den Kais ankerten jetzt Schiffe. Der Geruch, der vom Wasser aufstieg, war unerträglich, viel übler als flussaufwärts in Mortlake. Unrat trieb auf der Oberfläche, und er sah lieber nicht genauer hin, weil ihm der Gestank schon verriet, dass es sich um Abfälle und Ausscheidungen aller Art handelte. Er hielt sich den Arm vor die Nase und schaute in alle Richtungen, doch es war niemand zu entdecken, der wie ein Strandsucher aussah.

Entweder war er zur falschen Zeit oder an den falschen Ort gekommen.

Auf einmal fühlte er sich lächerlich, wie er so am Fuß der Treppe stand, das steigende Wasser im Rücken, das Hemd schweißnass am Körper. Er war durch die Stadt gejagt, um unter Millionen einen einzigen Jungen zu finden, der vielleicht, vielleicht aber auch nicht in Gefahr war. Es war, als würde er der Vernunft, die ihn sonst immer geleitet hatte, nicht mehr trauen.

Tom stieg die Stufen langsam wieder hinauf und fragte sich, ob etwas mit ihm vorging, das er selbst nicht erklären konnte. Als hätte ihn dieses Buch mit einem Bann belegt. Dann lachte er laut. Und doch hatte sein Leben eine sonderbare Richtung eingeschlagen, seit er sich auf Sir Tristans Plan eingelassen hatte. Es war nichts Übernatürliches, damit hatte er sich zur Genüge beschäftigt, und falls es solche

Phänomene gab, würde er sie erkennen. Es ging nicht um Gläser, die Botschaften auf Tische schrieben, oder um Medien, die Antworten von Verstorbenen überbrachten, nein – es war, als sähe er London nun mit anderen Augen. Er erkannte Verbindungen, wo eigentlich keine sein konnten, und lief einem Jungen nach, der seine Hilfe offenbar nicht brauchte.

Vielleicht war *Letzteres* die Wurzel von allem und nicht das Buch, an dem er schrieb. Nicht die Tote, die Kerzen angezündet und sich womöglich in der Themse ertränkt hatte. War es denkbar, dass die Erkenntnis, keine eigenen Kinder zeugen zu können, ihn derart von seinem Weg abgebracht hatte?

Oben an der Treppe blieb er stehen und betrat nach kurzem Zögern das Pub. An der Theke drängten sich Hafenarbeiter, die sich bei einem Bier abkühlten und ihn neugierig ansahen.

»Nette Weste«, sagte einer und grinste, wobei er riesige Zahnlücken entblößte. »Können noch Leute gebrauchen. Müsstest aber die Weste dafür ausziehen.«

Grölendes Gelächter.

Tom ließ sich nicht beirren. Er war so weit gekommen, da konnte er auch den letzten unangenehmen Schritt tun. »Kennen Sie die Strandsucher hier in der Gegend?«

Achselzucken. Einer schob sich demonstrativ einen Zahnstocher in den Mund. »Warum woll'n Sie das wissen?«, nuschelte er.

»Ich kenne einen von ihnen, einen Jungen. Er ist in Gefahr. Könnte sein, dass er sich hier versteckt.«

Ein Mann mit flammend roten Haaren sah ihn an. »Wie heißt der?«

»Alfie. Er soll mal hier gesucht haben und ist dann weiter flussaufwärts gezogen.« Er beschrieb den Jungen, nicht nur seine Gestalt, sondern auch seine Redeweise und sein Verhalten.

Ein älterer Mann trat vor und kratzte sich am Kopf. »Der war früher hier. Kletterte wie ein Äffchen, den hab ich mehr als einmal vom Schiff geschubst.«

»Haben Sie ihn in letzter Zeit gesehen?«

Der Mann schüttelte den Kopf. »Der war lange nicht mehr hier.«

Die anderen konnten sich nicht einmal an ihn erinnern.

Tom bedankte sich, verließ das Pub und machte sich mit hängenden Schultern und schmerzenden Füßen auf den langen Weg zum Bahnhof. Vorhin war die Hitze gerade noch zu ertragen gewesen, weil er ein Ziel vor Augen hatte und von Hoffnung getrieben wurde. Mutlos, wie er jetzt war, zog sich die Strecke grausam und heiß in die Länge.

Es war seine einzige Chance gewesen, und jetzt stand er mit leeren Händen da. Alfie zu finden schien nahezu unmöglich.

Während Charlotte auf dem Heimweg war, hatten sich dunkle Wolken über der Stadt zusammengezogen, offenbar würde der heiße Tag mit einem Gewitter enden. Sie erreichte gerade noch trocken die Haustür, bevor das Unwetter losbrach. Tom war noch unterwegs, hoffentlich nicht draußen, denn nun ging eine wahre Flut nieder, und der

Sturm peitschte die Sträucher im Garten, dass sich ihre Zweige fast zum Boden neigten.

Sie holte sich bei Daisy in der Küche einen Tee und setzte sich damit ins Wohnzimmer. Schon das Gefühl, hier zu sitzen, während der Regen an die Fensterscheiben prasselte, war anheimelnd und tröstlich. Dann aber fiel ihr Alfie ein, und die behagliche Stimmung verflog. Wo mochte der Junge sein bei diesem Wetter? Hatte sie sich zu wenig um ihn gesorgt, ihn leichten Herzens seinem Schicksal überlassen? Aber sie konnte jetzt nichts unternehmen. Also holte sie ihr Notizbuch heraus, um sich von ihrem schlechten Gewissen abzulenken.

Sie hatte alles aufgeschrieben, was sie erlebt und gehört hatte, und die Gespräche mit Iris Jellicoe und dem alten Angler beinahe wortgetreu festgehalten. Etwas trieb sie dazu, so gewissenhaft wie möglich vorzugehen. Sie wollte vorbereitet sein, falls sich erwies, dass Julia Danby, Anna Carhill und der alte Ned tatsächlich Opfer eines Verbrechens geworden waren. Ihre Gewissheit, dass es ein dunkles Geheimnis gab, das diese Menschen verband, war an diesem Tag noch gewachsen.

Es schien undenkbar, dass am Ufer der Themse zufällig an drei Stellen Kerzen gebrannt hatten und Frauen gesehen oder gehört worden waren. War es Anna Carhill, die in Strand-on-the-Green geschrien hatte? War sie mitten in der Nacht an den Ort zurückgekehrt, der ihr so magisch erschienen war?

Charlotte stützte den Kopf in die Hand und schaute nachdenklich auf den kalten Kamin. Ihr selbst kamen diese

Verbindungen logisch und naheliegend vor, doch was würde ein Polizist davon halten? Oder Miss Carhills Tante? Wenn man diese Rätsel aufmerksam betrachtete, so wie sie und Tom es getan hatten, traten die Verbindungen klar hervor wie Linien auf einer Landkarte. Aber wie würde jemand es beurteilen, der sich nie mit den mystischen Seiten der Themse beschäftigt hatte und nichts von den Ritualen wusste, die in alter Zeit am Fluss vollzogen worden waren?

Verrückt, würde er sagen und alles als die Hirngespinste zweier überspannter Menschen abtun, die sich schon einmal mit übersinnlichen Phänomenen befasst hatten und nun auch noch in angebliche Mysterien eingetaucht waren, an die unaufgeklärte Menschen geglaubt haben mochten, die aber keine Verbindung in die Gegenwart hatten. Wer interessierte sich in einer Zeit der Maschinen, einer Zeit, in der Menschen fast jeden Winkel des Planeten erkundet hatten und auch vor der Entschlüsselung von Gottes Schöpfung nicht haltmachten, für Opfergaben, die heidnische Götter günstig stimmen sollten?

Und dennoch gab es auch die andere Seite, und sie war durchaus bedeutsam. Es gab den Orden der Golden Dawn und die Theosophen, Astrologen und Kartenleger und Spiritisten, die allesamt etwas versprachen, das wissenschaftlich nicht zu beweisen und darum nur Eingeweihten vorbehalten war. Sie stillten die Sehnsucht nach etwas, das über die altbekannte Religion hinausging, Menschen über das Alltägliche erhob und ihnen versprach, sie in Geheimnisse einzuweihen, die sie übermenschlich werden ließen. Sie musste unbedingt mehr über diese Geheimgesellschaften herausfinden.

Charlotte war so in ihre Betrachtungen versunken, dass sie zusammenzuckte, als Daisy klopfte. »Möchten Sie noch Tee, Mrs. Ashdown?«

»Danke, nein. Wann hat mein Mann das Haus verlassen?«

»Gegen elf. Ach, Ihre Nachbarin war übrigens hier. Sie hat den Teller abgeholt.«

Etwas in Daisys Tonfall brachte sie dazu, sich ganz umzudrehen. »Miss Clovis war hier?«

»Ja. Ihr Mann war schon weg. Ich habe den Teller aus der Küche geholt und wollte die Tür zumachen, aber sie ...« Daisy hielt inne, als wäre sie sich nicht sicher, wie Charlotte zu der Nachbarin stand.

»Du kannst offen sprechen.«

Daisy fuhr fort: »Miss Clovis hat erzählt, sie hätte vorletzte Nacht jemanden in unserem Garten gesehen. Und sie fragte, ob es ein Einbrecher war. Ich habe gesagt, dass niemand bei uns eingebrochen hat.«

Charlotte begriff. »Sie muss Alfie gesehen haben, als er weggelaufen ist.«

»Das kann gut sein.« Daisy räusperte sich. »Neulich habe ich im Garten Wäsche aufgehängt. Da stand sie auch am Fenster. Ich habe zufällig hochgeschaut und sie gesehen. Sie hat rasch die Gardine fallen lassen, als wollte sie nicht, dass ich sie bemerke, aber es war schon zu spät.« Daisy sah Charlotte betreten an. »Ich hab mir nichts dabei gedacht.«

»Keine Sorge, sie ist einfach neugierig.«

»Ja, Mrs. Ashdown. Aber ich passe jetzt auf.« Mit diesen Worten verschwand sie in der Küche.

Charlotte ließ sich zurücksinken und starrte nachdenklich auf den Teppich.

Kein Zweifel, man beobachtete ihr Haus. Sie hatte plötzlich ein ungutes Gefühl, als sie an Alfie dachte.

Und wo blieb Tom?

Zwei Stunden später war er noch immer nicht zu Hause, und Charlotte lief ruhelos im Zimmer auf und ab. Der Regen peitschte gegen die Fenster und ließ die Scheiben erzittern, die Straße hatte sich in einen reißenden Bach verwandelt. Tom hatte am Morgen nicht erwähnt, wohin er wollte, der Zeitungsartikel hatte sie beide wohl abgelenkt. Aber welche Recherche konnte so wichtig sein, dass er sie bei diesem Wetter nicht unterbrach? Oder war ihm etwas zugestoßen? Vielleicht hatte er sich in dunkle Gassen vorgewagt, weil dort vor Zeiten jemand Engel heraufbeschworen hatte, und war überfallen worden.

Sie ging in die Küche und fragte Daisy, ob Mr. Ashdown gesagt hatte, wohin er wolle, doch das Mädchen schüttelte den Kopf. »Nein, er hatte seine Tasche dabei, so wie immer. Gesagt hat er nichts.«

Charlotte kehrte ins Wohnzimmer zurück und goss sich einen Sherry ein. Sie trank nie allein, hoffte aber, damit ihre Nerven halbwegs zu beruhigen. Doch auch das half nicht. Also lief sie wieder auf und ab.

Da klingelte es.

»Ich hätte nicht gedacht, dass ein Mensch so nass werden kann«, stöhnte Tom, als er im Flur stand, und schüttelte sich, dass die Tropfen aus seinen Haaren flogen. Charlotte holte ihm ein Handtuch, mit dem er sich den Kopf abrubbelte, und sah ihn erleichtert an. »Ich hatte schon befürchtet, dir sei etwas zugestoßen. Wo warst du?«

»Jetzt hätte ich gern einen Tee mit Brandy«, sagte er ausweichend.

Dann saß er in Socken vor dem Kamin, das Glas in der Hand. Die lockigen Haare standen ihm wild zu Berge, doch sie konnte nicht darüber lachen, weil sie spürte, dass Tom ihr etwas verschwieg.

»Verrätst du mir jetzt, wo du so lange warst?«

Er wich ihrem Blick aus und begann zu erzählen, schaute sie aber keine Sekunde lang an.

Charlotte atmete tief durch. »Warum hast du es mir heute Morgen nicht gesagt?«

Er zuckte mit den Schultern und sah ihr endlich in die Augen. »Weil ich nicht mit dir streiten wollte.«

Ihr kam ein Gedanke, der ihr nicht gefiel. »Hättest du es mir erzählt, wenn du nicht so spät gekommen wärst? Wenn ich mich nicht gesorgt hätte?«

Er zögerte und nickte dann. »Ja, das hätte ich. So feige bin ich dann doch nicht.«

Sie erinnerte sich, dass sie vorhin selbst an Alfie gedacht hatte und wie es ihm bei diesem Wetter ergehen mochte, doch was Tom getan hatte, war anders. Er hatte ihr nicht genug vertraut, um sein Vorhaben anzukündigen. »Was ist mit uns geschehen? Wo ist das Vertrauen geblieben?«

Seine dunklen Augen schimmerten. »Das frage ich

mich auch. Aber … mir kam es beinahe vor, als wärst du froh, dass Alfie fort ist.«

Es traf sie wie ein wohlplatzierter Stich. Hatte sie nicht etwas Ähnliches gedacht und rasch beiseitegeschoben? Sie räusperte sich. »Tom, es tut mir leid, wenn ich diesen Eindruck erweckt habe. Ich gestehe, ich habe mich nicht wohlgefühlt bei dem Gedanken, ihn bei uns aufzunehmen. Weil ich ihn kaum kenne, weil er so völlig anders lebt als wir, weil ich anfangs nicht wusste, ob wir ihm trauen können.« Sie beugte sich vor. »Aber eins musst du mir glauben – ich würde ihm niemals etwas Schlechtes wünschen. Ich wünschte, du hättest ihn gefunden. Und dass ihm nichts zugestoßen ist.« Die Worte brachen unvermittelt aus ihr hervor, doch sie bereute keins davon.

Tom zog die Schultern hoch, als wollte er sich vor etwas schützen. »Ich weiß nicht, wo ich noch suchen soll.«

Charlotte überlegte rasch. Vielleicht mussten sie sich jetzt nicht über dieses Thema einigen, sondern einfach nur beisammen sein. »Ich habe dir auch einiges zu erzählen«, sagte sie deshalb.

Er umfasste die Tasse fester und nickte.

Anfangs wirkte Tom noch abgelenkt, doch während sie von Strand-on-the-Green berichtete und von der Frau, die angeblich bei den Trauerweiden geschrien hatte, wurde er zunehmend aufmerksamer. Als sie zu Daisys Begegnung mit Miss Clovis kam, veränderte sich seine Miene. Er presste die Lippen aufeinander und stellte die Tasse so heftig auf den Tisch, dass sie klirrte. »Was ist nur mit dieser Frau? Warum mischt sie sich in unser Leben ein?«

Charlotte zuckte mit den Schultern. »Ich weiß es nicht. Am meisten ärgert mich, wie geschickt sie es anstellt. Wofür sollen wir sie zur Rede stellen? Weil sie aus dem Fenster sieht oder uns Kuchen bringt?«

Toms Brust hob und senkte sich stoßweise. »Ihr Interesse an uns geht weit über nachbarschaftliche Höflichkeit hinaus! Und mir gefällt noch weniger, dass sie Alfie zu beobachten scheint.«

Er sprang unvermittelt auf, stieß die Hände in die Taschen und lehnte sich gegen den Kamin. Seine düstere Miene verriet, dass die Ablenkung nur vorübergehend gewesen war.

43

Beide schliefen schlecht in dieser Nacht. Charlotte hörte, wie Tom sich herumwarf, irgendwann ging er nach unten und blieb eine Weile dort. Gegen vier Uhr nickte sie wieder ein und konnte später nicht sagen, wann er zurückgekommen war.

Als es klingelte, zuckte sie zusammen und sah auf die Uhr. Kurz nach sechs. Daisy kam erst in einer halben Stunde. Sie setzte sich schlaftrunken auf und griff nach ihrem Morgenmantel.

»Wer kann das sein?«, fragte Tom schläfrig.

»Ich sehe nach.«

Charlotte ging die Treppe hinunter und zog dabei den Morgenmantel enger, weil es im Haus herbstlich kühl war. Sie öffnete die Tür und sah sich Alfie gegenüber.

Er wirkte verlegen und schaute angestrengt auf seine Schuhe, ehe er vorsichtig den Kopf hob. »Hab zwei Nächte unter einer Brücke geschlafen. Aber ich hab's nicht ausgehalten. Ich muss Ihnen was zeigen.«

Sie hörte Schritte auf der Treppe, dann trat Tom schon hinter sie.

»Komm schnell rein«, sagte sie. Im nächsten Moment stand Alfie im Flur und sah sie halb beschämt, halb trotzig an. »Ich will noch immer nicht zur Schule«, sagte er.

Charlotte zog ihm die feuchte Jacke aus und schickte ihn ins Wohnzimmer. »Ich mache Tee«, sagte sie und ergänzte mit einer Kopfbewegung zu Tom: »Und du sorgst dafür, dass er sich aufwärmt. Er sieht verfroren aus.«

Als sie mit dem Tee und einigen Broten kam, hatte Tom das Feuer im Kamin entzündet und den Jungen in eine Decke gewickelt. Er fiel über die Brote her und stopfte sie so schnell in den Mund, als wollte jemand sie ihm wieder entreißen. Er trank auch von dem süßen Tee, in den sie einen ordentlichen Schuss Milch gegeben hatte. Dann schob er die Hand ins Hemd und zog etwas hervor, das er ihnen auf der flachen Hand entgegenstreckte.

»Das lag in meinem Schuppen.«

Tom nahm das Plättchen behutsam entgegen und hielt es so, dass auch Charlotte es sehen konnte.

»Sie müssen es auseinanderbiegen. Da steht was drauf.«

Atemlos lasen sie die Botschaft, und Charlotte sah, wie sich Toms Gesicht verdüsterte. »Ich habe so etwas bei meinen Recherchen gesehen.« Er zögerte, bevor er die Erklärung nachschob. »Das ist eine Fluchtafel.«

Alfie sah ihn erschrocken an. »Ein Fluch?«

Charlotte legte ihm die Hand auf die Schulter. »Was bedeutet das?«

»Solche Tafeln gab es schon bei den Römern und Griechen. Sie wurden an Orten vergraben oder abgelegt, die als heilig galten. Mit ihnen rief man die jeweiligen Götter an, damit sie der Person, die auf der Tafel genannt wurde, Schaden zufügten. Manchmal wurden sie auch um kleine Götterfiguren gewickelt, sie sind sehr biegsam.« Er fuhr mit den Fingern über die kleine Metallplatte und bog sie hin und her. »Hm, es könnte Blei sein oder auch Zinn oder eine Legierung. Es soll alt aussehen. Doch das ist es natürlich nicht.«

»Warum macht sich jemand so viel Arbeit?«, wollte der Junge wissen. »Das kann man doch auf einen Zettel schreiben.«

Tom zog eine Augenbraue hoch. »Hättest du dich bei einem Zettel ebenso gefürchtet?«

»Ich hab mich nicht gefürchtet.« Dann zog Alfie die Schultern hoch und schob nach: »Na ja, ein bisschen. Aber ich war auch neugierig. Bei einem Zettel wäre ich bestimmt nicht so neugierig gewesen.«

Charlotte lächelte. Die offene Art des Jungen war entwaffnend. »Hast du irgendeine Vorstellung, von wem die Warnung kommen könnte? Hast du wirklich niemanden gesehen, bevor du die Tote gefunden hast?«

Alfie zögerte, er schien sich an etwas zu erinnern.

»Du kannst uns vertrauen«, sagte Charlotte.

»Der Polizist hat damals gesagt, ich soll nicht drüber reden.«

»Worüber denn?«

»Na ja. Da, wo ich die Kerzen gefunden hab, waren doch Fußabdrücke. Die waren ganz verwischt. Keine Ahnung, ob da nur die Frau war oder noch andere. Und ich hab ihn gefragt, ob sie es selbst getan hat. Er hat gesagt, darüber spricht man nicht. Und dann hab ich gesagt, wenn es ein Verbrechen war, müsste er den Täter suchen.« Alfie hielt inne und schaute Charlotte und Tom unsicher an. »Dann hat er von dem Magier erzählt, sein Name war John irgendwas, und dass die Leute Angst bekämen, wenn er sagt, dass es da Kerzen und eine tote Frau gab. Dass viele an« – er runzelte die Stirn – »übernatürlichen Unsinn glauben.«

Tom hob die Hand. »Warte bitte, Alfie. Der Polizist hat gesagt, du sollst mit niemandem darüber reden, dass es dort Kerzen und Fußabdrücke gab?«

Der Junge nickte heftig.

»Also könnten mehrere Leute da gewesen sein«, sagte Charlotte. »Genau wie am Obelisken.«

»Meinen Sie, jemand denkt, ich hätte ihn gesehen? Als die Frau ertrunken ist? Und dass ich darum nichts sagen soll?«, fragte Alfie mit großen Augen. »Ich hab das nämlich geschworen.«

»Das wäre denkbar«, erwiderte Tom.

Doch dem Jungen lag noch etwas auf der Seele. »Oder hat es mit der Kette zu tun?«

Charlotte antwortete rasch: »Nein, das glaube ich nicht. Ich war bei Mrs. Danby, und sie verzeiht dir. Ich kann mir nicht vorstellen, dass sie eine Fluchtafel in deinen Schuppen legen würde, statt einfach zur Polizei zu gehen. Vermutlich glaubt tatsächlich jemand, du hättest etwas gesehen, und will dich mit der Tafel einschüchtern.«

»Aber wer soll das sein?«, fragte Alfie zweifelnd, worauf Tom und Charlotte einander ansahen.

Darauf wussten sie keine Antwort. Noch nicht.

Sie schickten Alfie nach einem zweiten gewaltigen Frühstück in sein altes Zimmer. Er wollte murren, doch Charlotte sah ihn streng an. »Es ist zu deiner Sicherheit. Hast du die Drohung schon vergessen?«

Worauf er sich trollte.

Tom sah sie lächelnd an. »Du machst das gut.«

»Ich habe Erfahrung«, sagte sie und ließ sich in einen Sessel fallen. »Du glaubst nicht, was ich alles mit Blicken sagen kann. Ich habe nie ein Kind geschlagen, das ist nicht meine Art der Erziehung. Aber eine gewisse Strenge hat sich bewährt.«

Tom deutete auf die kleine Fluchtafel, die zwischen ihnen auf dem Beistelltisch lag. »Was sagst du dazu?«

»Nach dem, was Alfie vorhin erzählt hat, brauchen wir uns jedenfalls nicht an die Polizei in Mortlake zu wenden. Denen war es wohl recht, Julias Tod als Unglücksfall zu den Akten zu legen. Nein, wir müssen anders vorgehen. Wenn wir das Versprechen halten, das ich Mrs. Danby gegeben habe, und den Tod ihrer Tochter aufklären, finden wir auch die Antwort auf alle anderen Fragen.«

»Du klingst, als wärst du dir sehr sicher.«

»Das bin ich auch. Alles ist verbunden. Das glaubst du doch auch, oder?«

Tom nickte langsam. »Ja.«

Charlotte starrte auf den Teppich und überlegte, was der nächste Schritt sein könnte. Dann fiel ihr Blick auf den Kalender. »Morgen trifft sich der Lesezirkel wieder. Ich werde versuchen, Miss Rennie abzupassen.«

»Ist das die junge Frau, die sich an Julia Danby erinnert?«

»Ja. Ich werde draußen warten, bis sie kommt. Vielleicht ist ihr noch etwas eingefallen, das sie mir nicht erzählt hat.«

»Gute Idee.« Tom schaute nach oben. »Was machen wir mit Alfie, wenn wir beide unterwegs sind?«

»Er ist alt genug, um sich allein zu beschäftigen. Wir geben ihm wieder was zu lesen. Es kann auch nicht schaden, wenn er an seiner Rechtschreibung arbeitet. Oder meinst du …?«

Tom sah sie zweifelnd an. »Ich glaube nicht, dass ihm hier im Haus Gefahr droht. Niemand weiß, dass er zurück ist.«

»Und so sollte es auch bleiben«, entgegnete Charlotte. »Miss Clovis darf ihn keinesfalls sehen, ich traue ihr nicht. Er bleibt im Haus, bis das alles vorbei ist, und wenn ich ihn persönlich einschließe. Ich gebe Daisy entsprechende Anweisungen.«

»Es wird ihm nicht gefallen, aber das lässt sich nicht ändern.«

Charlotte stand unvermittelt auf. »Mir fällt gerade etwas ein. Ich muss mit Alfie sprechen.«

Der Junge saß auf dem Bett, auf den Knien das aufgeschlagene Buch mit den Segelschiffen. Er klappte es zu, als Charlotte hereinkam, und setzte sich gerader hin.

»Jetzt hast du Zeit, ›Die Schatzinsel‹ zu lesen«, sagte sie und zog einen Hocker heran.

»Hm, ja.« Er zögerte. »Aber ich mag nicht immer lesen.«

Kein Wunder, er hatte sich jahrelang nicht mit Büchern beschäftigt. Dann kam ihr ein Gedanke. »Du könntest Seemannsknoten lernen. Die brauchst du als Seemann. Ich versuche, dir dafür etwas zu besorgen.«

Er nickte eifrig.

Dann beugte sie sich vor. »Hör gut zu, Alfie. Du musst hier im Haus bleiben, bis sich die Geschichte mit der Drohung aufgeklärt hat. Verstehst du das? Keine Ausflüge durchs Fenster mehr.«

Er verzog unwillig das Gesicht, worauf sie nachdrücklich hinzufügte: »Niemand darf wissen, dass du hier bist.«

Alfie konnte seinen Schrecken nicht ganz verbergen. »Glauben Sie wirklich, dass ich in Gefahr bin? Dieses Ding, ist das nicht Hokuspokus?«

»Ich will dir keine Angst einjagen, und ja, es hat etwas von Hokuspokus, aber die Drohung halte ich für echt. Mein Mann und ich wollen herausfinden, was hinter dieser ganzen Sache steckt, aber das ist nicht einfach.«

»Wie Detektive?«, fragte er eifrig, und sie nickte.

»So ähnlich. Versprichst du mir, nicht wegzulaufen? Und dich nicht auf der Straße oder im Garten zu zeigen?«

Er seufzte hörbar und nickte dann. »Ja, Mrs. Ashdown. Darf ich Ihnen denn helfen? Wenn ich kann«, fügte er hinzu.

Sie lächelte. »O ja. Ich bin sogar auf deine Hilfe angewiesen.« Sie streckte die Hand aus. »Aber zuerst ein Abkommen. Du bleibst im Haus, liest und übst schreiben. Dafür besorgen wir dir Bücher über Schiffe, Detektive und lassen dich helfen.«

Alfies Hand schoss blitzschnell vor.

»Gut. Du bist schon seit Jahren Strandsucher, richtig?«

Er nickte.

»Und du hast nicht immer in Mortlake gesucht?«

»Nein, da bin ich seit zwei Jahren. Vorher war ich mal in

Wapping. Und in Rotherhithe. Aber ich mag die ruhigen Gegenden lieber. Da gibt's weniger Streit.«

»Bist du mal einem Mann begegnet, der alter Ned genannt wird?«

Als sie Alfies Gesicht sah, spürte sie ein Kribbeln. Der Junge kannte ihn.

»Ja, aber ich hab mich von ihm ferngehalten. Der war seltsam.«

Charlotte hakte nach. »Inwiefern?«

Alfie zog eine Schulter hoch und schien nachzudenken. »Der hat immer erzählt, er müsste ganz bestimmte Sachen finden. Und dass *die* sie haben wollen.«

Er hat immer angegeben. Mit seinen Kunden. Hat geheimnisvoll getan. Die würden gut bezahlen.

Charlotte dachte an den verlassenen Anbau und den Zettel, den sie dort gefunden hatte. *Münze. Kette. Spiegel.*

»Ich habe gehört, er hätte mit seinen Kunden geprahlt, wie gut sie ihn bezahlten. Wäre es denkbar, dass ihn Leute beauftragt haben, bestimmte Dinge zu suchen und nur an sie zu verkaufen?«

Alfie zuckte mit den Schultern. »Kann schon sein. Ich habe so was nie gemacht, aber es gibt reiche Leute, die irgendwelches Zeug sammeln und viel dafür bezahlen.«

Charlotte erzählte ihm die Geschichte mit der Münze. »›Sie haben Glück, dass Sie gerade vorbeikamen, sonst hätten die anderen sie bekommen. Aber der alte Ned entscheidet, wer sie verdient.‹ Das hat er zu mir gesagt.«

»Das sind bestimmt die Leute, von denen er immer geredet hat!«, rief Alfie aufgeregt.

»Das glaube ich auch. Aber als ich nach ihm gesucht habe, um ihn zu fragen, war er verschwunden.«

Alfie zog die Augenbrauen hoch. »Ob er auch so eine Nachricht bekommen hat? Vielleicht waren die sauer, weil er Ihnen die Münze verkauft hat und nicht denen.«

Charlotte schaute auf ihre Hände und spürte, wie sich etwas schwer in ihren Magen senkte. Der Junge hatte sie auf einen Gedanken gebracht, und sie dachte an das, was der Büroangestellte vom Fenster aus beobachtet hatte.

Was, wenn die Frau dem alten Ned auch eine Fluchtafel gebracht hatte?

44

Am nächsten Morgen besuchte Tom eine Generalprobe im Lyric Theatre. »Ich darf meine Arbeit als Kritiker nicht vernachlässigen. Wer weiß, wie gut sich das Buch verkauft. Theater gespielt wird immer«, hatte er vor seinem Aufbruch zu Charlotte gesagt.

Sie und Alfie saßen noch beim Frühstück. Der Junge erzählte von den kuriosen Dingen, die er im Laufe der Jahre im Watt gefunden hatte, und sie hörte gebannt zu. Oft waren es alltägliche Gegenstände, die aber eine Geschichte erzählten. Glas sähe besonders schön aus, auch wenn es nicht viel wert sei. Er habe Bruchstücke bunter Fliesen gefunden und Henkel von Tonkrügen, Stiele von Tonpfeifen – »die gibt es fast so oft wie Steine«, sagte er ein bisschen verächtlich –, Köpfe von Puppen, lederne Schuhsohlen und abgebrochene Flaschenhälse, dann und wann auch Münzen oder Glasperlen.

»Was richtig Wertvolles war nie dabei. Also nichts, für das ich viel Geld bekommen hätte. Aber es soll ja Leute geben, die solchen Kram sammeln.« Er klang sehr erwachsen und vernünftig, wie er das sagte, und Charlotte musste ein Lächeln unterdrücken.

Es klingelte, vielleicht der Postbote. Doch dann hörte

sie, wie eine Frau mit Daisy sprach. Als sie die Stimme erkannte, schlug ihr Herz schneller, und sie sprang auf und öffnete die Tür zum Flur.

»Alfie, du gehst bitte nach oben.«

Er erhob sich unwillig, trottete aber an ihr vorbei zur Treppe.

Dann stand sie Marguerite Danby gegenüber. »Bitte kommen Sie doch herein. Darf ich Ihnen Tee anbieten?«

Daisy schaute Charlotte fragend an. »Soll ich neuen kochen?«

»Danke, er ist noch heiß.«

Es war ihr etwas unangenehm, dass man sie beim Frühstück antraf, nachdem ihre Besucherin schon die halbe Stadt durchquert hatte. Mrs. Danby setzte sich an den Tisch und nahm dankbar den Tee entgegen. Sie war mit äußerster Sorgfalt gekleidet und frisiert, doch die Falten um ihren Mund und die Schatten unter ihren Augen waren deutlich zu erkennen. Hoffentlich hatte sie nicht einen weiteren Schicksalsschlag erlitten, dachte Charlotte, als ihr der herzkranke Ehemann einfiel. Aber dann wäre sie wohl nicht hergekommen.

»Verzeihen Sie, dass ich Sie störe.« Marguerite Danby schaute in ihre Tasse, als suchte sie darin nach den richtigen Worten. »Ich hätte Ihnen auch schreiben können, aber manche Dinge besprechen sich leichter, wenn man einander gegenübersitzt.«

»Ich freue mich, Sie zu sehen. Und entschuldigen Sie bitte, dass ich mich nicht früher gemeldet habe, aber es gab einige unvorhergesehene Ereignisse in der Familie.«

»Hoffentlich nichts Schlimmes?«

»Das nicht, danke der Nachfrage. Was kann ich für Sie tun?«

Statt einer Antwort holte Mrs. Danby einen Brief aus der Handtasche und reichte ihn Charlotte. »Der kam vor einigen Tagen bei mir an. Ich habe mit meinem Mann nicht darüber gesprochen, da ich erst abwarten wollte, ob ich etwas Neues erfahre. Bitte lesen Sie.«

Sehr geehrte Mrs. Danby,
Sie kennen mich nicht persönlich. Mein Name ist Anna Carhill, und ich bin eine Freundin Ihrer Tochter. Da ich Julia länger nicht gesehen und auch nichts von ihr gehört habe, bin ich in Sorge um sie. Ich würde Ihnen gern kurz meine Aufwartung machen und mich erkundigen, wie es Julia geht. Ich hoffe, Sie morgen um elf Uhr zu Hause anzutreffen.
  Mit freundlichen Grüßen
  Anna Carhill

Charlotte schaute mit einem Ruck auf, ihr Blick begegnete dem der anderen Frau. »Ist Miss Carhill zu Ihnen gekommen?«

»Nein, eben nicht!«, stieß Mrs. Danby hervor. »Natürlich könnte sie verhindert gewesen sein oder hat ihre Pläne geändert. Ich war so aufgewühlt, als ich die Nachricht erhielt, und konnte es kaum erwarten, die Frau zu treffen, daher war ich schrecklich ungeduldig. Übrigens habe ich ihren Namen nie zuvor gehört. Wenn sie uns nun etwas über Julia sagen kann? Meine Tochter hat mir so viel verheimlicht ...«

Charlotte stand auf und trat an den kleinen Tisch, auf dem die Sherrykaraffe stand, goss ein Glas ein und stellte es vor Mrs. Danby, die sie überrascht ansah. »Was ist denn? Warum geben Sie mir das?«

Charlotte setzte sich und verschränkte die Hände. »Weil ich Ihnen etwas zu sagen habe, das Sie womöglich aufwühlt.« Sie berichtete, wie sie Anna Carhill bei Iris Jellicoe kennengelernt hatte.

»Sie kennen Miss Carhill?«

»Wir sind uns nur dieses eine Mal begegnet. Ich wusste natürlich nicht, dass sie Ihre Tochter kannte.« Sie hielt kurz inne. »Leider muss ich Ihnen mitteilen, dass Miss Carhill verschwunden ist. Es stand in der Zeitung. Ihre Tante hat sich an die Polizei gewandt, man sucht nach ihr.«

»Oh mein Gott! Meinen Sie, ihr ist das Gleiche ...« Marguerite Danby versagte die Stimme.

Charlotte legte ihr behutsam die Hand auf den Arm. »Wir wollen nicht das Schlimmste annehmen, aber ich bin besorgt.« Sie zögerte, weil sie sich nicht ganz sicher war, ob sie den Gedanken wirklich aussprechen sollte. Doch wer würde ihn besser verstehen als diese Frau? »Ich habe mich umgehört und den Eindruck gewonnen, Miss Carhill könnte an der Themse verschwunden sein. Auch sie war vom Fluss fasziniert, genau wie Ihre Tochter. Es wäre denkbar, dass all das zusammenhängt. Wenn wir Anna Carhill finden, lösen wir womöglich auch das Rätsel, das Julias Tod umgibt.«

»Alfie, du denkst bitte an unsere Abmachung«, sagte Charlotte und legte ihm ein kleines Büchlein über Seemannsknoten und ein Stück Kordel aufs Bett. »Wenn du deine Aufgaben gemacht hast, darfst du Knoten üben. Und wenn du etwas brauchst, wendest du dich an Daisy.«

»Und ich gehe nicht in den Garten oder aus dem Haus«, sagte der Junge und warf einen begehrlichen Blick auf das Büchlein.

»So ist es.«

»Werden Sie jetzt ermitteln?«, fragte er, während er sich schon über die Aufgaben beugte.

Charlotte verdrehte die Augen, musste aber lächeln. »Falls du es so ausdrücken möchtest, ja.«

»Dann viel Erfolg, Mrs. Ashdown.«

Charlotte und Mrs. Danby begaben sich zum nächsten Postamt, ließen sich die neuesten Adressbücher geben und arbeiteten sich zu den Einträgen für Strand-on-the-Green vor.

»Ich hätte gestern schon dran denken sollen«, sagte Charlotte.

»Zu zweit sieht man mehr.«

Neben dem Adressbuch lag ein Stadtplan, von dem Charlotte die Straßennamen ablas. Anna und ihre Tante wohnten in der Nähe der Stelle, an der die Trauerweiden standen, doch das war zu vage, um auf eine bestimmte Straße zu schließen. Sie mussten also alle Namen durchgehen. Immerhin kannten sie dank des Zeitungsaufrufs den Familiennamen, Wilbraham.

»Hier«, sagte Marguerite Danby nach etwa zehn Minuten

und deutete auf die betreffende Spalte. »Elizabeth Wilbraham, 13 Hearne Road. Wollen wir prüfen, ob sie die Einzige dieses Namens ist?«

Charlotte dachte kurz nach. »Nein. Sollte sie wider Erwarten die Falsche sein, kann sie uns vielleicht weiterhelfen. Strand-on-the-Green ist ein kleiner Stadtteil.«

Mrs. Danby nickte und griff nach ihrer Tasche. »Worauf warten wir?«

Sie kamen kurz nach Mittag an. Von der Kew Bridge Station war es nicht weit bis zur Hearne Road, und Charlotte genoss die Sonne und den frischen Wind, der die morgendlichen Wolken vertrieben hatte. Mrs. Danby war still, wirkte aber nicht zu bedrückt, und sie gingen in kameradschaftlichem Schweigen nebeneinander her.

Es war schön, mit einer Frau unterwegs zu sein, dachte Charlotte unvermittelt, eine neue Erfahrung. Seit sie in England war, hatte sie ihre Zeit entweder mit Kindern oder mit Tom verbracht, nie aber mit einer Freundin. Gewiss war es verfrüht, Mrs. Danby so zu nennen, und möglicherweise würde ihre Verbindung nur so lange bestehen, bis sie wussten, was mit Julia geschehen war, doch in diesem Augenblick fand sie es wunderbar, mit ihr einen gemeinsamen Plan zu verfolgen.

»Ich bin froh, dass wir uns begegnet sind«, sagte Mrs. Danby, als hätte sie Charlottes Gedanken gelesen.

»Ich auch.« Sie zögerte. »Auch wenn man eine Bekanntschaft gewöhnlich nicht beginnt, indem man jemanden bis nach Hause verfolgt.«

Marguerite lachte. »Das ist wahr. Ach ... Wissen Sie, dass ich gerade zum ersten Mal seit Julias Tod spontan gelacht habe?«

»Oh. Ist das gut?«

»Ja, das ist es«, erwiderte sie prompt. »Ich kann sie nicht zurückholen. Ich muss mit dem Gedanken leben, dass ich meine Tochter nie wiedersehe. Aber es wärmt mir das Herz, dass es Menschen gibt, die alles tun, um uns zu helfen. Um Antworten zu finden. Dafür danke ich Ihnen.«

»Sie erinnern sich doch an den Jungen, den Ihr Mann befragt hat? Der Julias Kette gefunden hat?«

»Selbstverständlich.«

Charlotte erzählte, was mit Alfie seither geschehen war.

»Sie meinen, ihm droht Gefahr?«

»Ich fürchte, ja.«

»Umso wichtiger, dass wir endlich alldem auf den Grund gehen. Wir werden keine Ruhe finden, bevor wir nicht erfahren, wer dahintersteckt.«

Bald hatten sie die Hearne Road erreicht, wo sie vor dem kleinen, weiß verputzten Haus stehen blieben. Rosen rankten sich um die Tür, das Messingschild mit dem Namen *Wilbraham* war blank poliert.

Charlotte klingelte. Sie hörten Schritte von drinnen, dann eine helle Frauenstimme.

»Ich gehe schon, Tante Betty.«

Die Tür schwang auf – und vor ihnen stand Anna Carhill.

45

Die junge Frau schaute sie verwundert an. »Mrs. Ashdown, richtig?« Sie trat beiseite, um die Besucherinnen eintreten zu lassen. »Ich hatte nicht mit Ihnen gerechnet, aber es ist schön, Sie zu sehen.«

Charlotte bemerkte, dass Marguerite Danby verwirrt von ihr zu Anna Carhill schaute, und zuckte mit den Schultern.

Sie traten in ein Empfangszimmer, das mit Nippsachen vollgestopft war. Auf jedem verfügbaren Fleckchen standen Porzellanhunde aller erdenklichen Rassen, und mittendrin saß eine rundliche, ältere Dame mit goldgefasster Brille, die leicht befangen zu ihnen hochschaute.

»Tante Betty, dies sind Mrs. Ashdown und …« Sie sah Mrs. Danby fragend an.

»Marguerite Danby.«

Charlotte sah, wie Miss Carhill rot wurde und verlegen zu Boden schaute. Doch dann atmete sie durch und sagte: »Meine Tante, Miss Elizabeth Wilbraham.«

Nachdem alle einander vorgestellt waren und Platz genommen hatten, räusperte sich Charlotte. »Es freut mich sehr, Sie so wohlauf zu sehen, Miss Carhill. Ich war in Sorge, nachdem ich den Zeitungsartikel gelesen hatte.«

Anna Carhill strich verlegen ihr Kleid glatt. »Ja, meine Tante war etwas, wie soll ich sagen, voreilig.«

Miss Wilbraham wollte widersprechen, schloss jedoch den Mund, als hätte sie es sich anders überlegt, und schaute stattdessen auf ihre Hände.

»Darf ich fragen, was passiert ist? Offenbar waren Sie vorübergehend nicht daheim.«

Charlotte kam sich vor, als wäre sie in ein Theaterstück geraten. Tante und Nichte verhielten sich, als hätten sie eine Szene einstudiert.

»Ja, das ist richtig. Ich bin einer alten Freundin aus Schulzeiten begegnet, und sie hat mich eingeladen. Ins Haus ihrer Eltern in Surrey. Über der Wiedersehensfreude habe ich ganz vergessen, Tante Betty Bescheid zu sagen.« Anna beugte sich vor und strich ihrer Tante liebevoll über den Arm. »Ich habe mich schon ganz zerknirscht entschuldigt. Es wird nie wieder vorkommen, das schwöre ich.«

Doch Charlotte ließ sich nicht so leicht abspeisen. »Seltsam, in der Zeitung stand, Sie seien in der Nacht verschwunden.«

Anna Carhill lachte ein wenig zu schrill. »Nein, ich habe frühmorgens das Haus verlassen. Tante Betty hat da etwas verwechselt, die Arme war so außer sich.«

Charlotte behielt die ältere Frau im Auge, die sich sichtlich unbehaglich fühlte. Sie nickte ihrer Nichte zu und sagte: »Mit gutem Grund, Liebes. Es ist nicht leicht, ein junges Mädchen aufzuziehen, wenn man keine eigenen Kinder hat. Aber nach dem Tod meiner Schwester und meines

Schwagers konnte ich nicht Nein sagen. Meine Anna ist manchmal impulsiv, und dann läuft sie los, ohne lange nachzudenken.«

»Das stimmt«, bestätigte Miss Carhill eifrig. »Natürlich konnte ich nicht ahnen, dass Tante Betty gleich zur Polizei geht ...«

»London ist eine gefährliche Stadt«, warf Mrs. Danby ein, die der Unterhaltung bisher stumm gefolgt war. »Ich weiß, wovon ich spreche.«

Charlotte zuckte zusammen. Der Tonfall war Stahl, in Samt gekleidet, und sie ahnte, was als Nächstes kommen würde.

»Sie wollten mir Ihre Aufwartung machen, Miss Carhill. Da wir nun hier zusammensitzen, können Sie Ihr Anliegen ebenso gut jetzt vortragen.«

Anna Carhill wirkte erneut verlegen, als hätte sie ihren eigenen Brief schon ganz vergessen. »Ach ja, natürlich. Verzeihen Sie. Ich wollte mich erkundigen, wie es Julia geht, da ich so lange nichts von ihr gehört habe.«

Mrs. Danby schaute sie abschätzig an, die Augen leicht zusammengekniffen. »Woher kennen Sie Julia? Aus dem Lesezirkel in Kensington?«

Miss Carhill schien nach einer Antwort zu suchen, ihre Verwirrung war beinahe greifbar. »Ja, genau, dort haben wir uns kennengelernt. Wir beide lieben Bücher.«

Charlotte hätte nicht gedacht, dass Mrs. Danbys Stimme noch eisiger werden könnte. »Sagen wir, Julia *liebte* Bücher. Sie starb vor zwei Monaten. Sie ist in der Themse ertrunken, und ich weiß bis heute nicht, wie es dazu kommen konnte. Meine Tochter war eine fröhliche, aufgeschlossene junge Frau, und jetzt ist sie tot.«

Die Hände waren es, die Anna Carhill verrieten. Sie krallten sich in die Sessellehnen, bohrten sich tief in die Polster. »Das ... das ist ...« Sie biss sich auf die Lippe, kämpfte mit den Tränen. »Das tut mir entsetzlich leid, Mrs. Danby. Was für ein schrecklicher Verlust. Der Fluss hat viele Gesichter und ...« Sie verstummte, von Gefühlen überwältigt.

Mrs. Danby erhob sich. »Nun, wir möchten Sie nicht länger aufhalten, meine Damen. Ich bin froh, dass Sie wohlbehalten heimgekehrt sind, Miss Carhill. Danke für Ihre Gastfreundschaft, Miss Wilbraham. Ich empfehle mich.«

Charlotte verabschiedete sich ebenfalls. Die beiden Frauen verließen das Haus und gingen instinktiv in Richtung Fluss. Dann standen sie am Ufer, den Wind in den Haaren, die Augen auf die Themse gerichtet.

»Was für eine eigenartige Bemerkung«, sagte Mrs. Danby leise.

»Der Fluss hat viele Gesichter?«

Sie nickte. »Ich hätte gern nachgefragt, aber ich musste raus aus diesem Zimmer. Sonst hätte ich mich vergessen.«

»Das verstehe ich gut. Die beiden haben ein Schmierentheater aufgeführt. Alles, was sie gesagt haben, war gelogen.«

»Aber warum?«

Marguerite Danby wandte sich zu ihr, die Hand aufs Geländer gestützt. »Anna Carhill hat etwas getan, von dem ihre Tante entweder nicht weiß oder über das sie nicht sprechen darf.«

Charlotte schaute nachdenklich aufs Wasser und suchte

nach den richtigen Worten. »Es kommt mir vor, als hätte man ihnen Anweisungen erteilt, wie sie sich zu verhalten haben und was sie sagen sollen. Besser gesagt, was sie *nicht* sagen sollen. Oder klingt das zu verrückt?«

Marguerite Danby lachte verächtlich. »Ganz und gar nicht. Immerhin haben wir Miss Carhill aufgeschreckt. Denn in einem hat Anna Carhill nicht gelogen – sie wusste nicht, dass Julia tot ist. Haben Sie ihren entsetzten Blick gesehen? Der war nicht gespielt.«

»Ich frage mich, ob die Polizei ihr die Geschichte geglaubt hat.«

»Wohl kaum. Aber wo kein Kläger, da kein Richter.« Charlotte ballte die Faust und schlug auf das Geländer. »Kommt es Ihnen auch vor, als baute man überall Mauern für uns auf? Als liefen wir ins Leere, wohin wir uns auch wenden?«

Mrs. Danby schluckte. »Ich habe meinem Mann versprochen, dass ich herausfinde, warum Julia gestorben ist, aber ich fühle mich so hilflos! Wie könnte ich mich an die Polizei wenden?« Sie nickte zum Haus hinüber, aus dem sie gerade gekommen waren. »Solange Anna Carhill bei ihrer Geschichte bleibt – und dass sie erfunden ist, bezweifle ich keine Sekunde –, haben wir nichts in der Hand.« Eine Träne lief ihr über die Wange. »Ist es nicht schrecklich? Ich wünsche mir beinahe, dem Mädchen wäre etwas zugestoßen, damit sich die Polizei endlich darum kümmert, und auch um meine Julia.«

Charlotte legte ihr behutsam die Hand auf den Arm. »Ich verstehe Sie gut. Mir geht es ähnlich. Ich hatte beinahe gehofft, eine verzweifelte Tante und ein leeres Haus vorzufinden.« Sie hielt inne. »Andererseits ist nichts verloren. Sie hat gelogen, das wissen wir beide. Und Miss Wilbraham scheint sich zu fürchten – aber wovor oder vor wem?«

46

Nachdem der Regisseur die Szene zum dreizehnten Mal wiederholt hatte, waren alle erschöpft. Die Hauptdarstellerin war in Tränen ausgebrochen, der Hauptdarsteller entnervt nach draußen gestürmt, um endlich die dringend benötigte Zigarette zu rauchen, und Tom kritzelte, so schnell er konnte. Wenn die Aufführung nicht besser wurde als die Generalprobe, hätte er die Rezension schon fertig.

Man sagt, das Stück bringe Unglück, und wenn ich mir die Chemie zwischen Macbeth und seiner Lady ansehe, kann ich dem nur zustimmen. Sally Beacon wäre eine wunderbare Ophelia, zumindest tot im Bach, von Blumen umgeben, aber als Anstifterin zum Königsmord eignet sie sich nicht. David Lester hingegen ist ein so brutal wirkender Macbeth, dass man ihm den Mörder schon von Weitem ansieht. Kein Duncan, der noch bei Verstand ist, würde sich von diesem Paar bewirten geschweige denn beherbergen lassen.

Oje, dachte er, da würde er wohl leider nur einen Verriss schreiben können. Es kam vor, dass Generalproben nicht gut liefen und die Premiere gefeiert wurde, aber hier lag so viel im Argen, dass er einen Erfolg für ausgeschlossen hielt.

Er klappte das Notizbuch zu und wollte gehen, als ihn der Regisseur ansprach. »Tom, seien Sie gnädig mit uns.«

Er drehte sich um und grinste. »Henry, ich bin unbestechlich, das wissen Sie doch.«

Der Regisseur rang theatralisch die Hände. »Was soll ich denn machen? Sally hat Angst vor David, und das sieht man in jedem Augenblick.«

»Was halten Sie davon, wenn die beiden die Rollen tauschen? Wäre nicht neu bei Shakespeare, und es würde Aufsehen erregen. Ich würde dafür bezahlen, David Lester als Lady Macbeth zu sehen.«

»Raus!«

Tom schlenderte lachend ins Foyer, wo er auf die zitternde Sally Beacon traf, die gerade von der Garderobiere getröstet wurde. Er bemerkte, dass sie einen roten Gegenstand unablässig in den Fingern drehte.

»Kopf hoch, Miss Beacon. Ich habe gehört, im Royal geben sie demnächst ›Hamlet‹. Ophelia wurde noch nicht besetzt.«

Sie schaute ihn dankbar an. »Das wäre wunderbar. Die Lady liegt mir einfach nicht.«

»Das kommt vor. Nicht aufgeben. Darf ich fragen, was Sie da haben?«

Sie hielt ihm die flache Hand hin, auf der ein roter Stein lag. »Das ist mein neuer Glücksbringer, ein ägyptisches Amulett. Sie kennen die Theaterleute, wir sind alle abergläubisch.«

»Ägyptisch? Wie interessant.«

»Das ist der Isisknoten. Er soll Zauberkraft besitzen

und die schützen, die ihn trägt. Und da ich Glück gebrauchen kann ...«

Tom sah sie erstaunt an. »Woher haben Sie das Amulett? Ich frage nur, weil so etwas meiner Frau gefallen könnte.«

Sally Beacons Augen zuckten hin und her, und sie zögerte kurz mit der Antwort. »Das ... war ein Geschenk. Man sagte mir, es sei echt, aus dem alten Ägypten. Es gibt sicher Händler, die so etwas anbieten.«

Tom beschloss, ein wenig nachzuhaken. »Wussten Sie, dass man die Göttin Isis auch mit der Themse in Verbindung bringt? Kurios, aber ...« Er sah, wie die Schauspielerin blass wurde und sich rasch an die Garderobiere wandte, die angefangen hatte, ihre Frisur zu richten. »Danke, ich muss wieder in die Höhle des Löwen.« Im Gehen schaute sie noch einmal über die Schulter. »Wünschen Sie mir Glück.«

»Hals- und Beinbruch.«

Dann war sie im Theatersaal verschwunden.

»Mrs. Danby und ich sind uns sicher, dass Anna Carhill gelogen hat. Du hättest die beiden sehen sollen!«, sagte Charlotte erregt. »Wir haben sie vollkommen überrascht. Die waren nicht darauf gefasst, dass jemand von Annas Verschwinden liest und dann tatsächlich bei ihnen zu Hause erscheint.«

»Das ist in der Tat eine kleine Sensation!« Tom zündete seine Pfeife an, lehnte sich zurück und stieß eine Rauchwolke zur Decke. »Meinst du, ihr Verschwinden hängt mit dem Brief zusammen, den sie Mrs. Danby geschickt hat?«

Darüber hatte Charlotte auf dem Heimweg auch schon nachgedacht. »Der Verdacht liegt nahe, nicht wahr?« Sie rutschte auf der Sesselkante herum, voll nervöser Energie, die sie irgendwie loswerden musste. »Ich überlege, noch einmal zu dem Lesezirkel zu gehen.«

»Warum?«

»Um herauszufinden, ob Anna Carhill und Julia Danby sich wirklich dort kennengelernt haben.«

»O ja, natürlich. Du hast völlig recht. Das solltest du auf jeden Fall tun.« Tom deutete mit dem Pfeifenstiel auf sie und lächelte. »Ich habe auch etwas zu berichten. Ganz zufällig bin ich im Theater auf etwas gestoßen.«

Nachdem er von Sally Beacon und ihrem Amulett berichtet hatte, sprang Charlotte auf und lief im Zimmer hin und her. »Und sie hat sich sonderbar verhalten? Bist du dir ganz sicher?«

»Aber ja. Sie konnte gar nicht schnell genug zurück zur Probe kommen, obwohl die so verheerend verlaufen war. Offensichtlich wollte sie mich daran hindern, weiter nach Isis und der Themse zu fragen.«

Charlotte ließ sich wieder auf das Sofa fallen und sah Tom triumphierend an. »Dann muss ich dem Theater wohl einen Besuch abstatten und mir das Amulett ansehen, weil ich mich ja so für altägyptische Kunst begeistere.«

Er überlegte kurz. »Dann gehen wir morgen Abend gemeinsam zur Premiere. Nach der Aufführung kannst du Sally aufsuchen und sie entweder trösten oder beglückwünschen. Ich fürchte allerdings, sie kann Trost gebrauchen.«

Am nächsten Tag fuhr Charlotte zeitig nach Kensington und bezog ihren Posten in der Nähe des Gemeindehauses.

Wie erhofft bog Miss Rennie als Erste um die Ecke. Als sie Charlotte bemerkte, kam sie auf sie zu und reichte ihr die Hand. »Wie schön, dass Sie wieder dabei sind, Mrs. Ashdown. Ich war so froh, dass Sie neulich auch für ›Frankenstein‹ gestimmt haben. Einige der älteren Damen waren skeptisch, weil es ihnen ungehörig erscheint, aber ich möchte es unbedingt lesen und …«

Charlotte unterbrach sie sanft. »Das freut mich sehr. Leider bin ich heute in Eile und kann nicht bleiben, habe aber eine Frage: Ist Ihnen eine Miss Anna Carhill bekannt?«

Miss Rennie schaute sie überrascht an. »Nein, der Name sagt mir nichts.«

»Sie war also nicht hier im Lesezirkel?«

»Jedenfalls nicht, seit ich Mitglied bin.«

»Wie lange gehören Sie denn schon zum Zirkel?«

»Drei Jahre«, sagte Miss Rennie eifrig, »ich war als eine der Ersten dabei.« Sie musterte Charlotte neugierig. »Darf ich fragen, worum es geht?«

»Es ist leider persönlich, ich muss diskret sein. Aber Sie haben mir sehr geholfen. Ich wünsche Ihnen unterhaltsame Stunden mit ›Frankenstein‹.«

Mit diesen Worten eilte sie davon, da sie nicht von den anderen Damen gesehen werden wollte. Und schon gar nicht von Mrs. Hartley-James.

Zu Hause setzte sie sich hin und verfasste eine rasche Nachricht an Mrs. Danby.

Sehr geehrte Mrs. Danby,
nur kurz, da ich in Eile bin: Ihre Tochter kannte Anna Carhill nicht aus dem Lesezirkel. Miss Carhill wurde in den vergangenen drei Jahren nie dort gesehen. Demnächst mehr.
Herzliche Grüße
Charlotte Ashdown

Sie adressierte den Brief und bat Daisy, ihn auf dem Heimweg einzuwerfen. Dann ging sie nach oben, um sich fürs Theater umzukleiden. Als sie in ihr Schlafzimmer gehen wollte, bemerkte sie, dass Alfie verstohlen durch seine Tür spähte.

»Hallo, Alfie. Wir gehen heute Abend zu einer Theatervorstellung. Ich erwarte, dass du niemanden hereinlässt und dich nicht am Fenster zeigst.«

Der Junge nickte. »Aber wenn kein Licht an ist, kann ich rausschauen, oder?«

»Meinetwegen.«

»Ich ... ich bewache das Haus, keine Sorge, Mrs. Ashdown.« Sie wollte schon lächeln, doch der feierliche Ernst in seiner Stimme verbot es ihr.

»Wie kommst du darauf, dass das nötig sein könnte?«, fragte sie.

Er schaute auf seine Füße. »Na ja, wenn ich bedroht werde und Sie mich verstecken, könnte es auch für Sie gefährlich werden.«

Charlotte war gerührt, dass er sich um ihre Sicherheit sorgte, und trat näher. Sie berührte ihn nicht, weil sie nicht wusste, wie er darauf reagieren würde, streckte aber langsam die Hand aus. »Das hoffe ich nicht, aber danke. Es ist mutig von dir. Ich würde es sehr schätzen, wenn du auf das Haus aufpasst.«

Schon schlossen sich seine Finger um ihre und drückten flüchtig zu. »In Ordnung. Haben Sie eine Waffe?«

Sie zuckte zusammen. Damit hatte sie nicht gerechnet. »Alfie, keine Waffen, keine Kämpfe.«

Er ließ nicht locker. »Aber wenn einer kommt und reinwill, was mach ich dann?«

»Dich einschließen.«

Enttäuschung machte sich auf seinem Gesicht breit.

»Na schön. Wir haben einen schweren Spazierstock unten im Garderobenständer. Den kannst du dir nehmen. Aber nur für Notfälle, verstanden?«

»Ja, Mrs. Ashdown.«

Sie wandte sich ab, um endlich ins Ankleidezimmer zu gehen, doch er war immer noch nicht fertig. »Eine Sache noch ...«

Sie seufzte. »Alfie?«

»Darf ich mir unten was zu lesen holen? Und ein Stück von Daisys Kuchen?«

47

»Ich muss die Rezension wohl umschreiben«, verkündete Tom belustigt, als sie sich in der Pause ein Glas Champagner gönnten.

Charlotte stieß mit ihm an. »Also doch kein Verriss?«

Er zuckte mit den Schultern und grüßte einige Bekannte, bevor er sie nachdenklich ansah. »Ich kann es mir nicht erklären. Du hättest Sally bei der Generalprobe sehen sollen, da zog eine Katastrophe herauf. Ich hätte ihr gewünscht, dass ein Erdbeben das Theater erschüttert, damit sie sich nicht weiter quälen muss.«

Charlotte wusste nur zu gut, wie gern Tom übertrieb, wenn es um seine Besprechungen ging, doch sein Gespür für Erfolg und Misserfolg war untrüglich. Was sie allerdings hier auf der Bühne des Lyric Theatre gesehen hatte, war gar nicht schlecht gewesen. »Ich fand sie nicht übel. Gerade ihre Zurückhaltung ließ die Taten umso monströser erscheinen.«

»Genau das meine ich. Hallo, Fleur, Sie sehen bezaubernd aus. Maskenbildnerin in Covent Garden«, fügte er für Charlotte hinzu. »Jedenfalls wirkt Sally wie ausgewechselt.«

»Ich hab's!«, rief sie lachend. »Das liegt am Amulett. Es hat offenbar tatsächlich Zauberkräfte.«

Tom kippte den Champagner hinunter, als drohte er zu verdursten. »Wahrscheinlich. Aber das trug sie auch bei der Probe, und da haben seine Kräfte völlig versagt. Egal, sehen wir, wie sie die Szene mit dem Fleck hinbekommt.«

»Fort, verdammter Fleck! Fort, sag ich!«, zitierte Charlotte, als sie in den Saal zurückkehrten. »Ich wette mit dir, sie schafft auch das.«

»Ich halte nicht dagegen«, sagte Tom bedauernd. »Mir wäre sicher ein schöner Einsatz eingefallen, aber nach den ersten Akten kann ich das nicht riskieren.«

Sally Beacon hielt durch. Sie war nicht die größte Lady aller Zeiten, aber bei Weitem auch nicht die schlechteste. Er würde sich noch einmal hinsetzen und die Rezension stark überarbeiten müssen, dachte Tom leicht resigniert. Der Applaus war lange und herzlich, und Charlotte stahl sich hinaus, um die Hauptdarstellerin abzupassen. Nach dem Erfolg hatte sie sogar noch mehr Grund, sich nach dem Amulett zu erkundigen.

Tom hatte ihr in der Pause den Weg zu den Garderoben gezeigt, und sie glitt durch den verlassenen, mit einem Teppich ausgelegten Flur, der ihre Schritte dämpfte. An der Garderobe mit der Aufschrift *Miss Beacon* blieb sie stehen und klopfte. Niemand öffnete.

Es dauerte noch etwa zehn Minuten, bis Unruhe im Flur entstand. Miss Beacon kam, die Arme voller Blumen, durch eine Tür, die ihr vom Inspizienten aufgehalten wurde, gefolgt von den übrigen Darstellern. Alle redeten durcheinander, geradezu trunken vom unerwarteten Erfolg.

Als Miss Beacon ihre Garderobe betreten wollte, sprach Charlotte sie an. »Ich gratuliere, was für ein Triumph! Hätten Sie einen Augenblick Zeit für mich? Ich bin Tom Ashdowns Frau.«

»Oh!« Sally strahlte. »Sein Besuch gestern hat Glück gebracht, ob Sie's glauben oder nicht. Kommen Sie herein.« Sie schlug die Tür hinter ihnen zu und lehnte sich von innen dagegen. »Ich muss erst mal durchatmen.« Sally deponierte die Blumen auf einem alten Sessel und lachte dann. »Tut mir leid, Mrs. Ashdown, das ist der einzige Sessel. Sie müssen stehen.«

»Ich will Sie auch nicht lange aufhalten, aber mein Mann erzählte mir von Ihrem ägyptischen Amulett. Würden Sie es mir einmal zeigen?«

»Natürlich.« Sally Beacon nahm die Perücke ab, unter der blonde Haare zum Vorschein kamen, und stülpte sie über einen Frisierkopf. Dann griff sie in ihr Kostüm und holte einen roten Gegenstand heraus. »Nehmen Sie es ruhig in die Hand. Ich ...«

Jemand klopfte an die Tür. »Ich komme gleich! Muss mich nur kurz erfrischen.« Sally Beacon spritzte sich nach Lavendel duftendes Wasser ins Gesicht und fuhr sich mit feuchten Fingern durch die Haare.

»Was für ein hübsches Stück«, sagte Charlotte und wog das leuchtend rote Objekt in der Hand. »Es sieht aus wie eine Figur mit hängenden Armen.«

»Ich weiß. Aber es ist ein Isisknoten, ein uraltes Symbol, das auch Isisblut genannt wird.«

»Isisblut? Das klingt faszinierend«, sagte Charlotte, die

sofort hellhörig geworden war. »Können Sie mir mehr darüber erzählen?«

Die Schauspielerin lächelte geschmeichelt und warf sich vor dem Spiegel in Pose.

> »Dein Blut gehört dir, Isis,
> deine Zaubermacht gehört dir, Isis,
> deine Zauberkraft gehört dir, Isis.
> Das Amulett ist der Schutz des Großen
> und behütet ihn vor dem, der Verbrechen
> an ihm begeht.«

Charlotte spürte, wie es sie kalt überlief. Aus dem Mund einer Schauspielerin klangen die Verse wie eine machtvolle Beschwörung. »Woher kennen Sie das? Ist es ein Gebet?«

Die Unruhe draußen im Flur nahm zu, vermutlich Gratulanten und Presseleute, doch Sally Beacon ließ sich nicht aus der Ruhe bringen, sie wurde geradezu redselig. »Es ist ein alter ägyptischer Zauber, der einen beschützt. Ich habe ihn auswendig gelernt und vor der Premiere aufgesagt, während ich das Amulett in der Hand hielt. Es hat tatsächlich gewirkt.«

Charlotte reichte ihr den Stein zurück. »Es erinnert mich an Shakespeare, die Dinge zwischen Himmel und Erde ...«

»O ja«, sagte Miss Beacon eifrig. »Das denke ich auch immer.«

»Darf ich fragen, woher Sie das Amulett haben? Ich habe auch angefangen, mich mit ägyptischer Mythologie zu beschäftigen.«

Sally Beacon drehte sich um und legte den Zeigefinger an die Lippen. »Es ist ein Geschenk. Von einer sehr mächtigen Frau. Es gibt einen Kreis ...« Dann verstummte sie abrupt. »Mehr kann ich dazu nicht sagen.«

In diesem Augenblick flog die Tür auf, und eine Frau trat mit ausgebreiteten Armen in den Raum. »Sally, Liebes, du warst wunderbar!«

Dann bemerkte sie Charlotte.

»Mrs. Ashdown!«

»Miss Jellicoe!«

Sie verharrten reglos, während Miss Beacon verwundert hin und her schaute.

»Welch eine Überraschung ... Ist Ihr Mann auch ...«

»Ihr kennt euch?«, fragte die Schauspielerin.

»Tom Ashdown schreibt ein Buch für Papa, über Magie im alten London. Es ist sehr aufregend«, sagte Iris Jellicoe. Dann wurde ihre Stimme kühl. »Wie nett, Sie hier zu sehen, Mrs. Ashdown.«

Charlotte verspürte plötzlich den Drang, die Garderobe zu verlassen. Etwas in Miss Jellicoes Ton behagte ihr nicht.

»Ich wollte nur gratulieren. Einen angenehmen Abend.«

»Wie schade, dass Sie schon gehen müssen, Mrs. Ashdown. Wir sollten wieder einmal plaudern, ich schreibe Ihnen bald«, sagte Miss Jellicoe, doch auch jetzt schwang ein Ton in ihrer Stimme mit, der nicht zu den freundlichen Worten passte.

Charlotte öffnete die Tür, doch bevor sie in den Flur trat, hörte sie, wie Sally Beacon zu ihrer Besucherin sagte:

»Mrs. Ashdown hat sich für mein Amulett interessiert, ist das nicht reizend? Da habe ich ihr den Zauber aufgesagt.«

Dann schlug die Tür zu, und es war nichts mehr zu vernehmen.

Als sie Tom im Gedränge am Ausschank entdeckte, kämpfte sie sich zu ihm durch und zog ihn am Arm. »Komm mal mit.«

Er verabschiedete sich rasch von einem Bekannten und folgte ihr in eine Ecke bei der Garderobe, in der es ruhiger zuging.

»Was ist denn los?«

Charlotte presste zwei Finger an die Stirn, um sich zu konzentrieren, und gab sinngemäß wieder, was die Schauspielerin soeben vorgetragen hatte. Tom starrte sie mit offenem Mund an.

»Woher hast du das?«

»Von Sally Beacon. Und das ist nicht aus einem Theaterstück, sondern ein altägyptischer Schutzzauber.« Sie genoss seine überraschte Miene. »Aber es kommt noch besser. Plötzlich kam Iris Jellicoe herein, die beiden scheinen sich zu kennen. Ist das nicht kurios?«

Tom lachte. »Ja, man glaubt, man lebt in einer Millionenstadt, aber letztlich ist London nur ein Dorf.«

»Andererseits interessieren sich viele Menschen für Magie, darüber haben wir oft gesprochen. Und es wundert mich nicht, dass Iris Jellicoe in Theaterkreisen verkehrt.«

Sie holten ihre Mäntel und traten auf die Shaftesbury Avenue hinaus.

Die Straße war noch neu, die Häuser hatte man erst kürzlich erbaut, nachdem eine Schneise durch die alten Slums geschlagen und die verarmten Menschen vertrieben worden waren. Dafür lauerte die Armut jetzt in den Nebenstraßen. »Straßen allein schaffen keinen Wohlstand«, hatte Tom abfällig gesagt, als sie zum ersten Mal hier entlanggegangen waren.

Doch heute Abend stand Charlotte nicht der Sinn nach Sozialkritik. »Ich wüsste trotzdem gern, woher Miss Beacon dieses Amulett hat.«

Er schaute geradeaus, doch sie spürte, dass etwas in ihm arbeitete.

»Was ist los, Tom?«

Er zuckte mit den Schultern. »Ach, ich weiß nicht. Es kommt mir vor, als müssten all diese angeblichen Zufälle ein Gesamtbild ergeben, aber ich erkenne noch nicht die Verbindung. Überleg doch nur: Julia Danbys Tod. Die Fluchtafel in Alfies Schuppen. Der alte Ned, der dir die Münze verkauft hat, verschwindet. Ebenso Anna Carhill, die wieder auftaucht, als wäre nichts gewesen. Die Rituale am Fluss.«

»Und jetzt noch Sallys Amulett.«

»So ist es.« Toms dunkle Augen bohrten sich in ihre. »Wir haben uns in etwas verstrickt, das wir nicht mehr überblicken können.« In seiner Stimme lag etwas, das sie selten bei ihm spürte: Angst.

»Sollen wir aufhören? Alles auf sich beruhen lassen?«

»Das können wir nicht!«, entgegnete er heftig. »Alfie ist in Gefahr, und du hast den Danbys ein Versprechen gegeben.

Aber es behagt mir nicht, da bin ich ehrlich. Und im Augenblick weiß ich auch nicht, was wir als Nächstes unternehmen sollen.«

Sie gingen schweigend und in Gedanken versunken weiter.

Am nächsten Morgen kam eine Einladung mit der Post.

»Ein Fest bei den Jellicoes?« Charlotte war überrascht.

Tom schlug die Beine übereinander und zündete sich die Pfeife an. »Er feiert seinen sechzigsten Geburtstag. Bei dieser Gelegenheit möchte er auch auf mein Manuskript anstoßen. Die überarbeitete Fassung übersteigt angeblich seine Erwartungen – und das, nachdem er mich erst neulich wenig subtil kritisiert hat.«

»Das freut mich.« Sie lachte. »Es werden sicher interessante Leute kommen. Vielleicht von der Golden Dawn? Oder sogar Töchter der Isis?«

»Die es vielleicht gar nicht gibt.«

Charlotte sah ihn nachdenklich an. »Wir sind uns doch sicher, dass sie kein Gerücht sind, oder?«

Tom wiegte den Kopf und zog an der Pfeife. »Da gebe ich dir recht, und es verlockt mich, weiter ihrer Spur zu folgen. Aber wir könnten uns gefährlichen Gegnerinnen gegenübersehen.«

Sie spürte einen leisen Schauer, als sie an Julia Danby und ihre Eltern dachte. An Alfie und Anna Carhill und den alten Ned.

48

Etwas hatte Anna gerufen. Sie wusste nicht, ob es ein Traum oder eine unterschwellige Empfindung gewesen war, jedenfalls konnte sie nicht mehr einschlafen. Sie schlug die Bettdecke zurück und trat ans Fenster, legte die Hand gegen die Scheibe, als wollte sie sich vergewissern, dass sie wach war und das Glas auf ihrer Haut spürte.

Ein Impuls brachte sie dazu, das Fenster zu öffnen. Sie beugte sich hinaus, tauchte das Gesicht in die kühle Nachtluft. Ein Windhauch trug den Geruch des Flusses zu ihr herüber, und da begriff sie, dass es die Themse war, die sie gerufen hatte. Am liebsten wäre sie aus dem Haus gelaufen, doch das wagte sie nicht, zu eindringlich war die Erinnerung an das, was beim letzten Mal geschehen war.

Sie schloss die Augen und ließ die Luft über ihre Haut streichen. Seit sie wieder frei war, schlief sie schlecht, schrak aus wirren Träumen hoch, in denen eine Stimme schmeichelnd und drohend zu ihr sprach. Wenn sie wach war, konnte sie sich erklären, woher die Träume rührten, doch nachts war sie verletzlich und vermochte sich nicht dagegen zu wehren.

In ihr hatte sich eine Kluft aufgetan, und sie war sich nicht mehr sicher, auf welche Seite sie gehörte.

Sie war für das Ritual ausersehen, und das machte sie stolz, kein Zweifel. Die Hohepriesterin hatte ihr gesagt, sie sei auserwählt, sei besonders, und werde darum vor allen anderen der Isis-Prüfung unterzogen, mit der sie in den nächsten Grad erhoben wurde. Anna hatte gefragt, warum gerade sie ausersehen war, wo sie sich doch einen Fehltritt erlaubt hatte, doch die Antwort hatte sie beruhigt, fürs Erste jedenfalls.

Weil es die anderen in ihrem Glauben stärken wird. Wenn selbst eine Adeptin wie du, die kurzzeitig gefehlt hat, den Weg entschlossen weitergeht, können sie es auch. Und werden jenen, die unseren Orden in Gefahr bringen, umso fester entgegentreten. Denn glaube mir, es gibt Menschen, die uns schaden wollen.

Das hatte sie verstanden und sich gefreut, dass sie der Hohepriesterin von Nutzen sein konnte.

Doch in den stillen Nachtstunden kamen die Zweifel und mit ihnen die Erinnerung an die beiden Frauen, die unerwartet vor der Tür gestanden hatten. Mrs. Ashdown und ... Julias Mutter.

Anna sah wieder die Hohepriesterin vor sich, und in ihrem Blick lag nichts von der beseelten Güte, die sonst darin zu lesen war.

Denn glaube mir, es gibt Menschen, die uns schaden wollen. Und die müssen wir vernichten.

49

Charlotte betrachtete sich im Spiegel. Das silbergraue Seidenkleid ließ ihre blonden Haare leuchten. Sie strich es an den Hüften glatt, die vom engen Schnitt betont wurden. Sie trug es zum ersten Mal und fand, dass die Einladung zu den Jellicoes ein würdiger Anlass war, um es einzuweihen.

Dann legte sie die silberne Kette, die Tom ihr zur Hochzeit geschenkt hatte, und die passenden Ohrringe an, drehte sich einmal um sich selbst und wollte gerade nach unten gehen, als Alfie aus seinem Zimmer kam, ein Buch unter dem Arm. Er blieb abrupt stehen, als er sie sah.

»Oh, Mrs. Ashdown. Sie sehen verdammt ... prächtig aus.«

Sie musste ein Lächeln unterdrücken. »Danke, Alfie, das ist sehr freundlich von dir. Wir gehen heute Abend aus.«

Er stand strammer. »Alles klar. Nicht die Tür öffnen, nicht ans Fenster gehen, der Stock steht im Garderobenständer.«

»Ausgezeichnet! Aber Daisy bleibt hier, bis wir zurückkommen.«

Enttäuschung huschte über sein Gesicht. »Das ist nicht nötig, ich komm schon allein zurecht.«

»Sie hat noch einiges für mich zu erledigen«, log Charlotte. »Im Notfall musst du *sie* beschützen.«

Er schien mit sich zu kämpfen und beschloss dann, ihr zu glauben. »Wird gemacht, Mrs. Ashdown.«

Sie gingen gemeinsam nach unten. »Komm mal mit.« Sie winkte ihn ins Arbeitszimmer, wo sie ihm ein Buch mit buntem Umschlag überreichte, das auf dem Tisch gelegen hatte. »Die Ritter der Tafelrunde. Keine Schiffe oder Seeleute, aber es könnte dir gefallen.«

Alfie nahm es freudig entgegen. Er war seit fast einer Woche zurück, lange konnte sie ihn nicht mehr bei Laune halten. Der Junge kam ihr vor wie ein Fohlen, das auf der Weide umhergaloppieren will und stattdessen im Stall eingesperrt ist. Er beklagte sich nicht, aber sie sah ihm an, dass ihm das freie Leben an der Themse fehlte, auch wenn er hier bei ihnen sicherer war.

Charlotte spürte den Druck, der auf ihnen lastete. Sie mussten endlich Fortschritte machen, bevor noch weitere Menschen zu Schaden kamen. Sie hoffte sehr, bei den Jellicoes jemandem zu begegnen, der zu einer der Geheimgesellschaften gehörte, und dass sie etwas aufschnappen oder eine geschickte Frage stellen konnte. Ihr gingen Sally Beacons Worte nicht aus dem Kopf: *Es ist ein Geschenk. Von einer sehr mächtigen Frau. Es gibt einen Kreis...* Dann hatte sie sich selbst unterbrochen, als hätte sie schon zu viel gesagt.

»Die schönste Frau Londons, und sie geht mit mir aus! Ich bin der glücklichste Mann in England.«

Alfie grinste verlegen und eilte aus dem Zimmer, vorbei

an Tom, der auf der Schwelle erschienen war und Charlotte bewundernd ansah. »Das Kleid ist wie für dich gemacht.«

»Es *wurde* doch für mich gemacht«, sagte sie lächelnd und trat vor ihn hin.

»Du weißt, wie ich es meine.« Er selbst sah auch gut aus – dunkler Gehrock und eine silbern schimmernde Weste, die zur Farbe ihres Kleides passte. Sie streckte die Hand aus und zupfte eine Locke zurecht. Er küsste sie auf die Handfläche und ließ seine Lippen dort verweilen.

Das Haus war festlich erleuchtet, beiderseits der Tür standen eiserne Schalen, aus denen Flammen loderten. Khalish öffnete ihnen und ließ sie mit einer tiefen Verbeugung eintreten. Sowie man ihnen die Mäntel abgenommen hatte, kam Sir Tristan ihnen mit ausgebreiteten Armen entgegen.

»Mrs. Ashdown, Sie sehen bezaubernd aus! Kühler Raureif am Ufer der Themse, in der sich goldenes Sonnenlicht bricht.«

Sie lächelte, als er sich über ihre Hand beugte. »Sir Tristan, ich wusste gar nicht, dass Sie eine poetische Ader besitzen.«

»Nicht so wie unser Tom, aber ich habe mir als junger Mann den einen oder anderen Vers abgerungen. Zu einem Gedicht hat es jedoch nie gereicht. Kommen Sie doch herein.«

Das Haus wirkte noch exotischer als sonst. Überall brannten Kerzen in Windlichtern und Feuerschalen, und es duftete betörend nach Patchouli, Sandelholz und exotischen Gewürzen. Die Gäste waren festlich gekleidet – die

Männer meist traditionell im Frack, obwohl einige bunte Westen und sogar ein orientalisches Gewand aufblitzten, während die Frauen keine Mühe gescheut und sich in ihre schönsten Roben geworfen hatten. Einen Moment lang kam sich Charlotte unscheinbar vor, fing aber einige bewundernde Blicke auf und gelangte zu dem Schluss, dass Silbergrau durchaus hervorstach, wenn alle anderen zu auffälligen Farben neigten.

Sir Tristan stellte sie so vielen Gästen vor, dass ihr bald der Kopf schwirrte und sie sich ein kühles Glas Bowle geben ließ. Sie wollte sich gerade in eine ruhige Ecke zurückziehen und von dort aus das Treiben betrachten, als Sir Tristan einen entzückten Ruf ausstieß und auf zwei Frauen zueilte, die rauchend an einem geöffneten Fenster standen.

Während Charlotte sich noch an den Anblick der Frauen gewöhnte, die in aller Öffentlichkeit ihre Zigaretten genossen, winkte Sir Tristan sie und Tom dazu. »Darf ich vorstellen, meine Damen? Charlotte und Tom Ashdown, dessen Ruf ihm vorauseilt. Und ich präsentiere Ihnen Miss Annie Horniman und Miss Florence Farr.«

Miss Horniman trug ein exzentrisches, dunkles Gewand, das lose am Körper herabfiel, und zahlreiche Ketten unterschiedlicher Länge, dafür aber weder Ringe noch Ohrschmuck. Ihr ausdrucksvolles Gesicht wurde von wilden dunklen Haaren umrahmt, die sich einer geordneten Frisur zu widersetzen schienen.

Ihre Begleiterin wirkte zarter und versprühte eine Energie, die Charlotte sofort in ihren Bann zog.

»Miss Farr ist eine bekannte Schauspielerin«, sagte Tom zu Charlotte. »Es ist mir eine Ehre und ein Vergnügen, Ihre Bekanntschaft zu machen.«

Charlotte schaute die andere Dame an. »Haben Sie auch mit der Bühne zu tun?«

Miss Horniman sah sich flüchtig um, legte den Zeigefinger an die Lippen und schaute Charlotte und Tom verschwörerisch an. »Können Sie schweigen?«

»Wie ein Grab«, sagte Tom feierlich.

»Wie Sie vielleicht wissen, hat meine Familie im Teehandel ein Vermögen verdient«, begann Miss Horniman. »Und das nutze ich, um die Künste zu fördern. Niemand weiß, wer Florences Saison am Avenue Theatre finanziert. Nun, das war ich.«

Tom und Miss Horniman vertieften sich ins Gespräch, und Charlotte erfuhr, dass Miss Farr sich für das Frauenwahlrecht einsetzte. Sie unterhielten sich so angeregt, dass sie gar nicht merkte, wie jemand neben sie trat.

»Wie können Sie nur!«

Alle zuckten zusammen. Iris Jellicoe stand plötzlich kerzengerade wie eine Statue zwischen ihnen. Sie trug ein violettes Kleid, das ihren Körper wie eine zarte Wolke umgab, und polierten Silberschmuck, in dem sich die flackernden Flammen brachen. Ihre aufgesteckten Haare waren mit silbernen Fäden durchwirkt.

»Wie können Sie mir nur die Ehre Ihrer Gesellschaft vorenthalten? Meine liebe Mrs. Ashdown, Mr. Ashdown, willkommen bei unserem Fest! Aber wie ich sehe, unterhalten Sie sich bestens.« Sie lächelte Miss Farr und Miss Horniman an, aber Charlotte meinte, eine leise Bosheit in ihrer Miene zu erkennen.

»Mrs. Ashdown, darf ich Sie kurz entführen?«

Iris Jellicoe trat mit ihr auf die Terrasse, auf der es angenehm kühl war. »Die beiden sind reizend, aber sie können einen mit ihrer Theaterleidenschaft gelegentlich überwältigen.«

»Oh, ich fand es durchaus fesselnd, ihnen zuzuhören.«

Miss Jellicoe sah sie mit einem spöttischen Lächeln an. »Ihr Mann auch, wie mir scheint.«

»Wenn er nicht genau zuhören würde, wäre er kein erfolgreicher Theaterkritiker.«

»Sie sind sehr loyal, meine Liebe.«

»Ich habe keinen Grund, es nicht zu sein.«

Miss Jellicoe legte ihr die Hand auf den Arm. »Verzeihen Sie, ich bin manchmal allzu eitel. Wenn ich nicht im Mittelpunkt stehe, bekomme ich schlechte Laune. Und Sie waren mit Florence und Annie so ins Gespräch vertieft und hatten mich noch gar nicht begrüßt. Ich hatte gehofft, unsere Freundschaft habe schon tiefere Wurzeln geschlagen.«

Charlotte nickte. »Wir hätten Sie als Gastgeberin zuerst begrüßen müssen. Bitte vergeben Sie mir.«

Iris Jellicoe lachte jetzt wieder unbekümmert. »Ach, mein Vater liebt es, seine berühmten Gäste vorzuzeigen.« Sie zündete sich eine Zigarette an, legte den Kopf in den Nacken, sodass ihre makellose Kehle aufschimmerte, und stieß den Rauch aus. »Aber ich habe Sie aus einem anderen Grund nach draußen gebeten. Miss Carhill war gestern hier und hat von Ihrer Begegnung erzählt. Es war sehr freundlich von Ihnen, sich eigens nach Strand-on-the-Green zu bemühen. Wie gut, dass sich Ihre Sorge als unbegründet erwiesen hat.«

Sie lächelte charmant, doch ihre Augen blickten herausfordernd. Charlotte überlief ein unerwarteter Schauer, so plötzlich war die Verwandlung gekommen. Doch sie fasste sich rasch. »Es freut mich, dass Miss Carhill wohlbehalten zurück ist. Immerhin war die Sorge ihrer Tante groß genug, um die Polizei zu verständigen.«

»Vielleicht etwas voreilig, aber es hat ja ein gutes Ende genommen. Sie erwähnte übrigens, Sie seien nicht allein gewesen.«

»Eine Bekannte hat mich begleitet«, erwiderte Charlotte unverbindlich.

»Diese Bekannte sprach von ihrer Tochter, die in der Themse ertrunken sei. Das ist furchtbar. Hatten Sie beide befürchtet, Anna sei etwas Ähnliches zugestoßen?«

»So ist es.« Dann entschied Charlotte blitzschnell. »Der Fluss hat viele Gesichter.«

Viele Ausdrücke huschten über Iris Jellicoes Gesicht: Überraschung, Zorn, Belustigung, Zweifel.

»Das sind nicht meine Worte. Das hat Miss Carhill gesagt.«

Miss Jellicoe wies mit dem Kopf in Richtung Salon. »Die beiden Damen haben übrigens ein Geheimnis.«

Charlotte kam es vor, als wollte sie von der Unterhaltung ablenken. »Und das wäre?«

»Sie sind Mitglieder der Golden Dawn.«

»Dürfen Sie das denn verraten?«

Iris Jellicoe schwenkte lässig die Hand mit der Zigarette. »Es bleibt doch unter uns, nicht wahr?«

Charlotte sah zum Haus, aus dem Musik und Gelächter und Gläserklirren drangen. »Gewiss. Wer denn sonst noch?«

»Raten Sie selbst, Mrs. Ashdown. Allzu indiskret darf ich dann doch nicht sein«, sagte Miss Jellicoe geschmeidig.

Charlotte sah sie an. »Wollen wir wieder hineingehen? Man vermisst uns sicher schon.«

Als sie zu Tom trat, der noch mit den beiden Damen plauderte, drehte er sich um und berührte sanft ihre Schulter. »Ich hoffe, ich habe dich mit unserer Fachsimpelei nicht vertrieben.«

»Keineswegs. Ich hatte unterdessen eine interessante Unterhaltung mit Miss Jellicoe.« Sie zog die Augenbrauen hoch, um anzudeuten, dass sie unter vier Augen mit ihm sprechen wollte.

Tom verbeugte sich vor Miss Farr und Miss Horniman. »Es war mir ein Vergnügen, meine Damen. Wenn Sie mich entschuldigen ...«

Sie nahmen sich jeder noch ein Glas Bowle und schlenderten auf die Terrasse, doch Charlotte zog ihn mit sich bis auf den Rasen.

Tom sah sie fragend an.

Sie warf einen Blick zum Haus. »Die beiden sind Mitglieder der Golden Dawn.«

»Im Ernst?«

»Miss Jellicoe hat es mir verraten.« Charlotte legte ihm

die Hand auf den Arm. »Ich glaube, sie wollte mich damit ablenken.«

»Wovon?«

Sie berichtete von dem seltsamen Gespräch über Anna Carhill, was sie über die Themse gesagt und wie Iris Jellicoe darauf reagiert hatte.

Ihre Augen trafen sich, und beide erkannten, dass sie das Gleiche dachten.

Charlotte sprach als Erste. »Ich glaube, ich wollte es nicht wahrhaben.«

Tom nickte. »Alles fügt sich zusammen, nicht wahr?«

»Am liebsten würde ich heimgehen.«

»Ja«, sagte er rasch, »aber das wäre zu auffällig. Wir dürfen uns nichts anmerken lassen.«

»Du denkst auch, dass Iris dazugehört, nicht wahr?«

»Es würde vieles erklären.« Er warf einen Blick zum Haus. »Ich finde, wir sollten ein bisschen mit unserem Gastgeber plaudern.«

Wie aufs Stichwort trat Sir Tristan mit einem Champagnerglas auf die Terrasse. »Ich muss schon sagen – dass ich einen Mann mit seiner eigenen Ehefrau im Garten entdecke, gibt mir zu denken. Verzeihen Sie, liebe Mrs. Ashdown, aber es ist wirklich ungewöhnlich.«

»Ich musste mich bei meiner Frau entschuldigen, weil ich sie über einem faszinierenden Gespräch mit Miss Farr und Miss Horniman vernachlässigt habe.«

»Und, haben Sie ihm verziehen?«

»Gewiss doch«, sagte Charlotte, »ich kann meinem Mann nie lange böse sein.« Dann kam ihr ein Gedanke. »Übrigens hatte ich das Vergnügen, Sally Beacon auf der Bühne zu erleben und persönlich mit ihr zu sprechen. Sie besitzt ein ägyptisches Amulett, das sie als Glücksbringer bei sich trägt, das hat mir sehr gefallen. Ihre Tochter ist mit ihr bekannt, nicht wahr?«

Sie bemerkte, wie ein Anflug von Gereiztheit über Sir Tristans Gesicht huschte. »Meine Tochter und ich leben unter einem Dach, führen aber gesellschaftlich beide unser eigenes Leben. Iris hat einen Freundeskreis, der sich mit meinem nur bedingt überschneidet.« Seine Stimme klang reichlich kühl, doch Tom ließ sich davon nicht abschrecken.

»Ich habe das Amulett auch gesehen, es liegt Miss Beacon sehr am Herzen. Und dabei fiel uns auf, wie oft wir hier in London auf Spuren des alten Ägypten stoßen. Charlotte hat die römische Münze mit der Göttin Isis gekauft ...«

»... und dann diese Pyramide in Limehouse, von der mir eine Nachbarin erzählt hat. Ich habe sie mir angesehen und war fasziniert. Es scheint sich um eine Kuriosität zu handeln, die niemand zu erklären weiß. Tom, die kommt doch auch ins Buch, nicht wahr?«

»Selbstverständlich. Und der Obelisk an der Themse.«

Sie spielten sich die Bälle zu, als wären sie beim Tennis. Sir Tristan schien nicht zu wissen, was er dazu sagen sollte, und Tom erlebte ihn zum ersten Mal verlegen. »Zum Glück habe ich Ihr Manuskript gelesen. Sonst hätte ich Sorge, dass das Buch nur von Ägypten handelt.«

Tom lachte. »O nein, es gibt noch andere faszinierende Orte und Geschichten. Aber es ist verblüffend, wie sich bei der Recherche bestimmte Muster herausbilden. Charlotte sind sie auch aufgefallen.«

Sir Tristan hob die Hand. »Leider muss ich mich wieder meinen Gästen widmen. Kommen Sie, ich möchte Sie noch einigen interessanten Leuten vorstellen.« Dann hielt er inne. »Und wenn ich Ihnen einen Rat geben darf: Suchen Sie keine Muster, wo keine sind.«

Damit kehrte er ihnen den Rücken und trat ins Haus.

Nachdem sie sich gegen elf Uhr verabschiedet und den Jellicoes für die Einladung gedankt hatten, traten sie auf die stille Straße hinaus.

»Lass uns doch wieder ein Stück gehen, dabei kann man so gut reden«, sagte Charlotte zu Tom. »Miss Farr hat mir vorhin Mr. Willam Butler Yeats vorgestellt, den Dichter. Er interessiert sich auch für Magie.«

Tom verdrehte die Augen. »Gibt es in diesem Haus eigentlich irgendjemanden, der das nicht tut?«

»Wohl kaum. Wer weiß, vielleicht ist er auch Mitglied der Golden Dawn. Er und Miss Farr scheinen einander sehr nahezustehen. Sie hat ihn förmlich mit den Augen verschlungen.«

Tom blieb im Licht einer Gaslaterne stehen, fasste Charlotte bei den Schultern und sah sie eindringlich an.

»Was ist los?«, fragte sie beunruhigt.

Seine Stimme bebte leise, als er sprach. »Wir haben uns lange genug am Rand herumgedrückt.« Er hielt inne und fuhr sich durch die Haare, entnervt und ratlos. »Es ist, als würden wir draußen vor dem Fenster stehen und drinnen im Haus ein Unglück beobachten, das wir nicht verhindern können.« Zorn stahl sich in seine Stimme. »Wir ahnen viel und können nichts davon beweisen.«

Charlotte umklammerte seine Hände. »Genauso fühle ich auch. Anna Carhill hat Glück gehabt, was immer ihr auch zugestoßen ist. Aber beim nächsten Mal … Und da ist auch noch Alfie …« Sie gab sich einen Ruck. »Aber wir waren nicht untätig. Wir haben beide Jellicoes herausgefordert, unsere Karten aufgedeckt. Jetzt müssen wir abwarten, wie sie reagieren.«

Sie gingen langsam und untergehakt weiter. Tom stieß seufzend die Luft aus. »Es ist wie ein Schachspiel, nicht wahr? Wir machen einen Zug, sie antworten. Fragt sich nur, wer am Ende matt ist.«

Als Tom die Tür aufschloss, hielt er inne und trat dann beiseite, damit Charlotte den Anblick genießen konnte. Alfie saß auf der Treppe, den Stock zwischen den Knien, den Kopf ans Geländer gelehnt. Er schlief tief und fest. Daisy kam aus der Küche und lächelte, als sie den Jungen sah.

»Er wollte einfach nicht ins Bett. Er muss mich beschützen, hat er gesagt. Also hab ich ihm ein Stück Kuchen und Kakao gebracht, damit er sich bei der Wache stärken konnte«, flüsterte sie.

Charlotte wollte ihn gerade sanft wecken, als Tom hinter ihr fragte: »Oh, ein Telegramm?«

»Verzeihung, Mr. Ashdown, das kam, kurz nachdem Sie gegangen waren.«

Charlotte trat zu ihm. »Hoffentlich nicht von deinem Vater?«

Er drehte es in Händen. »Nein, es ist von Mrs. Danby, für uns beide.« Er riss es auf und hielt es so, dass sie beide die wenigen Zeilen lesen konnten.

```
Per Brief Warnung erhalten stopp sol-
len Nachforschungen einstellen stopp
machen sonst Julias Tod bekannt stopp
erbitte Hilfe stopp M. Danby
```

50

Das Licht war blau. Henrietta wusste nicht, wie man es angestellt hatte, doch für das bevorstehende Ritual, das mitten in der Nacht stattfand, hatte der Tempel eine völlig andere Gestalt erhalten. Die Bilder, die sie so oft gesehen hatte, wirkten neu und fremd, weil sie in diesen bläulichen Schein getaucht waren. Die Mauern wirkten violett und damit kühler. Alle warmen Farben waren durch kalte ersetzt, und wellenförmige Schatten tanzten über die Wände, als wäre der Raum überflutet. Die Adeptinnen standen im Kreis um einen langen Tisch, auf dem die junge Frau lag. Ihre offenen Haare umflossen ihren Kopf, und sie war in ein dunkelblaues Gewand gekleidet, das Hals und Arme freiließ. Sie hatte die Augen geschlossen und wirkte so ruhig, als schliefe sie.

Henrietta hatte die Isis-Prüfung nie erlebt und war überrascht gewesen, dass ausgerechnet Anna sich dem Ritual unterziehen sollte. Es war eigentlich den höheren Graden vorbehalten, die über tieferes Wissen verfügten und der Hohepriesterin ihren Wert bereits bewiesen hatten. Andererseits sollte es die junge Adeptin vielleicht in ihrem Glauben stärken, nachdem sie der Polizei und den neugierigen Frauen begegnet war, die womöglich Zweifel in ihr wachgerufen hatten.

Die Hohepriesterin trat an den Kopf des Tisches. Auch sie war blau gekleidet, doch ihr Gewand war mit silbernen Stickereien durchwirkt, die Hieroglyphen und magische Symbole darstellten. Sie trug einen Kopfschmuck, der die Isis-Hörner mit der Sonne nachbildete und den sie nur bei besonders feierlichen Anlässen anlegte.

Sie hob die Hände, worauf die Ärmel des Gewandes wassergleich an den Armen herabflossen, und intonierte den Beginn des Rituals.

»Oh Isis, Beschützerin des Lebens, Herrin über Geburt, Tod und Wiederkunft, Hüterin des Wassers – wir rufen dich heute an und erbitten dein göttliches Licht für unsere Schwester Anna, die in Gefahr geraten ist. Ihre Seele drohte, vom Wege abzukommen. Darum bitten wir dich, erfülle sie mit deiner Weisheit.«

»Oh Isis, erfülle sie mit deiner Weisheit«, wiederholten die Adeptinnen wie mit einer Stimme.

Jemand reichte der Hohepriesterin einen geöffneten Tiegel. Sie tauchte den Zeigefinger hinein, trat vor und rieb die Stirn der liegenden Frau ein. Ihre Fingerspitze kreiste sanft über der Nasenwurzel. »Oh Isis, diese Salbe ist mit deinem Wasser bereitet. Schenke unserer Schwester die Erkenntnis, dass in dir allein das Heil liegt. Öffne ihre Augen, auf dass sie das Licht sehen möge, das du uns gibst.«

»Oh Isis, öffne ihre Augen, auf dass sie das Licht sehen möge.«

Eine Adeptin reichte der Hohepriesterin ein Gefäß. Annas Kopf wurde angehoben, und man flößte ihr den

Trank ein. Sie schluckte, schien aber nicht wirklich wach zu werden.

»Heka, wir beschwören dich. Achu, wir stützen uns auf dich. Gebt unserer Schwester Kraft, damit sie den Versuchungen der Ungläubigen widerstehen kann. Lasst sie aufstehen, damit sie eins mit dem göttlichen Wasser wird.«

»Damit sie eins mit dem göttlichen Wasser wird.«

Wie auf ein Stichwort setzte sich die junge Frau auf, schwang die Beine vom Tisch und stellte sich hin. Dann führte die Hohepriesterin sie zu einem Becken mit steinernem Fuß und legte die Hand an Annas Hinterkopf. Sie drückte sie sanft nach vorn, bis ihr Gesicht das Wasser berührte und hineintauchte.

»Oh Isis, sie ist eins mit dem göttlichen Wasser.«

Henrietta war wie gebannt. Das gemeinsame Sprechen der Worte, die traumwandlerischen Bewegungen der jungen Frau, die spürbare Macht der Hohepriesterin verdrängten jeden Zweifel.

Sie würde tun, was immer die Hohepriesterin von ihr verlangte. Sie hatte ihrem Leben einen Sinn verliehen, als sie sich einsam und ohne Hoffnung glaubte, und dafür würde Henrietta ihr immer dankbar sein. Ihre Strenge war nötig, um die Töchter der Isis vor einer Welt in Schutz zu nehmen, die jeglichen Zauber verloren hatte.

In diesem Augenblick gab es kein London und kein heraufziehendes 20. Jahrhundert, keine Straßenbahnen und eisernen Brücken, keine Fabriken und Dampfschiffe. Es gab nur den Fluss und die Göttin und den kleinen Kreis der

Menschen, der sich ihnen anvertraute. Der sich von ihnen den Weg weisen ließ. Der verstanden hatte, dass alles eins war. Dass Leben Tod und Tod Leben, dass Licht finster und die Finsternis hell war.

51

Charlotte und Tom setzten sich ins Wohnzimmer, er schenkte ihnen beiden einen Whisky ein. Den konnten sie gebrauchen. Tom war blass geworden, nachdem er das Telegramm gelesen hatte. Als sich ihre Blicke begegneten, wussten beide, dass der Verdacht, der vorhin im Garten der Jellicoes gewachsen war, zutraf, und dass sie lange blind gewesen waren.

»Wir hätten es sehen müssen«, brach es aus Tom hervor.

»Nicht unbedingt. Aber wir haben die Jellicoes auf unsere Spur gelockt. Wir haben ihnen von Alfie erzählt. Ich habe Iris die Münze gezeigt und den alten Ned erwähnt. Ich war im Lesezirkel, und Mrs. Hartley-James, die mit Iris befreundet ist, hat es vermutlich weitererzählt. Mrs. Danby und ich waren bei Anna Carhill, die wiederum Iris davon berichtet hat. Was immer wir taten, die Jellicoes waren uns einen Schritt voraus, weil sie überall Augen haben. Wir haben uns ihnen ausgeliefert.«

»So ist es«, sagte Tom resigniert.

Charlotte legte ihm die Hand auf den Arm. »Aber es ist unglaublich. Wer könnte uns vorwerfen, dass wir ihnen vertraut haben?«

»Darum geht es nicht«, sagte er heftig. »*Wir* können es uns vorwerfen, das reicht völlig.«

Sie verstand nicht ganz, warum es ihn mehr zu treffen schien als sie. Sie war wütend, aber nicht auf sich, sondern auf die Menschen, die sich überlegen glaubten und mit ihrem Hokuspokus Macht über andere ausübten. Die eine junge Frau allem Anschein nach dazu gebracht hatten, sich der Themse zu »opfern«.

Tom drückte die Fingerspitzen an die Schläfen und sagte verzweifelt: »Begreifst du nicht? Nicht wir, *ich* habe das alles ausgelöst. Hätte ich in Mortlake einfach meine Arbeit getan, statt mich auf diese Geschichte zu stürzen, wären sie nie ...«

Charlotte sprang auf und kniete sich vor ihn hin. Sie ergriff seine Hände und hielt sie fest. »Hör auf damit! Das ist Unsinn, und das weißt du. Es hat viel früher begonnen. Julia Danby ist gestorben, bevor du dort warst, und sie verdient, dass ihr Tod aufgeklärt wird. Man hätte Alfie vermutlich auch bedroht, wenn du ihm nie begegnet wärst. Diese Leute haben ihre Augen überall.«

Doch Tom war in Gedanken ganz woanders.

»Wir müssen mit Mrs. Danby sprechen«, sagte Charlotte am nächsten Morgen.

»Übernimmst du das?«, erwiderte Tom, während er den Mantel überzog. »Ich habe etwas zu erledigen, das ich längst hätte tun müssen.« Er sah aus, als hätte er schlecht geschlafen, war aber voller Tatendrang.

Sie spürte, wie Unmut in ihr aufstieg. »Man hat den Danbys gedroht, das können wir nicht hinnehmen. Gestern Abend gab es nichts Wichtigeres als das hier, und jetzt läufst du einfach weg und sagst mir nicht einmal, wohin?«

Er atmete tief durch – ob zur Beruhigung oder um sich an einer heftigen Antwort zu hindern, konnte sie nicht sagen. »Alfie ist immer noch in Gefahr, und zwar so lange, wie er bei uns wohnt. Ich muss einen Weg finden, um ihn zu beschützen.« Ein Geräusch von oben an der Treppe, Tom blickte rasch hinauf und wieder zu ihr. »Ich brauche vermutlich den ganzen Tag. Du fährst zu Mrs. Danby und siehst dir diesen Brief an, vielleicht verrät er ja etwas. Daisy und Alfie bleiben im Haus und öffnen niemandem die Tür. Heute Abend bereden wir in Ruhe, wie wir gegen die Jellicoes vorgehen wollen.«

Es machte ihr nichts aus, allein mit Mrs. Danby zu sprechen, aber sie war immer noch ungehalten, weil Tom ihr nicht sagen wollte, was er wegen Alfie unternehmen wollte. Oder hatte er noch gar keinen Plan und schämte sich, das einzugestehen?

Charlotte atmete tief durch. Sie vertraute Tom, wie sie noch nie einem Menschen vertraut hatte. »Versprich mir nur, dass es ungefährlich ist.«

Tom wirkte erleichtert, und das gewohnte Lächeln trat auf sein Gesicht. Er fasste sie sanft unter dem Kinn und küsste sie. »Das kann ich bedenkenlos versprechen.«

Charlotte sah ihm nach, als er, die Tasche über der Schulter, zur Tür hinausging. Wohl fühlte sie sich noch immer nicht, aber etwas leichter als vorhin. Dann wandte sie sich zur Treppe.

»Du kannst runterkommen, Alfie. Ich hoffe, es war interessant genug für dich.«

Er hatte verdächtig rote Ohren, obwohl er den Kopf trotzig erhoben hatte. »Er hätte mich mitnehmen sollen.«

Sie musste lachen. »Dich und den Stock, was? Jetzt bist du ja wieder wach.«

Er sah sie empört an. »Ich hätte gemerkt, wenn jemand reingekommen wäre!«

»Natürlich. Ich wollte mich nicht über dich lustig machen. Es war mutig, dass du Wache gehalten hast.«

Er setzte sich auf die vorletzte Stufe und schaute zu ihr hoch. »Wer droht den Danbys?«

Charlotte verdrehte die Augen. Der Junge bekam aber auch alles mit. Sie deutete auf die Wohnzimmertür. »Rein mit dir.«

Als er sich in einem Sessel niedergelassen hatte, sah sie ihn zweifelnd an. »Je weniger du weißt, desto besser.«

»Man hat mir auch gedroht. Also sitzen wir im selben Boot, die Danbys und ich.«

Sie hob warnend die Hand. »Nicht ganz. Du hast eine Fluchtafel erhalten, sie nur einen Brief.«

Er ließ sich nicht beirren. »Sie haben aber gesagt, man hat ihnen gedroht.«

Charlotte seufzte. »Sie sollen die Nachforschungen einstellen, sonst will man bekannt machen, wie Julia gestorben ist. Sie werden von Selbstmord sprechen, und die Leute werden tuscheln und Gerüchte verbreiten, dass sie unglücklich war, dass ihre Eltern sich nicht um sie gekümmert haben, vielleicht auch, dass sie ein uneheliches Kind erwartete, dass sie sich versündigt hatte ...« Sie hielt inne, die Worte waren mit ihr durchgegangen, wie ein Wasserfall aus ihr herausgestürzt. »Verstehst du, Alfie? Sie haben ihr einziges Kind verloren. Dieses Gerede würde ihren Schmerz nur größer machen.«

Er presste die Lippen aufeinander und runzelte die Stirn. »Sie könnten einfach aufhören zu suchen. Aber dann erfahren sie nie, was mit ihr passiert ist.«

Charlotte nickte. »Genauso ist es. Man stellt sie vor eine unmögliche Wahl.«

»Und was wollen Sie machen?«

»Ich werde ihnen raten, so zu tun, als würden sie nachgeben. Stillhalten. Schweigen. Nichts mehr unternehmen.«

Er zog einen Mundwinkel in die Höhe. »Während Sie heimlich weitermachen.«

Sie seufzte. »Die Leute, die dahinterstecken, wissen jetzt, dass ich Mrs. Danby kenne. Aber mir fällt keine bessere Möglichkeit ein.« Dann beugte sie sich vor und sah Alfie eindringlich an. »Wir dürfen nicht aufhören, sonst sind wir diesen Menschen ausgeliefert. Nur wenn wir beweisen können, was sie getan haben, sind die Danbys frei. Und du bist es auch.«

Die Handelsmarine führte kein Register ihrer Seeleute! War das zu fassen? *Vor 1858 wurden Listen geführt*, hatte man Tom mitgeteilt, dann jedoch hinzugefügt: *Leider hat man von dieser Praxis Abstand genommen, sodass ein Seemann nur dann ermittelt werden kann, wenn Sie den Namen seines Schiffes kennen.* Er verfluchte diejenigen, die es für eine gute Idee gehalten hatten, die Mitglieder der Handelsmarine nicht mit Namen, Geburtsdaten und weiteren genauen Angaben zu registrieren und dadurch Leute wie ihn, die einen bestimmten Seemann suchten, auf eine Reise ins Nirgendwo zu schicken.

Er wandte sich in Richtung Themse. Es war keine bewusste Entscheidung, eher ein Instinkt, der ihn zum Fluss hinunterzog. Vielleicht würde ihn der Anblick beflügeln, zumindest aber zuversichtlicher stimmen, als er sich in Wahrheit fühlte.

Ihm war, als zöge sich ein Netz um ihn und Charlotte, um Alfie und die Danbys zusammen. Der gestrige Abend hatte ihnen deutlich gezeigt, mit wem sie es zu tun hatten: Die Jellicoes waren wie fließende Seide, unter der sich unerbittliches Eisen verbarg. Sie begegneten Fragen und Andeutungen mit Nonchalance, lenkten ab, schmeichelten. Aber die Nachforschungen hatten sie aufgestört, und es war nur eine Frage der Zeit, bis sie zum Gegenschlag ausholten.

Nein, korrigierte er sich, das hatten sie längst getan. Die Fluchtafel, der Brief an die Danbys, der alte Ned … das waren Warnungen gewesen. Wie lange würden sie sich damit zufriedengeben?

Vielleicht hätte er mit Charlotte über seine Pläne sprechen sollen, aber etwas hatte ihn davon abgehalten – und nicht nur die Tatsache, dass der Junge von der Treppe aus gelauscht hatte. Nachdem Alfie weggelaufen war, hatten sie sich ausgesprochen und einen Entschluss gefasst. Er würde nicht bei ihnen bleiben, würde nie ihr Sohn werden. Daran hatte sich nichts geändert.

Doch er war Tom ans Herz gewachsen, und darum musste

er ihn beschützen. Er würde nicht ruhen, bis er Alfie in Sicherheit wusste. Er würde dafür sorgen, dass dem Jungen keine Gefahr mehr drohte. Und dann würde er alles tun, damit Alfie das Leben führen konnte, das er sich wünschte. Nicht in einer Schule in Clerkenwell, nicht im Hause Ashdown, sondern auf einem Schiff.

Tom stand am Ufer, die Hände auf die Balustrade gestützt, und betrachtete die Schiffe und das Gewirr der Ladekräne. Er ließ sich noch einmal die Worte des Sekretärs durch den Kopf gehen. *Wenn Sie den Namen des Schiffes kennen*, hatte er gesagt. Den Namen des Schiffes, den Namen des Schiffes, wiederholte er wie ein Mantra.

Plötzlich erinnerte er sich an den sonnigen Tag in Mortlake, an seinen ersten Besuch dort, und wie er mit Alfie am Ufer entlangspaziert war. Was hatte er ihn doch gleich gefragt?

Ob er ganz allein auf der Welt sei, ja, das war es gewesen, dachte Tom. Worauf Alfie geradezu empört den großen Bruder erwähnt hatte, der zur See fuhr und ihn holen würde, wenn er alt genug sei. Dabei hatte er den Namen des Schiffes erwähnt. Tom hatte das völlig vergessen, aber nun fiel es ihm wieder ein. Er drückte die Faust an den Mund und kniff die Augen zu, als könnte er so die Erinnerung herbeizwingen.

Wie hatte das verfluchte Schiff geheißen?

Ein Frauenname, das wusste er noch. Er ging im Kopf eine Reihe beliebter Namen durch: Annie, Alice, Betty, Sally, Mary – nein, keiner von denen. Aber es war ein gängiger Name, nichts Exotisches oder Ausgefallenes. Polly,

Gertie, Louisa. Auch nicht. Er seufzte. Natürlich konnte er nach Hause gehen und Alfie fragen, aber er wollte keine falschen Hoffnungen wecken.

Tom wanderte ein Stück am Fluss entlang und versuchte, an etwas anderes zu denken. Manchmal tauchten Erinnerungen auf, wenn man nicht angestrengt nach ihnen suchte.

Er ließ sich sein Manuskript durch den Kopf gehen, überlegte, welches Kapitel er an den Anfang stellen wollte. Vielleicht das über John Dee, denn damit hatte alles begonnen. Der Magier der Königin ...

Und da war er, der Name!

Elizabeth, das Schiff hatte Elizabeth geheißen. Beinahe hätte Tom gejubelt, doch da war noch etwas gewesen, ein Zusatz, ein Nachname ... egal. Mit dieser Angabe konnte er das Schiff womöglich finden. Wenn er den Namen las, würde er ihn erkennen, da war er sich ganz sicher.

Tom drehte sich auf dem Absatz um. Chancery Lane. So schnell wie möglich.

52

Charlotte war sich sicher: Der Brief, den die Danbys erhalten hatten, diese unverhohlene Drohung, konnte nur von den Jellicoes stammen – oder von Iris allein. Je länger sie darüber nachdachte, desto klarer trat das Muster hervor. Iris Jellicoe, deren Vater selbst einer Geheimgesellschaft angehörte, die versiert in altägyptischer Mythologie war. Julia Danby, die die Themse als heiligen Fluss betrachtet hatte. Anna Carhill, für die der Fluss viele Gesichter hatte. Sally Beacon, die an die Kraft eines ägyptischen Amuletts glaubte. Wer von außen kam und nachfragte und forschte, wurde bedroht oder verschwand – Alfie, Miss Carhill, der alte Ned.

Bevor sie zu Mrs. Danby fuhr, wollte sie alles niederschreiben und in eine zeitliche Ordnung bringen, die Personen auflisten, die in die Geschichte verwickelt waren, wie auch diejenigen, die ihr und Tom geholfen hatten. Aber es fiel ihr schwer, sich zu konzentrieren, weil ihre Gedanken immer wieder zu Tom wanderten. Wohin war er unterwegs? Was plante er, und warum hatte er ihr nichts davon erzählt?

Gegen Mittag kam Alfie herunter und setzte sich schweigend zu ihr. Er hatte ein Buch auf dem Schoß, schlug es aber nicht auf.

»Was liest du gerade?«

Er zog verlegen die Schultern hoch. »Ich wollte es lesen, aber es ist komisch. Ich versteh's nicht.«

Charlotte warf einen Blick darauf. »Moby Dick«. »Das wundert mich nicht. Es ist auch sehr schwierig. Machst du Fortschritte mit den Knoten?«

Alfie wirkte erleichtert und zog die Kordel aus der Tasche. »Fünf kann ich schon, aber die sind auch ganz schön schwer.« Er begann, einen nach dem anderen zu knüpfen, und sie lobte ihn gebührend.

Dann klingelte es, und Daisy brachte schon wieder ein Telegramm.

```
Muss Sie dringend sprechen stopp komme
nach Clerkenwell stopp Hugh Myddelton
School stopp vier Uhr stopp M. Danby
```

Seltsam, dachte Charlotte, warum wollte Mrs. Danby sie nicht zu Hause aufsuchen? Vielleicht war sie in Panik geraten, nachdem sie den Brief erhalten hatte, und dachte nicht mehr klar. Oder aber – das erschien ihr logischer – Mrs. Danby wollte sie angesichts der Drohung lieber an einem neutralen Ort treffen, an dem niemand sie vermutete. Diese Überlegung passte zu dem Eindruck, den Charlotte von ihr gewonnen hatte.

Sie wandte sich wieder ihren Aufzeichnungen zu, konnte sich aber weiterhin nicht konzentrieren. In ihr flackerte eine kleine Flamme, bedrohlich und verlockend zugleich, und sosehr sie sie auch zu löschen suchte, brach sie sich immer wieder Bahn.

Um Viertel vor vier stand Charlotte auf.

»Ich muss kurz weg«, sagte sie zu Alfie, doch der Junge war so in seine Knoten vertieft, dass er gar nicht hochschaute, als sie hinausging.

Charlotte nahm den kleinen Umweg über den Kirchhof, wo sie den Schatten der Bäume genoss und gleichzeitig vor Miss Clovis' Blicken sicher war. Dahinter lag ein kleiner Park, der an den St. James Walk grenzte. Sie bog nach links ab und sah die Schule schon am Ende der Straße. Das rote, mit Terrakotta-Fliesen verkleidete Gebäude war prachtvoll, eines Königs würdig, und der König war auch persönlich zugegen gewesen, als die Schule im letzten Jahr eröffnet worden war. Noch nie war der Londoner Schulbehörde eine solche Ehre zuteilgeworden, und Charlotte erinnerte sich, dass Tom von einem Exorzismus gesprochen hatte. »Architektonischer Prunk und königlicher Segen, damit die Leute schnell vergessen, dass hier einmal Verbrecher geschmachtet haben.«

Die Kirchturmuhr schlug vier, doch Mrs. Danby war noch nicht zu sehen.

Charlotte schlenderte über den Schulhof und sah sich um. Rechts befand sich eine kleinere Schule, in der taubstumme Kinder unterrichtet wurden. Das wäre eine schöne Aufgabe, dachte sie und ließ sich für einen Augenblick ablenken. Vielleicht konnte sie die Gebärdensprache erlernen und dort helfen. Wenn das alles vorbei und sie wieder mit Tom allein war, mussten sie über die Zukunft sprechen. Eine Zukunft ohne eigene Kinder. Sie wollte sich nützlich machen, und der Gedanke, nicht mehr die Kinder reicher Eltern zu unterrichten, sondern für jene da zu sein, die wenig Glück im Leben hatten, erschien ihr lohnend. Sobald sie wieder Zeit für sich hatten, würde sie mit Tom darüber reden. Auf einmal sehnte sie sich so sehr danach, mit ihm allein zu sein, dass es beinahe wehtat.

»Guten Tag, Mrs. Ashdown.« Die Stimme erklang wie aus dem Nichts.

Charlotte drehte sich um und erstarrte. »Guten Tag, Miss Jellicoe.« Dann bemerkte sie die zweite Frau, die halb hinter ihr stand. Bilder stürmten auf sie ein, Eindrücke und die Erinnerung an das Unbehagen, das sie stets in ihrer Gegenwart empfunden hatte. »Miss Clovis.«

Sie sah nicht mehr aus wie die neugierige ältliche Nachbarin, sondern stand hoch aufgerichtet da, entschlossen und selbstsicher.

»Mrs. Danby wird nicht kommen, oder?« Charlotte hoffte, dass ihre Stimme sicherer klang, als sie sich fühlte.

Iris Jellicoe, die in helles Grau gekleidet war, lächelte spöttisch. »Telegramme sind etwas Wunderbares. So anonym. Keine Adresse, kein Absender. Nur eine Nachricht, ein Name, das reicht.«

Charlottes Augen zuckten zu Miss Clovis. »Und was haben Sie damit zu tun?«

Iris' Arm schoss schnell vor, der Griff war so schmerzhaft, dass sie aufkeuchte. Charlottes Blick zuckte umher. Es war niemand zu sehen. Wie konnte es sein, dass der Schulhof derart verlassen war?

»Kommen Sie.« Miss Clovis ergriff ihren anderen Arm, und die beiden Frauen führten sie zu einem Treppenabgang in der Nähe der Hauswand. Charlotte versuchte, die Füße in den Boden zu stemmen, doch die beiden waren kräftiger als sie.

Ein Fehler!, schrie es in ihr. Sie hatte einen Fehler gemacht, hatte sich darauf verlassen, dass ihr hier im Freien nichts geschehen würde. Tom, dachte sie, was habe ich getan?

»Ich bin im Vorstand dieser Schule«, sagte Miss Jellicoe beiläufig. »Daher kenne ich mich mit den Gepflogenheiten aus. Heute endet der Unterricht um zwei, danach ist niemand mehr hier. Wir sind also vollkommen ungestört.«

Die Stufen sahen feucht und glitschig aus, und es war, als hätte der Wind die Worte des Pfarrers von irgendwo herbeigeweht.

Leider haben sie die Keller nicht mit abgerissen. Sie sind zwar abgeschlossen, aber abenteuerlustige Kinder versuchen immer wieder einmal, dort einzudringen. Der kleine Charlie ist auf der Treppe ausgerutscht und schwer gestürzt.

Nein!, schrie Charlotte stumm, nicht dort hinunter! Nicht in den Keller, nicht ins Gefängnis …

Die beiden Frauen schoben sie die Treppe hinunter. Iris Jellicoe zog einen Schlüssel aus der Tasche, und als die Tür aufschwang, legte sich ein feuchtes Tuch über ihr Gesicht, ein süßlicher Geruch, stechend und unangenehm.

Charlotte spürte den Boden nicht mehr, die Mauern schlugen Wellen, dann wurde alles schwarz.

Der Tag schien zu kurz, als dass er alles erledigt bekommen konnte. In Chancery Lane teilte man Tom mit, dass dort keine Unterlagen über Handelsschiffe aufbewahrt wurden, und schickte ihn in die British Library. Dort konsultierte er das Schiffsregister von Lloyd's, und nach einigem Suchen fand er das Schiff tatsächlich. Es hieß *Elizabeth Doe*, sein

Heimathafen war London. Es verkehrte gewöhnlich zwischen London, Indien und Ceylon sowie der Goldküste im Westen Afrikas. Mannschaftslisten gab es jedoch keine.

Tom raufte sich die Haare. Es musste doch einen Weg geben, um herauszufinden, ob Alfies Bruder auf diesem Schiff unterwegs war und wann es zurückkehren würde! Dann hatte er eine letzte Idee – die Schifffahrtsgesellschaft, unter deren Flagge die *Elizabeth Doe* unterwegs war. Sie hieß Blue Anchor Steam Shipping Company und hatte ihren Sitz in der East India Avenue. Dort angekommen, fragte Tom sich bis zum Sekretär der Firma durch, der ihn mit neugieriger Miene in sein Büro bat.

»Guten Tag, Sir. Wir haben selten Besuch von der Presse. Was kann ich für Sie tun?«

Tom nahm dankbar in dem Ledersessel Platz und warf einen flüchtigen Blick auf die Bilder der Schiffe, mit denen die Wände dekoriert waren.

»Ich bin privat hier, Mr. Furness, nicht als Journalist. Sie sind meine letzte Hoffnung. Es ist nahezu unmöglich, etwas über einen bestimmten Seemann herauszufinden.«

»Darf ich fragen, um wen es geht?«

»Meine Frau und ich betreuen einen Jungen, der als Strandsucher lebt und unverschuldet in Not geraten ist. Sein älterer Bruder, er heißt Jamie Clark, fährt an Bord Ihres Schiffes, der ›Elizabeth Doe‹, die Eltern sind verstorben.«

»Nun, wir haben viele Schiffe und entsprechend viele Seeleute, aber ich will sehen, was ich herausfinden kann.«

Mr. Furness ging ins Nebenzimmer und sprach mit jemandem, bevor er sich wieder zu Tom setzte.

»Es wird nachgeforscht, wo sich das Schiff befindet und ob ein Jamie Clark an Bord ist.«

Kurz darauf klopfte es, und ein älterer Herr legte Furness ein Blatt auf den Tisch, bevor er lautlos verschwand.

Der Sekretär überflog es. »Die ›Elizabeth Doe‹ befindet sich auf einer längeren Fahrt nach Indien und Ceylon. Und ja, ein James Clark ist unter den Matrosen.«

»Das heißt, der Mann fährt regelmäßig auf Ihren Schiffen?«, fragte Tom.

»Nun, ich kann nur sicher sagen, dass er auf dieser Fahrt dabei ist.« Der Mann legte das Blatt beiseite. »Darf ich fragen, warum Ihnen so viel daran liegt, es zu erfahren?«

Tom räusperte sich. »Ich hatte mit dem Gedanken gespielt, den Jungen bei mir aufzunehmen, aber ... Nun, er will unbedingt Seemann werden. Die Vorstellung, in eine Schule in der Stadt zu gehen und womöglich in einem Kontor zu enden, widerstrebt ihm sehr. Er hofft, sein Bruder werde ihn zu sich aufs Schiff holen.« Tom zögerte. »Aber er hat seit Jahren nichts von ihm gehört.«

Der Sekretär schaute ihn aufmerksam an. »Ein Strandsucher, sagen Sie? Also nicht anspruchsvoll?«

»Keinesfalls, er lebt in einem Schuppen an der Themse.«

»Und es ist sein größter Wunsch, Seemann zu werden?«

»So ist es.«

Der Sekretär notierte etwas auf dem Blatt und schob es Tom über den Tisch zu.

»Der städtische Asylausschuss – die Armenbehörde?«, fragte er überrascht.

»Haben Sie von den Ausbildungsschiffen gehört?«

Tom schüttelte den Kopf.

»Vor einigen Jahrzehnten richtete man diese Schiffe ein, um mittellose Jungen aus dem Armenhaus zu holen und ihnen eine Aussicht im Leben zu bieten. Gut, es ging auch darum, Geld zu sparen, aber sei's drum. Die Jungen wohnen auf den Schiffen, die auf der Themse ankern, und lernen dort wichtige Dinge: wie man Kleidung wäscht und flickt, seinen Schlafplatz sauber hält, Taue und Segel macht und repariert, wie man rudert. Also alles, was ein Seemann braucht. Außerdem erhalten sie Unterricht und lernen schwimmen.«

Tom konnte sein Glück kaum fassen. »Das wäre genau das Richtige für den Jungen!« Dann kam ihm ein Gedanke. »Werden sie dort anständig behandelt?«

»Ich denke schon. Die ›Exmouth‹, das derzeitige Schiff, wurde 1877 in Dienst genommen, weil ihre Vorgängerin, die ›Goliath‹, abgebrannt war. Die Jungen, die damals zurück ins Armenhaus mussten, waren sehr unglücklich darüber.«

»Glauben Sie, er hätte eine Chance?«

Der Sekretär wiegte den Kopf. »Das kann ich nicht beurteilen, aber wenn er keine Eltern hat und mittellos ist, stehen die Aussichten nicht schlecht.«

Tom steckte den Zettel ein. »Ich danke Ihnen sehr, auch im Namen des Jungen.«

»Und ich wünsche Ihnen Erfolg.«

Nachdem er das Gebäude verlassen hatte, konnte Tom gar nicht schnell genug nach Clerkenwell zurückkehren, um Charlotte die gute Nachricht zu überbringen.

53

Alfie stürzte Tom entgegen, sowie er das Haus betrat. »Sie ist schon so lange weg!«

Tom überlief ein Schauer, er schluckte. »Wen meinst du?«

»Ihre Frau! Sie ist um Viertel vor vier gegangen und immer noch nicht zurück.«

»Sie wollte zu Mrs. Danby fahren, das dauert eine Weile.« Doch etwas an dem Gedanken beunruhigte ihn. Warum hätte Charlotte bis zum späteren Nachmittag warten sollen, um dorthin zu fahren? Sie hatte doch so dringend mit ihr sprechen wollen.

In diesem Augenblick trat Daisy aus der Küche, und ihr Blick bestätigte, was der Junge ihm gesagt hatte. »Warum ist sie erst so spät aufgebrochen? Hat sie etwas dazu gesagt? Ist irgendetwas Ungewöhnliches geschehen?«

»Sie hat den ganzen Morgen geschrieben, Mr. Ashdown.« Daisy knetete nervös das Geschirrtuch, das sie in Händen hielt, dann deutete sie aufs Wohnzimmer. »Ach ja, und gegen Mittag kam ein Telegramm. Ich habe es Mrs. Ashdown gebracht.«

Tom stürzte ins Wohnzimmer und sah das Telegramm auf dem Tisch liegen. Er überflog es. Mrs. Danby hatte sich mit Charlotte treffen wollen. Aber warum an der Schule? Warum nicht hier bei ihnen?

Es klingelte. Er hörte, wie Daisy zur Tür ging und öffnete. Die Abendpost.

Dann kam sie herein und reichte ihm einen Brief. »Für Mrs. Ashdown, Sir.«

Er war von Mrs. Danby. Tom riss ihn auf, las gierig die wenigen Zeilen.

Liebe Mrs. Ashdown,
mein Mann ist leider unwohl durch den Schreck über den Brief. Morgen würde ich Sie aber gern bei mir empfangen und über alles sprechen. Wäre Ihnen elf Uhr vormittags recht?
Herzliche Grüße
Marguerite Danby

Entsetzt schaute Tom zu dem Telegramm. Wer hatte Charlotte zur Schule bestellt? Und wo war sie jetzt?

»Ich will aber mitkommen!« Alfie verschränkte die Arme vor der Brust und wich keinen Zentimeter von der Stelle. »Sie können das nicht allein.«

Tom zögerte, dann war seine Entscheidung gefallen. Alfie brauchte sich nicht mehr zu verstecken. Ihre Gegner hatten ein anderes Opfer gefunden. Seine Frau.

»Dann los.«

»Mr. Ashdown, was soll ich denn tun?«, rief Daisy, als er die Haustür öffnete.

»Du bleibst im Haus, falls meine Frau zurückkommt.

Mach keinem Fremden auf. Sieh immer wieder aus dem Fenster, vorn und hinten, ob dir etwas auffällt.«

Sie nickte, offenbar bemüht, ihre Angst zu unterdrücken. »Sehr wohl, Sir.«

Tom und Alfie eilten auf die Straße, an der nächsten Ecke nach rechts, ein Pub, noch ein Pub, die Schule tauchte links von ihnen auf. Sie blieben stehen und schauten sich um.

»Ob sie da drin ist?«, fragte Alfie.

Kaum vorstellbar, dachte Tom. Selbst wenn der Unterricht vorbei war, erschien es ihm riskant, jemandem dort etwas anzutun. *Falls* man Charlotte überhaupt etwas antun wollte. Aber das Telegramm war eine Falle gewesen, daran bestand kein Zweifel.

Die Angst traf ihn wie ein Stich. Dann kam ihm ein anderer Gedanke, und seine Panik wurde noch größer. Was, wenn sie die Falle erahnt hatte und trotzdem hingegangen war? Würde Charlotte so etwas tun? Es klang gar nicht nach seiner vernünftigen, rationalen Frau, doch er wusste, wie viel Abenteuerlust in ihr steckte. Neugier. Der Drang, unter die Oberfläche zu schauen. Der Wunsch, Menschen zu helfen.

Er schluckte mühsam, als ihm klar wurde, dass es durchaus zu Charlotte passte.

Dann gab er sich einen Ruck. Es hatte keinen Sinn, herumzustehen und zu grübeln.

Ein älterer Mann im grauen Kittel kam aus dem Schulgebäude, und Tom sprach ihn an. »Haben Sie hier eine Frau gesehen?« Er beschrieb sie, doch der Mann schaute ihn verständnislos an.

»Warum sollte die hier sein? Ist sie eine Lehrerin?«

»Nein. Sie ist meine Frau und war um vier Uhr hier mit jemandem verabredet.«

Der Mann kratzte sich am Kopf. »Wer macht denn so was? Hab keine Frau gesehen. War um vier drinnen und hab die Tafel repariert. Was die Teufelsbraten immer damit anstellen ...«

Tom wollte sich schon abwenden, als ihm noch ein Gedanke kam. »Sagen Sie, hier drunter gibt es doch die Keller vom ehemaligen Gefängnis.«

Der Hausmeister grinste. »Ja, Sir, aber da kommt keiner rein. Die sind verschlossen, was glauben Sie, was die Gören sonst da unten treiben? Ist viel zu gefährlich. Neulich hat sich einer auf der Treppe das Bein gebrochen ... schlimme Geschichte ...«

»Wo ist diese Treppe?«

Der Mann deutete zu einem Abgang weiter hinten an der Hauswand. »Da drüben. Aber Sie kommen nicht rein, das können Sie mir glauben.«

»Das tue ich, aber ...« Er zögerte. »Es ist wichtig.«

Er fasste Alfie an der Schulter und ging mit ihm zu der Treppe hinüber.

Die Tür unten war tatsächlich abgeschlossen. Kein Laut war zu hören. Er hämmerte dagegen und rief Charlottes Namen, und die Stille war wie eine hoffnungslose Antwort. Tom lehnte sich schwer atmend gegen das Türblatt und kämpfte gegen die Verzweiflung, die ihn zu überwältigen drohte.

»Mr. Ashdown.« Alfie zupfte an seinem Ärmel. »Schauen Sie.«

Auf der Handfläche des Jungen lag ein Knopf, der mit weinrotem Stoff überzogen war.

Charlotte besaß eine Jacke mit ebensolchen Knöpfen.

Sie atmete tief durch und tastete nach ihrem Gesicht. Es brannte, vor allem um Mund und Nase, doch sie konnte sich nicht erklären, woher das kam. Ihr Kopf tat weh, sie war benommen, als hätte sie zu viel getrunken. Ihr war schwindlig, obwohl sie saß und eine Mauer im Rücken spürte. Was war mit ihr geschehen?

Charlotte zwang sich, ruhig zu atmen und logisch nachzudenken, was gar nicht einfach war, wenn sich der Kopf wie Watte anfühlte. Sie tastete nach der Mauer, sie war kalt und trocken. Dann der Boden, auch er kalt und dazu körnig, als wäre er mit grobem Sand bestreut. Ihr Finger rutschte in eine breite Fuge. Steinplatten, dachte sie.

Um sie herum war es ziemlich dunkel, doch sie konnte Schemen steinerner Bögen erkennen, mehrere hintereinander, einen Gang, der in der Finsternis endete.

Nach einigen Minuten vermochte sie klarer zu denken, und damit kehrte auch die Erinnerung zurück. Das Telegramm, mit dem Iris Jellicoe sie hergelockt hatte. Miss Clovis – natürlich gehörte sie dazu, hatte sie vielleicht von Anfang an im Visier gehabt. Doch die Fassade der ältlichen, wohlanständigen Dame war täuschend echt gewesen.

Sie befand sich unter der Schule, so viel stand fest. Alles, was der Reverend und Tom ihr über die Gefängniskeller erzählt hatten, passte zu dem, was ihre Sinne ihr verrieten. Steinerne Bodenplatten, ein mit Sorgfalt errichtetes Gebäude.

Mauersteine. Sie saß in einem langen Gang. Wenigstens hatte man sie nicht in eine Zelle gesperrt, wenigstens das.

Ihr war klar, dass die Tür verschlossen war, sie würde nur ihre Kraft verschwenden, wenn sie danach suchte. Dann dachte sie an Tom. War er inzwischen zurück? Hatte er das Telegramm gefunden? Suchte er nach ihr?

Plötzlich überkam sie die Sehnsucht nach Tom wie eine ungeheure Welle, nahm ihr den Atem, trieb ihr die Tränen in die Augen. Angenommen, er zöge die richtigen Schlüsse aus dem Telegramm und wendete sich an die Polizei. Wer würde ihm glauben, wenn er erzählte, seine Frau werde vermutlich in einem ehemaligen Gefängnis festgehalten, von Mitgliedern eines Kults, der nur als geflüsterter Name existierte? *Wer würde ihm das glauben?*

Nein, sie hatte keine andere Wahl, als sich selbst zu befreien. Aber dazu musste sie mehr über ihre Umgebung und ihre Kerkermeisterinnen erfahren.

Mühsam, weil alle ihre Muskeln schmerzten und die Beine eingeschlafen waren, kniete sie sich hin. Sie zitterte jetzt, Kälte und Schock forderten ihren Tribut. Doch sie musste sich bewegen, sonst würde sie erstarren und sich nicht wehren können, wenn die anderen zurückkamen.

Also verharrte sie auf den Knien und horchte aufmerksam. Keine Schritte waren zu hören, keine Stimmen, und dennoch merkte sie, dass sie nicht allein war. Es war dieses unerklärliche Gefühl menschlicher Gegenwart, das man gelegentlich empfand, selbst wenn niemand zu sehen war.

Charlotte rutschte näher an die Wand, stemmte die Hände dagegen und rappelte sich auf. Schwer atmend lehnte sie an der Mauer und schloss die Augen, weil ihr wieder schwindlig wurde.

Dann schaute sie sich langsam um und bemerkte plötzlich einen Schimmer am Ende des Gangs. Das Licht war nicht sehr hell und flackerte unruhig. Eine Kerze.

Vorsichtig setzte sie einen Fuß vor den anderen, die rechte Hand an die Wand gestützt, bewegte sich vorwärts, hin zu dem Flackern, setzte die Füße so leise es nur ging auf.

Der Anblick, der sie am Ende erwartete, ließ Charlotte an ihrem Verstand zweifeln. Hatte man sie mit einem Rauschmittel oder Medikament betäubt, waren dies die Nachwirkungen?

Acht Säulen, die einen Kreis bildeten, erhellt von Fackeln, die zuckende Schatten an die Wände warfen. Ein Tempel, war ihr erster Gedanke, warum sahen die Überreste eines Gefängnisses wie ein Tempel aus?

Gestalten in weißen Gewändern standen zwischen den Säulen, die Hände erhoben, wiegten sich leicht und stimmten dann, als hätten sie Charlottes Ankunft bemerkt, einen Gesang an, dessen Worte sie nicht verstand und der gerade deshalb eine nahezu hypnotische Wirkung ausübte. Vielleicht waren es auch keine Worte, sondern nur Laute, uralte Klänge, die von den Mauersteinen widerhallten und sie wie ein Tuch umhüllten.

Als zwei Gestalten auseinanderwichen, entdeckte sie die Frau, die auf der gegenüberliegenden Seite des Kreises stand, leicht erhöht, als wäre sie größer als alle anderen oder stünde auf einem Podest.

»Töchter der Isis, hört mich an.« Die Stimme war

unverkennbar. »Wir haben uns versammelt, um der Göttin ein Opfer darzubringen. Jemand ist in unseren Zirkel eingedrungen und hat versucht, dem Tempel sein Geheimnis zu entreißen. Jemand hat versucht, unsere Rituale zu entweihen, hat euch Töchtern nachgestellt, auf dass ihr ihn zu eurer Hohepriesterin führt.«

Charlotte hätte beinahe gelacht, als sie das Wort hörte, das so prätentiös aus der Zeit gefallen klang. Hohepriesterinnen gehörten in die Antike, zu Götterkulten und Tempeln und Altären, auf denen man ... Was hatte sie vorhin gesagt? Um der Göttin ein *Opfer darzubringen*?

Das würden sie nicht tun, sprach sie sich selbst Mut zu. Das 20. Jahrhundert zog herauf, es gab ständig neue technische Erfindungen, die das Leben schneller und einfacher und sicherer gestalteten. Dies war eine Zeit, in der Menschenopfer nichts zu suchen hatten.

Und dennoch, sagte eine leise, hartnäckige Stimme in ihr, und dennoch ist Julia Danby gestorben. Alfie wurde mit einer Fluchtafel bedroht, Anna Carhill allem Anschein nach entführt, es wurden Rituale am Ufer der Themse vollzogen, während nur wenige Meter entfernt das moderne Leben rauschte.

»Töchter der Isis, seht, wer in unseren Kreis getreten ist!«

Wie auf ein Kommando drehten sich alle Köpfe zu Charlotte um.

Sie machte einen Schritt nach vorn, streckte die Hände aus, kam sich hilflos vor, aber alles war besser, als reglos dazustehen.

»Was soll ich hier?«, fragte sie, doch es kam keine Antwort.

51

Daisy kam aus der Küche, die Finger nervös in die Schürze verknotet. »Haben Sie Mrs. Ashdown gefunden?«, fragte sie beklommen.

Tom schloss für einen Moment die Augen. »Nein, aber ich weiß, wo sie sein könnte.« Er überlegte fieberhaft, wie er in den Keller der Schule gelangen sollte. Nicht einmal der Hausmeister hatte einen Schlüssel, also musste er sich wohl an die Schulbehörde wenden, wo er um diese Uhrzeit vermutlich niemanden mehr anträfe. Und wenn er nun zur Polizei ginge, das Telegramm und Mrs. Danbys Brief vorzeigte, die Geschichte erklärte? Wären sie nicht verpflichtet, ihm zu helfen?

Aber nur, wenn sie ihm seine Geschichte von einem modernen Isis-Kult, der offensichtlich seine Frau entführt hatte, glaubten. Was absurd klang.

Aber die Zeit drängte. Er musste etwas unternehmen.

Und dann begriff er, an wen er sich zu wenden hatte. Er wollte zur Tür gehen und stolperte fast über Alfie, der ihn mit flammendem Blick ansah, die Hände in die Hüften gestützt. Er wich nicht von der Stelle.

»Na schön«, sagte Tom resigniert. Vielleicht war es einfacher, wenn er selbst auf den Jungen aufpasste.

»Ich warte hier, falls Mrs. Ashdown kommt.« Daisy bemühte sich, tapfer zu sein, doch die Angst war ihr anzusehen.

»Und machst niemandem außer mir und meiner Frau die Tür auf.«

Plötzlich begann der Gesang erneut, schwoll an und wurde lauter, bis er sich in eine bedrohliche Wand aus Tönen verwandelte, die sie von allen Seiten zu umgeben schien.

Dann, ohne dass sie es gehört hätte, trat jemand hinter sie, und kräftige Hände drückten sie auf die Knie. Man bog ihren Kopf nach vorn, sodass sie nur noch die Steinplatten unter sich sah.

»Nimm dieses Opfer an, oh Göttin«, intonierte Iris Jellicoe, gedämpft und doch durchdringend. »Nimm es an und sei uns gnädig, oh Göttin. Erleuchte uns, nachdem du die empfangen hast, die deine Kreise stört.«

Charlottes Herz schlug so heftig, dass der Puls in ihren Ohren hallte. Sie spürte kaum, wie hart der Boden unter ihren Knien war, die Angst verdrängte alles andere.

Wie konnten diese Menschen so verblendet sein? Doch dann begriff sie, dass es immer Fanatismus gegeben hatte, und religiöser Fanatismus war besonders gefährlich.

Wer sich für etwas Höheres hielt, für ein Wesen, das sich anderen überlegen glaubte, weil es über geheimes Wissen verfügte, kannte keine Grenzen. Solche Menschen setzten sich über Regeln und Gesetze hinweg, die in ihren Augen nur für Normalsterbliche galten, nicht aber für sie selbst.

All diese Gedanken schossen ihr in Sekunden durch den Kopf, als triebe die Angst sie zu schnellerem Denken.

Dann blieben Füße vor ihr stehen, es wurde heller, als hätte man Fackeln herbeigetragen. Der Druck im Nacken ließ nach, und sie konnte nach oben schauen.

Es war Iris Jellicoe – und auch wieder nicht. Denn vor ihr stand eine Göttin in einem weißen, gefältelten Gewand, wie Charlotte es von altägyptischen Bildnissen kannte. Auf ihrem Kopf prangte die Isis-Krone mit der Sonne und den Hörnern, und einen Moment lang verstand sie, was die Anhängerinnen in ihren Bann geschlagen hatte.

Es ist Theater, sagte sich Charlotte, Requisiten und Kostüme, die praktische Magie der Bühne, von der Tom so oft erzählte. Aber sie wusste auch, wie verführerisch sie wirken konnte. Wer hatte sich noch nie von einem Bühnenstück bezaubern lassen, war nie dem Charme der geschminkten, verkleideten Darsteller erlegen, hatte nie an eine Auferstehung und den Sturz in die Hölle geglaubt, obwohl die Menschen durch Bodenklappen nach unten oder auf Podesten nach oben in den Schnürboden verschwanden?

Iris Jellicoe bediente sich dieser Mittel, vermischt mit ritueller Mystik, und stillte damit offensichtlich eine tiefe Sehnsucht. »Oh Göttin, wir bieten dir ein Unterpfand, damit du siehst, wie sehr wir dir ergeben sind. Vom Wasser kommen wir, und zum Wasser gehen wir.«

Hieß das, man wollte sie der Themse opfern?, dachte Charlotte panisch. Sie musste etwas tun. Sie musste diese Leute aufhalten, sich Zeit erkaufen, denn Tom würde sie retten. Er würde einen Weg zu ihr finden.

Sie legte den Kopf noch weiter in den Nacken und schaute Iris an.

»Ist es das wert?«, fragte sie mit fester Stimme. Sie hatte nichts zu verlieren. »Dass Julia Danby dafür gestorben ist? Dass ein kleiner Junge verflucht wurde? Dass eine junge Frau in Angst versetzt und seelisch abhängig gemacht wurde? Dass ein alter Mann sein schäbiges Zuhause verlor, vielleicht sogar sein Leben?« Denn wer konnte schon sagen, was aus dem alten Ned geworden war?

»Schweig!«, donnerte die Stimme, und Charlotte zuckte unwillkürlich zusammen. »Schweig. Du hältst dich für klug, nicht wahr? Für gebildet, rational, modern. Für dich ist Wissenschaft die neue Religion, für dich hat Technik die Zauberkraft ersetzt.« Nun stahl sich Mitleid in die Stimme, das in Charlotte jedoch keine Hoffnung weckte. »Ich fühle mit dir. Dir bleibt so vieles verschlossen, das unser Leben erst lebenswert macht. Du begnügst dich mit dem Alltag, den nüchternen Kleinigkeiten, und begreifst nicht, dass sich dein Geist aufschwingen und davonfliegen kann. Dass es Wege gibt, um das innere Wesen dieser Welt zu erkennen, um zu entdecken, was uns mit allen und allem verbindet.«

Charlotte erhob sich und sah Iris Jellicoe in die Augen. Sie wirkte völlig verändert, ihr Gesicht war härter und strenger, doch sie strahlte eine majestätische Kraft aus, die, zusammen mit dem Kostüm und dem schaurigen Schauplatz unter der Erde, alle anderen in ihren Bann schlug.

»Ich weiß nichts über diesen Kult – Töchter der Isis, richtig? Oder nur das, was ich mir zusammengereimt habe.« Sie schaute in die Runde, konnte die anderen Frauen aber nicht richtig erkennen, da sie Kapuzen trugen. Manche hatten ihr auch den Rücken gekehrt. Sie vermochte nur zu raten, wer sich unter ihnen befand. »Ich habe mir zusammengereimt, dass man jene, die sich der Hohepriesterin widersetzen, sagen wir – diszipliniert?«

Iris Jellicoe sah sie schweigend an, ein spöttisches Lächeln umspielte ihren Mund. Sie schien sich ihrer selbst sehr sicher zu sein.

»Miss Anna Carhill, falls Sie hier anwesend sind, möchte ich mich an Sie wenden. Als wir uns zum ersten Mal begegnet sind, berichteten Sie voller Inbrunst und Begeisterung von einem Erlebnis an der Themse. Der Fluss war Ihnen wichtig, das habe ich gespürt. Kurze Zeit später meldete Ihre Tante Sie bei der Polizei als verschwunden.« Sie sprach jetzt lauter, ihre Stimme klang fest. »Ihre Tante war so in Sorge, dass sie sich an die Polizei gewandt hat und diese wiederum an die Bevölkerung. Es stand in der Zeitung!«

Jemand stöhnte leise auf. War es Anna?

Iris Jellicoe drehte sich um und hob gebieterisch die Hand. »Schweigt! Und du, sprich weiter. Meine Adeptinnen sollen sehen, dass ich nichts zu verbergen habe.«

Charlotte verspürte eine leise Erregung, denn sie war sich nicht sicher, ob alle Anhängerinnen von den Machenschaften ihrer Hohepriesterin wussten. »Ich habe mich in Strand-on-the-Green umgesehen. Dort traf ich auf einen Mann, der mir eine sonderbare Geschichte erzählte.« Sie legte eine Pause ein, konnte die Anspannung im Raum förmlich spüren. »Er hatte zwei Nächte zuvor eine Frau schreien gehört. Er sah Licht flackern, Kerzenlicht, wie er vermutete. Und zwar an ebenjener Stelle bei den Trauerweiden, zu der Sie sich so hingezogen fühlen, Miss Carhill.«

»Eine sonderbare Geschichte, aber wer sagt, dass sie mit Miss Carhill zusammenhängt?«, fragte Iris Jellicoe und ging langsam um Charlotte herum, als wollte sie Maß nehmen.

»Ich kann es nicht beweisen, aber die Erklärung für ihre Abwesenheit war sehr ... dürftig. Und ihre Tante wirkte verängstigt, als hätte man sie zum Schweigen gezwungen.«

»Aber so war es. Was ich gesagt habe, stimmt!«

Ein erstickter Laut ertönte, es kam Bewegung in den Kreis der Frauen.

»Natürlich stimmt es«, sagte Iris Jellicoe und klatschte in die Hände. »Empfangt nun die Ungläubige in unserem Kreis.« Sie schob Charlotte in die Mitte des Oktagons, und die Frauen rückten näher zusammen, bis sie wie gefangen war.

»Erhebt mit mir die Hände, und ruft die Göttin an. Bereitet euch auf das Ritual vor. Lasst den Fluss für uns sprechen.«

Tom war völlig außer Atem, als er an die Haustür hämmerte. Er hatte Alfie eingeschärft, im Wagen auf ihn zu warten.

Khalish öffnete, würdevoll wie immer, und ließ ihn eintreten. »Der Herr ist beschäftigt, wenn Sie warten möchten ...«

»Das kann ich nicht!«, stieß er hervor. Die Fahrt in der Mietdroschke war unerträglich langsam gewesen, obwohl sie gut durch den Verkehr gekommen war. Jede Sekunde war zu viel, die Angst um Charlotte machte ihn rasend. »Holen Sie ihn her, sofort!«

Er hatte so laut geschrien, dass weiter hinten im Haus eine Tür aufging und Sir Tristan im Hausmantel herbeikam, die Pfeife zwischen den Zähnen. Er blieb überrascht stehen, als er Tom entdeckte.

»Was gibt es denn? Was ist geschehen?«

Er ergriff Sir Tristan am Arm, schob ihn ins nächstbeste Zimmer und warf die Tür hinter sich zu.

»Wo ist Ihre Tochter?«

»Das weiß ich nicht«, sagte Sir Tristan verwundert und löste sich aus Toms Griff. »Was ist denn passiert?«

Tom fasste es in wenigen atemlosen Sätzen zusammen. Sir Tristans Gesicht verhärtete sich. »Wie können Sie es wagen, solchen Unsinn zu behaupten? Meine Tochter opfert Menschen, weil sie die Themse anbetet? Ich hätte mehr gesunden Menschenverstand von Ihnen erwartet, Tom. Den habe ich immer sehr an Ihnen geschätzt.«

Tom verlor die Beherrschung. »Alle Spuren führen zu Iris! Sie ist gefährlich, sie hängt einem wahnhaften Kult an, oder wie immer Sie es nennen wollen!«

In diesem Augenblick las er etwas in Sir Tristans Gesicht, das ihn erschauern ließ. »Wahnhafter Kult? Schade, dass Sie gerade so in Eile sind, mein Lieber, sonst würde ich Ihnen erklären, dass nichts daran wahnhaft ist.« Ein sonderbares Lächeln umspielte seine Lippen, und Tom hörte wieder die Worte von Bob Flatley.

Ich hoffe, du weißt, worauf du dich einlässt. Jellicoe gehört zur Golden Dawn.

Wieder ergriff er Sir Tristans Arm. »Meine Frau ist in Gefahr, die können sie jederzeit von dort wegbringen, und dann weiß ich nicht …« Seine Augen brannten, es war ihm nicht möglich weiterzusprechen.

Doch Sir Tristan blieb ungerührt. Er schob Toms Hand beiseite und ging zur Tür. »Khalish! Der Herr möchte gehen.«

Als Tom wieder in die Mietdroschke stieg, sah Alfie ihn besorgt an. »Und? Wissen Sie jetzt, wie wir in den Keller kommen?«

Er vergrub das Gesicht in den Händen. »Nein.«

»Haben die ihnen nicht geholfen?«

Tom blickte hoch und sah, dass Alfie auf das Haus der Jellicoes zeigte. »Nein. Sie haben mich rausgeworfen.« Die Verzweiflung lähmte ihn. Er wusste nicht, wohin er fahren und was er unternehmen sollte.

»Die müssen doch irgendwann rauskommen, oder?«

Alfies Worte drangen nur schleppend zu ihm durch. »Was hast du gesagt?«

Der Junge hob die Schultern. »Ich mein ja nur, wenn wir warten, auf dem Schulhof, meine ich … müssen die doch irgendwann rauskommen.«

»Zurück nach Clerkenwell!«, rief Tom dem Kutscher zu. »So schnell wie möglich.«

Der Wagen rollte ruckartig an und schien dann nur so über das Pflaster zu fliegen.

Natürlich konnte es zu spät sein, wenn sie den Keller verließen. Natürlich war es nur ein Hoffnungsschimmer. Aber er war alles, was ihm gerade blieb.

55

Der Kreis hatte sich geschlossen. Charlotte stand in den Reihen der Adeptinnen.

Iris trat in die Mitte, ein Stück rote Kreide in der Hand, kniete sich hin und zeichnete verblüffend gewandt einen fünfzackigen Stern auf den Boden, ohne die Kreide einmal abzusetzen. Sie fügte Symbole hinzu, die Charlotte unbekannt waren, und malte einen Adlerkopf in das Fünfeck, das die Mitte bildete.

Dann stand sie auf und hob die Hände. »Oh Isis, hiermit rufen wir das Wasser an, die göttliche Flut, die uns Fruchtbarkeit und Leben bringt. Gieße dein verborgenes Wissen in uns hinein wie Wasser.« Dann wurde ihre Stimme dunkler. »Aber das Wasser ist auch die Kraft, die alles hinwegspült, was nicht an dich glaubt, was unwürdig ist, was deine Weisheit nicht ehrt.«

Plötzlich entstand Unruhe, und Charlotte bemerkte, dass eine der Frauen einen Schritt vorgetreten war. Iris schoss herum. »Warum störst du das Ritual?«

»Ich habe eine Frage«, erklang die leise Stimme einer jungen Frau. Charlotte glaubte sie zu erkennen.

»Dafür ist später Zeit«, erwiderte Iris gebieterisch. »Tritt zurück.«

»Aber ...« Anna Carhills Angst war nicht zu überhören, doch sie hielt stand. »Herrin, das Pentagramm ist falsch herum.« Ihre Stimme bebte.

Charlotte verfluchte sich, weil sie das Symbol nicht genauer studiert hatte. Für sie sah es aus wie auf den meisten Abbildungen, die sie kannte.

»Falsch herum?« In der Stimme lag eine so tiefe Drohung, dass alle wie erstarrt schienen.

»Ja«, sagte Anna und streckte die Hand aus. »Die einzelne Spitze zeigt auf dich. Also ist das Pentagramm verkehrt herum und wird damit zum Symbol des Bösen. Es war sicher ein Versehen, aber wir wollen doch nicht auf diese Weise das Wasser anrufen. Es wäre zu gefährlich.«

Begriffe, die Charlotte irgendwo gelesen und wieder vergessen hatte, durchzuckten ihren Kopf. *Gestürztes Pentagramm. Umgekehrtes Pentagramm.* Wie man es auch nennen mochte, es war in der schwarzen Magie zu Hause.

Anna hatte das erkannt. Es konnte kein Versehen sein.

Bevor jemand etwas unternehmen konnte, ergriff Iris die junge Frau und zog sie aus dem Kreis. Man hörte ihren unterdrückten Schrei, Füße scharrten auf dem Boden, dann wurde es still.

Alle schauten vor sich hin, niemand hob die Augen.

Charlotte ahnte, was geschehen war. Ein widerlich süßer Hauch stieg in ihre Nase. Man hatte Anna betäubt, genau wie sie vorhin. Vermutlich mit Chloroform.

»Ich sehe schon, der Geist der Isis ist heute nicht mit uns«, verkündete Iris mit tönender Stimme, die von den Wänden widerhallte. »Das ist bedauerlich, aber wenn etwas die innere Sammlung stört, bleibt mir nichts anderes übrig, als das Ritual abzubrechen.«

Die Adeptinnen stöhnten auf.

»Und wenn wir es noch einmal versuchen und ganz in uns gehen?« Das war die Stimme von Miss Clovis. Sie musste eine Art Wächterin sein, die gleich neben dem Tempel wohnte. Denn dies hier war ein Tempel, daran bestand kein Zweifel. Die rituellen Gegenstände, die ganze Einrichtung, die Bilder an den Wänden und die Selbstverständlichkeit, mit der sich die Frauen im Oktagon versammelt hatten, bewiesen das.

»Nein. Der Geist erreicht uns heute nicht. Er ist zu schwach, um von der Themse bis durch die Tempelmauern zu dringen. Eine Fremde in unserer Mitte und eine Zweiflerin aus unseren eigenen Reihen – das alles stört die Schwingungen, auf denen der Geist der Isis gewöhnlich zu uns reist.«

Charlotte verdrehte die Augen, wobei sie den Kopf gesenkt hielt. Glaubten die Frauen das wirklich? Ihr Blick fiel wieder auf das Pentagramm. Iris hatte es tatsächlich so gezeichnet, dass es das Böse anrief, doch niemand widersetzte sich, nachdem sie Anna Carhill so ungeniert beseitigt hatte. Sie fragte sich, ob Iris tatsächlich an schwarze Magie glaubte, doch im Grunde war es bedeutungslos. Nicht das Symbol zählte, sondern der Wille, der dahintersteckte. Sie hatte es nicht zufällig falsch herum gezeichnet. Sie wollte Charlotte Böses, und dafür war ihr jedes Mittel recht.

»Henrietta«, sagte sie zu Miss Clovis. »Rosalie. Gertrude.«

Sie erkannte Mrs. Wilkins und Mrs. Hartley-James. Die Teerunde. Die Frauen traten hinter Iris, die Charlotte eindringlich ansah.

»Wir haben dich eingeladen, wollten dich in unsere Mitte holen. Wir haben geglaubt, unser Kreis sei der richtige Ort für dich. Und nicht nur, weil wir eine Göttin verehren und keinen Gott, weil wir unsere Kraft aus einem weiblichen Mythos schöpfen.« Iris musterte Charlotte und lächelte sonderbar. »Isis ist auch die Göttin der Geburt und der Wiedergeburt. Sie hätte dir helfen können, deine Schwäche zu überwinden.«

Was deuteten diese Frauen in sie hinein? Sie verstanden nichts und glaubten dennoch, alles zu beherrschen. Charlotte gab sich einen Ruck, sie durfte nicht zulassen, dass Iris mit ihren Worten in ihren Kopf eindrang.

»Es war nie mein Wunsch, einer Gesellschaft wie dieser beizutreten. Ich glaube nicht, dass Gebete oder magische Rituale mich zur Mutter machen können.«

Ein Raunen ging durch den Kreis.

Iris gab sich ungerührt. »Das ist bedauerlich, denn als Tochter der Isis stehen dir ungeahnte Kräfte zur Verfügung. Aber du glaubst nicht. Darum bleibt dir unser Orden verschlossen.« Sie legte eine Pause ein und sah in die Runde. »Wer erst von uns erfahren hat, ist gebunden. Schweigen ist oberstes Gesetz. Gleich danach kommt der Gehorsam gegenüber Ranghöheren.« Sie wies in die Ecke, in der Anna lag. »Ich habe meine Weisheit unmittelbar von der Göttin erhalten, und darum gilt mein Wort. Wer sich widersetzt, muss sich dafür verantworten.«

Was würde mit Anna geschehen?, dachte Charlotte, noch bevor sie sich die naheliegende Frage stellte: Was würde mit ihr selbst geschehen?

Iris hob die Hand. »Ich löse die heutige Versammlung hiermit auf. Rosalie und Gertrude, ihr besorgt einen Wagen für Anna. Rosalie, du fährst mit ihr heim und bleibst bei ihr, bis du von mir hörst. Alle anderen können gehen. Sammelt euch, lest die Schriften, befolgt die Rituale. Unser Kreis wird sich zusammenfügen, unser Band ist unzerstörbar. Vergesst das nie.«

Auf ihren Wink hin begab sich Miss Clovis zur Tür, und Charlotte hörte, wie sich ein Schlüssel drehte. Die Frauen gingen schweigend und ohne sie anzusehen an ihr vorbei.

Wie befohlen, hoben Miss Wilkins und Mrs. Hartley-James Anna Carhill vom Boden auf, fassten sie unter den Achseln und trugen die betäubte junge Frau aus dem Tempel.

Kurz darauf kam Mrs. Hartley-James zurück. Jetzt waren sie zu viert. Der engste Kreis.

Die Pferde gaben alles, doch Tom kam es vor, als träten sie auf der Stelle. Dazu die ganzen Omnibusse, Kutschen und Fuhrwerke, die jede einzelne Straße auf dem Weg nach Clerkenwell zu verstopfen schienen. Er hatte die Hand ins Hosenbein gekrallt, das verriet seine innere Unruhe. Alfie schaute ihn immer wieder von der Seite an.

Wie hatte er ihnen vertrauen können, dachte Tom und verachtete sich selbst dafür. Er hatte sich geschmeichelt gefühlt, als Sir Tristan ihm den Auftrag anbot, und dies, zusammen mit seiner angeborenen Neugier, hatte ihn geblendet. Selbst als er und Charlotte schon begriffen hatten, dass etwas Gefährliches in London umging, hatte er nicht geglaubt, dass die Jellicoes daran beteiligt sein könnten. Oder hatte er es nicht glauben wollen?

Endlich waren sie in Clerkenwell. Der Wagen bog in schwindelerregendem Tempo in ihre Straße, fegte am Kirchhof und ihrem Haus vorbei, legte sich schwankend in die Kurve und hielt kurz darauf an der Schule.

Tom sprang hinaus, gefolgt von Alfie, und bezahlte den Kutscher. »Warten Sie hier. Vielleicht brauche ich Sie noch.«

Der Mann tippte sich mit der Peitsche an den Hut. »Wenn Sie zahlen, warte ich, solange Sie wollen.«

Tom schaute sich auf dem Schulhof um, es war niemand zu sehen. Allmählich ging die Sonne unter, sie kämpften gegen die Dämmerung. Tom lief zum Treppenabgang und hämmerte abermals gegen die Tür, doch sie war nach wie vor verschlossen. Als er wieder auf dem Schulhof stand, schaute er sich suchend nach Alfie um und bemerkte, dass er mit einer Frau sprach, die vor ihrer Haustür kehrte.

Toms Herz schlug schneller. Alfie nickte, drehte sich auf dem Absatz um und kam zu ihm herübergerannt.

»Die Frau da hat gesehen, wie zwei Wagen weggefahren sind. Kurz nacheinander. Gerade eben. Der erste war schon fast um die Ecke. In den zweiten sind vier Frauen eingestiegen.«

»Hast du gefragt, wie sie aussahen?«

»Das konnte sie nicht sagen. Aber alle waren wohlauf, hat sie gesagt.«

Das beruhigte Tom nicht. Wenn Charlotte unter diesen Frauen gewesen war, hieß es vielleicht, dass man sie unter Bewachung weggebracht hatte. Eine von ihnen musste Iris Jellicoe sein. Der Zorn auf sie und ihren Vater und alle, die zu diesem Verein gehörten, drohte ihn zu ersticken. Er konnte nicht mehr klar denken.

Dann aber bemerkte er, wie die kehrende Frau mit einem Mann sprach, der in der Haustür stand, und zu ihnen herüberdeutete.

Tom ging rasch zu ihnen, gefolgt von Alfie. »Guten Abend. Können Sie mir vielleicht noch etwas über die Frauen sagen, die Sie vorhin erwähnten?«

Der Mann nickte. »Eine von denen kenne ich. Sie wohnt hier um die Ecke, eine ältere Dame, unverheiratet.«

»Miss Clovis?«

»Ja, so mag sie heißen.«

Toms Zorn wuchs. »In welche Richtung sind sie gefahren?«

»Da entlang.« Der Mann machte eine wenig hilfreiche Handbewegung.

»Ich danke Ihnen.«

Alfie sah ihn aus großen Augen an. »Das ist die Frau mit dem Kuchen, oder?«

Tom nickte. »Sie hat uns die ganze Zeit beobachtet, aber nicht aus Neugier, sondern weil sie zu den Töchtern der Isis gehört. Darum wussten sie auch, dass du hier bei uns warst. Und sie hat dich gesehen, als du in der Nacht weggelaufen bist.«

Alfie kratzte sich am Kopf. »Dann haben die die Fluchttafel

in meinen Schuppen gelegt. Die haben geahnt, dass ich wieder nach Hause gehe, und wollten mir Angst machen.«

»So ist es.« Sie gingen zur Droschke zurück, doch Tom stieg nicht ein, sondern blieb davor stehen, die Hände in den Taschen.

»Wo sind die wohl hingefahren?«, fragte der Junge.

Die Verzweiflung drohte erneut, Tom zu überwältigen, doch er zwang sich, klar und ruhig zu überlegen. Nur so würden sie Charlotte finden. Und dann war die Erkenntnis plötzlich da.

»Sie sind bestimmt an die Themse gefahren. Nach ihrem Glauben ist sie der heilige Fluss, der Sitz der Göttin Isis.« Er zögerte kurz. »Sie waren in Mortlake, in Strand-on-the-Green, an dem Obelisken am Embankment ... dort haben Rituale stattgefunden.«

Alfie sah ihn verständnislos an.

»Verstehst du?«, drängte Tom. »Sie bewegen sich mit dem Wasser, immer flussabwärts. Was mag der nächste Ort sein, der eine mystische Bedeutung hat? Der mit der Isis verbunden sein könnte?«

»Keine Ahnung, was mystisch ist, aber das mit dem Wasser kapiere ich.«

»Komm, wir fahren los und überlegen unterwegs weiter.« Sie sprangen in den Wagen. »Zur Themse!«, bat Tom.

Er rief sich den Stadtplan ins Gedächtnis. Am St. Paul's Pier hatte Charlotte die Münze gekauft, aber der Ort besaß keine kultische Bedeutung, zumindest hatte er bei seinen Recherchen nie davon gelesen. Also wanderte er in Gedanken weiter flussabwärts.

Und dann stand es ihm plötzlich klar vor Augen.

Er lehnte sich aus dem Fenster und rief dem Kutscher zu: »London Bridge, so schnell es geht!«

Sie hatten ihr die Augen verbunden, damit sie nicht aus dem Fenster des Wagens schauen konnte. Obwohl es sie hätte ängstigen müssen, fühlte Charlotte sich seltsam frei. Das Gefühl, nicht mehr von den Mauern des Gefängnisses umgeben zu sein, den unterirdischen Tempel hinter sich gelassen zu haben, verlieh ihr neuen Mut. Sie war mitten in der Stadt, von zahllosen Menschen umgeben, sie würde sich bemerkbar machen und wäre gerettet. Sie würde erklären, dass man sie gegen ihren Willen festhielt, dass …

Die Stimme war leise, aber drohend. »Was du auch denkst, es wird nicht geschehen. Ich sehe das Lächeln, das deinen Mund umspielt, du kannst dich nicht verstellen.«

Charlotte schwieg. Was hätte sie auch sagen sollen?

Iris sprach jetzt in gelassenem Plauderton, der ihre Worte umso furchterregender machte. »Du hast es weit gebracht, nicht wahr? Du bist aus einem fremden Land gekommen und hast hier ein neues Leben angefangen. Dein Mann hat meinem Vater so manches erzählt, und wir plaudern gern darüber. Du bist eine kluge Frau mit großer Bildung, nur fehlgeleitet. Statt dich uns anzuschließen, ins göttliche Wissen einzugehen und eins mit ihm zu werden, hast du es vorgezogen, deinem Verstand zu folgen. Aber der Verstand allein bringt uns nicht ans Ziel.«

Charlotte war froh, dass Iris redete. Solange sie sprach und der Wagen rollte, war sie sicher.

56

Alfie sah ihn fragend an. »Wie kommen Sie jetzt auf London Bridge?«

»Ich schreibe ein Buch und habe dafür recherchiert. Es ist die älteste Überquerung des Flusses. Dort gibt es seit mindestens zweitausend Jahren eine Brücke. Aber das ist noch nicht alles.« Tom redete sich in Begeisterung und konnte für einen Moment die Sorge um Charlotte verdrängen. »Man hat dort römische Fluchtafeln gefunden, ähnlich wie deine. Die Brücke selbst wird erstmals in einem angelsächsischen Dokument aus dem Jahre 984 erwähnt. Darin steht, dass eine Frau eine männliche Figur aus Holz erschaffen hatte und deswegen als Hexe verurteilt wurde. Man führte sie zur London Bridge und ertränkte sie in der Themse. Es wird so beiläufig erzählt, dass manche glauben, es sei die übliche Bestrafung für vermeintliche Hexen gewesen. Und es geht noch weiter. Man hat bei der Brücke gleich drei Statuen des Gottes Horus gefunden. Er ist der Sohn der Isis.«

Ein Leuchten ging über Alfies Gesicht. »Hexen? Sind die Frauen, die Mrs. Ashdown entführt haben, nicht auch irgendwie Hexen?«

Doch Tom hörte nicht hin, er war in seine Überlegungen

vertieft. »Aber wohin wollen sie genau? Nord- oder Südufer, City oder Southwark? Niemand weiß, wo die Hexe ertränkt wurde …« Dann kam ihm ein Gedanke. 984 nach Christus, also zur Zeit der Angelsachsen. Damals befand sich der überwiegende Teil der Stadt nördlich der Themse, bis auf Southwark, aber wenn jemand verurteilt wurde, dürfte das am Nordufer geschehen sein, wo sich die Gerichte und die meisten Kirchen befanden.

Tom beugte sich wieder aus dem Fenster. »Zur Fishmongers Hall!«

Die Kutsche kam abrupt zum Stehen. Sie nahmen ihr die Augenbinde ab, und Charlotte sah, dass es dämmerte. Verzweifelt schaute sie zwischen den Frauen hin und her, die sie gleichmütig anschauten.

Iris, die einen Mantel umgeworfen hatte, da sie noch ihr auffälliges Gewand trug, stieg als Erste aus. Charlotte erkannte die London Bridge, über die nur noch einzelne Kutschen und Fuhrwerke rollten. Zu ihrer Rechten ragten die Türme der neuen Tower Bridge empor, also befanden sie sich am Südufer der Themse in Southwark. Zwischen den gelben Mauern eines großen Speichers und der Brücke führte eine Treppe zum Fluss hinunter. Die Frauen nahmen sie in die Mitte.

»Na los.«

Charlotte erwog kurz, um Hilfe zu rufen, doch auch diesmal schien Iris ihre Gedanken zu lesen.

»Schrei ruhig. Wenn die Hafenarbeiter herbeieilen, kannst du ihnen sagen, dass du gegen deinen Willen verschleppt wirst, als Opfer an die Göttin Isis. Sie werden dir sicher glauben und die Polizei verständigen.«

Charlotte presste so fest die Zähne aufeinander, dass ihr Kiefer wehtat. Die Stufen waren rutschig, was ihre Schritte noch unsicherer machte. Zum ersten Mal verspürte sie echte Angst. Sie hatte gehofft, nein, war überzeugt gewesen, dass Tom sie retten würde, doch wie sollte er sie an dieser Stelle finden? Jede Stufe brachte sie näher ans Wasser, und sie fragte sich, wie sie die Themse hatte lieben können, den dunklen Strom, der erbarmungslos dahinfloss, ohne sich um die Menschen zu kümmern, die an seinen Ufern ...

Nein, schalt sie sich, du darfst nicht aufgeben. Etwas wird geschehen, sie werden unachtsam sein, nur für einen Augenblick, und dann ergreifst du deine Chance.

Dort waren die gewaltigen Pfeiler der Brücke, gegen die das Wasser klatschte. Hier gab es keinen Uferstreifen, an dem die Strandsucher Schätze finden konnten.

Ein zusammenhangloser Gedanke, doch er löste eine Flut an Erinnerungen aus – Ned, die Münze, Alfie, die Trauerweiden bei Strand-on-the-Green, Julia Danby.

Charlotte hatte ihrer Mutter versprochen, eine Antwort zu finden, und nun konnte sie ihr Versprechen nicht halten.

So darfst du nicht denken.

Die Frauen führten sie unter die Brücke. Der faulige Gestank des Wassers stieg ihr in die Nase. Über ihnen rollte der Verkehr, doch hier unten waren sie ganz allein.

Sie drückten Charlotte auf die Knie. Iris bückte sich und zeichnete mit Kreide ein Pentagramm auf den Boden. Dann zündete sie nacheinander fünf Kerzen an, ließ Wachs auf den Boden tropfen und steckte sie hinein. Sie bewegte sich geschmeidig und fließend, als ginge ihr das Ritual leicht von der Hand.

»Warum hier?«, fragte Charlotte unvermittelt. Sie musste Zeit gewinnen, und seien es nur wenige Sekunden.

Sie spürte förmlich, wie Iris überlegte, ob sie auf die Frage eingehen sollte. Natürlich durchschaute sie das Manöver, aber sie gierte auch danach, ihre geheimen Lehren zu enthüllen.

»Man fand in Southwark einen römischen Krug mit einer Inschrift. Sie besagt, dass es in London einen Tempel der Isis gegeben hat, und wir vermuten, dass er nahe der Themse gestanden haben muss.«

»Der heilige Fluss«, entfuhr es Charlotte.

»So ist es. Ich bin dazu bestimmt, seine Heiligkeit zu schützen und den Glauben an die Göttin zu bewahren. Vielleicht trage ich deshalb einen Namen, der ihrem so ähnlich ist. Vielleicht war es mir vorherbestimmt.«

Charlotte fiel nichts mehr ein, was sie sagen konnte, um das Unvermeidliche – was immer es sein mochte – hinauszuzögern.

»Oh Göttin«, setzte Iris an. »Nimm dieses Opfer, diese Ungläubige, nimm sie auf in deinen Schoß. Umfange sie mit deinen Fluten und trage sie in die Unterwelt, wo dein Gatte Osiris sie erwartet. Du bist die Herrin der Magie, der Fruchtbarkeit und des Lebens.«

Charlotte versuchte aufzustehen, die Hände abzuschütteln, die sie niederdrückten, doch es gelang ihr nicht.

»Mächtige Mutter, Tochter des Nils,
wir jubeln, wenn du mit den Sonnenstrahlen
zu uns stößt.
Heilige Schwester, Mutter der Magie,
wir ehren dich,
Geliebte des Osiris,
die Mutter des Universums ist.

Isis, die war und ist und immer sein wird,
Tochter der Erde und des Himmels,
ich ehre dich und singe dein Lob.
Glorreiche Göttin von Magie und Licht,
deinen Mysterien öffne ich mein Herz.«

Sie zogen sie hoch, schoben sie näher ans Ufer, obwohl sie die Füße in den Boden stemmte, um sich zu wehren. Als ihre Schuhspitzen fast den Rand des Kais erreicht hatten, hörte sie die Stimme von Mrs. Hartley-James.

»Und jetzt, Herrin?«

»Und jetzt vereinigt ihr sie mit der Göttin.«

Charlottes Herz raste, das Blut rauschte in ihren Ohren, dass sie kaum hören konnte, was die Frauen sagten. Und Tom – sie würde ihn nie wiedersehen, er würde nach ihr suchen, vergeblich, sie niemals finden ...

Plötzlich ließ eine Hand ihre Schulter los, Steinchen knirschten unter Sohlen, als jemand zurücktrat.

»Nein.«

»Niemand widersetzt sich der Göttin«, donnerte Iris und griff selbst nach Charlottes Schulter.

»Sie sind nicht hier!« Tom schaute sich verzweifelt um. Er und Alfie waren die Treppe an der Fishmongers Hall hinuntergestürzt, hatten die Anlegeplätze überprüft, waren unter der Brücke hindurchgelaufen und hatten an der nächsten Treppe hinaufgeschaut. Keine Spur von Charlotte und den anderen Frauen. Also doch auf der anderen Seite?

»Komm mit!« Tom rannte die Treppe, über die sie gekommen waren, wieder hinauf und stürzte auf den Wagen zu, der am Straßenrand auf sie wartete. Passanten schauten sie verwundert an. Die Londoner waren exzentrisches Verhalten gewöhnt, aber die beiden erregten dennoch Aufsehen.

Der Kutscher saß gleichmütig auf dem Bock. Vermutlich hatte er sich mit den Kapriolen seiner Fahrgäste abgefunden und hoffte auf einen üppigen Lohn. Dann aber sprang er unvermittelt auf und deutete mit der Peitsche auf die Brücke. »Da drüben ist jemand!«

Tom und Alfie schossen herum. Tatsächlich, eine Gestalt kam über die Brücke gelaufen und schrie und schwenkte die Arme. Beide stürzten wie aufs Stichwort los. Der Abstand verringerte sich, und dann erkannte Tom, dass es eine Frau war, ohne Hut, mit aufgelösten Haaren, die verzweifelt auf sie zu rannte.

Er begriff sofort, dass es um Charlotte ging.

Die Frau blieb abrupt stehen, hielt sich die Seite, ihre Beine knickten ein. Tom konnte sie gerade noch auffangen und ans Brückengeländer lehnen.

Die Frau keuchte, das Korsett schnürte ihr offenbar die Luft ab.

»Sie wollen ... da unten ...« Sie zeigte vage aufs Flussufer.

»Charlotte Ashdown, ist sie dort unten?«, drängte Tom.

Die Frau nickte. »Sie wollen ... sie ins Wasser ... als Opfer.«

»Du bleibst hier«, befahl er Alfie, der schon kurz davor war loszurennen. »Mach irgendwie ihr Korsett auf, damit sie Luft bekommt.«

Eine Droschke rollte heran, dann ein Pferdeomnibus, doch Tom hatte keinen Blick dafür. Er rannte über die Brücke und die Treppe neben dem Speicher hinunter.

Die Hände gruben sich in ihre Schultern, tief und schmerzhaft. Ihre Knie scheuerten über den Boden, das Kleid zerriss, sie stemmte verzweifelt die Fußspitzen in den Boden, doch das Wasser kam näher.

»Ihr seid wahnsinnig!«, stieß Charlotte hervor. »Das ist Mord. Es gibt eine Zeugin. Glaubt ihr, die Göttin wird euch vor dem Galgen retten?«

Eine der Frauen versetzte ihr einen Schlag in den Nacken. »Niemand hört dich.« Das war Iris.

»War es mit Julia Danby genauso? Habt ihr sie ins Wasser gestoßen? Und dann befürchtet, der Junge hätte euch gesehen? War es so?«

Ein böses Lachen. Henrietta Clovis. »Du hast doch allen Grund, ins Wasser zu gehen, nicht wahr? Du bist unfruchtbar. Ein furchtbares Schicksal für eine verheiratete Frau. Niemand wird bezweifeln, dass du es deshalb getan hast.«

»Halt den Mund!« Die Worte kamen so unvermittelt, dass Charlotte zusammenzuckte. »Du beschmutzt das Ritual mit deinem unwürdigen Gerede.«

Noch ein Schritt. Ihre Fußspitzen ragten jetzt über die Kante des Kais, unter ihr strömte das schmutzige Wasser dahin, schwappte an die nassen, schwarzen Steine, es stank nach Abfall und Fisch und …

Sie umfassten ihre Oberarme, drückten sie nach vorn, ihre Sohlen rutschten – sie würde sterben – das konnte nicht sein – es hatte als Abenteuer begonnen – und Tom – geliebter Tom – sie würde ihn nie wiedersehen –

Dann schrie sie, laut und gellend, als könnte sie ihn damit heraufbeschwören.

Ein Ruck, Geschrei, ein Handgemenge, jemand riss sie von der Kante zurück. Charlotte fiel zu Boden, die Beine trugen sie nicht länger. Dann hörte sie die Stimme, tief und ein bisschen heiser, als hätte auch er geschrien, und er drückte sie an sich, vergrub das Gesicht in ihren Haaren.

Doch sie schaute an ihm vorbei und sah, wie Miss Clovis einen Schritt zu Iris machte, die nah am Wasser stand.

»Tu das nicht!«

Iris lächelte. »Lass gut sein, Henrietta. Da warst die Treueste der Treuen.« Sie streckte den Arm aus, als wollte sie Miss Clovis in die Schranken weisen, und wirkte dabei geradezu königlich. »Aber wir wurden verraten. Von Anna, die meine Autorität infrage gestellt hat. Von Gertrude, die vor dem letzten Schritt zurückgewichen ist. Von dieser da« – sie zeigte voller Verachtung auf Charlotte – »der ich vertraut habe und die der Göttin ihre Geheimnisse entreißen wollte. Sie alle sind schuld an unserem Untergang.«

Dann veränderte sich ihre Miene, sie wirkte geradezu beseelt und breitete die Arme aus wie Vogelschwingen. In diesem Augenblick sah sie aus wie die Göttin der Themse. »Ich war eins mit dir, Isis. Ich bin es noch. Ich werde es immer sein.«

Im nächsten Augenblick machte sie einen Schritt nach vorn und stürzte in die schwarzen Fluten.

57

Boote fuhren hinaus, Laternen und Lampen wurden am Ufer angezündet, um bei der Suche zu helfen, entlang des Ufers hielten Menschen Ausschau, riefen, warfen Leinen und Netze ins Wasser.

Die Polizei nahm Henrietta Clovis fest, und Mrs. Hartley-James wurde noch an der Brücke ärztlich untersucht, bevor man auch sie abführte.

Schaulustige drängten herbei und schauten von der Brücke hinunter, als betrachteten sie ein Spektakel auf dem Rummelplatz. Die Polizisten konnten sie nur mühsam von den Treppen und dem Schauplatz des Unglücks – und des versuchten Verbrechens – fernhalten.

Die Kerzen waren erloschen, doch das Pentagramm prangte noch als Beweisstück auf der Erde.

Zwei Menschen standen fernab des Trubels, dicht aneinandergeschmiegt. Jemand hatte ihnen eine Decke umgehängt – entweder um Charlotte zu wärmen oder um ihr und Tom ein wenig Schutz zu bieten. Er hielt sie in den Armen, das Gesicht erneut in ihren Haaren vergraben.

»Ich hatte solche Angst«, sagte er stockend. »Dich zu verlieren wäre ...« Ihm versagte die Stimme.

Charlotte umfasste sein Gesicht und sah ihn an, als

könnte sie bis zu seinem Herzen vordringen. »Ich habe gewusst, dass du kommst.«

»Wie konntest du das wissen? Beinahe wären wir zu spät gewesen.« Er wies zur Brücke hoch. »Wenn die Frau nicht um Hilfe gerufen hätte, wärst du jetzt ... dort unten.«

»Meinst du, sie finden sie?«

Er zuckte mit den Schultern. »Ich denke schon. Aber nicht lebend.«

Charlotte schloss die Augen und schluckte. »Ich wünschte, sie würde überleben.«

»Warum? Die Frau wollte dich töten.«

»Ich weiß.« Sie legte den Kopf auf seine Schulter. »Aber ich habe noch so viele Fragen. Sie kann uns nicht mehr sagen, wie genau Julia Danby gestorben ist, und ihre Eltern hätten verdient, es zu erfahren. Wir wissen nicht, was aus dem alten Ned geworden ist und ...«

»Wenn man Miss Clovis verhört, wird man ihr all diese Fragen stellen. Dafür ist immer noch Zeit.« Er berührte die Haut unter ihrer Nase behutsam mit dem Zeigefinger, sie fühlte sich wund an. »Der Arzt sagt, es kommt vom Chloroform. Du hast einen Schock erlitten, man wollte dich ...«

Charlotte erkannte verwundert, dass Tom aufgewühlter war als sie. Er hatte Tränen in den Augen. »Ich will jetzt nicht über andere reden, es geht um dich. Um uns. Ich habe in den letzten Stunden etwas begriffen.« Er drückte sie noch fester an sich. »Du bist wichtiger als alles andere. Nichts kann dich ersetzen.« Er zögerte. »Auch kein Kind. So sehr ich es mir gewünscht habe ... aber ohne dich wäre mein Leben nichts. In den vergangenen Monaten habe ich mit mir gekämpft, war nicht mit mir im Reinen. Habe es an dir ausgelassen. Aber es lag nie an dir. Niemals.« Er holte zitternd Luft. »Charlotte, ich liebe dich so sehr. Du bist alles für mich. Ich hatte Angst, du könntest mich verlassen.«

Sie löste sich aus seinen Armen und trat einen Schritt zurück. »Warum sollte ich das tun, Tom?«

»Weil ich ... weil wir keine Kinder haben können.«

Sie umklammerte seine Oberarme und schüttelte ihn leicht. »Sag das nie wieder, Tom, hörst du? Nie wieder.«

Jemand räusperte sich hinter ihnen. »Verzeihung. Inspector Russell von der Metropolitan Police. Sie sind die Ashdowns?«

Beide nickten.

»Sie dürfen gleich nach Hause fahren. Morgen müssen Sie sich jedoch in New Scotland Yard einfinden und eine Aussage zu Protokoll geben. Victoria Embankment, gleich neben der Westminster Bridge. Hier ist meine Karte.«

Tom steckte sie ein.

»Brauchen Sie ärztliche Hilfe?«

»Nein«, sagte Charlotte sofort. »Was ist mit der Suche? Haben Sie eine Spur von Miss Jellicoe gefunden?«

Er schüttelte den Kopf. »Angesichts der Strömung und der Sichtverhältnisse kann es Tage dauern. Wir haben wenig Hoffnung, sie lebend zu finden.« Er tippte sich an den Hut und ging davon.

Charlotte und Tom begaben sich in Richtung Treppe. Auf den Stufen saß Alfie, den Kopf in die Hände gestützt, und schaute ihnen erwartungsvoll entgegen. Dann sprang er auf und trat verlegen von einem Fuß auf den anderen. »Ich bin froh, dass Sie nicht im Fluss sind, Mrs. Ashdown.«

Charlotte musste lachen, etwas löste sich in ihr. »Ich auch, Alfie, das kannst du mir glauben.« Sie legte ihm die Hand auf die Schulter. »Komm, wir fahren heim.«

Sie saßen eng beieinander im Wagen, Alfie ihnen gegenüber. Charlotte hatte zu zittern begonnen, nun, da sie in Sicherheit war und die Erinnerung an die erschütternden Erlebnisse auf sie einstürzte. Tom zog sie an sich. »Eigentlich wollte ich Alfie daheimlassen, aber er hat darauf bestanden mitzukommen. Besser gesagt, er hat die Tür blockiert, sodass mir nichts anderes übrig blieb.«

»Das war richtig, Alfie«, sagte sie mit bebender Stimme. »So etwas schafft man nicht allein.«

»Dank ihm habe ich erfahren, dass man dich in einem Wagen weggebracht hatte.« Tom schluckte hörbar. »Sonst hätte ich noch lange vor dem Keller gestanden, während sie dich …«

»Es ist nichts passiert«, sagte sie leise und lehnte sich an seine Schulter.

»Was ist mit Sir Tristan?«

Sie spürte, wie Tom erstarrte. »Er weiß von den Töchtern der Isis. Er weiß, was seine Tochter getan hat, und wollte mir dennoch nicht helfen. Er hat mich aus dem Haus geworfen«, sagte er in bitterem Ton.

»Und dafür bezahlt er einen hohen Preis.« Charlotte zögerte. »Sie hätte uns so viele Fragen beantworten können. Aber andererseits … ist es wohl besser so.«

»Wie meinst du das?«

Sie suchte nach den richtigen Worten. »Ich habe gesehen, wie diese Frauen an ihren Lippen hingen, wie sehr sie sie verehrten. Natürlich werden sie empört sein und uns womöglich sogar vorwerfen, wir hätten Iris in den Tod getrieben. Aber sie war der Magnet, der alles zusammenhielt. Ohne sie als Hohepriesterin werden die Töchter der Isis auseinanderfallen. Zumal sie befürchten müssen, dass man sie als Mitwisserinnen betrachtet und bestraft.«

Tom räusperte sich. »Wenn es zu einer Gerichtsverhandlung kommt, musst du als Zeugin auftreten. Wärst du dazu bereit?«

Charlotte nickte entschieden. »Natürlich. Für Julia und Alfie und Anna Carhill. Ich hoffe nur, sie ist in Sicherheit.«

»Man hat umgehend Polizisten nach Strand-on-the-Green beordert«, sagte Tom. »Morgen erfahren wir mehr.«

Sie schloss erschöpft die Augen und lehnte sich wieder an ihn.

Als der Wagen anhielt, weckte Tom sie behutsam auf. »Wir sind zu Hause, Liebste.«

Er half ihr beim Aussteigen und dankte dem Kutscher, der das Geld strahlend entgegennahm. »Wenn Sie noch mal so was vorhaben, Sir ... Ich bin dabei.«

Noch am selben Abend verhaftete die Polizei Rosalie Wilkins im Haus von Miss Wilbraham. Anna Carhill lag auf dem Sofa und erholte sich von den Nachwirkungen der Betäubung. Sie weinte vor Aufregung und Scham, dass sie sich so hatte vereinnahmen lassen, und gestand dann, dass

Iris Jellicoe sie vor Kurzem entführt hatte, weil sie fürchtete, Anna könne anderen von dem geheimen Kult erzählen. Sie hatte sie bei sich zu Hause festgehalten, während ihr Vater verreist war, und mit einer Mischung aus Drohungen und Schmeichelei gefügig gemacht. Anna war zu den Töchtern der Isis zurückgekehrt, doch das Vertrauen und die blinde Verehrung waren dahin. Als sie Charlotte Ashdown im Tempel gesehen hatte, war ihr klar geworden, dass sie nicht länger zu diesem Kult gehören wollte. Das umgekehrte Pentagramm war nur der letzte Tropfen gewesen.

»Was geschieht jetzt?«, fragte sie die Polizisten.

»Sie werden aussagen müssen, in Scotland Yard, ganz offiziell. Aber man wird Sie als Zeugin vernehmen, nicht als Beschuldigte.«

Sie weinte vor Erleichterung.

In den frühen Morgenstunden, als der Fluss in milchig graues Licht getaucht war, fanden Strandsucher eine Frauenleiche. Sie wurde nahe des St. Saviour's Dock angespült, wo der Neckinger, einer der vielen Zuflüsse der Themse, in den Strom mündete.

Wie man sich erzählte, wurden an diesem Fluss früher Piraten gehängt und öffentlich zur Schau gestellt, um andere abzuschrecken. Sein Name rührte angeblich von einem alten Ausdruck für »das Halstuch des Teufels« her, einem volkstümlichen Begriff für die Henkersschlinge.

Man identifizierte Iris Jellicoe anhand eines Schmuckstücks und ihres exotisch wirkenden Gewandes, das einmal weiß gewesen war. Ihr Gesicht war nicht mehr zu erkennen.

58

Die Tasche aus Segeltuch war gepackt: neue Unterwäsche und Strümpfe, Hemd und Hose, eine Mütze, Kamm und Schere, ein Taschenmesser, zwei Seefahrerromane. Dazu eine kleine Fotografie, die Alfie, Charlotte und Tom zeigte.

In den vergangenen Tagen hatten sie viel Zeit miteinander verbracht. Charlotte hatte sich gefragt, ob Tom dem Jungen noch Bedenkzeit geben wollte und womöglich hoffte, Alfie werde es sich anders überlegen.

Sie hatte sich geirrt. Alfie wich keine Sekunde von seinem Entschluss ab, und Tom versuchte nicht, es ihm auszureden. Er hatte erlebt, wie es war, in einem Haus mit einer Familie zu leben, und sich für einen anderen Weg entschieden. Heute würde er an Bord der *Exmouth* gehen, die in der Grafschaft Essex vor Anker lag, und Tom würde ihn dorthin bringen.

Charlotte breitete die Arme aus, und Alfie drückte sich an sie. Sie strich ihm über die Haare und lächelte. »Du wirst ein großartiger Seemann, da bin ich mir sicher. Und wenn du magst, kannst du uns jederzeit besuchen.«

Er nickte eifrig. »Das mache ich. Und ich schreibe Ihnen, das verspreche ich.«

Er nahm seine Tasche und hängte sie über die Schulter. »Danke. Für alles. Das war ein Abenteuer.«

»Das richtige Abenteuer beginnt erst, Alfie«, sagte sie und wandte sich rasch ab. Auf einmal kamen ihr die Tränen, und sie wollte nicht, dass der Junge es sah.

»Auf geht's«, sagte Tom, und dann fiel die Haustür hinter ihr ins Schloss.

Marguerite Danby kam gegen elf. Charlotte hatte sie eingeladen, und da es Mr. Danby besser ging, war sie gern gekommen. Sie hatte ein wenig zugenommen und war nicht mehr so blass.

Als sie im Wohnzimmer saßen, schaute Marguerite sie an. »Ich habe Ihnen noch gar nicht richtig gedankt. Ein paar flüchtige Worte im Flur von Scotland Yard sind bei Weitem nicht genug für das, was Sie für uns getan haben.«

»Ich bitte Sie«, sagte Charlotte und schenkte Tee ein.

»Nein, nein, es ist mir ernst. Erst jetzt haben Gerald und ich das Gefühl, dass wir uns von Julia verabschieden können. Dass wir sie im Herzen behalten können, ohne uns mit Fragen zu quälen. Das ist eine große Erleichterung, ein Geschenk.«

Charlotte schluckte. »Dann bin ich froh, dass es so gekommen ist. Ich hatte mir gewünscht, dass Sie alles aus erster Hand erfahren würden, von Miss Jellicoe selbst, aber ...«

Marguerite legte die Hand auf ihre. »Vielleicht ist es besser so. Nicht dass ich ihr den Tod gewünscht hätte, aber es erleichtert mich auch, sie nicht mehr in dieser Welt zu wissen. Zum Glück hat man diese Miss Clovis verhaftet.

Dank ihr wissen wir, dass Iris Jellicoe mit Julia an der Themse war. Diese Frau hat sie über Monate beeinflusst, ohne dass wir es gemerkt haben. Und dann, an jenem letzten Abend, hat sie Julia nach Mortlake gelockt und ihr eingeredet, dass sie nicht nur ihre Kette zerstören, sondern auch sich selbst auslöschen müsse, damit der Zauber in die Welt zurückkehrt. Den Zauber der Isis, wie sie es genannt hat. Seitdem weiß ich, dass meine Tochter nicht sie selbst war, als sie starb.« Sie wischte sich mit dem Handrücken über die Augen. »Es mag sonderbar klingen, aber es tröstet mich, dass die Julia, die ich kannte, dies nie getan hätte. Zu erfahren, wie sie gestorben ist, hat mir meine Tochter zurückgegeben. Ich kann jetzt wieder an sie denken, wie sie früher war, und mich so an sie erinnern.«

»Darüber bin ich sehr froh, Mrs. Danby.«

»Nennen Sie mich Marguerite.«

»Gern. Es wäre schön, wenn wir in Verbindung bleiben würden. Übrigens ist der alte Ned in Southwark aufgetaucht. Miss Jellicoe war seine beste Kundin. Als sie erfuhr, dass er mir die Münze verkauft hatte, hat sie ihm eine Fluchtafel unter der Tür durchgeschoben. Da hat Ned es vorgezogen, sich eine andere Bleibe zu suchen. Das war sein Glück. Ich hatte schon befürchtet ...«

»Auch er wäre dieser Frau zum Opfer gefallen?«

Sie nickte.

Marguerite schaute sie zögernd an. »Eines lässt mir keine Ruhe. Die Zeitungen schreiben, dass es die Töchter der Isis nicht mehr gäbe, dass sie sich wegen des Skandals aufgelöst hätten. Glauben Sie das auch? Ich könnte es nicht ertragen, wenn noch einmal eine junge Frau in ihre Fänge geriete.«

Charlotte überlegte gründlich und sagte dann: »Ich glaube, ich kann Sie beruhigen. Iris Jellicoe ist tot. Henrietta Clovis erwartet eine Gefängnisstrafe wegen Mithilfe bei mehreren Entführungen und anderen Straftaten. Mrs. Wilkins und Mrs. Hartley-James sind gesellschaftlich diskreditiert. Anna Carhill dürfte sich für den Rest ihres Lebens von geheimen Kulten fernhalten. Es ist vorbei, Mrs. Danby. Die Töchter der Isis sind Vergangenheit.«

Tom hatte den Besuch vor sich hergeschoben, doch nun hielt er es nicht länger aus. Die Beerdigung war erst drei Tage her, das hatte er in der Zeitung gelesen. Angesichts der Todesumstände hatte man Iris Jellicoes Leiche obduziert, und sie musste von der Polizei freigegeben werden, bevor das Begräbnis stattfinden konnte.

Eigentlich widerstrebte es ihm, dem Mann noch einmal gegenüberzutreten. Sir Tristan war nicht von der Polizei belangt worden, doch es kursierten Gerüchte, nach denen er von den Machenschaften seiner Tochter gewusst und sie gedeckt hatte. Sein Ruf war schwer beschädigt, und Tom fragte sich, ob er überhaupt in London bleiben oder sich irgendwo aufs Land zurückziehen würde.

Doch hatten sie einen Vertrag geschlossen. Er und Charlotte hatten viel Arbeit geleistet, und er musste erfahren, was aus dem Buch werden sollte.

Khalish öffnete ihm mit unbewegter Miene die Tür, als hätte es die furchtbaren Ereignisse nie gegeben.

»Der Herr erwartet Sie.«

Sir Tristan hatte abgenommen, unter seinen Augen lagen tiefe Schatten. Er streckte die Hand aus, zögernd, als wäre er sich nicht sicher, ob Tom sie ergreifen würde. Er tat es auch nicht.

»Ich verstehe. Setzen Sie sich, Tom. Falls ich Sie noch so nennen darf.«

»Das ist mir gleich«, sagte er knapp. »Nennen Sie mich, wie Sie wollen.«

Sir Tristan sah ihn flehend an. »Bitte hören Sie mich an. Ich will es Ihnen erklären. Iris hat den Fluss geliebt.« Er hob die Hand. »Ich weiß, ihre Liebe hat eine krankhafte, obsessive Wendung genommen, aber es war dennoch Liebe. Alles, was sie tat, hat sie aus Liebe getan, um den Menschen zu helfen, zu sich selbst zu finden, ihre innere Tiefe zu entdecken. Das, was unter der Oberfläche schlummert und in unseren hektischen Zeiten aus Eisen und Stahl verloren geht.«

Toms Geduld war erschöpft, er fiel Sir Tristan ins Wort. »So etwas habe ich zu oft gehört, es langweilt mich. Ich will nichts mit Ihren Orden und Geheimbünden und Ritualen zu tun haben. Sie wollten meine Frau opfern, um Ihre Tochter zu schützen!«

Sir Tristan hob abwehrend die Arme. »Sie haben Charlotte doch gefunden.«

Er sprang auf. »Und Sie haben nicht einmal versucht, dabei zu helfen!« Er blieb schwer atmend stehen. »Ich könnte der Polizei so viel erzählen, aber ich habe es satt und will es hinter mir lassen. Die Geschichte widert mich an, ihre billige Theatralik, ihr rücksichtsloser Umgang mit menschlichem Leben. Ich bin nur aus einem Grund gekommen: um zu erfahren, was aus dem Buch werden soll. Wir können den Vertrag auflösen, Sie zahlen mir die Arbeit, die ich bis jetzt geleistet habe. Und Charlotte«, fügte er hinzu.

Befriedigend war es nicht, denn er hing an dem Projekt, aber es war undenkbar, weiter mit diesem Mann zu arbeiten. Er war froh, wenn er Jellicoe nach diesem Tag nie wiedersah.

»Bitte, Tom, hören Sie mich an. Ich habe mir sehr viel von diesem Buch erhofft. Ich wollte den Zauber in die Welt zurückholen und den Menschen zeigen, dass es mehr gibt als die nüchterne Welt um uns.«

Tom konnte das Gerede nicht ertragen. »Reden Sie nicht von Zauber! Zwei Menschen sind gestorben, zwei andere wurden entführt und bedroht. Ich will Ihre Rechtfertigung nicht hören.«

Sir Tristans Stimme klang jetzt beinahe flehend. »Nur noch ein Wort, Tom. Sie sind der Einzige, der es zu Ende schreiben kann. Und die Arbeit, die Sie hineingesteckt haben, darf nicht vergebens sein. Schreiben Sie es so, wie Sie es für angemessen erachten, aber schreiben Sie es.« Er hielt inne. »Ich mache Ihnen ein Angebot: Ich trete Ihnen sämtliche Rechte an dem Buch ab. Sie suchen sich einen Verlag, den Sie ohne Schwierigkeiten finden dürften, und veröffentlichen es unter Ihrem Namen und in einer Form, die Ihnen richtig erscheint.«

Damit hatte er nicht gerechnet und wäre unter anderen Umständen erfreut gewesen. So aber nickte er nur. »Senden Sie mir bitte die entsprechende Vereinbarung zu.«

»Ich setze sie noch heute auf.«

»Danke.« Er wandte sich zum Gehen und las noch ein letztes Flehen in Jellicoes Augen, eine kleine Hoffnung, dass die Freundschaft überleben könnte, doch dann sanken dessen Schultern herab. Der Verlust seiner Tochter hatte ihn schwer getroffen, und man sah ihm das Alter plötzlich an. Er schien zu begreifen, dass er nun gänzlich allein war.

Tom ging in Richtung Bahnstation. Gleich morgen würde er nach einem Verleger suchen und dafür sorgen, dass Charlotte ein eigenes Kapitel über die Themse verfassen konnte. Auf der Titelseite würde auch ihr Name stehen. Er hielt nichts davon, wenn Frauen namenlos blieben.

Er beschleunigte seine Schritte, denn er wollte rasch nach Hause.

Er hatte eine gute Nachricht zu überbringen.

Epilog

Die Sonne ließ den Fluss wie gehämmertes Gold erglänzen. Über ihnen schrien Möwen und stießen im Sturzflug nieder, wenn sie etwas Essbares erspähten. In der Ferne sah man gebückte Gestalten, die den Strand absuchten, so wie Alfie es einst getan hatte.

Tom deutete flussabwärts, als hätte er Charlottes Gedanken gelesen. »Dort drüben in Essex liegt sein Schiff. Wir sollten gelegentlich hinfahren und ihn besuchen.«

Charlotte lächelte. »Um sicherzugehen, dass sie die Jungen gut behandeln?«

Er zuckte mit den Schultern. »Ich kann nicht ganz aus meiner Haut. Aber man hat mir versichert, dass sie dort etwas lernen und anständig behandelt werden.«

»Ich komme gern mit.« Sie ergriff seine Hand. »Tom, ich bin sehr froh, dass das Buch jetzt uns gehört. Dass wir Sir Tristan und Iris hinter uns lassen können. Und deine Idee, dass ich über die Geschichte der Themse schreibe, ist wunderbar. Das würde ich gern tun.«

»Du hast es verdient. Du bist eine kluge Frau und warst lange selbstständig. Dein Geist darf nicht verkümmern.« Es klang unbeholfen, und er verfluchte sich, weil er gewöhnlich so wortgewandt war und nun, da es darauf ankam, mühsam herumstotterte. »Du brauchst eine Aufgabe, etwas, das dich beschäftigt, falls wir zu zweit bleiben.«

Sie legte die Fingerspitzen unter Toms Kinn und hob seinen Kopf, damit er sie ansehen musste. »Hast du noch immer Angst, ich könnte dich verlassen?«

»Nein. Das sagt mir mein Verstand, auf den ich mir eine Menge einbilde. Aber manchmal ...« Er hob hilflos die Schultern.

»Nun, ich habe nicht vor, dich zu verlassen. Wir schreiben ein Buch. Und ich habe auch noch andere Pläne.« Sie zögerte und schaute ihn erwartungsvoll an. »Der Reverend hat einmal erwähnt, dass es in der Gemeinde begabte Kinder gibt, deren Eltern sich keine höhere Schule leisten können. Ich möchte ihm anbieten, sie kostenlos zu unterrichten.«

Tom schaute sie überrascht an. »Davon hast du mir noch gar nichts erzählt. Ich wusste nicht, dass du wieder als Lehrerin arbeiten möchtest.«

»Ich habe ab und zu daran gedacht, das gebe ich zu. Nachdem ich bei Georgia war, fiel mir wieder auf, wie gern ich Kinder unterrichtet habe. Und dann kam Alfie zu uns.« Charlotte lächelte. »Wir haben ja einige Zeit miteinander verbracht. Er hat mir gezeigt, was in einem Kind stecken kann, dem man auf den ersten Blick nicht viel zutraut. Stell dir vor, wie viele Alfies es in London gibt. Ich würde ihnen sehr gern helfen.«

»Dann solltest du unbedingt mit dem Reverend sprechen«, sagte Tom nachdrücklich.

Das war ihr Mann, aufrichtig und spontan, und so brach es aus ihr hervor: »Wir sind reich, Tom – an Freundschaft, an Liebe, an sinnvollen Aufgaben. Vielleicht adoptieren wir irgendwann ein Kind. Vielleicht stellen wir auch fest, dass wir mit dem zufrieden sind, was wir haben. Dass wir zu zweit glücklich bleiben können.«

Er zog sie an sich und sah ihr tief in die Augen. »Ich liebe dich. Ich liebe dich so sehr. Diese Augenblicke auf der Brücke, als ich nicht wusste, ob …«

Sie verschloss ihm den Mund mit einem Kuss.

Nachwort

2014 ist »Der verbotene Fluss« erschienen, in dem wir Charlotte Pauly und Tom Ashdown zum ersten Mal begegnet sind. Seither sind einige Jahre vergangen, aber die beiden haben mich nicht losgelassen, und es drängte mich, ihre Geschichte weiterzuerzählen.

Doch welches Abenteuer sollten sie erleben? London fasziniert mich grenzenlos, und ich hatte das Gefühl, dass ich in »Das Haus in der Nebelgasse« bei Weitem nicht alle Geheimnisse erforscht hatte.

Wieder war es ein Buch von Peter Ackroyd, das mir den Weg wies: seine wunderbare Geschichte der Themse. Damit stand meine Entscheidung fest: Charlotte und Tom würden ein Abenteuer erleben, das London als Großstadt und als magischen Ort miteinander verband.

Im 19. Jahrhundert übten magische Rituale und Geheimgesellschaften eine starke Anziehungskraft auf viele Briten aus. Die Töchter der Isis, um die es in diesem Roman geht, sind fiktiv, viele ihrer Rituale und Symbole jedoch nicht. Alle ägyptischen Symbole, der Baum des Lebens aus der Kabbala, die archäologischen Funde, die man in und an der Themse gemacht hat, sind authentisch. Eine kleine Freiheit habe ich mir bei dem Krug erlaubt, der auf den

Tempel der Isis hindeutet (https://www.facebook.com/471707109534948/photos/a.573305559375102/1028031030569217/?type=1&theater). Er wurde erst im Jahre 1912 entdeckt.

Sämtliche historischen Personen, die ich erwähne, haben tatsächlich gelebt, ich habe nichts hinzuerfunden.

Der Hermetic Order of the Golden Dawn hat wirklich existiert, und die Mitglieder, die ich nenne, sind ebenfalls authentisch. Allerdings dürfte es dort keine Rituale mit tödlichem Ausgang gegeben haben wie jene, die die Töchter der Isis vollziehen.

Ein weiteres Thema im Buch, das mir am Herzen liegt, ist die ungewollte Kinderlosigkeit, die Charlotte und Tom erleben. Es war unglaublich schwer, historische Informationen darüber zu finden, da es damals keine medizinische Behandlung wie künstliche Befruchtung oder Hormontherapie gab und eine kinderlose Frau noch einen deutlich schwereren Stand hatte als heute. Die Mutter als weibliches Idealbild war so dominant, dass man offenbar kaum oder nur unter der Hand über Kinderlosigkeit sprach und schrieb. Mich interessierte der Gedanke, wie ein Paar, das sich liebt und eigentlich recht emanzipiert ist, damit umgehen oder eben nicht umgehen würde. Ich hoffe, dass ich eine angemessene und mitfühlende Geschichte für Charlotte und Tom gefunden habe.

Folgende Veröffentlichungen haben mir bei der Recherche besonders geholfen:

Peter Ackroyd, Thames. Sacred River, London 2007

Jonathan Black, The Secret History of the World, London 2010

Merlin Coverley, Occult London, Harpenden 2017

Stephen Croad, Liquid History. The Thames Through Time, London 2003

Nicholas Dakin, John Dee of Mortlake, Barnes and Mortlake History Society 2011

Christopher Dell, The Occult, Witchcraft & Magic, Thames & Hudson, London 2016

Chris Ellmers and Alex Werner, London's Lost Riverscape. A Photographic Panorama, London 1988

Mary K. Greer, Women of the Golden Dawn. Rebels and Priestesses, Rochester (Vermont) 1995

Israel Regardie, The Golden Dawn. The Original Account of the Teachings, Rites, and Ceremonies of the Hermetic Order, Woodbury (Minnesota) 2018

Ted Sandling, London in Fragments. A Mudlark's Treasures, London 2018

Jane Sidell, 2001. Archaeology and the London Thames: past, present and future. Archaeology International, 5, S. 12–15. DOI: http://doi.org/10.5334/ai.0505

Zitatquellen:

William Blake, »Tiger, Tiger«, übersetzt von Hans-Dieter Gelfert, in: (ders.) hundert englische gedichte, dtv, München 1999, S. 81

Erik Hornung, Das Totenbuch der Ägypter, Artemis & Winkler, Düsseldorf/Zürich 1997, S. 511

William Shakespeare, Sämtliche Werke, übersetzt von August Wilhelm Schlegel, Dorothea und Ludwig Tieck, Wolf Graf Baudissin, Fredinand Freiligrath, Gottlob Regis, Karl Simrock, Magnus Verlag, Essen 2003, S. 1211

Oscar Wilde, Lady Windermeres Fächer, übersetzt von Peter Torberg, S. Fischer Verlag, Frankfurt/Main 2001, S. 73

http://onepaganman.blogspot.com/2012/04/prayer-to-auset-isis.html (letzter Zugriff 25.08.2020)

Danksagung

Wie immer danke ich allen ganz herzlich, die mir mit Rat und Informationen zur Seite gestanden haben:

• meinen wunderbaren Lektorinnen Hanna Bauer, Carolin Klemenz und Gisela Klemt

• David Deaton von der Barnes and Mortlake History Society, der mir wertvolle Informationen über John Dee und meinen Schauplatz Mortlake geliefert hat

• meiner Familie, die mich geduldig zur Pyramide von Limehouse, ins Museum of London, zu Cleopatra's Needle, ins Britische Museum und nach Clerkenwell begleitet hat

• Ani Steinhauer, die für mich ins Museum gegangen ist und das Buch über die Strandsucher mit mir geteilt hat

Lesen Sie die Vorgeschichte von Charlotte und Tom

»Eine packende Story, die das Flair der englischen Aristokratie wunderbar einfängt.« *FÜR SIE*

Susanne Goga, *Der verbotene Fluss*
ISBN 978-3-453-35650-4 · Auch als E-Book

Charlotte wagt einen großen Schritt, als sie 1890 Berlin verlässt und eine Stelle als Gouvernante in einem herrschaftlichen Haus bei London antritt. Besorgt um das Wohl der jungen Emily versucht Charlotte, mehr über den Tod von deren Mutter herauszufinden. Erst mithilfe des Journalisten Tom kommt Charlotte einer dunklen Wahrheit auf die Spur …

Leseprobe unter diana-verlag.de

DIANA